I0641526

MARCEL PROUST

*A LA RECHERCHE DU
TEMPS PERDU*

TOME VII

ALBERTINE DISPARUE

*

vingt-septième édition

PARIS

Librairie Gallimard

ÉDITIONS DE LA NOUVELLE REVUE FRANÇAISE

3, rue de Grenelle (VIme)

ALBERTINE DISPARUE

ÉDITIONS DE LA NOUVELLE REVUE FRANÇAISE

ŒUVRES DE MARCEL PROUST

MARCEL PROUST

*A LA RECHERCHE DU
TEMPS PERDU*

TOME VII

ALBERTINE
DISPARUE

★

vingt-septième édition

PARIS

Librairie Gallimard

ÉDITIONS DE LA NOUVELLE REVUE FRANÇAISE

3, rue de Grenelle (VIᵐᵉ)

ALBERTINE DISPARUE

CHAPITRE PREMIER

Le chagrin et l'oubli.

« Mademoiselle Albertine est partie ! » Comme la souffrance va plus loin en psychologie que la psychologie ! Il y a un instant, en train de m'analyser, j'avais cru que cette séparation sans s'être revus, était justement ce que je désirais, et comparant la médiocrité des plaisirs que me donnait Albertine à la richesse des désirs qu'elle me privait de réaliser, je m'étais trouvé subtil, j'avais conclu que je ne voulais plus la voir, que je ne l'aimais plus. Mais ces mots : « Mademoiselle Albertine est partie » venaient de traduire dans mon cœur une souffrance telle que je ne pourrais pas y résister plus longtemps. Ainsi ce que j'avais cru n'être rien pour moi, c'était tout simplement toute ma vie. Comme on s'ignore. Il fallait faire cesser immédiatement ma souffrance. Tendre pour moi-même comme ma mère pour ma grand'mère mourante, je me disais, avec cette même bonne volonté qu'on a de ne pas laisser souffrir ce qu'on aime : « Aie une seconde de patience, on va te trouver un remède, sois tranquille,

7

on ne va pas te laisser souffrir comme cela. »
Ce fut dans cet ordre d'idées que mon instinct de conservation chercha pour les mettre
sur ma blessure ouverte les premiers calmants :
« Tout cela n'a aucune importance parce que je
vais la faire revenir tout de suite. Je vais examiner
les moyens, mais de toute façon elle sera ici ce
soir. Par conséquent inutile de me tracasser. »
« Tout cela n'a aucune importance », je ne m'étais
pas contenté de me le dire, j'avais tâché d'en
donner l'impression à Françoise en ne laissant
pas paraître devant elle ma souffrance, parce
que, même au moment où je l'éprouvais avec une
telle violence, mon amour n'oubliait pas qu'il lui
importait de sembler un amour heureux, un
amour partagé, surtout aux yeux de Françoise
qui, n'aimant pas Albertine, avait toujours douté
de sa sincérité. Oui, tout à l'heure, avant l'arrivée
de Françoise, j'avais cru que je n'aimais plus
Albertine, j'avais cru ne rien laisser de côté ; en
exact analyste, j'avais cru bien connaître le fond
de mon cœur. Mais notre intelligence, si grande
soit-elle, ne peut apercevoir les éléments qui le
composent et qui restent insoupçonnés tant que,
de l'état volatil où ils subsistent la plupart du
temps, un phénomène capable de les isoler ne leur
a pas fait subir un commencement de solidifica-
tion. Je m'étais trompé en croyant voir clair dans
mon cœur. Mais cette connaissance que ne m'a-
vaient pas donnée les plus fines perceptions de
l'esprit, venait de m'être apportée, dure, écla-

8

tante, étrange, comme un sel cristallisé, par la brusque réaction de la douleur. J'avais une telle habitude d'avoir Albertine auprès de moi, et je voyais soudain un nouveau visage de l'Habitude. Jusqu'ici je l'avais considérée surtout comme un pouvoir annihilateur qui supprime l'originalité et jusqu'à la conscience des perceptions ; maintenant je la voyais comme une divinité redoutable, si rivée à nous, son visage insignifiant si incrusté dans notre cœur que si elle se détache, si elle se détourne de nous, cette déité que nous ne distinguions presque pas, nous inflige des souffrances plus terribles qu'aucune et qu'alors elle est aussi cruelle que la mort.

Le plus pressé était de lire la lettre d'Albertine puisque je voulais aviser aux moyens de la faire revenir. Je les sentais en ma possession, parce que, comme l'avenir est ce qui n'existe que dans notre pensée, il nous semble encore modifiable par l'intervention *in extremis* de notre volonté. Mais en même temps, je me rappelais que j'avais vu agir sur lui d'autres forces que la mienne et contre lesquelles, plus de temps m'eût-il été donné, je n'aurais rien pu. A quoi sert que l'heure n'ait pas sonné encore si nous ne pouvons rien sur ce qui s'y produira. Quand Albertine était à la maison j'étais bien décidé à garder l'initiative de notre séparation. Et puis elle était partie. J'ouvris la lettre d'Albertine. Elle était ainsi conçue :

« MON AMI,

« Pardonnez-moi de ne pas avoir osé vous dire
de vive voix les quelques mots qui vont suivre,
mais je suis si lâche, j'ai toujours eu si peur
devant vous, que même en me forçant, je n'ai
pas eu le courage de le faire. Voici ce que j'aurais
dû vous dire. Entre nous, la vie est devenue
impossible, vous avez d'ailleurs vu par votre
algarade de l'autre soir qu'il y avait quelque
chose de changé dans nos rapports. Ce qui a pu
s'arranger cette nuit-là deviendrait irréparable
dans quelques jours. Il vaut donc mieux, puisque
nous avons eu la chance de nous réconcilier, nous
quitter bons amis. C'est pourquoi, mon chéri, je
vous envoie ce mot, et je vous prie d'être assez
bon pour me pardonner si je vous fais un peu de
chagrin, en pensant à l'immense que j'aurai. Mon
cher grand, je ne veux pas devenir votre ennemie,
il me sera déjà assez dur de vous devenir peu à
peu, et bien vite, indifférente ; aussi ma décision
étant irrévocable, avant de vous faire remettre
cette lettre par Françoise, je lui aurai demandé
mes malles. Adieu, je vous laisse le meilleur de
moi-même.

ALBERTINE. »

« Tout cela ne signifie rien, me dis-je, c'est même
meilleur que je ne pensais, car comme elle ne
pense rien de tout cela, elle ne l'a évidemment
écrit que pour frapper un grand coup, afin que

je prenne peur, et ne sois plus insupportable avec
elle. Il faut aviser au plus pressé : qu'Albertine
soit rentrée ce soir. Il est triste de penser que
les Bontemps sont des gens véreux qui se servent
de leur nièce pour m'extorquer de l'argent. Mais
qu'importe ? Dussè-je, pour qu'Albertine soit ici
ce soir, donner la moitié de ma fortune à Mme Bontemps, il nous restera assez, à Albertine et à moi,
pour vivre agréablement ». Et en même temps,
je calculais si j'avais le temps d'aller ce matin
commander le yacht et la Rolls Royce qu'elle
désirait, ne songeant même plus, toute hésitation
ayant disparu, que j'avais pu trouver peu sage
de les lui donner. « Même si l'adhésion de Mme Bontemps ne suffit pas, si Albertine ne veut pas obéir
à sa tante et pose comme condition de son retour
qu'elle aura désormais sa pleine indépendance,
eh bien ! quelque chagrin que cela me fasse, je
la lui laisserai ; elle sortira seule, comme elle
voudra. Il faut savoir consentir des sacrifices,
si douloureux qu'ils soient, pour la chose à laquelle
on tient le plus et qui, malgré ce que je croyais
ce matin d'après mes raisonnements exacts et
absurdes, est qu'Albertine vive ici. » Puis-je dire
du reste que lui laisser cette liberté m'eût été
tout à fait douloureux ? Je mentirais. Souvent
déjà j'avais senti que la souffrance de la laisser
libre de faire le mal loin de moi était peut-être
moindre encore que ce genre de tristesse qu'il
m'arrivait d'éprouver à la sentir s'ennuyer, avec
moi, chez moi. Sans doute au moment même où

11

elle m'eût demandé à partir quelque part, la laisser faire, avec l'idée qu'il y avait des orgies organisées, m'eût été atroce. Mais lui dire : prenez notre bateau, ou le train, partez pour un mois, dans tel pays que je ne connais pas, où je ne saurai rien de ce que vous ferez, cela m'avait souvent plu par l'idée que par comparaison, loin de moi, elle me préférerait, et serait heureuse au retour. « Ce retour, elle-même le désire sûrement ; elle n'exige nullement cette liberté à laquelle d'ailleurs, en lui offrant chaque jour des plaisirs nouveaux, j'arriverais aisément à obtenir, jour par jour, quelque limitation. Non, ce qu'Albertine a voulu c'est que je ne sois plus insupportable avec elle, et surtout — comme autrefois Odette avec Swann — que je me décide à l'épouser. Une fois épousée, son indépendance, elle n'y tiendra pas ; nous resterons tous les deux ici, si heureux. » Sans doute c'était renoncer à Venise. Mais que les villes les plus désirées comme Venise (à plus forte raison les maîtresses de maison les plus agréables, comme la duchesse de Guermantes, les distractions comme le théâtre) deviennent pâles, indifférentes, mortes, quand nous sommes liés à un autre cœur par un lien si douloureux qu'il nous empêche de nous éloigner. « Albertine a d'ailleurs parfaitement raison dans cette question de mariage. Maman elle-même trouvait tous ces retards ridicules. L'épouser c'est ce que j'aurais dû faire depuis longtemps, c'est ce qu'il faudra que je fasse, c'est cela qui lui a fait écrire sa lettre dont elle

12

ne pense pas un mot ; c'est seulement pour faire
réussir cela qu'elle a renoncé pour quelques
heures à ce qu'elle doit désirer autant que je
désire qu'elle le fasse : revenir ici. Oui, c'est cela
qu'elle a voulu, c'est cela l'intention de son acte»
me disait ma raison compatissante ; mais je sentais qu'en me le disant ma raison se plaçait
toujours dans la même hypothèse qu'elle avait
adoptée depuis le début. Or je sentais bien que
c'était l'autre hypothèse qui n'avait jamais cessé
d'être vérifiée. Sans doute cette deuxième hypothèse n'aurait jamais été assez hardie pour for-
muler expressément qu'Albertine eût pu être liée
avec Mlle Vinteuil et son amie. Et pourtant,
quand j'avais été submergé par l'envahissement
de cette nouvelle terrible, au moment où nous
entrions en gare d'Incarville, c'était la seconde
hypothèse qui s'était déja trouvée vérifiée. Celle-
ci n'avait ensuite jamais conçu qu'Albertine
pût me quitter d'elle-même, de cette façon, sans
me prévenir et me donner le temps de l'en empêcher. Mais tout de même si après le nouveau
bond immense que la vie venait de me faire faire,
la réalité qui s'imposait à moi m'était aussi nouvelle que celle en face de quoi nous mettent la
découverte d'un physicien, les enquêtes d'un
juge d'instruction ou les trouvailles d'un histo-
rien sur les dessous d'un crime ou d'une révolution, cette réalité en dépassant les chétives
prévisions de ma deuxième hypothèse pourtant
les accomplissait. Cette deuxième hypothèse

13

n'était pas celle de l'intelligence et la peur panique
que j'avais eue le soir où Albertine ne m'avait
pas embrassé, la nuit où j'avais entendu le bruit
de la fenêtre, cette peur n'était pas raisonnée.
Mais — et la suite le montrera davantage, comme
bien des épisodes ont pu déjà l'indiquer — de
ce que l'intelligence n'est pas l'instrument le plus
subtil, le plus puissant, le plus approprié pour
saisir le vrai, ce n'est qu'une raison de plus pour
commencer par l'intelligence et non par un intui-
tivisme de l'inconscient, par une foi aux pressen-
timents toute faite. C'est la vie qui peu à peu,
cas par cas, nous permet de remarquer que ce
qui est le plus important pour notre cœur, ou
pour notre esprit, ne nous est pas appris par le
raisonnement mais par des puissances autres. Et
alors, c'est l'intelligence elle-même qui se rendant
compte de leur supériorité, abdique par raisonnement devant elles, et accepte de devenir leur
collaboratrice et leur servante. C'est la foi expé-
rimentale. Le malheur imprévu avec lequel je
me retrouvais aux prises, il me semblait l'avoir
lui aussi (comme l'amitié d'Albertine avec deux
Lesbiennes) déjà connu, pour l'avoir lu dans
tant de signes où (malgré les affirmations contraires de ma raison, s'appuyant sur les dires
d'Albertine elle-même) j'avais discerné la lassitude, l'horreur qu'elle avait de vivre ainsi en
esclave, signes tracés comme avec de l'encre
invisible à l'envers des prunelles tristes et sou-
mises d'Albertine, sur ses joues brusquement

14

enflammées par une inexplicable rougeur, dans
le bruit de la fenêtre qui s'était brusquement
ouverte. Sans doute je n'avais pas osé les inter-
prêter jusqu'au bout et former expressément
l'idée de son départ subit. Je n'avais pensé, d'une
âme équilibrée par la présence d'Albertine, qu'à
un départ arrangé par moi à une date indéter-
minée, c'est-à-dire situé dans un temps inexistant ; par conséquent j'avais eu seulement l'illusion de penser à un départ, comme les gens se
figurent qu'ils ne craignent pas la mort quand
ils y pensent alors qu'ils sont bien portants et
ne font en réalité qu'introduire une idée purement
négative au sein d'une bonne santé, que l'approche
de la mort précisément altérerait. D'ailleurs l'idée
du départ d'Albertine voulu par elle-même eût
pu me venir mille fois à l'esprit, le plus clairement,
le plus nettement du monde, que je n'aurais pas
soupçonné davantage ce que serait relativement
à moi, c'est-à-dire en réalité, ce départ, quelle
chose originale, atroce, inconnue, quel mal entièrement nouveau. A ce départ, si je l'eusse prévu,
j'aurais pu songer sans trêve pendant des années,
sans que, mises bout à bout, toutes ces pensées
eussent eu le plus faible rapport, non seulement
d'intensité mais de ressemblance, avec l'inimaginable enfer dont Françoise m'avait levé le voile
en me disant : « Mademoiselle Albertine est
partie. » Pour se représenter une situation inconnue
l'imagination emprunte des éléments connus et
à cause de cela ne se la représente pas. Mais la

15

sensibilité, même la plus physique, reçoit comme
le sillon de la foudre, la signature originale et
longtemps indélébile de l'événement nouveau. Et
j'osais à peine me dire que, si j'avais prévu ce
départ, j'aurais peut-être été incapable de me
le représenter dans son horreur, et même, Albertine me l'annonçant, moi la menaçant, la sup-
pliant, de l'empêcher ! Que le désir de Venise
était loin de moi maintenant ! Comme autrefois
à Combray celui de connaître Madame de Guermantes, quand venait l'heure où je ne tenais plus
qu'à une seule chose, avoir maman dans ma
chambre. Et c'était bien en effet toutes les inquiétudes éprouvées depuis mon enfance, qui, à l'appel
de l'angoisse nouvelle, avaient accouru la ren-
forcer, s'amalgamer à elle en une masse homogène
qui m'étouffait. Certes, ce coup physique au cœur
que donne une telle séparation et qui par cette
terrible puissance d'enregistrement qu'a le corps,
fait de la douleur quelque chose de contemporain
à toutes les époques de notre vie où nous avons
souffert, certes, ce coup au cœur sur lequel
spécule peut-être un peu — tant on se soucie
peu de la douleur des autres — la femme qui
désire donner au regret son maximum d'intensité,
soit que, n'esquissant qu'un faux départ, elle
veuille seulement demander des conditions meilleures, soit que, partant pour toujours — pour
toujours ! — elle désire frapper, ou pour se venger,
ou pour continuer d'être aimée, ou dans l'intérêt
de la qualité du souvenir qu'elle laissera, briser

16

violemment ce réseau de lassitudes, d'indifférences, qu'elle avait senti se tisser, — certes, ce coup au cœur, on s'était promis de l'éviter, on s'était dit qu'on se quitterait bien. Mais il est vraiment rare qu'on se quitte bien, car, si on était bien, on ne se quitterait pas ! Et puis la femme avec qui on se montre le plus indifférent sent tout de même obscurément qu'en se fatiguant d'elle, en vertu d'une même habitude, on s'est attaché de plus en plus à elle, et elle songe que l'un des éléments les plus essentiels pour se quitter bien, est de partir en prévenant l'autre. Or elle a peur en prévenant d'empêcher. Toute femme sent que si son pouvoir sur un homme est grand, le seul moyen de s'en aller, c'est de fuir. Fugitive parce que reine, c'est ainsi. Certes, il y a un intervalle inouï entre cette lassitude qu'elle inspirait il y a un instant et, parce qu'elle est partie, ce furieux besoin de la ravoir. Mais à cela, en dehors de celles données au cours de cet ouvrage et d'autres qui le seront plus loin, il y a des raisons. D'abord le départ a lieu souvent dans le moment où l'indifférence — réelle ou crue — est la plus grande, au point extrême de l'oscillation du pendule. La femme se dit : « Non cela ne peut plus durer ainsi », justement parce que l'homme ne parle que de la quitter, ou y pense ; et c'est elle qui quitte. Alors le pendule revenant à son autre point extrême l'intervalle est le plus grand. En une seconde il revient à ce point ; encore une fois, en dehors de toutes les raisons

17

données, c'est si naturel. Le cœur bat ; et d'ailleurs la femme qui est partie n'est plus la même que celle qui était là. Sa vie auprès de nous trop connue, voit tout d'un coup s'ajouter à elle les vies auxquelles elle va inévitablement se mêler, et c'est peut-être pour se mêler à elles qu'elle nous a quitté. De sorte que cette richesse nouvelle de la vie de la femme en allée rétroagit sur la femme qui était auprès de nous et peut-être préméditait son départ. A la série des faits psychologiques que nous pouvons déduire et qui font partie de sa vie avec nous, de notre lassitude trop marquée pour elle, de notre jalousie aussi (et qui fait que les hommes qui ont été quittés par plusieurs femmes l'ont été presque toujours de la même manière à cause de leur caractère et de réactions toujours identiques qu'on peut calculer : chacun a sa manière propre d'être trahi, comme il a sa manière de s'enrhumer), à cette série pas trop mystérieuse pour nous, correspondait sans doute une série de faits que nous avons ignorés. Elle devait depuis quelque temps entretenir des relations écrites, ou verbales, ou par messagers, avec tel homme, ou telle femme, attendre tel signe que nous avons peut-être donné nous-même sans le savoir en disant : « M. X. est venu hier pour me voir », si elle avait convenu avec M. X. que la veille du jour où elle devrait rejoindre M. X., celui-ci viendrait me voir. Que d'hypothèses possibles ! Possibles seulement. Je construisais si bien la vérité, mais dans le possible seu-

18

lement, qu'ayant un jour ouvert, et par erreur, une lettre adressée à ma maîtresse, cette lettre écrite en style convenu et qui disait : « attends toujours signe pour aller chez le Marquis de Saint-Loup, prévenez demain par coup de téléphone », je reconstituai une sorte de fuite projetée ; le nom du Marquis de Saint-Loup n'était là que pour signifier autre chose, car ma maîtresse ne connaissait pas suffisamment Saint-Loup, mais m'avait entendu parler de lui et d'ailleurs la signature était une espèce de surnom, sans aucune forme de langage. Or la lettre n'était pas adressée à ma maîtresse, mais à une personne de la maison qui portait un nom différent et qu'on avait mal lu. La lettre n'était pas en signes convenus mais en mauvais français parce qu'elle était d'une Américaine, effectivement amie de Saint-Loup comme celui-ci me l'apprit. Et la façon étrange dont cette Américaine formait certaines lettres avait donné l'aspect d'un surnom à un nom parfaitement réel mais étranger. Je m'étais donc ce jour-là trompé du tout au tout dans mes soupçons. Mais l'armature intellectuelle qui chez moi avait relié ces faits, tous faux, était elle-même la forme si juste, si inflexible de la vérité que quand trois mois plus tard ma maîtresse, qui alors songeait à passer toute sa vie avec moi, m'avait quitté, ç'avait été d'une façon absolument identique à celle que j'avais imaginée la première fois. Une lettre vint ayant les mêmes particularités que j'avais faussement attribuées à la première lettre, mais cette fois-ci ayant bien le sens d'un signal.

Ce malheur était le plus grand de toute ma vie. Et malgré tout, la souffrance qu'il me causait était peut-être dépassée encore par la curiosité de connaître les causes de ce malheur qu'Albertine avait désiré, retrouvé. Mais les sources des grands événements sont comme celles des fleuves, nous avons beau parcourir la surface de la terre, nous ne les retrouvons pas. Albertine avait-elle ainsi prémédité depuis longtemps sa fuite ; j'ai dit (et alors cela m'avait paru seulement du maniérisme et de la mauvaise humeur, ce que Françoise appelait faire la « tête ») que, du jour où elle avait cessé de m'embrasser, elle avait eu un air de porter le diable en terre, toute droite, figée, avec une voix triste dans les plus simples choses, lente en ses mouvements, ne souriant plus jamais. Je ne peux pas dire qu'aucun fait prouvât aucune connivence avec le dehors. Françoise me raconta bien ensuite qu'étant entrée l'avant-veille du départ dans sa chambre elle n'y avait trouvé personne, les rideaux fermés, mais sentant à l'odeur de l'air et au bruit que la fenêtre était ouverte. Et en effet elle avait trouvé Albertine sur le balcon. Mais on ne voit pas avec qui elle eût pu, de là, correspondre, et d'ailleurs les rideaux fermés sur la fenêtre ouverte s'expliquaient sans doute parce qu'elle savait que je craignais les courants d'air et que, même si les

20

rideaux m'en protégeaient peu, ils eussent empêché
Françoise de voir du couloir que les volets étaient
ouverts aussi tôt. Non, je ne vois rien sinon un petit
fait qui prouve seulement que la veille elle savait
qu'elle allait partir. La veille en effet elle prit
dans ma chambre sans que je m'en aperçusse
une grande quantité de papier et de toile d'emballage qui s'y trouvait, et à l'aide desquels elle
emballa ses innombrables peignoirs et sauts de
lit toute la nuit afin de partir le matin ; c'est le
seul fait, ce fut tout. Je ne peux pas attacher
d'importance à ce qu'elle me rendit presque de
force ce soir-là mille francs qu'elle me devait,
cela n'a rien de spécial, car elle était d'un scrupule
extrême dans les choses d'argent. Oui, elle prit
les papiers d'emballage la veille, mais ce n'était
pas de la veille seulement qu'elle savait qu'elle
partirait ! Car ce n'est pas le chagrin qui la fit
partir, mais la résolution prise de partir, de renoncer à la vie qu'elle avait rêvée qui lui donna
cet air chagrin. Chagrin, presque solennellement
froid avec moi sauf le dernier soir où après être
restée chez moi plus tard qu'elle ne voulait, dit-
elle, — remarque qui m'étonnait venant d'elle
qui voulait toujours prolonger — elle me dit
de la porte : « Adieu, petit, adieu, petit. » Mais
je n'y pris pas garde au moment. Françoise m'a
dit que le lendemain matin quand elle lui dit
qu'elle partait (mais du reste c'est explicable
aussi par la fatigue, car elle ne s'était pas désha-
billée et avait passé toute la nuit à emballer, sauf

21

les affaires qu'elle avait à demander à Françoise
et qui n'étaient pas dans sa chambre et son cabinet
de toilette), elle était encore tellement triste,
tellement plus droite, tellement plus figée que
les jours précédents que Françoise crut quand
elle lui dit : « Adieu, Françoise » qu'elle allait
tomber. Quand on apprend ces choses-là, on comprend que la femme qui vous plaisait tellement
moins que toutes celles qu'on rencontre si facilement dans les plus simples promenades, à qui
on en voulait de les sacrifier pour elle, soit au
contraire celle qu'on préfèrerait maintenant mille
fois. Car la question ne se pose plus entre un
certain plaisir — devenu par l'usage, et peut-être
par la médiocrité de l'objet, presque nul — et
d'autres plaisirs, ceux-là tentants, ravissants,
mais entre ces plaisirs-là et quelque chose de
bien plus fort qu'eux, la pitié pour la douleur.

En me promettant à moi-même qu'Albertine
serait ici ce soir, j'avais couru au plus pressé et
pansé d'une croyance nouvelle l'arrachement de
celle avec laquelle j'avais vécu jusqu'ici. Mais si
rapidement qu'eût agi mon instinct de conservation, j'étais, quand Françoise m'avait parlé,
resté une seconde sans secours, et j'avais beau
savoir maintenant qu'Albertine serait là ce soir,
la douleur que j'avais ressentie pendant l'instant
où je ne m'étais pas encore appris à moi-même
ce retour (l'instant qui avait suivi les mots : Mademoiselle Albertine a demandé ses malles, Mademoiselle Albertine est partie), cette douleur

renaissait d'elle-même en moi pareille à ce qu'elle
avait été, c'est-à-dire comme si j'avais ignoré
encore le prochain retour d'Albertine. D'ailleurs
il fallait qu'elle revînt, mais d'elle-même. Dans
toutes les hypothèses, avoir l'air de faire faire
une démarche, de la prier de revenir irait à l'en-
contre du but. Certes je n'avais pas la force de
renoncer à elle comme je l'avais eue pour Gilberte.
Plus même que revoir Albertine, ce que je voulais
c'était mettre fin à l'angoisse physique que mon
cœur plus mal portant que jadis ne pouvait plus
tolérer. Puis à force de m'habituer à ne pas
vouloir, qu'il s'agît de travail ou d'autre chose,
j'étais devenu plus lâche. Mais surtout cette
angoisse était incomparablement plus forte pour
bien des raisons dont la plus importante n'était
peut-être pas que je n'avais jamais goûté de
plaisir sensuel avec Mme de Guermantes et avec
Gilberte, mais que, ne les voyant pas chaque
jour, à toute heure, n'en ayant pas la possibilité,
et par conséquent pas le besoin, il y avait en
moins, dans mon amour pour elles, la force
immense de l'Habitude. Peut-être, maintenant
que mon cœur, incapable de vouloir et de supporter de son plein gré la souffrance, ne trouvait
qu'une seule solution possible, le retour à tout
prix d'Albertine, peut-être la solution opposée
(le renoncement volontaire, la résignation progressive) m'eût-elle paru une solution de roman,
invraisemblable dans la vie, si je n'avais moi-
même autrefois opté pour celle-là quand il s'était

23

agi de Gilberte. Je savais donc que cette autre
solution pouvait être acceptée aussi et par un
même homme, car j'étais resté à peu près le
même. Seulement le temps avait joué son rôle,
le temps qui m'avait vieilli, le temps aussi qui
avait mis Albertine perpétuellement auprès de
moi quand nous menions notre vie commune.
Mais du moins, sans renoncer à elle, ce qui me
restait de ce que j'avais éprouvé pour Gilberte,
c'était la fierté de ne pas vouloir être pour Albertine un jouet dégoûtant en lui faisant demander
de revenir, je voulais qu'elle revînt sans que
j'eusse l'air d'y tenir. Je me levai pour ne pas
perdre de temps, mais la souffrance m'arrêta :
c'était la première fois que je me levais depuis
qu'Albertine était partie. Pourtant il fallait vite
m'habiller afin d'aller m'informer chez son concierge.

La souffrance, prolongement d'un choc moral
imposé, aspire à changer de forme ; on espère la
volatiliser en faisant des projets, en demandant
des renseignements ; on veut qu'elle passe par
ses innombrables métamorphoses, cela demande
moins de courage que de garder sa souffrance
franche ; ce lit paraît si étroit, si dur, si froid où
l'on se couche avec sa douleur. Je me remis sur
mes jambes ; je n'avançais dans la chambre
qu'avec une prudence infinie, je me plaçais de
façon à ne pas apercevoir la chaise d'Albertine,
le pianola sur les pédales duquel elle appuyait
ses mules d'or, un seul des objets dont elle avait

24

usé et qui tous, dans le langage particulier que leur avait enseigné mes souvenirs, semblaient vouloir me donner une traduction, une version différente, m'annoncer une seconde fois la nouvelle de son départ. Mais, sans les regarder, je les voyais, mes forces m'abandonnèrent, je tombai assis dans un de ces fauteuils de satin bleu dont, une heure plus tôt, dans le clair obscur de la chambre anesthésiée par un rayon de jour, le glacis m'avait fait faire des rêves passionnément caressés alors, si loin de moi maintenant. Hélas ! je ne m'y étais jamais assis avant cette minute, que quand Albertine était encore là. Aussi je ne pus y rester, je me levai ; et ainsi à chaque instant, il y avait quelqu'un des innombrables et humbles « moi » qui nous composent qui était ignorant encore du départ d'Albertine et à qui il fallait le notifier ; il fallait, — ce qui était plus cruel que s'ils avaient été des étrangers et n'avaient pas emprunté ma sensibilité pour souffrir, — annoncer le malheur qui venait d'arriver à tous ces êtres, à tous ces « moi » qui ne le savaient pas encore, il fallait que chacun d'eux à son tour entendît pour la première fois ces mots : « Albertine a demandé ses malles » — ces malles en forme de cercueil que j'avais vu charger à Balbec à côté de celles de ma mère — « Albertine est partie. » A chacun j'avais à apprendre mon chagrin, le chagrin qui n'est nullement une conclusion pessimiste librement tirée d'un ensemble de circonstances funestes, mais la reviviscence intermittente

et involontaire d'une impression spécifique, venue
du dehors, et que nous n'avons pas choisie. Il y
avait quelques-uns de ces moi que je n'avais pas
revus depuis assez longtemps. Par exemple (je
n'avais pas songé que c'était le jour du coiffeur)
le moi que j'étais quand je me faisais couper les
cheveux. J'avais oublié ce moi-là, son arrivée fit
éclater mes sanglots, comme, à un enterrement,
celle d'un vieux serviteur retraité qui a connu
celle qui vient de mourir. Puis je me rappelai
tout d'un coup que depuis huit jours j'avais par
moments été pris de peurs paniques que je ne
m'étais pas avouées. A ces moments-là je discutais
pourtant en me disant : « Inutile n'est-ce pas
d'envisager l'hypothèse où elle partirait brusquement. C'est absurde. Si je la confiais à un
homme sensé et intelligent (et je l'aurais fait
pour me tranquilliser si la jalousie ne m'eût
empêché de faire des confidences) il me dirait
sûrement : « Mais vous êtes fou. C'est impossible. » Et en effet ces derniers jours nous n'avions
pas eu une seule querelle. On part pour un motif.
On le dit. On vous donne le droit de répondre.
On ne part pas comme cela. Non c'est un enfan-
tillage. C'est la seule hypothèse absurde. » Et
pourtant tous les jours, en la retrouvant là le
matin, quand je sonnais, j'avais poussé un immense soupir de soulagement. Et quand Françoise m'avait remis la lettre d'Albertine, j'avais
tout de suite été sûr qu'il s'agissait de la chose
qui ne pouvait pas être, de ce départ en quelque

sorte perçu plusieurs jours d'avance, malgré les
raisons logiques d'être rassuré. Je me l'étais dit
presque avec une satisfaction de perspicacité dans
mon désespoir, comme un assassin qui sait ne
pouvoir être découvert, mais qui a peur et qui
tout d'un coup voit le nom de sa victime écrit
en tête d'un dossier chez le juge d'instruction
qui l'a fait mander. Tout mon espoir était qu'Albertine fût partie en Touraine, chez sa tante où
en somme elle était assez surveillée et ne pourrait
faire grand chose jusqu'à ce que je l'en ramenasse.
Ma pire crainte avait été qu'elle fût restée à Paris,
partie pour Amsterdam ou pour Montjouvain,
c'est-à-dire qu'elle se fût échappée pour se consacrer à quelque intrigue dont les préliminaires
m'avaient échappé. Mais en réalité en me disant
Paris, Amsterdam, Montjouvain, c'est-à-dire plusieurs lieux, je pensais à des lieux qui n'étaient
que possibles. Aussi, quand le concierge d'Albertine répondit qu'elle était partie en Touraine
cette résidence que je croyais désirer me sembla
la plus affreuse de toutes, parce que celle-là était
réelle et que pour la première fois torturé par la
certitude du présent et l'incertitude de l'avenir,
je me représentais Albertine commençant une
vie qu'elle avait voulue séparée de moi, peut-être
pour longtemps, peut-être pour toujours, et où
elle réaliserait cet inconnu qui autrefois m'avait
si souvent troublé, alors que pourtant j'avais le
bonheur de posséder, de caresser ce qui en était
le dehors, ce doux visage impénétrable et capté.

27

C'était cet inconnu qui faisait le fond de mon
amour. Devant la porte d'Albertine, je trouvai
une petite fille pauvre qui me regardait avec de
grands yeux et qui avait l'air si bon que je lui
demandai si elle ne voulait pas venir chez moi,
comme j'eusse fait d'un chien au regard fidèle.
Elle en eut l'air content. A la maison, je la berçai
quelque temps sur mes genoux, mais bientôt sa
présence, en me faisant trop sentir l'absence
d'Albertine, me fut insupportable. Et je la priai
de s'en aller, après lui avoir remis un billet de
cinq cents francs. Et pourtant, bientôt après,
la pensée d'avoir quelque autre petite fille près
de moi, de ne jamais être seul, sans le secours
d'une présence innocente, fut le seul rêve qui me
permît de supporter l'idée que peut-être Albertine
resterait quelque temps sans revenir. Pour Albertine elle-même, elle n'existait guère en moi que
sous la forme de son nom, qui, sauf quelques
rares répits au réveil, venait s'inscrire dans mon
cerveau et ne cessait plus de le faire. Si j'avais
pensé tout haut, je l'aurais répété sans cesse et
mon verbiage eût été aussi monotone, aussi
limité que si j'eusse été changé en oiseau, en un
oiseau pareil à celui de la fable dont le chant
redisait sans fin le nom de celle qu'homme, il
avait aimée. On se le dit, et comme on le tait, il
semble qu'on l'écrive en soi, qu'il laisse sa trace
dans le cerveau et que celui-ci doive finir par être,
comme un mur où quelqu'un s'est amusé à crayon-
ner, entièrement recouvert par le nom, mille fois

28

récrit, de celle qu'on aime. On le redit tout le temps dans sa pensée, tant qu'on est heureux, plus encore quand on est malheureux. Et de redire ce nom, qui ne nous donne rien de plus que ce qu'on sait déjà, on éprouve le besoin sans cesse renaissant, mais à la longue, une fatigue. Au plaisir charnel je ne pensais même pas en ce moment ; je ne voyais même pas devant ma pensée l'image de cette Albertine, cause pourtant d'un tel bouleversement dans mon être, je n'apercevais pas son corps et si j'avais voulu isoler l'idée qui était liée — car il y en a bien toujours quelqu'une — à ma souffrance, ç'aurait été alternativement, d'une part, le doute sur les dispositions dans lesquelles elle était partie, avec ou sans esprit de retour, d'autre part les moyens de la ramener. Peut-être y a-t-il un symbole et une vérité dans la place infime tenue dans notre anxiété par celle à qui nous la rapportons. C'est qu'en effet sa personne même y est pour peu de chose ; pour presque tout le processus d'émotions, d'angoisses que tels hasards nous ont fait jadis éprouver à propos d'elle et que l'habitude a attaché à elle. Ce qui le prouve bien c'est, plus encore que l'ennui qu'on éprouve dans le bonheur, combien voir ou ne pas voir cette même personne, être estimé ou non d'elle, l'avoir ou non à notre disposition, nous paraîtra quelque chose d'indifférent quand nous n'aurons plus à nous poser le problème (si oiseux que nous ne nous le poserons même plus) que relativement à la personne elle-même, — le

processus d'émotions et d'angoisse étant oublié,
au moins en tant que se rattachant à elle, car il
a pu se développer à nouveau mais transféré à
une autre. Avant cela, quand il était encore attaché à elle, nous croyions que notre bonheur
dépendait de sa présence : il dépendait seulement
de la terminaison de notre anxiété. Notre inconscient était donc plus clairvoyant que nous-
même à ce moment-là en faisant si petite la figure
de la femme aimée, figure que nous avions même
peut-être oubliée, que nous pouvions connaître
mal et croire médiocre, dans l'effroyable drame
où de la retrouver pour ne plus l'attendre pourrait
dépendre jusqu'à notre vie elle-même. Proportions minuscules de la figure de la femme, effet
logique et nécessaire de la façon dont l'amour se
développe, claire allégorie de la nature subjective
de cet amour.

L'esprit dans lequel Albertine était partie était
semblable sans doute à celui des peuples qui font
préparer par une démonstration de leur armée
l'œuvre de leur diplomatie. Elle n'avait dû partir
que pour obtenir de moi de meilleures conditions,
plus de liberté, de luxe. Dans ce cas celui qui
l'eût emporté de nous deux, c'eût été moi, si
j'eusse eu la force d'attendre, d'attendre le moment où, voyant qu'elle n'obtenait rien, elle fût
revenue d'elle-même. Mais si aux cartes, à la
guerre, où il importe seulement de gagner, on
peut résister au bluff, les conditions ne sont point
les mêmes que font l'amour et la jalousie, sans

parler de la souffrance. Si pour attendre, pour « durer », je laissais Albertine rester loin de moi plusieurs jours, plusieurs semaines peut-être, je ruinais ce qui avait été mon but pendant plus d'une année, ne pas la laisser libre une heure. Toutes mes précautions se trouvaient devenues inutiles, si je lui laissais le temps, la facilité de me tromper tant qu'elle voudrait, et si à la fin elle se rendait, je ne pourrais plus oublier le temps où elle aurait été seule et, même l'emportant à la fin, tout de même dans le passé, c'est-à-dire irréparablement, je serais le vaincu.

Quant aux moyens de ramener Albertine, ils avaient d'autant plus de chance de réussir que l'hypothèse où elle ne serait partie que dans l'espoir d'être rappelée avec de meilleures conditions, paraîtrait plus plausible. Et sans doute pour les gens qui ne croyaient pas à la sincérité d'Albertine, certainement pour Françoise, par exemple, cette hypothèse l'était. Mais pour ma raison, à qui la seule explication de certaines mauvaises humeurs, de certaines attitudes avait paru, avant que je sache rien, le projet formé par elle d'un départ définitif, il était difficile de croire que, maintenant que ce départ s'était produit, il n'était qu'une simulation. Je dis pour ma raison, non pour moi. L'hypothèse de la simulation me devenait d'autant plus nécessaire qu'elle était plus improbable et gagnait en force ce qu'elle perdait en vraisemblance. Quand on se voit au bord de l'abîme et qu'il semble que Dieu vous ait abandonné, on n'hésite plus à attendre de lui un miracle.

Je reconnais que dans tout cela je fus le plus apathique quoique le plus douloureux des policiers. Mais la fuite d'Albertine ne m'avait pas rendu les qualités que l'habitude de la faire surveiller par d'autres m'avait enlevées. Je ne pensais qu'à une chose : charger un autre de cette recherche. Cet autre fut Saint-Loup qui consentit. L'anxiété de tant de jours remise à un autre me donna de la joie et je me trémoussai sûr du succès, les mains redevenues brusquement sèches comme autrefois et n'ayant plus cette sueur dont Françoise m'avait mouillé en me disant : « Mademoiselle Albertine est partie. »

On se souvient que quand je résolus de vivre avec Albertine et même de l'épouser, c'était pour la garder, savoir ce qu'elle faisait, l'empêcher de reprendre ses habitudes avec Mlle Vinteuil. Ç'avait été dans le déchirement atroce de sa révélation à Balbec quand elle m'avait dit comme une chose toute naturelle et que je réussis, bien que ce fut le plus grand chagrin que j'eusse encore éprouvé dans ma vie à sembler trouver toute naturelle, la chose que dans mes pires suppositions je n'aurais jamais été assez audacieux pour imaginer. (C'est étonnant comme la jalousie qui passe son temps à faire des petites suppositions dans le faux, a peu d'imagination quand il s'agit de découvrir le vrai). Or cet amour né surtout d'un besoin d'empêcher Albertine de faire le mal, cet amour avait gardé dans la suite la trace

32

de son origine. Etre avec elle m'importait peu
pour peu que je pusse empêcher « l'être de fuite »
d'aller ici ou là. Pour l'en empêcher je m'en étais
remis aux yeux, à la compagnie de ceux qui
allaient avec elle et pour peu qu'ils me fissent le
soir un bon petit rapport bien rassurant mes
inquiétudes s'évanouissaient en bonne humeur.

M'étant donné à moi-même l'affirmation que,
quoi que je dusse faire, Albertine serait de retour
à la maison le soir même, j'avais suspendu la
douleur que Françoise m'avait causée en me
disant qu'Albertine était partie (parce qu'alors
mon être pris de court avait cru un instant que
ce départ était définitif). Mais après une interruption, quand d'un élan de sa vie indépendante la
souffrance initiale revenait spontanément en moi,
elle était toujours aussi atroce, parce que antérieure à la promesse consolatrice que je m'étais
faite de ramener le soir même Albertine. Cette
phrase qui l'eût calmée, ma souffrance l'ignorait.
Pour mettre en œuvre les moyens d'amener ce
retour, une fois encore, non pas qu'une telle attitude m'eût jamais très bien réussi, mais parce
que je l'avais toujours prise depuis que j'aimais
Albertine, j'étais condamné à faire comme si je
ne l'aimais pas, ne souffrais pas de son départ,
j'étais condamné à continuer de lui mentir. Je
pourrais être d'autant plus énergique dans les
moyens de la faire revenir que personnellement
j'aurais l'air d'avoir renoncé à elle. Je me propo-
sais d'écrire à Albertine une lettre d'adieux où

je considérerais son départ comme définitif, tandis que j'enverrais Saint-Loup exercer sur Mme Bontemps et, comme à mon insu, la pression la plus brutale pour qu'Albertine revînt au plus vite. Sans doute j'avais expérimenté avec Gilberte le danger des lettres d'une indifférence qui, feinte d'abord, finit par devenir vraie. Et cette expérience aurait dû m'empêcher d'écrire à Albertine des lettres du même caractère que celles que j'avais écrites à Gilberte. Mais ce qu'on appelle expérience n'est que la révélation à nos propres yeux d'un trait de notre caractère, qui naturellement reparaît, et reparaît d'autant plus fortement que nous l'avons déjà mis en lumière pour nous-même une fois, de sorte que le mouvement spontané qui nous avait guidé la première fois se trouve renforcé par toutes les suggestions du souvenir. Le plagiat humain auquel il est le plus difficile d'échapper, pour les individus (et même pour les peuples qui persévèrent dans leurs fautes et vont les aggravant) c'est le plagiat de soi-même.

Saint-Loup que je savais à Paris avait été mandé par moi à l'instant même ; il accourut rapide et efficace comme il était jadis à Doncières et consentit à partir aussitôt pour la Touraine. Je lui soumis la combinaison suivante. Il devait descendre à Chatellerault, se faire indiquer la maison de Mme Bontemps, attendre qu'Albertine fût sortie, car elle aurait pu le reconnaître. « Mais la jeune fille dont tu parles me connaît donc ? », me dit-il. Je lui dis que je ne le croyais pas. Le

projet de cette démarche me remplit d'une joie
infinie. Elle était pourtant en contradiction
absolue avec ce que je m'étais promis au début :
m'arranger à ne pas avoir l'air de faire chercher
Albertine ; et cela en aurait l'air inévitablement,
mais elle avait sur « ce qu'il aurait fallu » l'avantage inestimable qu'elle me permettait de me
dire que quelqu'un envoyé par moi allait voir
Albertine, sans doute la ramener. Et si j'avais su
voir clair dans mon cœur au début, c'est cette
solution cachée dans l'ombre et que je trouvais
déplorable, que j'aurais pu prévoir qui prendrait
le pas sur les solutions de patience et que j'étais
décidé à vouloir, par manque de volonté. Comme
Saint-Loup avait déjà l'air un peu surpris qu'une
jeune fille eût habité chez moi tout un hiver sans
que je lui en eusse rien dit, comme d'autre part
il m'avait souvent reparlé de la jeune fille de
Balbec et que je ne lui avais jamais répondu :
« Mais elle habite ici », il eût pu être froissé de
mon manque de confiance. Il est vrai que peut-
être Mme Bontemps lui parlerait de Balbec. Mais
j'étais trop impatient de son départ, de son arrivée,
pour vouloir, pour pouvoir penser aux conséquences possibles de ce voyage. Quant à ce qu'il
reconnût Albertine (qu'il avait d'ailleurs systématiquement évité de regarder quand il l'avait
rencontrée à Doncières), elle avait, au dire de
tous, tellement changé et grossi que ce n'était
guère probable. Il me demanda si je n'avais pas
un portrait d'Albertine. Je répondis d'abord que

non, pour qu'il n'eût pas, d'après sa photographie,
faite à peu près du temps de Balbec, le loisir de
reconnaître Albertine, que pourtant il n'avait
qu'entrevue dans le wagon. Mais je réfléchis que
sur la dernière elle serait déjà aussi différente
de l'Albertine de Balbec que l'était maintenant
l'Albertine vivante, et qu'il ne la reconnaîtrait
pas plus sur la photographie que dans la réalité.
Pendant que je la lui cherchais, il me passait doucement la main sur le front, en manière de me
consoler. J'étais ému de la peine que la douleur
qu'il devinait en moi lui causait. D'abord il avait
beau s'être séparé de Rachel, ce qu'il avait éprouvé
alors n'était pas encore si lointain qu'il n'eût une
sympathie, une pitié particulière pour ce genre
de souffrances, comme on se sent plus voisin de
quelqu'un qui a la même maladie que vous.
Puis il avait tant d'affection pour moi que la
pensée de mes souffrances lui était insupportable.
Aussi en concevait-il pour celle qui me les causait
un mélange de rancune et d'admiration. Il se
figurait que j'étais un être si supérieur qu'il
pensait que pour que je fusse soumis à une autre
créature il fallait que celle-là fût tout à fait extraordinaire. Je pensais bien qu'il trouverait la
photographie d'Albertine jolie, mais comme tout
de même je ne m'imaginais pas qu'elle produirait
sur lui l'impression d'Hélène sur les vieillards
troyens, tout en cherchant je disais modeste-
ment : « Oh ! tu sais, ne te fais pas d'idées, d'abord
la photo est mauvaise, et puis elle n'est pas

36

étonnante, ce n'est pas une beauté, elle est surtout
bien gentille. » « Oh ! si, elle doit être merveilleuse »,
dit-il avec une enthousiasme naïf et sincère en
cherchant à se représenter l'être qui pouvait me
jeter dans un désespoir et une agitation pareille.
« Je lui en veux de te faire mal, mais aussi c'était
bien à supposer qu'un être artiste jusqu'au bout
des ongles comme toi, toi qui aimes en tout la
beauté et d'un tel amour, tu étais prédestiné à
souffrir plus qu'un autre quand tu la rencontrerais dans une femme. » Enfin je venais de trouver
la photographie. « Elle est sûrement merveilleuse »,
continuait à dire Robert, qui n'avait pas vu que
je lui tendais la photographie. Soudain il l'aperçut,
il la tint un instant dans ses mains. Sa figure
exprimait une stupéfaction qui allait jusqu'à la
stupidité. « C'est ça la jeune fille que tu aimes »,
finit-il par me dire d'un ton où l'étonnement était
mâté par la crainte de me fâcher. Il ne fit aucune
observation, il avait pris l'air raisonnable, prudent, forcément un peu dédaigneux qu'on a
devant un malade — eût-il été jusque là un homme
remarquable et votre ami — mais qui n'est plus
rien de tout cela car, frappé de folie furieuse, il
vous parle d'un être céleste qui lui est apparu et
continue à le voir à l'endroit où vous, homme
sain, vous n'apercevez qu'un édredon. Je compris
tout de suite l'étonnement de Robert, et que
c'était celui où m'avait jeté la vue de sa maîtresse,
avec la seule différence que j'avais trouvé en elle
une femme que je connaissais déjà, tandis que

lui croyait n'avoir jamais vu Albertine. Mais sans
doute la différence entre ce que nous voyions l'un
et l'autre d'une même personne était aussi grande.
Le temps était loin où j'avais bien petitement
commencé à Balbec par ajouter aux sensations
visuelles quand je regardais Albertine, des sensations de saveur, d'odeur, de toucher. Depuis,
des sensations plus profondes, plus douces, plus
indéfinissables s'y étaient ajoutées, puis des sensations douloureuses. Bref Albertine n'était,
comme une pierre autour de laquelle il a neigé,
que le centre générateur d'une immense construction qui passait par le plan de mon cœur.
Robert, pour qui était invisible toute cette stratification de sensations, ne saisissait qu'un résidu
qu'elle m'empêchait au contraire d'apercevoir.
Ce qui avait décontenancé Robert quand il avait
aperçu la photographie d'Albertine, était non le
saisissement des vieillards troyens voyant passer
Hélène et disant : « Notre mal ne vaut pas un
seul de ses regards », mais celui exactement inverse
et qui fait dire : « Comment, c'est pour ça qu'il
a pu se faire tant de bile, tant de chagrin, faire
tant de folies ! » Il faut bien avouer que ce genre
de réaction à la vue de la personne qui a causé
les souffrances, bouleversé la vie, quelquefois
amené la mort de quelqu'un que nous aimons,
est infiniment plus fréquent que celui des vieillards troyens, et pour tout dire habituel. Ce
n'est pas seulement parce que l'amour est individuel, ni parce que, quand nous ne le ressentons

38

pas, le trouver évitable et philosopher sur la
folie des autres nous est naturel. Non, c'est
que, quand il est arrivé au degré où il cause
de tels maux, la construction des sensations
interposées entre le visage de la femme et les yeux
de l'amant, — l'énorme œuf douloureux qui
l'engaîne et le dissimule autant qu'une couche
de neige une fontaine — est déjà poussée assez
loin pour que le point où s'arrêtent les regards
de l'amant, point où il rencontre son plaisir et
ses souffrances, soit aussi loin du point où les
autres le voient qu'est loin le soleil véritable de
l'endroit où sa lumière condensée nous le fait
apercevoir dans le ciel. Et de plus, pendant ce
temps, sous la chrysalide de douleurs et de tendresses qui rend invisibles à l'amant les pires
métamorphoses de l'être aimé, le visage a eu le
temps de vieillir et de changer. De sorte que si
le visage que l'amant a vu la première fois est
fort loin de celui qu'il voit depuis qu'il aime et
souffre, il est, en sens inverse, tout aussi loin de
celui que peut voir maintenant le spectateur
indifférent. (Qu'aurait-ce été si, au lieu de la
photographie de celle qui était une jeune fille,
Robert avait vu la photographie d'une vieille
maîtresse ?). Et même, nous n'avons pas besoin
de voir pour la première fois, celle qui a causé
tant de ravages pour avoir cet étonnement. Souvent nous la connaissions comme mon grand
oncle connaissait Odette. Alors la différence d'optique s'étend non seulement à l'aspect physique,

mais au caractère, à l'importance individuelle.
Il y a beaucoup de chances pour que la femme
qui fait souffrir celui qui l'aime, ait toujours été
bonne fille avec quelqu'un qui ne se souciait pas
d'elle, comme Odette si cruelle pour Swann avait
été la prévenante « dame en rose » de mon grand
oncle, ou bien que l'être dont chaque décision est
supputée d'avance avec autant de crainte que
celle d'une Divinité par celui qui l'aime, apparaisse
comme une personne sans conséquence, trop
heureuse de faire tout ce qu'on veut, aux yeux
de celui qui ne l'aime pas, comme la maîtresse
de Saint-Loup pour moi qui ne voyais en elle
que cette « Rachel Quand du Seigneur » qu'on
m'avait tant de fois proposée. Je me rappelais,
la première fois que je l'avais vue avec Saint-
Loup, ma stupéfaction à la pensée qu'on pût être
torturé de ne pas savoir ce qu'une telle femme
avait fait, de savoir ce qu'elle avait pu dire tout
bas à quelqu'un, pourquoi elle avait eu un désir
de rupture. Or je sentais que tout ce passé, mais
d'Albertine, vers lequel chaque fibre de mon
cœur, de ma vie, se dirigeaient avec une souffrance,
vibratile et maladroite, devait paraître tout aussi
insignifiant à Saint-Loup, qu'il me le deviendrait
peut-être un jour à moi-même. Je sentais que je
passerais peut-être peu à peu touchant l'insigni-
fiance ou la gravité du passé d'Albertine de l'état
d'esprit que j'avais en ce moment à celui qu'avait
Saint-Loup, car je ne me faisais pas d'illusions
sur ce que Saint-Loup pouvait penser, sur ce

que tout autre que l'amant peut penser. Et je
n'en souffrais pas trop. Laissons les jolies femmes
aux hommes sans imagination. Je me rappelais
cette tragique explication de tant de nous qu'est
un portrait génial et pas ressemblant comme celui
d'Odette par Elstir et qui est moins le portrait
d'une amante que du déformant amour. Il n'y
manquait — ce que tant de portraits ont — que
d'être à la fois d'un grand peintre et d'un amant
(et encore disait-on qu'Elstir l'avait été d'Odette).
Cette dissemblance, toute la vie d'un amant, —
d'un amant dont personne ne comprend les folies,
— toute la vie d'un Swann, la prouve. Mais
que l'amant se double d'un peintre comme Elstir
et alors le mot de l'énigme est proféré, vous avez
enfin sous les yeux ces lèvres que le vulgaire n'a
jamais aperçues dans cette femme, ce nez que
personne ne lui a connu, cette allure insoupçonnée. Le portrait dit : « Ce que j'ai aimé, ce
qui m'a fait souffrir, ce que j'ai sans cesse vu,
c'est ceci. » Par une gymnastique inverse, moi
qui avais essayé par la pensée d'ajouter à Rachel
tout ce que Saint-Loup lui avait ajouté de lui-
même, j'essayais d'ôter mon apport cardiaque
et mental dans la composition d'Albertine et de
me la représenter telle qu'elle devait apparaître
à Saint-Loup, comme à moi Rachel. Ces diffé-
rences-là, quand même nous les verrions nous-
mêmes, quelle importance y ajouterions-nous ?
Quand autrefois à Balbec Albertine m'attendait
sous les arcades d'Incarville et sautait dans ma

41

voiture, non seulement elle n'avait pas encore
« épaissi », mais à la suite d'excès d'exercice elle
avait trop fondu ; maigre, enlaidie par un vilain chapeau qui ne laissait dépasser qu'un petit bout de
vilain nez et voir de côté que des joues blanches
comme des vers blancs, je retrouvais bien peu
d'elle, assez cependant pour qu'au saut qu'elle
faisait dans ma voiture, je susse que c'était elle,
qu'elle avait été exacte au rendez-vous et n'était
pas allée ailleurs ; et cela suffit ; ce qu'on aime
est trop dans le passé, consiste trop dans le temps
perdu ensemble pour qu'on ait besoin de toute
la femme ; on veut seulement être sûr que c'est
elle, ne pas se tromper sur l'identité autrement
importante que la beauté pour ceux qui aiment ;
les joues peuvent se creuser, le corps s'amaigrir,
même pour ceux qui ont été d'abord le plus orgueilleux, aux yeux des autres, de leur domination sur
une beauté, ce petit bout de museau, ce signe où
se résume la personnalité permanente d'une
femme, cet extrait algébrique, cette constante,
cela suffit pour qu'un homme attendu dans le
plus grand monde et qui l'aimait, ne puisse dis-
poser d'une seule de ses soirées parce qu'il passe
son temps à peigner et à dépeigner, jusqu'à
l'heure de s'endormir, la femme qu'il aime, ou
simplement à rester auprès d'elle, pour être avec
elle, ou pour qu'elle soit avec lui, ou seulement
pour qu'elle ne soit pas avec d'autres.

« Tu es sûr, me dit Robert, que je peux offrir
comme cela à cette femme trente mille francs

pour le comité électoral de son mari. Elle est malhonnête à ce point-là ? Si tu ne te trompes pas, trois mille francs suffiraient. » « Non, je t'en prie, n'économise pas pour une chose qui me tient tant à cœur. Tu dois dire ceci où il y a du reste une part de vérité : Mon ami avait demandé ces trente mille francs à un parent pour le Comité de l'oncle de sa fiancée. C'est à cause de cette raison de fiançailles qu'on les lui avait donnés. Et il m'avait prié de vous les porter pour qu'Albertine n'en sût rien. Et puis voici qu'Albertine le quitte. Il ne sait plus que faire. Il est obligé de rendre les trente mille francs s'il n'épouse pas Albertine. Et s'il l'épouse, il faudrait qu'au moins pour la forme elle revînt immédiatement, parce que cela ferait trop mauvais effet si la fugue se prolongeait. Tu crois que c'est inventé exprès ? » « Mais non », me répondit Saint-Loup par bonté, par discrétion et puis parce qu'il savait que les circonstances sont souvent plus bizarres qu'on ne croit. Après tout, il n'y avait aucune impossibilité à ce que dans cette histoire des trente mille francs il y eût comme je le lui disais une grande part de vérité. C'était possible, mais ce n'était pas vrai et cette part de vérité était justement un mensonge. Mais nous nous mentions, Robert et moi, comme dans tous les entretiens où un ami désire sincèrement aider son ami en proie à un désespoir d'amour. L'ami conseil, appui, consolateur, peut plaindre la détresse de l'autre, non la ressentir, et meilleur

il est pour lui, plus il ment. Et l'autre lui avoue
ce qui est nécessaire pour être aidé, mais, justement peut-être pour être aidé cache bien des
choses. Et l'heureux est tout de même celui qui
prend de la peine, qui fait un voyage, qui remplit
une mission, mais qui n'a pas de souffrance intérieure. J'étais en ce moment celui qu'avait été
Robert à Doncières quand il s'était cru quitté
par Rachel. « Enfin, comme tu voudras ; si j'ai
une avanie, je l'accepte d'avance pour toi. Et
puis cela a beau me paraître un peu drôle, ce
marché si peu voilé, je sais bien que dans notre
monde, il y a des duchesses et même des plus
bigotes, qui feraient pour trente mille francs des
choses plus difficiles que de dire à leur nièce de
ne pas rester en Touraine. Enfin je suis doublement content de te rendre service, puisqu'il faut
cela pour que tu consentes à me voir. Si je me
marie, ajouta-t-il, est-ce que nous ne nous verrons pas davantage, est-ce que tu ne feras pas
un peu de ma maison la tienne... » Il s'arrêta,
ayant tout à coup pensé, supposai-je alors, que
si moi aussi je me mariais, Albertine ne pourrait
pas être pour sa femme une relation intime. Et
je me rappelai ce que les Cambremer m'avaient
dit de son mariage probable avec la fille du prince
de Guermantes. L'indicateur consulté, il vit qu'il
ne pourrait partir que le soir. Françoise me
demanda : « Faut-il ôter du cabinet de travail le
lit de Mlle Albertine ? » « Au contraire, dis-je, il
faut le faire. » J'espérais qu'elle reviendrait d'un

ALBERTINE DISPARUE

jour à l'autre et je ne voulais même pas que
Françoise pût supposer qu'il y avait doute. Il
fallait que le départ d'Albertine eût l'air d'une
chose convenue entre nous, qui n'impliquait nullement qu'elle m'aimât moins. Mais Françoise
me regarda avec un air, sinon d'incrédulité du
moins de doute. Elle aussi avait ses deux hypothèses. Ses narines se dilataient, elle flairait la
brouille, elle devait la sentir depuis longtemps.
Et si elle n'en était pas absolument sûre, c'est
peut-être seulement parce que, comme moi, elle
se défiait de croire entièrement ce qui lui aurait
fait trop de plaisir. Maintenant le poids de l'affaire
ne reposait plus sur mon esprit surmené mais
sur Saint-Loup. Une allégresse me soulevait
parce que j'avais pris une décision, parce que je
me disais : « J'ai répondu du tac au tac, j'ai agi. »
Saint-Loup devait être à peine dans le train que
je me croisai dans mon antichambre avec Bloch
que je n'avais pas entendu sonner, de sorte que
force me fut de le recevoir un instant. Il m'avait
dernièrement rencontré avec Albertine (qu'il connaissait de Balbec) un jour où elle était de mauvaise humeur. « J'ai dîné avec M. Bontemps, me
dit-il, et comme j'ai une certaine influence sur
lui, je lui ai dit que je m'étais attristé que sa
nièce ne fût pas plus gentille avec toi, qu'il fallait
qu'il lui adressât des prières en ce sens. » J'étouffais de colère, ces prières et ces plaintes détrui-
saient tout l'effet de la démarche de Saint-Loup
et me mettaient directement en cause auprès

45

d'Albertine que j'avais l'air d'implorer. Pour
comble de malheur Françoise restée dans l'antichambre entendit tout cela. Je fis tous les reproches possibles à Bloch, lui disant que je ne
l'avais nullement chargé d'une telle commission
et que du reste le fait était faux. Bloch à partir
de ce moment-là ne cessa plus de sourire, moins,
je crois, de joie que de gêne de m'avoir contrarié.
Il s'étonnait en riant de soulever une telle colère.
Peut-être le disait-il pour ôter à mes yeux de
l'importance à son indiscrète démarche, peut-
être parce qu'il était d'un caractère lâche, et
vivant gaiement et paresseusement dans les mensonges, comme les méduses à fleur d'eau, peut-
être parce que, même eût-il été d'une autre race
d'hommes, les autres ne pouvant se placer au
même point de vue que nous, ne comprennent
pas l'importance du mal que les paroles dites
au hasard peuvent nous faire. Je venais de le
mettre à la porte, ne trouvant aucun remède à
apporter à ce qu'il avait fait, quand on sonna de
nouveau et Françoise me remit une convocation
chez le chef de la Sûreté. Les parents de la petite
fille que j'avais amenée une heure chez moi
avaient voulu déposer contre moi une plainte en
détournement de mineure. Il y a des moments
de la vie où une sorte de beauté naît de la multi-
plicité des ennuis qui nous assaillent, entrecroisés
comme des leitmotiv wagnériens, de la notion
aussi, émergeante alors, que les événements ne
sont pas situés dans l'ensemble des reflets peints

46

dans le pauvre petit miroir que porte devant elle
l'intelligence et qu'elle appelle l'avenir, qu'ils sont
en dehors et surgissent aussi brusquement que
quelqu'un qui vient constater un flagrant délit.
Déjà, laissé à lui-même, un événement se modifie,
soit que l'échec nous l'amplifie ou que la satisfaction le réduise. Mais il est rarement seul. Les
sentiments excités par chacun se contrarient, et
c'est dans une certaine mesure, comme je l'éprouvai en allant chez le chef de la Sûreté, un révulsif
au moins momentané et assez agissant des tristesses sentimentales que la peur. Je trouvai à
la Sûreté les parents qui m'insultèrent en me
disant : « Nous ne mangeons pas de ce pain-là », me
rendirent les cinq cents francs que je ne voulais pas
reprendre, et le chef de la Sûreté qui, se proposant
comme inimitable exemple la facilité des prési-
dents d'assises à « réparties », prélevait un mot de
chaque phrase que je disais, mot qui lui servait
à en faire une spirituelle et accablante réponse.
De mon innocence dans le fait il ne fut même pas
question, car c'est la seule hypothèse que personne
ne voulut admettre un instant. Néanmoins les
difficultés de l'inculpation firent que je m'en
tirai avec un savon extrêmement violent, tant
que les parents furent là. Mais dès qu'ils furent
partis, le chef de la Sûreté qui aimait les petites
filles changea de ton et me réprimandant comme
un compère : « Une autre fois, il faut être plus
adroit. Dame, on ne fait pas des levages aussi
brusquement que ça, ou ça rate. D'ailleurs vous

trouverez partout des petites filles mieux que celle-là et pour bien moins cher. La somme était follement exagérée. » Je sentais tellement qu'il ne me comprendrait pas si j'essayais de lui expliquer la vérité que je profitai sans mot dire de la permission qu'il me donna de me retirer. Tous les passants, jusqu'à ce que je fusse rentré, me parurent des inspecteurs chargés d'épier mes faits et gestes. Mais ce leitmotiv-là, de même que celui de la colère contre Bloch, s'éteignirent pour ne plus laisser place qu'à celui du départ d'Albertine. Or celui-là reprenait, mais sur un mode presque joyeux depuis que Saint-Loup était parti. Depuis qu'il s'était chargé d'aller voir Mme Bontemps, mes souffrances avaient été dispersées. Je croyais que c'était pour avoir agi, je le croyais de bonne foi, car on ne sait jamais ce qui se cache dans notre âme. Au fond ce qui me rendait heureux, ce n'était pas de m'être déchargé de mes indécisions sur Saint-Loup, comme je le croyais. Je ne me trompais pas du reste absolument ; le spécifique pour guérir un événement malheureux (les trois quarts des événements le sont) c'est une décision ; car elle a pour effet par un brusque renversement de nos pensées, d'interrompre le flux de celles qui viennent de l'événement passé et prolongent la vibration, de le briser par un flux inverse de pensées inverses, venu du dehors, de l'avenir. Mais ces pensées nouvelles nous sont surtout bienfaisantes (et c'était le cas pour celles qui m'assiégeaient en ce moment) quand du fond

48

de cet avenir, c'est une espérance qu'elles **nous**
apportent. Ce qui au fond me rendait si heureux,
c'était la certitude secrète que la mission de
Saint-Loup ne pouvant échouer, Albertine ne
pouvait manquer de revenir. Je le compris ; car
n'ayant pas reçu dès le premier jour de réponse
de Saint-Loup, je recommençai à souffrir. Ma
décision, ma remise à lui de mes pleins pouvoirs,
n'étaient donc pas la cause de ma joie qui sans
cela eût duré, mais le « la réussite est sûre »,
que j'avais pensé, quand je disais : « Advienne
que pourra ». Et la pensée éveillée par son retard
qu'en effet autre chose que la réussite pouvait
advenir m'était si odieuse que j'avais perdu ma
gaîté. C'est en réalité notre prévision, notre espérance d'événements heureux qui nous gonfle
d'une joie, que nous attribuons à d'autres causes
et qui cesse pour nous laisser retomber dans le
chagrin si nous ne sommes plus si assurés que ce
que nous désirons se réalisera. C'est toujours
cette invisible croyance qui soutient l'édifice de
notre monde sensitif et privé de quoi il chancelle.
Nous avons vu qu'elle faisait pour nous la valeur
ou la nullité des êtres, l'ivresse ou l'ennui de les
voir. Elle fait de même la possibilité de supporter
un chagrin qui nous semble médiocre, simplement parce que nous sommes persuadés qu'il va
y être mis fin, ou son brusque agrandissement
jusqu'à ce qu'une présence vaille autant, presque
même plus que notre vie. Une chose du reste
acheva de rendre ma douleur au cœur aussi aiguë

qu'elle avait été la première minute et qu'il faut
bien avouer qu'elle n'était plus. Ce fut de relire
une phrase de la lettre d'Albertine. Nous avons
beau aimer les êtres, la souffrance de les perdre,
quand dans l'isolement nous ne sommes plus
qu'en face d'elle, à qui notre esprit donne dans
une certaine mesure la forme qu'il veut, cette
souffrance est supportable et différente de celle
moins humaine, moins nôtre, aussi imprévue et
bizarre qu'un accident dans le monde moral et
dans la région du cœur, — qui a pour cause moins
directement les êtres eux-mêmes que la façon
dont nous avons appris que nous ne les verrions
plus. Albertine, je pouvais penser à elle en pleu-
rant doucement, en acceptant de ne pas plus la
voir ce soir qu'hier mais relire : « ma décision est
irrévocable », c'était autre chose, c'était comme
prendre un médicament dangereux qui m'eût
donné une crise cardiaque à laquelle on peut ne
pas survivre. Il y a dans les choses, dans les événements, dans les lettres de rupture un péril
particulier qui amplifie et dénature la douleur
même que les êtres peuvent nous causer. Mais
cette souffrance dura peu. J'étais malgré tout si
sûr du succès, de l'habileté de Saint-Loup, le
retour d'Albertine me paraissait une chose si certaine que je me demandais si j'avais eu raison de
le souhaiter. Pourtant je m'en réjouissais. Malheureusement pour moi qui croyais l'affaire de la
Sûreté finie, Françoise vint m'annoncer qu'un
inspecteur était venu s'informer si je n'avais pas

ALBERTINE DISPARUE

l'habitude d'avoir des jeunes filles chez moi, que le concierge croyant qu'on parlait d'Albertine avait répondu que si et que depuis ce moment la maison semblait surveillée. Dès lors il me serait à jamais impossible de faire venir une petite fille dans mes chagrins pour me consoler, sans risquer d'avoir la honte devant elle qu'un inspecteur surgît et qu'elle me prît pour un malfaiteur. Et du même coup, je compris combien on vit plus pour certains rêves qu'on ne croit, car cette impossibilité de bercer jamais une petite fille me parut ôter à la vie toute valeur, mais de plus je compris combien il est compréhensible que les gens aisément refusent la fortune et risquent la mort, alors qu'on se figure que l'intérêt et la peur de mourir mènent le monde. Car si j'avais pensé que même une petite fille inconnue pût avoir par l'arrivée d'un homme de la police, une idée honteuse de moi, combien j'aurais mieux aimé me tuer. Il n'y avait même pas de comparaison possible entre les deux souffrances. Or dans la vie les gens ne réfléchissent jamais que ceux à qui ils offrent de l'argent, qu'ils menacent de mort, peuvent avoir une maîtresse, ou même simplement un camarade, à l'estime de qui ils tiennent, même si ce n'est pas à la leur propre. Mais tout à coup par une confusion dont je ne m'avisai pas (je ne songeai pas en effet qu'Albertine étant majeure pouvait habiter chez moi et même être ma maîtresse), il me sembla que le détournement de mineures pouvait s'appliquer

51

aussi à Albertine. Alors la vie me parut barrée
de tous les côtés. Et en pensant que je n'avais
pas vécu chastement avec elle, je trouvai dans
la punition qui m'était infligée pour avoir forcé
une petite fille inconnue à accepter de l'argent,
cette relation qui existe presque toujours dans
les châtiments humains et qui fait qu'il n'y a
presque jamais ni condamnation juste, ni erreur
judiciaire, mais une espèce d'harmonie entre
l'idée fausse que se fait le juge d'un acte innocent et les faits coupables qu'il a ignorés. Mais
alors en pensant que le retour d'Albertine pouvait amener pour moi une condamnation infâ-
mante qui me dégraderait à ses yeux et peut-
être lui ferait à elle-même un tort qu'elle ne
me pardonnerait pas, je cessai de souhaiter ce
retour, il m'épouvanta. J'aurais voulu lui télégraphier de ne pas revenir. Et aussitôt, noyant
tout le reste, le désir passionné qu'elle revînt
m'envahit. C'est qu'ayant envisagé un instant
la possibilité de lui dire de ne pas revenir et de
vivre sans elle, tout d'un coup je me sentis au
contraire prêt à sacrifier tous les voyages, tous
les plaisirs, tous les travaux, pour qu'Albertine
revînt ! Ah ! combien mon amour pour Albertine
dont j'avais cru que je pourrais prévoir le destin
d'après celui que j'avais eu pour Gilberte s'était
développé en parfait contraste avec ce dernier !
Combien rester sans la voir m'était impossible !
Et pour chaque acte, même le plus minime, mais
qui baignait auparavant dans l'atmosphère heu-

reuse qu'était la présence d'Albertine, il me
fallait chaque fois, à nouveaux frais, avec la
même douleur, recommencer l'apprentissage de
la séparation. Puis la concurrence des autres
formes de la vie rejeta dans l'ombre cette nouvelle douleur, et pendant ces jours-là qui furent
les premiers du printemps, j'eus même, en attendant que Saint-Loup pût voir Mme Bontemps, à
imaginer Venise et de belles femmes inconnues,
quelques moments de calme agréable. Dès que je
m'en aperçus, je sentis en moi une terreur panique.
Ce calme que je venais de goûter, c'était la première apparition de cette grande force intermittente, qui allait lutter en moi contre la douleur,
contre l'amour, et finirait par en avoir raison. Ce
dont je venais d'avoir l'avant-goût et d'apprendre
le présage, c'était pour un instant seulement ce
qui plus tard serait chez moi un état permanent,
une vie où je ne pourrais plus souffrir pour Albertine, où je ne l'aimerais plus. Et mon amour qui
venait de reconnaître le seul ennemi par lequel
il pût être vaincu, l'oubli, se mit à frémir, comme
un lion qui dans la cage où on l'a enfermé a aperçu
tout d'un coup le serpent python qui le dévorera.

Je pensais tout le temps à Albertine et jamais
Françoise en entrant dans ma chambre ne me
disait assez vite : « Il n'y a pas de lettres », pour
abréger l'angoisse. Mais de temps en temps, je
parvenais, en faisant passer tel ou tel courant
d'idées au travers de mon chagrin, à renouveler,
à aérer un peu l'atmosphère viciée de mon cœur;

53

mais le soir, si je parvenais à m'endormir, alors
c'était comme si le souvenir d'Albertine avait été
le médicament qui m'avait procuré le sommeil,
et dont l'influence en cessant m'éveillerait. Je
pensais tout le temps à Albertine en dormant.
C'était un sommeil spécial à elle qu'elle me donnait
et où du reste je n'aurais plus été libre comme
pendant la veille de penser à autre chose. Le sommeil, son souvenir, c'étaient les deux substances
mêlées qu'on nous fait prendre à la fois pour
dormir. Réveillé, du reste, ma souffrance allait
en augmentant chaque jour au lieu de diminuer,
non que l'oubli n'accomplît son œuvre, mais,
là même, il favorisait l'idéalisation de l'image
regrettée et par là l'assimilation de ma souffrance
initiale à d'autres souffrances analogues qui la
renforçaient. Encore cette image était-elle supportable. Mais si tout d'un coup je pensais à sa
chambre, à sa chambre où le lit restait vide, à
son piano, à son automobile, je perdais toute force,
je fermais les yeux, j'inclinais ma tête sur l'épaule
comme ceux qui vont défaillir. Le bruit des
portes me faisait presque aussi mal parce que
ce n'était pas elle qui les ouvrait.

Quand il put y avoir un télégramme de Saint-
Loup, je n'osai pas demander : « Est-ce qu'il y
a un télégramme ? » Il en vint un enfin, mais
qui ne faisait que tout reculer, me disant : « Ces
dames sont parties pour trois jours. » Sans doute,
si j'avais supporté les quatre jours qu'il y avait
déjà depuis qu'elle était partie, c'était parce que

je me disais : « Ce n'est qu'une affaire de temps,
avant la fin de la semaine elle sera là. » Mais
cette raison n'empêchait pas que pour mon cœur,
pour mon corps, l'acte à accomplir était le même :
vivre sans elle, rentrer chez moi sans la trouver,
passer devant la porte de sa chambre — l'ouvrir,
je n'en avais pas encore le courage — en sachant
qu'elle n'y était pas, me coucher sans lui avoir
dit bonsoir, voilà des choses que mon cœur avait
dû accomplir dans leur terrible intégralité et
tout de même que si je n'avais pas dû revoir
Albertine. Or qu'il l'eût accompli déjà quatre fois,
prouvait qu'il était maintenant capable de continuer à l'accomplir. Et bientôt peut-être la
raison qui m'aidait à continuer ainsi à vivre —
le prochain retour d'Albertine — je cesserais d'en
avoir besoin (je pourrais me dire : « Elle ne revien-
dra jamais », et vivre tout de même comme j'avais
déjà fait pendant quatre jours) comme un blessé
qui a repris l'habitude de la marche et peut se
passer de ses béquilles. Sans doute le soir en rentrant je trouvais encore, m'ôtant la respiration,
m'étouffant du vide de la solitude, les souvenirs
juxtaposés en une interminable série, de tous les
soirs où Albertine m'attendait ; mais déjà je
trouvais ainsi le souvenir de la veille, de l'avant-
veille et des deux soirs précédents, c'est-à-dire
le souvenir des quatre soirs écoulés depuis le
départ d'Albertine, pendant lesquels j'étais resté
sans elle, seul, où cependant j'avais vécu, quatre
soirs déjà, faisant une bande de souvenirs bien

55

mince à côté de l'autre, mais que chaque jour
qui s'écoulerait allait peut-être étoffer. Je ne
dirai rien de la lettre de déclaration que je reçus
à ce moment-là d'une nièce de Mme de Guermantes,
qui passait pour la plus jolie jeune fille de Paris,
ni de la démarche que fit auprès de moi le duc de
Guermantes de la part des parents résignés pour
le bonheur de leur fille à l'inégalité du parti, à
une semblable mésalliance. De tels incidents qui
pourraient être sensibles à l'amour-propre sont
trop douloureux quand on aime. On aurait le
désir et on n'aurait pas l'indélicatesse de les faire
connaître à celle qui porte sur nous un jugement
moins favorable qui ne serait du reste pas modifié
si elle apprenait qu'on peut être l'objet d'un tout
différent. Ce que m'écrivait la nièce du duc n'eût
pu qu'impatienter Albertine. Comme depuis le
moment où j'étais éveillé et où je reprenais mon
chagrin à l'endroit où j'en étais resté avant de
m'endormir, comme un livre un instant fermé et
qui ne me quitterait plus jusqu'au soir, ce ne
pouvait jamais être qu'à une pensée concernant
Albertine que venait se raccorder pour moi toute
sensation, qu'elle me vînt du dehors ou du dedans.
On sonnait : c'est une lettre d'elle, c'est elle-
même peut-être ! Si je me sentais bien portant,
pas trop malheureux, je n'étais plus jaloux, je
n'avais plus de griefs contre elle, j'aurais voulu
vite la revoir, l'embrasser, passer gaiement toute
ma vie avec elle. Lui télégraphier : « Venez vite »
me semblait devenu une chose toute simple

comme si mon humeur nouvelle avait changé non pas seulement mes dispositions, mais les choses hors de moi, les avait rendues plus faciles. Si j'étais d'humeur sombre, toutes mes colères contre elle renaissaient, je n'avais plus envie de l'embrasser, je sentais l'impossibilité d'être jamais heureux par elle, je ne voulais plus que lui faire du mal et l'empêcher d'appartenir aux autres. Mais de ces deux humeurs opposées le résultat était identique, il fallait qu'elle revînt au plus tôt. Et pourtant, quelque joie que pût me donner au moment même ce retour, je sentais que bientôt les mêmes difficultés se présenteraient et que la recherche du bonheur dans la satisfaction du désir moral était quelque chose d'aussi naïf que l'entreprise d'atteindre l'horizon en marchant devant soi. Plus le désir avance, plus la possession véritable s'éloigne. De sorte que si le bonheur ou du moins l'absence de souffrances peut être trouvé, ce n'est pas la satisfaction, mais la réduction progressive, l'extinction finale du désir qu'il faut chercher. On cherche à voir ce qu'on aime, on devrait chercher à ne pas le voir, l'oubli seul finit par amener l'extinction du désir. Et j'imagine que si un écrivain émettait des vérités de ce genre, il dédierait le livre qui les contiendrait à une femme dont il se plairait ainsi à se rapprocher, lui disant : ce livre est le tien. Et ainsi, disant des vérités dans son livre, il mentirait dans sa dédicace, car il ne tiendra à ce que le livre soit à cette femme que comme à cette pierre qui vient

d'elle et qui ne lui sera chère qu'autant qu'il
aimera la femme. Les liens entre un être et nous
n'existent que dans notre pensée. La mémoire
en s'affaiblissant les relâche, et malgré l'illusion
dont nous voudrions être dupes, et dont par
amour, par amitié, par politesse, par respect
humain, par devoir, nous dupons les autres, nous
existons seuls. L'homme est l'être qui ne peut
sortir de soi, qui ne connaît les autres qu'en soi,
et, en disant le contraire, ment. Et j'aurais eu si
peur, si on avait été capable de le faire, qu'on
m'ôtât ce besoin d'elle, cet amour d'elle, que je
me persuadais qu'il était précieux pour ma vie.
Pouvoir entendre prononcer sans charme et sans
souffrance les noms des stations par où le train
passait pour aller en Touraine, m'eût semblé une
diminution de moi-même (simplement au fond
parce que cela eût prouvé qu'Albertine me devenait indifférente) ; il était bien, me disais-je, qu'en
me demandant sans cesse ce qu'elle pouvait faire,
penser, vouloir, à chaque instant, si elle comptait, si elle allait revenir, je tinsse ouverte cette
porte de communication que l'amour avait pra-
tiquée en moi, et sentisse la vie d'une autre sub-
merger par des écluses ouvertes le réservoir qui
n'aurait pas voulu redevenir stagnant. Bientôt,
le silence de Saint-Loup se prolongeant, une
anxiété secondaire — l'attente d'un nouveau
télégramme, d'un téléphonage de Saint-Loup —
masqua la première, l'inquiétude du résultat, savoir
si Albertine reviendrait. Épier chaque bruit dans

ALBERTINE DISPARUE

l'attente du télégramme me devenait si intolérable
qu'il me semblait que, quel qu'il fût, l'arrivée de
ce télégramme, qui était la seule chose à laquelle
je pensais maintenant, mettrait fin à mes souffrances. Mais quand j'eus reçu enfin un télégramme
de Robert où il me disait qu'il avait vu Mme Bontemps, mais, malgré toutes ses précautions, avait
été vu par Albertine, que cela avait fait tout
manquer, j'éclatai de fureur et de désespoir, car
c'était là ce que j'aurais voulu avant tout éviter.
Connu d'Albertine, le voyage de Saint-Loup me
donnait un air de tenir à elle qui ne pouvait que
l'empêcher de revenir et dont l'horreur d'ailleurs
était tout ce que j'avais gardé de la fierté que
mon amour avait au temps de Gilberte et qu'il
avait perdue. Je maudissais Robert. Puis je me dis
que si ce moyen avait échoué, j'en prendrais un
autre. Puisque l'homme peut agir sur le monde
extérieur, comment en faisant jouer la ruse,
l'intelligence, l'intérêt, l'affection, n'arriverais-je
pas à supprimer cette chose atroce : l'absence
d'Albertine. On croit que selon son désir on
changera autour de soi les choses, on le croit
parce que, hors de là, on ne voit aucune solution
favorable. On ne pense pas à celle qui se produit
le plus souvent et qui est favorable aussi : nous
n'arrivons pas à changer les choses selon notre
désir, mais peu à peu notre désir change. La
situation que nous espérions changer parce qu'elle
nous était insupportable, nous devient indifférente. Nous n'avons pas pu surmonter l'obstacle,

comme nous le voulions absolument, mais la vie nous l'a fait tourner, dépasser, et c'est à peine alors si en nous retournant vers le lointain du passé nous pouvons l'apercevoir, tant il est devenu imperceptible. J'entendis à l'étage au-dessus du nôtre des airs joués par une voisine. J'appliquais leurs paroles que je connaissais à Albertine et à moi et je fus rempli d'un sentiment si profond que je me mis à pleurer. C'était : « *Hélas, l'oiseau qui fuit ce qu'il croit l'escla-vage, d'un vol désespéré revient battre au vitrage* » et la mort de Manon : « *Manon, réponds-moi donc, Seul amour de mon âme, je n'ai su qu'aujourd'hui la bonté de ton cœur.* » Puisque Manon revenait à Des Grieux, il me semblait que j'étais pour Albertine le seul amour de sa vie. Hélas, il est probable que si elle avait entendu en ce moment le même air, ce n'eût pas été moi qu'elle eût chéri sous le nom de des Grieux, et si elle en avait eu seulement l'idée, mon souvenir l'eût empêchée de s'attendrir en écoutant cette musique qui rentrait pourtant bien, quoique mieux écrite et plus fine, dans le genre de celle qu'elle aimait. Pour moi je n'eus pas le courage de m'abandonner à tant de douceur, de penser qu'Albertine m'appelait « seul amour de mon âme » et avait reconnu qu'elle s'était méprise sur ce qu'elle « avait cru l'esclavage ». Je savais qu'on ne peut lire un roman sans donner à l'héroïne les traits de celle qu'on aime. Mais le dénouement a beau en être heureux, notre amour n'a pas fait un pas de plus et quand nous avons

fermé le livre, celle que nous aimons et qui est
enfin venue à nous dans le roman, ne nous aime pas
davantage dans la vie. Furieux, je télégraphiai à
Saint-Loup de revenir au plus vite à Paris, pour
éviter au moins l'apparence de mettre une insis-
tance aggravante dans une démarche que j'aurais
tant voulu cacher. Mais avant même qu'il fût
revenu selon mes instructions, c'est d'Albertine
elle-même que je reçus cette lettre :

« Mon ami, vous avez envoyé votre ami Saint-
Loup à ma tante, ce qui était insensé. Mon cher
ami, si vous aviez besoin de moi pourquoi ne pas
m'avoir écrit directement, j'aurais été trop heureuse de revenir, ne recommencez plus ces démarches absurdes. » « J'aurais été trop heureuse
de revenir ! » Si elle disait cela, c'est donc qu'elle
regrettait d'être partie, qu'elle ne cherchait
qu'un prétexte pour revenir. Donc je n'avais
qu'à faire ce qu'elle me disait, à lui écrire que
j'avais besoin d'elle et elle reviendrait. J'allais
donc la revoir, elle, l'Albertine de Balbec (car
depuis son départ, elle l'était redevenue pour moi;
comme un coquillage auquel on ne fait plus attention quand on l'a toujours sur sa commode, une
fois qu'on s'en est séparé, pour le donner, ou
l'ayant perdu, et qu'on pense à lui, ce qu'on ne
faisait plus, elle me rappelait toute la beauté
joyeuse des montagnes bleues de la mer). Et ce
n'est pas seulement elle qui était devenue un être
d'imagination, c'est-à-dire désirable, mais la vie
avec elle qui était devenue une vie imaginaire,

61

c'est-à-dire affranchie de toutes difficultés, de
sorte que je me disais : « Comme nous allons être
heureux ! » Mais du moment que j'avais l'assurance de ce retour, il ne fallait pas avoir l'air de
le hâter, mais au contraire effacer le mauvais
effet de la démarche de Saint-Loup que je pourrais
toujours plus tard désavouer en disant qu'il avait
agi de lui-même, parce qu'il avait toujours été
partisan de ce mariage. Cependant, je relisais sa
lettre et j'étais tout de même déçu du peu qu'il
y a d'une personne dans une lettre. Sans doute les
caractères tracés expriment notre pensée, ce que
font aussi nos traits : c'est toujours en présence
d'une pensée que nous nous trouvons. Mais tout
de même, dans la personne, la pensée ne nous
apparaît qu'après s'être diffusée dans cette corolle
du visage épanouie comme un nymphéa. Cela
la modifie tout de même beaucoup. Et c'est peut-
être une des causes de nos perpétuelles déceptions
en amour que ces perpétuelles déviations qui font
qu'à l'attente de l'être idéal que nous aimons,
chaque rendez-vous nous apporte, en réponse, une
personne de chair qui tient déjà si peu de notre
rêve. Et puis quand nous réclamons quelque
chose de cette personne, nous recevons d'elle une
lettre où même de la personne il reste très peu,
comme, dans les lettres de l'algèbre, il ne reste
plus la détermination des chiffres de l'arithmé-
tique, lesquels déjà ne contiennent plus les qualités des fruits ou des fleurs additionnés. Et
pourtant, l'amour, l'être aimé, ses lettres, sont

peut-être tout de même des traductions (si insatisfaisant qu'il soit de passer de l'un à l'autre) de la même réalité, puisque la lettre ne nous semble insuffisante qu'en la lisant, mais que nous suons mort et passion tant qu'elle n'arrive pas, et qu'elle suffit à calmer notre angoisse, sinon à remplir, avec ses petits signes noirs, notre désir qui sait qu'il n'y a là tout de même que l'équivalence d'une parole, d'un sourire, d'un baiser, non ces choses mêmes.

J'écrivis à Albertine :

« Mon amie, j'allais justement vous écrire, et je vous remercie de me dire que si j'avais eu besoin de vous, vous seriez accourue ; c'est bien de votre part de comprendre d'une façon aussi élevée le dévouement à un ancien ami, et mon estime pour vous ne peut qu'en être accrue. Mais non, je ne vous l'avais pas demandé et ne vous le demanderai pas ; nous revoir, au moins d'ici bien longtemps, ne vous serait peut-être pas pénible, jeune fille insensible. A moi que vous avez cru parfois si indifférent, cela le serait beaucoup. La vie nous a séparés. Vous avez pris une décision que je crois très sage et que vous avez prise au moment voulu, avec un pressentiment merveilleux, car vous êtes partie le jour où je venais de recevoir l'assentiment de ma mère à demander votre main. Je vous l'aurais dit à mon réveil, quand j'ai eu sa lettre (en même temps que la vôtre). Peut-être auriez-vous eu peur de me faire de la peine en partant là-dessus. Et nous aurions

peut-être lié nos vies par ce qui aurait été pour
nous, qui sait ? le malheur. Si cela avait dû être,
soyez bénie pour votre sagesse. Nous en perdrions
tout le fruit en nous revoyant. Ce n'est pas que
ce ne serait pas pour moi une tentation. Mais je
n'ai pas grand mérite à y résister. Vous savez
l'être inconstant que je suis et comme j'oublie
vite. Vous me l'avez dit souvent, je suis surtout
un homme d'habitudes. Celles que je commence à
prendre sans vous ne sont pas encore bien fortes.
Évidemment en ce moment celles que j'avais
avec vous et que votre départ a troublées sont
encore les plus fortes. Elles ne le seront plus bien
longtemps. Même à cause de cela, j'avais pensé à
profiter de ces quelques derniers jours où nous
voir ne serait pas encore pour moi ce qu'il sera
dans une quinzaine, plus tôt peut-être (pardonnez-
moi ma franchise) : un dérangement, — j'avais
pensé à en profiter, avant l'oubli final, pour
régler avec vous de petites questions matérielles
où vous auriez pu, bonne et charmante amie,
rendre service à celui qui s'est cru cinq minutes
votre fiancé. Comme je ne doutais pas de l'appro-
bation de ma mère, comme d'autre part je désirais
que nous ayons chacun toute cette liberté dont
vous m'aviez trop gentiment et abondamment
fait un sacrifice qui se pouvait admettre pour
une vie en commun de quelques semaines, mais
qui serait devenu aussi odieux à vous qu'à moi
maintenant que nous devions passer toute notre
vie ensemble (cela me fait presque de la peine

64

en vous écrivant de penser que cela a failli être, qu'il s'en est fallu de quelques secondes), j'avais pensé à organiser notre existence de la façon la plus indépendante possible, et pour commencer j'avais voulu que vous eussiez ce yacht où vous auriez pu voyager pendant que, trop souffrant, je vous eusse attendue au port (j'avais écrit à Elstir pour lui demander conseil, comme vous aimez son goût) et pour la terre j'avais voulu que vous eussiez votre automobile à vous, rien qu'à vous, dans laquelle vous sortiriez, vous voyageriez, à votre fantaisie. Le yacht était déjà presque prêt, il s'appelle, selon votre désir exprimé à Balbec, le *Cygne*. Et me rappelant que vous préfériez à toutes les autres les voitures Rolls, j'en avais commandé une. Or maintenant que nous ne nous verrons plus jamais, comme je n'espère pas vous faire accepter le bateau ni la voiture (pour moi ils ne pourraient servir à rien), j'avais pensé — comme je les avais commandés à un intermédiaire, mais en donnant votre nom — que vous pourriez peut-être en les décommandant, vous, m'éviter le yacht et cette voiture devenus inutiles. Mais pour cela et pour bien d'autres choses, il aurait fallu causer. Or je trouve que tant que je suis susceptible de vous réaimer, ce qui ne durera plus longtemps, il serait fou, pour un bateau à voiles et une Rolls Royce de nous voir et de jouer le bonheur de votre vie puisque vous estimez qu'il est de vivre loin de moi. Non, je préfère garder la Rolls et même le yacht. Et

comme je ne me servirai pas d'eux et qu'ils ont
chance de rester toujours l'un au port désarmé,
l'autre à l'écurie, je ferai graver sur le yacht
(Mon Dieu, je n'ose pas mettre un nom de pièce
inexact et commettre une hérésie qui vous cho-
querait) ces vers de Mallarmé que vous aimiez :

Un cygne d'autrefois se souvient que c'est lui
Magnifique mais qui sans espoir se délivre
Pour n'avoir pas chanté la région où vivre
Quand du stérile hiver a resplendi l'ennui.

Vous vous rappelez — c'est le poème qui commence par : *Le vierge, le vivace et le bel aujour-*
d'hui... Hélas, aujourd'hui n'est plus ni vierge,
ni beau. Mais ceux qui comme moi savent qu'ils
en feront bien vite un « demain » supportable
ne sont guère *supportables.* Quant à la Rolls,
elle eût mérité plutôt ces autres vers du même
poète que vous disiez ne pas pouvoir comprendre :

Dis si je ne suis pas joyeux
Tonnerre et rubis aux moyeux
De voir en l'air que ce feu troue

Avec des royaumes épars
Comme mourir pourpre la roue
Du seul vespéral de mes chars.

Adieu pour toujours, ma petite Albertine, et
merci encore de la bonne promenade que nous
fîmes ensemble la veille de notre séparation. J'en
garde un bien bon souvenir. »

ALBERTINE DISPARUE

P.-S. — Je ne réponds pas à ce que vous me dites de prétendues propositions que Saint-Loup (que je ne crois d'ailleurs nullement en Touraine) aurait faites à votre tante. C'est du Sherlock Holmes. Quelle idée vous faites-vous de moi ? »

Sans doute de même que j'avais dit autrefois à Albertine : « Je ne vous aime pas », pour qu'elle m'aimât ; « J'oublie quand je ne vois pas les gens », pour qu'elle me vît très souvent ; « J'ai décidé de vous quitter », pour prévenir toute idée de séparation, maintenant c'était parce que je voulais absolument qu'elle revînt dans les huit jours, que je lui disais : « Adieu pour toujours » ; c'est parce que je voulais la revoir que je lui disais : « Je trouverais dangereux de vous voir », c'est parce que vivre séparé d'elle me semblait pire que la mort que je lui écrivais : « Vous avez eu raison, nous serions malheureux ensemble. » Hélas cette lettre feinte, en l'écrivant pour avoir l'air de ne pas tenir à elle et aussi pour la douceur de dire certaines choses qui ne pouvaient émouvoir que moi et non elle, j'aurais dû d'abord prévoir qu'il était possible qu'elle eût pour effet une réponse négative, c'est-à-dire consacrant ce que je disais ; qu'il était même probable que ce serait, car Albertine eût-elle été moins intelligente qu'elle n'était, elle n'eût pas douté un instant que ce que je disais était faux. Sans s'arrêter en effet aux intentions que j'énonçais dans cette lettre, le seul fait que je l'écrivisse, n'eût-il même

pas succédé à la démarche de Saint-Loup, suffisait
pour lui prouver que je désirais qu'elle revînt et
pour lui conseiller de me laisser m'enferrer dans
l'hameçon de plus en plus. Puis après avoir prévu
la possibilité d'une réponse négative, j'aurais dû
toujours prévoir que brusquement cette réponse
me rendrait dans sa plus extrême vivacité mon
amour pour Albertine. Et j'aurais dû, toujours
avant d'envoyer ma lettre, me demander si, au
cas où Albertine répondrait sur le même ton et
ne voudrait pas revenir, je serais assez maître
de ma douleur pour me forcer à rester silencieux,
à ne pas lui télégraphier : « Revenez » ou à ne pas
lui envoyer quelque autre émissaire, ce qui, après
lui avoir écrit que nous ne nous reverrions pas,
était lui montrer avec la dernière évidence que
je ne pouvais me passer d'elle, et aboutirait à ce
qu'elle refusât plus énergiquement encore, à ce
que, ne pouvant plus supporter mon angoisse,
je partisse chez elle, qui sait, peut-être à ce que
je n'y fusse pas reçu. Et sans doute, c'eût été,
après trois énormes maladresses la pire de toutes,
après laquelle il n'y avait plus qu'à me tuer
devant sa maison. Mais la manière désastreuse
dont est construit l'univers psycho-pathologique
veut que l'acte maladroit, l'acte qu'il faudrait
avant tout éviter, soit justement l'acte calmant,
l'acte qui, ouvrant pour nous, jusqu'à ce que nous
en sachions le résultat, de nouvelles perspectives
d'espérance, nous débarrasse momentanément de
la douleur intolérable que le refus a fait naître

en nous. De sorte que quand la douleur est trop forte, nous nous précipitons dans la maladresse qui consiste à écrire, à faire prier par quelqu'un, à aller voir, à prouver qu'on ne peut se passer de celle qu'on aime. Mais je ne prévis rien de tout cela. Le résultat de cette lettre me paraissait être au contraire de faire revenir Albertine au plus vite. Aussi en pensant à ce résultat, avais-je eu une grande douceur à écrire. Mais en même temps je n'avais cessé en écrivant de pleurer ; d'abord un peu de la même manière que le jour où j'avais joué la fausse séparation, parce que ces mots me représentant l'idée qu'ils m'exprimaient quoiqu'ils tendissent à un but contraire (prononcés mensongèrement pour ne pas, par fierté, avouer que j'aimais), ils portaient en eux leur tristesse. Mais aussi parce que je sentais que cette idée avait de la vérité.

Le résultat de cette lettre me paraissant certain, je regrettai de l'avoir envoyée. Car en me représentant le retour en somme si aisé d'Albertine, brusquement toutes les raisons qui rendaient notre mariage une chose mauvaise pour moi revinrent avec toute leur force. J'espérais qu'elle refuserait de revenir. J'étais en train de calculer que ma liberté, tout l'avenir de ma vie étaient suspendus à son refus, que j'avais fait une folie d'écrire, que j'aurais dû reprendre ma lettre hélas partie, quand Françoise en me donnant aussi le journal qu'elle venait de monter me la rapporta. Elle ne savait pas avec combien de timbres elle devait l'affranchir. Mais aussitôt je changeai d'avis; je souhaitais qu'Albertine ne revînt pas, mais je voulais que cette décision vînt d'elle pour mettre fin à mon anxiété et je résolus de rendre la lettre à Françoise. J'ouvris le journal, il annonçait une représentation de la Berma. Alors je me souvins des deux façons différentes dont j'avais écouté Phèdre, et ce fut maintenant d'une troisième que je pensai à la scène de la déclaration. Il me semblait que ce que je m'étais si souvent récité à moi-même et que j'avais écouté au théâtre, c'était l'énoncé des lois que je devais expérimenter dans ma vie. Il y a dans notre âme des choses auxquelles nous ne savons pas combien nous tenons. Ou bien si nous vivons sans elles, c'est parce que nous remettons de jour en jour, par peur d'échouer, ou de souffrir, d'entrer en leur possession. C'est ce qui m'était arrivé pour Gilberte quand j'avais cru renoncer à elle. Qu'avant le moment où nous sommes tout à fait détachés de ces choses, — moment bien postérieur à celui où nous nous en croyons détachés, — la jeune fille que nous aimons, par exemple, se fiance, nous sommes fous, nous ne pouvons plus supporter la vie qui nous paraissait si mélancoliquement calme. Ou bien si la chose est en notre possession, nous croyons qu'elle nous est à charge, que nous nous en déferions volontiers. C'est ce qui m'était arrivé pour Albertine. Mais que par un départ l'être indifférent nous soit retiré

70

et nous ne pouvons plus vivre. Or l' « argument »
de Phèdre ne réunissait-il pas les deux cas ? Hippolyte va partir. Phèdre qui jusque-là a pris
soin de s'offrir à son inimitié, par scrupule, dit-
elle, ou plutôt lui fait dire le poète, parce qu'elle
ne voit pas à quoi elle arriverait et qu'elle ne se
sent pas aimée, Phèdre n'y tient plus. Elle vient
lui avouer son amour, et c'est la scène que je
m'étais si souvent récitée : « *On dit qu'un prompt
départ vous éloigne de nous.* » Sans doute cette
raison du départ d'Hippolyte est accessoire, peut-
on penser, à côté de celle de la mort de Thésée.
Et de même quand, quelques vers plus loin,
Phèdre fait un instant semblant d'avoir été mal
comprise : « *Aurais-je perdu tout le soin de ma
gloire* », on peut croire que c'est parce que Hippolyte a repoussé sa déclaration. « *Madame,
oubliez-vous que Thésée est mon père, et qu'il est
votre époux.* » Mais il n'aurait pas eu cette indignation, que, devant le bonheur atteint, Phèdre
aurait pu avoir le même sentiment qu'il valait
peu de chose. Mais dès qu'elle voit qu'il n'est
pas atteint, qu'Hippolyte croit avoir mal compris
et s'excuse, alors, comme moi voulant rendre
à Françoise ma lettre, elle veut que le refus
vienne de lui, elle veut pousser jusqu'au bout
sa chance : « *Ah ! cruel, tu m'as trop entendue.* »
Et il n'y a pas jusqu'aux duretés qu'on m'avait
racontées de Swann envers Odette, ou de moi à
l'égard d'Albertine, duretés qui substituèrent à
l'amour antérieur un nouvel amour, fait de pitié,

d'attendrissement, de besoin d'effusion et qui ne fait que varier le premier, qui ne se trouvent aussi dans cette scène : « *Tu me haïssais plus, je ne t'aimais pas moins. Tes malheurs te prêtaient encor de nouveaux charmes.* » La preuve que le « soin de sa gloire » n'est pas ce à quoi tient le plus Phèdre, c'est qu'elle pardonnerait à Hippolyte et s'arracherait aux conseils d'Œnone si elle n'apprenait à ce moment qu'Hippolyte aime Aricie. Tant la jalousie, qui en amour équivaut à la perte de tout bonheur, est plus sensible que la perte de la réputation. C'est alors qu'elle laisse Œnone (qui n'est que le nom de la pire partie d'elle-même) calomnier Hippolyte sans se charger « du soin de le défendre » et envoie ainsi celui qui ne veut pas d'elle à un destin dont les calamités ne la consolent d'ailleurs nullement elle-même, puisque sa mort volontaire suit de près la mort d'Hippolyte. C'est du moins ainsi, en réduisant la part de tous les scrupules « jansénistes », comme eût dit Bergotte, que Racine a donnés à Phèdre pour la faire paraître moins coupable, que m'apparaissait cette scène, sorte de prophétie des épisodes amoureux de ma propre existence. Ces réflexions n'avaient d'ailleurs rien changé à ma détermination, et je tendis ma lettre à Françoise pour qu'elle la mît enfin à la poste, afin de réaliser auprès d'Albertine cette tentative qui me paraissait indispensable depuis que j'avais appris qu'elle ne s'était pas effectuée. Et sans doute, nous avons tort de croire que l'accomplis-

72

sement de notre désir soit peu de chose, puisque
dès que nous croyons qu'il peut ne pas se réaliser
nous y tenons de nouveau, et ne trouvons qu'il
ne valait pas la peine de le poursuivre que quand
nous sommes bien sûrs de ne le manquer pas. Et
pourtant on a raison aussi. Car si cet accomplissement, si le bonheur ne paraissent petits que
par la certitude, cependant ils sont quelque chose
d'instable d'où ne peuvent sortir que des chagrins.
Et les chagrins seront d'autant plus forts que le
désir aura été plus complètement accompli, plus
impossibles à supporter que le bonheur aura été,
contre la loi de nature, quelque temps prolongé,
qu'il aura reçu la consécration de l'habitude.
Dans un autre sens aussi, les deux tendances,
dans l'espèce celle qui me faisait tenir à ce que
ma lettre partît, et, quand je la croyais partie,
à la regretter, ont l'une et l'autre en elles leur
vérité. Pour la première, il est trop compréhensible que nous courrions après notre bonheur —
ou notre malheur — et qu'en même temps nous
souhaitions de placer devant nous, par cette
action nouvelle qui va commencer à dérouler ses
conséquences, une attente qui ne nous laisse pas
dans le désespoir absolu, en un mot que nous
cherchions à faire passer par d'autres formes
que nous nous imaginons devoir nous être moins
cruelles, le mal dont nous souffrons. Mais l'autre
tendance n'est pas moins importante, car, née
de la croyance au succès de notre entreprise, elle
est tout simplement le commencement anticipé

de la désillusion que nous éprouverions bientôt
en présence de la satisfaction du désir, le regret
d'avoir fixé pour nous, aux dépens des autres
qui se trouvent exclues, cette forme du bonheur.
J'avais donné la lettre à Françoise en lui demandant d'aller vite la mettre à la poste. Dès que
ma lettre fut partie, je conçus de nouveau le
retour d'Albertine comme imminent. Il ne laissait
pas de mettre dans ma pensée de gracieuses
images qui neutralisaient bien un peu par leur
douceur, les dangers que je voyais à ce retour.
La douceur, perdue depuis si longtemps, de
l'avoir auprès de moi m'enivrait.

Le temps passe, et peu à peu tout ce qu'on disait
par mensonge devient vrai, je l'avais trop expérimenté avec Gilberte ; l'indifférence que j'avais
feinte quand je ne cessais de sangloter, avait fini
par se réaliser ; peu à peu la vie, comme je le
disais à Gilberte en une formule mensongère et
qui rétrospectivement était devenue vraie, la
vie nous avait séparés. Je me le rappelais, je me
disais : « Si Albertine laisse passer quelque temps
mes mensonges deviendront une vérité. Et maintenant que le plus dur est passé, ne serait-il pas
à souhaiter qu'elle laissât passer ce mois? Si elle
revient, je renoncerai à la vie véritable que certes
je ne suis pas en état de goûter encore, mais
qui progressivement pourra commencer à présenter pour moi des charmes tandis que le souvenir d'Albertine ira en s'affaiblissant. »

J'ai dit que l'oubli commençait à faire son

œuvre. Mais un des effets de l'oubli était précisément — en faisant que beaucoup des aspects déplaisants d'Albertine, des heures ennuyeuses que je passais avec elle, ne se représentaient plus à ma mémoire, cessaient donc d'être des motifs à désirer qu'elle ne fût plus là comme je le souhaitais quand elle y était encore, — de me donner d'elle une image sommaire, embellie de tout ce que j'avais éprouvé d'amour pour d'autres. Sous cette forme particulière, l'oubli qui pourtant travaillait à m'habituer à la séparation, me faisait, en me montrant Albertine plus douce, souhaiter davantage son retour.

Depuis qu'elle était partie, bien souvent, quand il me semblait qu'on ne pouvait pas voir que j'avais pleuré, je sonnais Françoise et je lui disais : « Il faudra voir si Mademoiselle Albertine n'a rien oublié. Pensez à faire sa chambre, pour qu'elle soit bien en état quand elle viendra. » Ou simplement : « Justement l'autre jour Mademoiselle Albertine me disait, tenez justement la veille de son départ.... » Je voulais diminuer chez Françoise le détestable plaisir que lui causait le départ d'Albertine en lui faisant entrevoir qu'il serait court. Je voulais aussi montrer à Françoise que je ne craignais pas de parler de ce départ, le montrer — comme font certains généraux qui appellent des reculs forcés une retraite stratégique et conforme à un plan préparé — comme voulu, comme constituant un épisode dont je cachais momentanément la vraie signification,

nullement comme la fin de mon amitié avec
Albertine. En la nommant sans cesse, je voulais
enfin faire rentrer, comme un peu d'air, quelque
chose d'elle dans cette chambre, où son départ
avait fait le vide et où je ne respirais plus. Puis
on cherche à diminuer les proportions de sa douleur en la faisant entrer dans le langage parlé
entre la commande d'un costume et des ordres
pour le dîner.

En faisant la chambre d'Albertine, Françoise,
curieuse, ouvrit le tiroir d'une petite table en
bois de rose où mon amie mettait les objets
intimes qu'elle ne gardait pas pour dormir. « Oh !
Monsieur, Mademoiselle Albertine a oublié de
prendre ses bagues, elles sont restées dans le
tiroir. » Mon premier mouvement fut de dire :
« Il faut les lui renvoyer. » Mais cela avait l'air
de ne pas être certain qu'elle reviendrait. « Bien,
répondis-je après un instant de silence, cela ne
vaut guère la peine de les lui renvoyer pour le
peu de temps qu'elle doit être absente. Donnez-
les-moi, je verrai. » Françoise me les remit avec
une certaine méfiance. Elle détestait Albertine,
mais me jugeant d'après elle-même, elle se figurait qu'on ne pouvait me remettre une lettre
écrite par mon amie sans crainte que je l'ou-
vrisse. Je pris les bagues. « Que Monsieur y fasse
attention de ne pas les perdre, dit Françoise,
on peut dire qu'elles sont belles ! Je ne sais pas
qui les lui a données, si c'est Monsieur ou un
autre, mais je vois bien que c'est quelqu'un de

riche et qui a du goût ! » « Ce n'est pas moi,
répondis-je à Françoise, et d'ailleurs ce n'est
pas de la même personne que viennent les deux,
l'une lui a été donnée par sa tante et elle a
acheté l'autre. » « Pas de la même personne !
s'écria Françoise, Monsieur veut rire, elles sont
pareilles, sauf le rubis qu'on a ajouté sur l'une,
il y a le même aigle sur les deux, les mêmes ini
tiales à l'intérieur... » Je ne sais pas si Françoise
sentait le mal qu'elle me faisait mais elle com
mença à ébaucher un sourire qui ne quitta plus
ses lèvres. « Comment, le même aigle ? Vous êtes
folle. Sur celle qui n'a pas de rubis il y a bien
un aigle, mais sur l'autre c'est une espèce de
tête d'homme qui est ciselée. » « Une tête d'homme,
où Monsieur a vu ça ? Rien qu'avec mes lorgnons,
j'ai tout de suite vu que c'était une des ailes de
l'aigle ; que Monsieur prenne sa loupe, il verra
l'autre aile sur l'autre côté, la tête et le bec au
milieu. On voit chaque plume. Ah ! c'est un beau
travail. » L'anxieux besoin de savoir si Albertine
m'avait menti me fit oublier que j'aurais dû
garder quelque dignité envers Françoise et lui
refuser le plaisir méchant qu'elle avait sinon à
me torturer, du moins à nuire à mon amie. Je
haletais tandis que Françoise allait chercher ma
loupe, je la pris, je demandai à Françoise de me
montrer l'aigle sur la bague au rubis, elle n'eut
pas de peine à me faire reconnaître les ailes,
stylisées de la même façon que dans l'autre bague,
le relief de chaque plume, la tête. Elle me fit

77

remarquer aussi des inscriptions semblables, auxquelles, il est vrai, d'autres étaient jointes dans
la bague au rubis. Et à l'intérieur des deux le
chiffre d'Albertine. « Mais cela m'étonne que
Monsieur ait eu besoin de tout cela pour voir
que c'était la même bague, me dit Françoise.
Même sans les regarder de près on sent bien la
même façon, la même manière de plisser l'or,
la même forme. Rien qu'à les apercevoir j'aurais
juré qu'elles venaient du même endroit. Ça se
reconnaît comme la cuisine d'une bonne cuisinière. » Et en effet, à sa curiosité de domestique
attisée par la haine et habituée à noter des détails
avec une effrayante précision, s'était joint, pour
l'aider dans cette expertise, ce goût qu'elle avait,
ce même goût en effet qu'elle montrait dans la
cuisine et qu'avivait peut-être, comme je m'en
étais aperçu en partant pour Balbec dans sa
manière de s'habiller, sa coquetterie de femme
qui a été jolie, qui a regardé les bijoux et les
toilettes des autres. Je me serais trompé de boîte
de médicament et, au lieu de prendre quelques
cachets de véronal un jour où je sentais que
j'avais bu trop de tasses de thé, j'aurais pris autant
de cachets de caféine, que mon cœur n'eût pas
pu battre plus violemment. Je demandai à Françoise de sortir de la chambre. J'aurais voulu voir
Albertine immédiatement. A l'horreur de son
mensonge, à la jalousie pour l'inconnu, s'ajoutait
la douleur qu'elle se fût laissé ainsi faire des
cadeaux. Je lui en faisais plus, il est vrai, mais

78

une femme que nous entretenons ne nous semble pas une femme entretenue tant que nous ne savons pas qu'elle l'est par d'autres. Et pourtant puisque je n'avais cessé de dépenser pour elle tant d'argent, je l'avais prise malgré cette bassesse morale ; cette bassesse je l'avais maintenue en elle, je l'avais peut-être accrue, peut-être créée. Puis, comme nous avons le don d'inventer des contes pour bercer notre douleur, comme nous arrivons, quand nous mourons de faim, à nous persuader qu'un inconnu va nous laisser une fortune de cent millions, j'imaginai Albertine dans mes bras, m'expliquant d'un mot que c'était à cause de la ressemblance de la fabrication qu'elle avait acheté l'autre bague, que c'était elle qui y avait fait mettre ses initiales. Mais cette explication était encore fragile, elle n'avait pas encore eu le temps d'enfoncer dans mon esprit ses racines bienfaisantes, et ma douleur ne pouvait être si vite apaisée. Et je songeais que tant d'hommes qui disent aux autres que leur maîtresse est bien gentille, souffrent de pareilles tortures. C'est ainsi qu'ils mentent aux autres et à eux-mêmes. Ils ne mentent pas tout à fait ; ils ont avec cette femme des heures vraiment douces ; mais songez à tout ce que cette gentillesse qu'elles ont pour eux devant leurs amis et qui leur permet de se glorifier, et à tout ce que cette gentillesse qu'elles ont seules avec leurs amants, et qui leur permet de les bénir, recouvrent d'heures inconnues où l'amant a souffert, douté, fait partout d'inutiles

recherches pour savoir la vérité ! C'est à de
telles souffrances qu'est liée la douceur d'aimer,
de s'enchanter des propos les plus insignifiants
d'une femme, qu'on sait insignifiants, mais qu'on
parfume de son odeur. En ce moment, je ne
pouvais plus me délecter à respirer par le souvenir
celle d'Albertine. Atterré, les deux bagues à la
main, je regardais cet aigle impitoyable dont le
bec me tenaillait le cœur, dont les ailes aux plumes
en relief avaient emporté la confiance que je
gardais dans mon amie, et sous les serres duquel
mon esprit meurtri ne pouvait pas échapper un
instant aux questions posées sans cesse relativement à cet inconnu dont l'aigle symbolisait sans
doute le nom, sans pourtant me le laisser lire,
qu'elle avait aimé sans doute autrefois, et qu'elle
avait revu sans doute il n'y avait pas longtemps,
puisque c'est le jour si doux, si familial de la
promenade ensemble au Bois que j'avais vu, pour
la première fois, la seconde bague, celle où l'aigle
avait l'air de tremper son bec dans la nappe de
sang clair du rubis.

. Du reste si, du matin au soir, je ne cessais de
souffrir du départ d'Albertine, cela ne signifiait
pas que je ne pensais qu'à elle. D'une part son
charme ayant depuis longtemps gagné de proche
en proche des objets qui finissaient par en être
très éloignés, mais n'étaient pas moins électrisés
par la même émotion qu'elle me donnait, si
quelque chose me faisait penser à Incarville ou
aux Verdurin, ou à un nouveau rôle de Léa, un

flux de souffrance venait me frapper. D'autre part moi-même, ce que j'appelais penser à Albertine, c'était penser aux moyens de la faire revenir, de la rejoindre, de savoir ce qu'elle faisait. De sorte que si pendant ces heures de martyre incessant, un graphique avait pu représenter les images qui accompagnaient mes souffrances, on eût aperçu celles de la gare d'Orsay, des billets de banque offerts à Mme Bontemps, de Saint-Loup penché sur le pupitre incliné d'un bureau de télégraphe où il remplissait une formule de dépêche pour moi, jamais l'image d'Albertine. De même que dans tout le cours de notre vie notre égoïsme voit tout le temps devant lui les buts précieux pour notre moi, mais ne regarde jamais ce *Je* lui-même qui ne cesse de les considérer, de même le désir qui dirige nos actes descend vers eux, mais ne remonte pas à soi, soit que, trop utilitaire, il se précipite dans l'action et dédaigne la connaissance, soit que nous recherchions l'avenir pour corriger les déceptions du présent, soit que la paresse de l'esprit le pousse à glisser sur la pente aisée de l'imagination, plutôt qu'à remonter la pente abrupte de l'introspection. En réalité, dans ces heures de crise où nous jouerions toute notre vie, au fur et à mesure que l'être dont elle dépend révèle mieux l'immensité de la place qu'il occupe pour nous, en ne laissant rien dans le monde qui ne soit bouleversé par lui, proportionnellement l'image de cet être décroît jusqu'à ne plus être percep-

81

tible. En toutes choses nous trouvons l'effet de
sa présence par l'émotion que nous ressentons ;
lui-même, la cause, nous ne le trouvons nulle
part. Je fus pendant ces jours-là si incapable de
me représenter Albertine que j'aurais presque
pu croire que je ne l'aimais pas, comme ma mère,
dans les moments de désespoir où elle fut incapable de se représenter jamais ma grand'mère
(sauf une fois dans la rencontre fortuite d'un rêve
dont elle sentait tellement le prix, quoique endor-
mie, qu'elle s'efforçait avec ce qui lui restait de
forces dans le sommeil, de le faire durer), aurait
pu s'accuser et s'accusait en effet de ne pas
regretter sa mère dont la mort la tuait, mais dont
les traits se dérobaient à son souvenir.

Pourquoi eussè-je cru qu'Albertine n'aimait
pas les femmes ? Parce qu'elle avait dit, surtout
les derniers temps, ne pas les aimer : mais notre
vie ne reposait-elle pas sur un perpétuel mensonge ? Jamais elle ne m'avait dit une fois :
« Pourquoi est-ce que je ne peux pas sortir librement, pourquoi demandez-vous aux autres ce que
je fais ? » Mais c'était en effet une vie trop singulière pour qu'elle ne me l'eût pas demandé si elle
n'avait pas compris pourquoi. Et à mon silence
sur les causes de sa claustration, n'était-il pas
compréhensible que correspondît de sa part un
même et constant silence sur ses perpétuels désirs,
ses souvenirs innombrables, ses innombrables
désirs et espérances ? Françoise avait l'air de
savoir que je mentais quand je faisais allusion au

82

prochain retour d'Albertine. Et sa croyance semblait fondée sur un peu plus que sur cette vérité
qui guidait d'habitude notre domestique, que les
maîtres n'aiment pas à être humiliés vis-à-vis
de leurs serviteurs et ne leur font connaître de
la réalité que ce qui ne s'écarte pas trop d'une
fiction flatteuse, propre à entretenir le respect.
Cette fois-ci la croyance de Françoise avait l'air
fondée sur autre chose, comme si elle eût elle-
même éveillé, entretenu la méfiance dans l'esprit
d'Albertine, surexcité sa colère, bref l'eût poussée
au point où elle aurait pu prédire comme inévi-
table son départ. Si c'était vrai, ma version d'un
départ momentané, connu et approuvé par moi,
n'avait pu rencontrer qu'incrédulité chez Françoise. Mais l'idée qu'elle se faisait de la nature
intéressée d'Albertine, l'exaspération avec laquelle,
dans sa haine, elle grossissait le « profit » qu'Albertine était censée tirer de moi, pouvaient dans
une certaine mesure faire échec à sa certitude.
Aussi quand devant elle je faisais allusion, comme
à une chose toute naturelle, au retour prochain
d'Albertine, Françoise regardait-elle ma figure,
pour voir si je n'inventais pas, de la même façon
que, quand le maître d'hôtel pour l'ennuyer lui
lisait, en changeant les mots, une nouvelle politique qu'elle hésitait à croire, par exemple la
fermeture des églises et la déportation des curés,
même du bout de la cuisine et sans pouvoir lire,
elle fixait instinctivement et avidement le journal,
comme si elle eût pu voir si c'était vraiment écrit.

83

Quand Françoise vit qu'après avoir écrit une longue lettre j'y mettais l'adresse de Mme Bontemps, cet effroi jusque-là si vague qu'Albertine revînt, grandit chez elle. Il se doubla d'une véritable consternation quand un matin, elle dut me remettre dans mon courrier une lettre sur l'enveloppe de laquelle elle avait reconnu l'écriture d'Albertine. Elle se demandait si le départ d'Albertine n'avait pas été une simple comédie, supposition qui la désolait doublement comme assurant définitivement pour l'avenir la vie d'Albertine à la maison et comme constituant pour moi, c'est-à-dire, en tant que j'étais le maître de Françoise, pour elle-même, l'humiliation d'avoir été joué par Albertine. Quelque impatience que j'eusse de lire la lettre de celle-ci, je ne pus m'empêcher de considérer un instant les yeux de Françoise d'où tous les espoirs s'étaient enfuis, en induisant de ce présage l'imminence du retour d'Albertine, comme un amateur de sports d'hiver conclut avec joie que les froids sont proches en voyant le départ des hirondelles. Enfin Françoise partit, et quand je me fus assuré qu'elle avait refermé la porte, j'ouvris sans bruit pour n'avoir pas l'air anxieux, la lettre que voici :

« Mon ami, merci de toutes les bonnes choses que vous me dites, je suis à vos ordres pour décommander la Rolls si vous croyez que j'y puisse quelque chose, et je le crois. Vous n'avez qu'à m'écrire le nom de votre intermédiaire. Vous vous laisseriez monter le cou par ces gens qui ne

84

cherchent qu'une chose, c'est à vendre, et que
feriez-vous d'une auto, vous qui ne sortez jamais ?
Je suis très touchée que vous ayez gardé un bon
souvenir de notre dernière promenade. Croyez
que de mon côté je n'oublierai pas cette promenade deux fois crépusculaire (puisque la nuit
venait et que nous allions nous quitter) et qu'elle
ne s'effacera de mon esprit qu'avec la nuit complète. »

Je sentis que cette dernière phrase n'était
qu'une phrase et qu'Albertine n'aurait pas pu
garder, pour jusqu'à sa mort, un si doux souvenir
de cette promenade où elle n'avait certainement
eu aucun plaisir puisqu'elle était impatiente de
me quitter. Mais j'admirai aussi comme la cycliste,
la golfeuse de Balbec, qui n'avait rien lu qu'*Esther*
avant de me connaître, était douée et combien
j'avais eu raison de trouver qu'elle s'était chez
moi enrichie de qualités nouvelles qui la faisaient
différente et plus complète. Et ainsi, la phrase
que je lui avais dite à Balbec : « Je crois que mon
amitié vous serait précieuse, que je suis justement
la personne qui pourrait vous apporter ce qui
vous manque » — je lui avais mis comme dédicace
sur une photographie : « avec la certitude d'être
providentiel » — cette phrase, que je disais sans
y croire et uniquement pour lui faire trouver
bénéfice à me voir et passer sur l'ennui qu'elle
y pouvait avoir, cette phrase se trouvait, elle
aussi, avoir été vraie. De même, en somme, quand
je lui avais dit que je ne voulais pas la voir par

85

peur de l'aimer, j'avais dit cela parce qu'au
contraire je savais que dans la fréquentation
constante mon amour s'amortissait et que la
séparation l'exaltait, mais en réalité la fréquentation constante avait fait naître un besoin d'elle
infiniment plus fort que l'amour des premiers
temps de Balbec.

La lettre d'Albertine n'avançait en rien les
choses. Elle ne me parlait que d'écrire à l'intermédiaire. Il fallait sortir de cette situation,
brusquer les choses, et j'eus l'idée suivante. Je
fis immédiatement porter à Andrée une lettre
où je lui disais qu'Albertine était chez sa tante,
que je me sentais bien seul, qu'elle me ferait un
immense plaisir en venant s'installer chez moi
pour quelques jours et que, comme je ne voulais
faire aucune cachotterie, je la priais d'en avertir
Albertine. Et en même temps j'écrivis à Albertine
comme si je n'avais pas encore reçu sa lettre :
« Mon amie, pardonnez-moi ce que vous com-
prendrez si bien, je déteste tant les cachotteries
que j'ai voulu que vous fussiez avertie par elle et
par moi. J'ai, à vous avoir eue si doucement chez
moi, pris la mauvaise habitude de ne pas être seul
Puisque nous avons décidé que vous ne revien-
driez pas, j'ai pensé que la personne qui vous rem-
placerait le mieux, parce que c'est celle qui me
changerait le moins, qui vous rappellerait le plus,
c'était Andrée, et je lui ai demandé de venir
Pour que tout cela n'eût pas l'air trop brusque,
'e ne lui ai parlé que de quelques jours, mais

entre nous je pense bien que cette fois-ci c'est
une chose de toujours. Ne croyez vous pas que
j'aie raison. Vous savez que votre petit groupe
de jeunes filles de Balbec a toujours été la cellule
sociale qui a exercé sur moi le plus grand prestige,
auquel j'ai été le plus heureux d'être un jour
agrégé. Sans doute c'est ce prestige qui se fait
encore sentir. Puisque la fatalité de nos caractères
et la malchance de la vie a voulu que ma petite
Albertine ne pût pas être ma femme, je crois que
j'aurai tout de même une femme — moins charmante qu'elle, mais à qui des conformités plus
grandes de nature permettront peut-être d'être
plus heureuse avec moi — dans Andrée. » Mais
après avoir fait partir cette lettre, le soupçon me
vint tout à coup que, quand Albertine m'avait
écrit : « J'aurais été trop heureuse de revenir si
vous me l'aviez écrit directement », elle ne me
l'avait dit que parce que je ne lui avais pas écrit
directement et que, si je l'avais fait, elle ne serait
pas revenue tout de même, qu'elle serait contente
de voir Andrée chez moi, puis ma femme, pourvu
qu'elle, Albertine, fût libre, parce qu'elle pouvait
maintenant, depuis déjà huit jours, détruisant
les précautions de chaque heure que j'avais prises
pendant plus de six mois à Paris, se livrer à ses
vices et faire ce que minute par minute j'avais
empêché. Je me disais que probablement elle
usait mal, là-bas, de sa liberté, et sans doute cette
idée que je formais me semblait triste mais restait
générale, ne me montrant rien de particulier, et

87

par le nombre indéfini des amantes possibles
qu'elle me faisait supposer, ne me laissait m'arrêter à aucune, entraînait mon esprit dans une
sorte de mouvement perpétuel non exempt de
douleur, mais d'une douleur qui par le défaut
d'une image concrète était supportable. Pourtant
cette douleur cessa de le demeurer et devint
atroce quand Saint-Loup arriva. Avant de dire
pourquoi les paroles qu'il me dit me rendirent si
malheureux, je dois relater un incident que je
place immédiatement avant sa visite et dont le
souvenir me troubla ensuite tellement qu'il affaiblit, sinon l'impression pénible que me produisit
ma conversation avec Saint-Loup, du moins la
portée pratique de cette conversation. Cet incident
consiste en ceci. Brûlant d'impatience de voir
Saint-Loup, je l'attendais sur l'escalier (ce que
je n'aurais pu faire si ma mère avait été là, car
c'est ce qu'elle détestait le plus au monde après
« parler par la fenêtre ») quand j'entendis les
paroles suivantes : « Comment vous ne savez pas
faire renvoyer quelqu'un qui vous déplaît ? Ce
n'est pas difficile. Vous n'avez par exemple qu'à
cacher les choses qu'il faut qu'il apporte. Alors,
au moment où ses patrons sont pressés, l'appellent,
il ne trouve rien, il perd la tête. Ma tante vous
dira, furieuse après lui : « Mais qu'est-ce qu'il
fait ? » Quand il arrivera en retard tout le monde
sera en fureur et il n'aura pas ce qu'il faut. Au
bout de quatre ou cinq fois vous pouvez être sûr
qu'il sera renvoyé, surtout si vous avez soin de

salir en cachette ce qu'il doit apporter de propre,
et mille autres trucs comme cela. » Je restais
muet de stupéfaction car ces paroles machiavé-
liques et cruelles étaient prononcées par la voix
de Saint-Loup. Or je l'avais toujours considéré
comme un être si bon, si pitoyable aux malheureux, que cela me faisait le même effet que s'il
avait récité un rôle de Satan : ce ne pouvait être
en son nom qu'il parlait. « Mais il faut bien que
chacun gagne sa vie », dit son interlocuteur que
j'aperçus alors et qui était un des valets de pied de
la duchesse de Guermantes. « Qu'est-ce que ça vous
fiche du moment que vous serez bien ? répondit
méchamment Saint-Loup. Vous aurez en plus le
plaisir d'avoir un souffre-douleurs. Vous pouvez
très bien renverser des encriers sur sa livrée au
moment où il viendra servir un grand dîner, enfin
ne pas lui laisser une minute de repos jusqu'à ce
qu'il finisse par préférer s'en aller. Du reste, moi
je pousserai à la roue, je dirai à ma tante que
j'admire votre patience de servir avec un lourdaud
pareil et aussi mal tenu ». Je me montrai, Saint-
Loup vint à moi, mais ma confiance en lui était
ébranlée depuis que je venais de l'entendre tellement différent de ce que je connaissais. Et je me
demandai si quelqu'un qui était capable d'agir
aussi cruellement envers un malheureux, n'avait
pas joué le rôle d'un traître vis-à-vis de moi, dans
sa mission auprès de Mme Bontemps. Cette
réflexion servit surtout à ne pas me faire considérer son insuccès comme une preuve que je ne

pouvais pas réussir, une fois qu'il m'eut quitté. Mais pendant qu'il fut auprès de moi, c'était pourtant au Saint-Loup d'autrefois et surtout à l'ami qui venait de quitter Mme Bontemps que je pensais. Il me dit d'abord : « Tu trouves que j'aurais dû te téléphoner davantage mais on disait toujours que tu n'étais pas libre. » Mais où ma souffrance devint insupportable, ce fut quand il me dit : « Pour commencer par où ma dernière dépêche t'a laissé, après avoir passé par une espèce de hangar, j'entrai dans la maison et au bout d'un long couloir on me fit entrer dans un salon. » A ces mots de hangar, de couloir, de salon et avant même qu'ils eussent finis d'être prononcés, mon cœur fut bouleversé avec plus de rapidité que par un courant électrique, car la force qui fait le plus de fois le tour de la terre en une seconde, ce n'est pas l'électricité, c'est la douleur. Comme je les répétai, renouvelant le choc à plaisir, ces mots de hangar, de couloir, de salon, quand Saint-Loup fut parti ! Dans un hangar on peut se coucher avec une amie. Et dans ce salon qui sait ce qu'Albertine faisait quand sa tante n'était pas là. Et quoi ? Je m'étais donc représenté la maison où elle habitait comme ne pouvant posséder ni hangar, ni salon. Non, je ne me l'étais pas représentée du tout, sinon comme un lieu vague. J'avais souffert une première fois quand s'était individualisé géographiquement le lieu où était Albertine. Quand j'avais appris qu'au lieu d'être dans deux ou trois endroits pos-

90

sibles, elle était en Touraine, ces mots de sa
concierge avaient marqué dans mon cœur comme
sur une carte la place où il fallait enfin souffrir.
Mais une fois habitué à cette idée qu'elle était
dans une maison de Touraine, je n'avais pas vu
la maison. Jamais ne m'était venue à l'imagination cette affreuse idée de salon, de hangar, de
couloir, qui me semblaient face à moi sur la rétine
de Saint-Loup qui les avait vues, ces pièces dans
lesquelles Albertine allait, passait, vivait, ces
pièces-là en particulier et non une infinité de
pièces possibles qui s'étaient détruites l'une l'autre.
Avec les mots de hangar, de couloir, de salon, ma
folie m'apparut d'avoir laissé Albertine huit jours
dans ce lieu maudit dont l'*existence* (et non la
simple possibilité) venait de m'être révélée. Hélas !
quand Saint-Loup me dit aussi que dans ce salon
il avait entendu chanter à tue-tête d'une chambre
voisine et que c'était Albertine qui chantait, je
compris avec désespoir que, débarrassée enfin
de moi, elle était heureuse ! Elle avait reconquis
sa liberté. Et moi qui pensais qu'elle allait venir
prendre la place d'Andrée. Ma douleur se changea
en colère contre Saint-Loup. « C'est tout ce que
je t'avais demandé d'éviter, qu'elle sût que tu
venais. » « Si tu crois que c'était facile! On m'avait
assuré qu'elle n'était pas là. Oh ! je sais bien que
tu n'es pas content de moi, je l'ai bien senti dans
tes dépêches. Mais tu n'es pas juste, j'ai fait ce
que j'ai pu. » Lâchée de nouveau, ayant quitté la
cage d'où chez moi je restais des jours entiers sans

la faire venir dans ma chambre, Albertine avait repris pour moi toute sa valeur, elle était redevenue celle que tout le monde suivait, l'oiseau merveilleux des premiers jours. « Enfin résumons-nous. Pour la question d'argent, je ne sais que te dire, j'ai parlé à une femme qui m'a paru si délicate que je craignais de la froisser. Or elle n'a pas fait ouf quand j'ai parlé de l'argent. Même, un peu plus tard, elle m'a dit qu'elle était touchée de voir que nous nous comprenions si bien. Pourtant tout ce qu'elle a dit ensuite était si délicat, si élevé, qu'il me semblait impossible qu'elle eût dit pour l'argent que je lui offrais : « Nous nous comprenons si bien », car au fond j'agissais en mufle. » « Mais peut-être n'a-t-elle pas compris, elle n'a peut-être pas entendu, tu aurais dû le lui répéter, car c'est cela sûrement qui aurait fait tout réussir. » « Mais comment veux-tu qu'elle n'ait pas entendu, je le lui ai dit comme je te parle là, elle n'est ni sourde, ni folle. » « Et elle n'a fait aucune réflexion ? » « Aucune. » « Tu aurais dû lui redire une fois. » « Comment voulais-tu que je le lui redise ? Dès qu'en entrant j'ai vu l'air qu'elle avait, je me suis dit que tu t'étais trompé, que tu me faisais faire une immense gaffe, et c'était terriblement difficile de lui offrir cet argent ainsi. Je l'ai fait pourtant pour t'obéir, persuadé qu'elle allait me faire mettre dehors. » « Mais elle ne l'a pas fait. Donc ou elle n'avait pas entendu, et il fallait recommencer, ou vous pouviez continuer sur ce sujet. » « Tu dis : « Elle

n'avait pas entendu», parce que tu es ici, mais je
te répète, si tu avais assisté à notre conversation,
il n'y avait aucun bruit, je l'ai dit brutalement,
il n'est pas possible qu'elle n'ait pas compris. »
« Mais enfin elle est bien persuadée que j'ai
toujours voulu épouser sa nièce ? » « Non, ça,
si tu veux mon avis, elle ne croyait pas que tu
eusses du tout l'intention d'épouser. Elle m'a dit
que tu avais dit toi-même à sa nièce que tu voulais
la quitter. Je ne sais même pas si maintenant elle
est bien persuadée que tu veuilles épouser. » Ceci
me rassurait un peu en me montrant que j'étais
moins humilié, donc plus capable d'être encore
aimé, plus libre de faire une démarche décisive.
Pourtant j'étais tourmenté. « Je suis ennuyé parce
que je vois que tu n'es pas content. » « Si, je suis
touché, reconnaissant de ta gentillesse, mais il
me semble que tu aurais pu... » « J'ai fait de mon
mieux. Un autre n'eût pu faire davantage ni
même autant. Essaye d'un autre. » « Mais non,
justement, si j'avais su, je ne t'aurais pas envoyé,
mais ta démarche avortée m'empêche d'en faire
une autre. » Je lui faisais des reproches : il avait
cherché à me rendre service et n'avait pas réussi.
Saint-Loup en s'en allant avait croisé des jeunes
filles qui entraient. J'avais déjà fait souvent la supposition qu'Albertine connaissait des jeunes filles
dans le pays ; mais c'était la première fois que
j'en ressentais la torture. Il faut vraiment croire
que la nature a donné à notre esprit de secréter
un contrepoison naturel qui annihile les suppo

sitions que nous faisons à la fois sans trêve et
sans danger. Mais rien ne m'immunisait contre
ces jeunes filles que Saint-Loup avait rencontrées.
Tous ces détails, n'était-ce pas justement ce que
j'avais cherché à obtenir de chacun sur Albertine,
n'était-ce pas moi qui, pour les connaître plus
précisément, avais demandé à Saint-Loup, rappelé par son colonel, de passer coûte que coûte
chez moi, n'était-ce donc pas moi qui les avais
souhaités, moi, ou plutôt ma douleur affamée,
avide de croître et de se nourrir d'eux ? Enfin
Saint-Loup m'avait dit avoir eu la bonne surprise
de rencontrer tout près de là, seule figure de
connaissance et qui lui avait rappelé le passé,
une ancienne amie de Rachel, une jolie actrice
qui villégiaturait dans le voisinage. Et le nom de
cette actrice suffit pour que je me dise : « C'est
peut-être avec celle-là » ; cela suffisait pour que
je visse, dans les bras même d'une femme que je
ne connaissais pas, Albertine souriante et rouge
de plaisir. Et au fond pourquoi cela n'eût-il pas
été ? M'étais-je fait faute de penser à des femmes
depuis que je connaissais Albertine ? Le soir où
j'avais été pour la première fois chez la princesse
de Guermantes, quand j'étais rentré, n'était-ce
pas beaucoup moins en pensant à cette dernière
qu'à la jeune fille dont Saint-Loup m'avait parlé
et qui allait dans les maisons de passe et à la
femme de chambre de Mme Putbus ? N'est-ce pas
pour cette dernière que j'étais retourné à Balbec,
et plus récemment, avais bien eu envie d'aller à

94

Venise ? pourquoi Albertine n'eût-elle pas eu
envie d'aller en Touraine ? Seulement au fond,
je m'en apercevais maintenant, je ne l'aurais
pas quittée, je ne serais pas allé à Venise. Même
au fond de moi-même, tout en me disant : « Je la
quitterai bientôt », je savais que je ne la quitterais
plus, tout aussi bien que je savais que je ne me
mettrais plus à travailler, ni à vivre d'une façon
hygiénique, ni à rien faire de ce que chaque jour je
me promettais pour le lendemain. Seulement quoi
que je crusse au fond, j'avais trouvé plus habile
de la laisser vivre sous la menace d'une perpétuelle séparation. Et sans doute, grâce à ma
détestable habileté, je l'avais trop bien convaincue. En tous cas maintenant cela ne pouvait
plus durer ainsi, je ne pouvais pas la laisser en
Touraine avec ces jeunes filles, avec cette actrice,
je ne pouvais supporter la pensée de cette vie qui
m'échappait. J'attendrais sa réponse à ma lettre :
si elle faisait le mal, hélas ! un jour de plus ou
de moins ne faisait rien (et peut-être je me disais
cela parce que, n'ayant plus l'habitude de me
faire rendre compte de chacune de ses minutes,
dont une seule où elle eût été libre m'eût jadis
affolé, ma jalousie n'avait plus la même division
du temps). Mais aussitôt sa réponse reçue, si elle
ne revenait pas, j'irais la chercher ; de gré ou de
force je l'arracherais à ses amies. D'ailleurs ne
valait-il pas mieux que j'y allasse moi-même,
maintenant que j'avais découvert la méchanceté
jusqu'ici insoupçonnée de moi, de St-Loup ; qui

95

sait s'il n'avait pas organisé tout un complot
pour me séparer d'Albertine.

Et cependant comme j'aurais menti maintenant si je lui avais écrit, comme je le lui disais
à Paris, que je souhaitais qu'il ne lui arrivât aucun
accident. Ah ! s'il lui en était arrivé un, ma vie,
au lieu d'être à jamais empoisonnée par cette
jalousie incessante eût aussitôt retrouvé sinon le
bonheur, du moins le calme par la suppression de
la souffrance.

La suppression de la souffrance ? Ai-je pu vraiment le croire, croire que la mort ne fait que biffer
ce qui existe et laisser le reste en état, qu'elle
enlève la douleur dans le cœur de celui pour qui
l'existence de l'autre n'est plus qu'une cause de
douleurs, qu'elle enlève la douleur et n'y met
rien à la place. La suppression de la douleur !
Parcourant les faits divers des journaux, je
regrettais de ne pas avoir le courage de former
le même souhait que Swann. Si Albertine avait
pu être victime d'un accident, vivante j'aurais
eu un prétexte pour courir auprès d'elle, morte
j'aurais retrouvé, comme disait Swann, la liberté
de vivre. Je le croyais ? Il l'avait cru, cet homme
si fin et qui croyait se bien connaître. Comme
on sait peu ce qu'on a dans le cœur. Comme, un
peu plus tard, s'il avait été encore vivant, j'aurais
pu lui apprendre que son souhait, autant que
criminel, était absurde, que la mort de celle qu'il
aimait ne l'eût délivré de rien.

Je laissai toute fierté vis-à-vis d'Albertine, je

lui envoyai un télégramme désespéré lui demandant de revenir à n'importe quelles conditions,
qu'elle ferait tout ce qu'elle voudrait, que je
demandais seulement à l'embrasser une minute
trois fois par semaine avant qu'elle se couche.
Et elle eût dit une fois seulement, que j'eusse
accepté une fois. Elle ne revint jamais. Mon télégramme venait de partir que j'en reçus un. Il
était de Mme Bontemps. Le monde n'est pas créé
une fois pour toutes pour chacun de nous. Il s'y
ajoute au cours de la vie des choses que nous ne
soupçonnions pas. Ah ! ce ne fut pas la suppression
de la souffrance que produisirent en moi les deux
premières lignes du télégramme : « Mon pauvre
ami, notre petite Albertine n'est plus, pardonnez-
moi de vous dire cette chose affreuse, vous qui
l'aimiez tant. Elle a été jetée par son cheval
contre un arbre pendant une promenade. Tous
nos efforts n'ont pu la ranimer. Que ne suis-je
morte à sa place ? » Non, pas la suppression de la
souffrance, mais une souffrance inconnue, celle
d'apprendre qu'elle ne reviendrait pas. Mais ne
m'étais-je pas dit plusieurs fois qu'elle ne reviendrait peut-être pas ? Je me l'étais dit en effet,
mais je m'apercevais maintenant que pas un
instant je ne l'avais cru. Comme j'avais besoin
de sa présence, de ses baisers pour supporter le
mal que me faisaient mes soupçons, j'avais pris
depuis Balbec l'habitude d'être toujours avec elle.
Même quand elle était sortie, quand j'étais seul,
je l'embrassais encore. J'avais continué depuis

qu'elle était en Touraine J'avais moins besoin
de sa fidélité que de son retour. Et si ma raison
pouvait impunément le mettre quelquefois en
doute, mon imagination ne cessait pas un instant
de me le représenter. Instinctivement je passai
ma main sur mon cou, sur mes lèvres qui se
voyaient embrassés par elle depuis qu'elle était
partie et qui ne le seraient jamais plus, je passai
ma main sur eux, comme maman m'avait caressé
à la mort de ma grand'mère en me disant : « Mon
pauvre petit, ta grand'mère qui t'aimait tant, ne
t'embrassera plus. » Toute ma vie à venir se
trouvait arrachée de mon cœur. Ma vie à venir ?
Je n'avais donc pas pensé quelquefois à la vivre
sans Albertine ? Mais non ! Depuis longtemps,
je lui avais donc voué toutes les minutes de ma
vie jusqu'à ma mort ? Mais bien sûr ! Cet avenir
indissoluble d'elle je n'avais pas su l'apercevoir,
mais maintenant qu'il venait d'être descellé, je
sentais la place qu'il tenait dans mon cœur béant.
Françoise qui ne savait encore rien, entra dans
ma chambre ; d'un air furieux, je lui criai :
« Qu'est-ce qu'il y a ? » Alors (il y a quelquefois
des mots qui mettent une réalité différente à la
même place que celle qui est près de nous, ils
nous étourdissent tout autant qu'un vertige), elle
me dit : « Monsieur n'a pas besoin d'avoir l'air
fâché. Il va être au contraire bien content. Ce
sont deux lettres de Mademoiselle Albertine. »
Je sentis, après, que j'avais dû avoir les yeux de
quelqu'un dont l'esprit perd l'équilibre. Je ne fus

même pas heureux, ni incrédule. J'étais comme quelqu'un qui voit la même place de sa chambre occupée par un canapé et par une grotte : rien ne lui paraissant plus réel, il tombe par terre. Les deux lettres d'Albertine avaient dû être écrites à quelques heures de distance, peut-être en même temps, et peu de temps avant la promenade où elle était morte. La première disait : « Mon ami, je vous remercie de la preuve de confiance que vous me donnez en me disant votre intention de faire venir Andrée chez vous. Je sais qu'elle acceptera avec joie et je crois que ce sera très heureux pour elle. Douée comme elle est, elle saura profiter de la compagnie d'un homme tel que vous et de l'admirable influence que vous savez prendre sur un être. Je crois que vous avez eu là une idée d'où peut naître autant de bien pour elle que pour vous. Aussi, si elle faisait l'ombre d'une difficulté (ce que je ne crois pas), télégraphiez-moi, je me charge d'agir sur elle. » La seconde était datée d'un jour plus tard. En réalité elle avait dû les écrire à peu d'instants l'une de l'autre, peut-être ensemble, et antidater la première. Car tout le temps j'avais imaginé dans l'absurde ses intentions qui n'avaient été que de revenir auprès de moi et que quelqu'un de désintéressé dans la chose, un homme sans imagination, le négociateur d'un traité de paix, le marchand qui examine une transaction, eussent mieux jugées que moi. Elle ne contenait que ces mots : « Serait-il trop tard pour que je revienne chez vous ? Si vous n'avez

99

pas encore écrit à Andrée, consentiriez-vous à me reprendre ? Je m'inclinerai devant votre décision, je vous supplie de ne pas tarder à me la faire connaître, vous pensez avec quelle impatience je l'attends. Si c'était que je revienne, je prendrais le train immédiatement. De tout cœur à vous, Albertine. »

Pour que la mort d'Albertine eût pu supprimer mes souffrances, il eût fallu que le choc l'eût tuée non seulement en Touraine, mais en moi. Jamais elle n'y avait été plus vivante. Pour entrer en nous, un être a été obligé de prendre la forme, de se plier au cadre du temps ; ne nous apparaissant que par minutes successives, il n'a jamais pu nous livrer de lui qu'un seul aspect à la fois, nous débiter de lui qu'une seule photographie. Grande faiblesse sans doute pour un être de consister en une simple collection de moments ; grande force aussi ; il relève de la mémoire, et la mémoire d'un moment n'est pas instruite de tout ce qui s'est passé depuis ; ce moment qu'elle a enregistré dure encore, vit encore et avec lui l'être qui s'y profilait. Et puis cet émiettement ne fait pas seulement vivre la morte, il la multiplie. Pour me consoler ce n'est pas une, ce sont d'innombrables Albertine que j'aurais dû oublier. Quand j'étais arrivé à supporter le chagrin d'avoir perdu celle-ci, c'était à recommencer avec une autre, avec cent autres.

Alors ma vie fut entièrement changée. Ce qui en avait fait, et non à cause d'Albertine, parallèlement à elle, quand j'étais seul, la douceur, c'était justement à l'appel de moments identiques la perpétuelle renaissance de moments anciens. Par le bruit de la pluie m'était rendue l'odeur des lilas de Combray, par la mobilité du soleil sur le balcon, les pigeons des Champs-Élysées, par l'assourdissement des bruits dans la chaleur de la matinée, la fraîcheur des cerises, le désir de la Bretagne ou de Venise par le bruit du vent et le retour de Pâques. L'été venait, les jours étaient longs, il faisait chaud. C'était le temps où de grand matin élèves et professeurs vont dans les jardins publics préparer les derniers concours sous les arbres, pour recueillir la seule goutte de fraîcheur que laisse tomber un ciel moins enflammé que dans l'ardeur du jour, mais déjà aussi stérilement pur. De ma chambre obscure, avec un pouvoir d'évocation égal à celui d'autrefois, mais qui ne me donnait plus que de la souffrance, je sentais que dehors, dans la pesanteur de l'air, le soleil déclinant mettait sur la verticalité des maisons, des églises, un fauve badigeon. Et si Françoise en revenant dérangeait sans le vouloir les plis des grands rideaux, j'étouffais un cri à la déchirure que venait de faire en moi ce rayon de soleil ancien qui m'avait fait paraître belle la façade neuve de Bricqueville l'orgueilleuse, quand Albertine m'avait dit : « Elle est restaurée. » Ne sachant comment expliquer mon soupir à Françoise, je lui disais : « Ah ! j'ai soif. » Elle sortait, rentrait, mais je me détournais violemment, sous la

101

décharge douloureuse d'un des mille souvenirs invisibles qui à tout moment éclataient autour de moi dans l'ombre : je venais de voir qu'elle avait apporté du cidre et des cerises qu'un garçon de ferme nous avait apportés dans la voiture, à Balbec, espèces sous lesquelles j'aurais communié le plus parfaitement, jadis, avec l'arc-en-ciel des salles à manger obscures par les jours brûlants. Alors je pensai pour la première fois à la ferme des Ecorres, et je me dis que certains jours où Albertine me disait à Balbec ne pas être libre, être obligée de sortir avec sa tante, elle était peut-être avec telle de ses amies dans une ferme où elle savait que je n'avais pas mes habitudes, et que pendant qu'à tout hasard je l'attendais à Marie-Antoinette où on m'avait dit : « Nous ne l'avons pas vue aujourd'hui », elle usait avec son amie des mêmes mots qu'avec moi quand nous sortions tous les deux : « Il n'aura pas l'idée de nous chercher ici et comme cela nous ne serons plus dérangées. » Je disais à Françoise de refermer les rideaux pour ne plus voir ce rayon de soleil. Mais il continuait à filtrer, aussi corrosif, dans ma mémoire. « Elle ne me plaît pas, elle est restaurée, mais nous irons demain à Saint-Martin le Vêtu, après-demain à... » Demain, après-demain, c'était un avenir de vie commune, peut-être pour toujours qui commençait, mon cœur s'élança vers lui, mais il n'était plus là, Albertine était morte.

Je demandai l'heure à Françoise. Six heures. Enfin Dieu merci allait disparaître cette lourde chaleur dont autrefois je me plaignais avec Albertine, et que nous aimions tant. La journée prenait fin. Mais qu'est-ce que j'y gagnais ? La fraîcheur du soir se levait, c'était le coucher du soleil ; dans ma mémoire au bout d'une route que nous prenions ensemble pour rentrer, j'apercevais, plus loin que le dernier village, comme une station distante, inaccessible pour le soir même où nous nous arrêterions à Balbec, toujours ensemble. Ensemble alors, maintenant il fallait s'arrêter court devant ce même abîme, elle était morte. Ce n'était plus assez de fermer les rideaux, je tâchais de boucher les yeux et les oreilles de ma mémoire, pour ne pas voir cette bande orangée du couchant, pour ne pas entendre ces invisibles oiseaux qui se répondaient d'un arbre à l'autre de chaque côté de moi qu'embrassait alors si tendrement celle qui maintenant était morte. Je tâchais d'éviter ces sensations que donnent l'humidité des feuilles dans le soir, la montée et la descente des routes à dos d'âne. Mais déjà ces sensations m'avaient ressaisi, ramené assez loin du moment actuel afin qu'eût tout le recul, tout l'élan nécessaires pour me frapper de nouveau, l'idée qu'Albertine était morte. Ah ! jamais je n'entrerais plus dans une forêt, je ne me promènerais plus entre des arbres. Mais les grandes plaines me seraient-elles moins cruelles ? Que de fois j'avais traversé pour aller chercher Albertine, que de fois j'avais repris au retour avec elle la grande plaine de Cricqueville, tantôt par des

103

temps brumeux où l'inondation du brouillard nous donnait l'illusion d'être entourés d'un lac immense, tantôt par des soirs limpides où le clair de lune, dématérialisant la terre, la faisant paraître à deux pas céleste, comme elle n'est, pendant le jour, que dans les lointains, enfermait les champs, les bois avec le firmament auquel il les avait assimilés, dans l'agate arborisée d'un seul azur.

Françoise devait être heureuse de la mort d'Albertine, et il faut lui rendre la justice que par une sorte de convenance et de tact elle ne simulait pas la tristesse. Mais les lois non écrites de son antique code et sa tradition de paysanne médiévale qui pleure comme aux chansons de gestes étaient plus anciennes que sa haine d'Albertine et même d'Eulalie. Aussi une de ces fins d'après-midi-là, comme je ne cachais pas assez rapidement ma souffrance, elle aperçut mes larmes, servie par son instinct d'ancienne petite paysanne qui autrefois lui faisait capturer et faire souffrir les animaux, n'éprouver que de la gaîté à étrangler les poulets et à faire cuire vivants les homards et, quand j'étais malade, à observer, comme les blessures qu'elle eût infligées à une chouette, ma mauvaise mine, qu'elle annonçait ensuite sur un ton funèbre et comme un présage de malheur. Mais son « coutumier » de Combray ne lui permettait pas de prendre légèrement les larmes, le chagrin, choses qu'elle jugeait aussi funestes que d'ôter sa flanelle ou de manger à contre-cœur. « Oh ! non, Monsieur, il ne faut pas pleurer

comme cela, cela vous ferait mal. » Et en voulant
arrêter mes larmes elle avait l'air aussi inquiet
que si ç'eût été des flots de sang. Malheureusement
je pris un air froid qui coupa court aux effusions
qu'elle espérait et qui du reste eussent peut-être
été sincères. Peut-être en était il pour elle d'Albertine comme d'Eulalie et maintenant que mon
amie ne pouvait plus tirer de moi aucun profit,
Françoise avait-elle cessé de la haïr. Elle tint à
me montrer pourtant qu'elle se rendait bien
compte que je pleurais et que, suivant seulement
le funeste exemple des miens, je ne voulais pas
« faire voir ». « Il ne faut pas pleurer, Monsieur »,
me dit-elle d'un ton cette fois plus calme, et plutôt
pour me montrer sa clairvoyance que pour me
témoigner sa pitié. Et elle ajouta : « Ça devait
arriver, elle était trop heureuse, la pauvre, elle
n'a pas su connaître son bonheur. »

Que le jour est lent à mourir par ces soirs déme-
surés de l'été. Un pâle fantôme de la maison d'en
face continuait indéfiniment à aquareller sur le
ciel sa blancheur persistante. Enfin il faisait nuit
dans l'appartement, je me cognais aux meubles
de l'antichambre, mais dans la porte de l'escalier,
au milieu du noir que je croyais total, la partie
vitrée était translucide et bleue, d'un bleu de
fleur, d'un bleu d'aile d'insecte, d'un bleu qui
m'eût semblé beau si je n'avais senti qu'il était
un dernier reflet, coupant comme un acier, un
coup suprême que dans sa cruauté infatigable
me portait encore le jour. L'obscurité complète

finissait pourtant par venir, mais alors il suffisait
d'une étoile vue à côté de l'arbre de la cour pour
me rappeler nos départs en voiture, après le
dîner, pour les bois de Chantepie, tapissés par
le clair de lune. Et même dans les rues, il m'arrivait d'isoler sur le dos d'un banc, de recueillir la
pureté naturelle d'un rayon de lune au milieu des
lumières artificielles de Paris, — de Paris sur
lequel il faisait régner, en faisant rentrer un
instant, pour mon imagination, la ville dans la
nature, avec le silence infini des champs évoqués,
le souvenir douloureux des promenades que j'y
avais faites avec Albertine. Ah ! quand la nuit
finirait-elle ? Mais à la première fraîcheur de
l'aube je frissonnais, car celle-ci avait ramené
en moi la douceur de cet été, où, de Balbec à
Incarville, d'Incarville à Balbec, nous nous étions
tant de fois reconduits l'un l'autre jusqu'au petit
jour. Je n'avais plus qu'un espoir pour l'avenir
— espoir bien plus déchirant qu'une crainte, —
c'était d'oublier Albertine. Je savais que je l'oublierais un jour, j'avais bien oublié Gilberte,
Mme de Guermantes, j'avais bien oublié ma
grand'mère. Et c'est notre plus juste et plus cruel
châtiment de l'oubli si total, paisible comme
ceux des cimetières, par quoi nous nous sommes
détachés de ceux que nous n'aimons plus, que
nous entrevoyions ce même oubli comme inévi-
table à l'égard de ceux que nous aimons encore.
A vrai dire nous savons qu'il est un état non
douloureux, un état d'indifférence. Mais ne pou-

vant penser à la fois à ce que j'étais et à ce que
je serais, je pensais avec désespoir à tout ce tégu-
ment de caresses, de baisers, de sommeils amis,
dont il faudrait bientôt me laisser dépouiller pour
jamais. L'élan de ces souvenirs si tendres venant
se briser contre l'idée qu'Albertine était morte,
m'oppressait par l'entrechoc de flux si contrariés
que je ne pouvais rester immobile ; je me levais,
mais tout d'un coup je m'arrêtais, terrassé ; le
même petit jour que je voyais, au moment où
je venais de quitter Albertine, encore radieux et
chaud de ses baisers, venait tirer au-dessus des
rideaux sa lame maintenant sinistre, dont la
blancheur froide, implacable et compacte entrait,
me donnant comme un coup de couteau.

Bientôt les bruits de la rue allaient commencer,
permettant de lire à l'échelle qualitative de leurs
sonorités, le degré de la chaleur sans cesse accrue
où ils retentiraient. Mais dans cette chaleur qui
quelques heures plus tard s'imbiberait de l'odeur
des cerises, ce que je trouvais (comme dans un
remède que le remplacement d'une des parties
composantes par une autre suffit pour rendre,
d'un euphorique et d'un excitatif qu'il était, un
déprimant), ce n'était plus le désir des femmes
mais l'angoisse du départ d'Albertine. D'ailleurs
le souvenir de tous mes désirs était aussi imprégné
d'elle, et de souffrance, que le souvenir des plaisirs. Cette Venise où j'avais cru que sa présence
me serait importune (sans doute parce que je
sentais confusément qu'elle m'y serait nécessaire),

maintenant qu'Albertine n'était plus, j'aimais mieux n'y pas aller. Albertine m'avait semblé un obstacle interposé entre moi et toutes choses, parce qu'elle était pour moi leur contenant et que c'est d'elle, comme d'un vase, que je pouvais les recevoir. Maintenant que ce vase était détruit, je ne me sentais plus le courage de les saisir ; il n'y en avait plus une seule dont je ne me détournasse, abattu, préférant n'y pas goûter. De sorte que ma séparation d'avec elle n'ouvrait nullement pour moi le champ des plaisirs possibles que j'avais cru m'être fermé par sa présence. D'ailleurs l'obstacle que sa présence avait peut-être été en effet pour moi à voyager, à jouir de la vie, m'avait seulement, comme il arrive toujours, masqué les autres obstacles, qui reparaissaient intacts maintenant que celui-là avait disparu. C'est de cette façon qu'autrefois, quand quelque visite aimable m'empêchait de travailler, si le lendemain je restais seul, je ne travaillais pas davantage. Qu'une maladie, un duel, un cheval emporté, nous fassent voir la mort de près, nous aurions joui richement de la vie, de la volupté, des pays inconnus dont nous allons être privés. Et une fois le danger passé, ce que nous retrouverons c'est la même vie morne où rien de tout cela n'existait pour nous.

Sans doute ces nuits si courtes durent peu. L'hiver finirait par revenir, où je n'aurais plus à craindre le souvenir des promenades avec elle jusqu'à l'aube trop tôt levée. Mais les premières gelées ne

108

me rapporteraient-elles pas, conservées dans leur
glace, le germe de mes premiers désirs, quand à
minuit je la faisais chercher, que le temps me
semblait si long jusqu'à son coup de sonnette, que
je pourrais maintenant attendre éternellement en
vain ? Ne me rapporteraient-elles pas le germe de
mes premières inquiétudes, quand deux fois je
crus qu'elle ne viendrait pas ? Dans ce temps-là
je ne la voyais que rarement ; mais même ces
intervalles qu'il y avait alors entre ses visites
qui la faisaient surgir, au bout de plusieurs semaines, du sein d'une vie inconnue que je n'essayais pas de posséder, assuraient mon calme,
en empêchant les velléités sans cesse interrompues
de ma jalousie, de se conglomérer, de faire bloc
dans mon cœur. Autant ils eussent pu être apai-
sants dans ce temps-là, autant, rétrospectivement,
ils étaient empreints de souffrance, depuis que
ce qu'elle avait pu faire d'inconnu pendant leur
durée avait cessé de m'être indifférent, et surtout
maintenant qu'aucune visite d'elle ne viendrait
plus jamais ; de sorte que ces soirs de janvier
où elle venait et qui par là m'avaient été si doux,
me souffleraient maintenant dans leur bise aigre
une inquiétude que je ne connaissais pas alors,
et me rapporteraient, mais devenu pernicieux,
le premier germe de mon amour. Et en pensant
que je verrais recommencer ce temps froid qui,
depuis Gilberte et mes jeux aux Champs-Élysées,
m'avait toujours paru si triste ; quand je pensais
que reviendraient des soirs pareils à ce soir de

neige où j'avais vainement, toute une partie de
la nuit, attendu Albertine, alors, comme un
malade, se plaçant bien au point de vue du corps,
pour sa poitrine, moi, moralement, à ces moments-là, ce que je redoutais encore le plus, pour
mon chagrin, pour mon cœur, c'était le retour des
grands froids, et je me disais que ce qu'il y aurait
de plus dur à passer, ce serait peut-être l'hiver.
Lié qu'il était à toutes les saisons, pour que je
perdisse le souvenir d'Albertine, il aurait fallu
que je les oubliasse toutes, quitte à recommencer
à les connaître, comme un vieillard frappé d'hémi-
plégie et qui rapprend à lire ; il aurait fallu que
je renonçasse à tout l'univers. Seule, me disais-je,
une véritable mort de moi-même serait capable
(mais elle est impossible) de me consoler de la
sienne. Je ne songeais pas que la mort de soi-
même n'est ni impossible, ni extraordinaire ; elle
se consomme à notre insu, au besoin contre notre
gré, chaque jour, et je souffrirais de la répétition
de toutes sortes de journées que non seulement la
nature, mais des circonstances factices, un ordre
plus conventionnel introduisent dans une saison.
Bientôt reviendrait la date où j'étais allé à
Balbec l'autre été et où mon amour, qui n'était
pas encore inséparable de la jalousie et qui ne
s'inquiétait pas de ce qu'Albertine faisait toute
la journée, devait subir tant d'évolutions avant
de devenir cet amour des derniers temps, si particulier, que cette année finale, où avait commencé
de changer et où s'était terminée la destinée

d'Albertine, m'apparaissait remplie, diverse, vaste, comme un siècle. Puis ce serait le souvenir de jours plus tardifs, mais dans des années antérieures, les dimanches de mauvais temps, où pourtant tout le monde était sorti, dans le vide de l'après-midi, où le bruit du vent et de la pluie m'eût invité jadis à rester à faire le « philosophe sous les toits » ; avec quelle anxiété je verrais approcher l'heure où Albertine, si peu attendue, était venue me voir, m'avait caressé pour la première fois, s'interrompant pour Françoise, qui avait apporté la lampe, en ce temps deux fois mort où c'était Albertine qui était curieuse de moi, où ma tendresse pour elle pouvait légitimement avoir tant d'espérance. Même à une saison plus avancée, ces soirs glorieux où les offices, les pensionnats, entr'ouverts comme des chapelles, baignés d'une poussière dorée, laissent la rue se couronner de ces demi-déesses qui causant non loin de nous avec leurs pareilles, nous donnent la fièvre de pénétrer dans leur existence mythologique, ne me rappelaient plus que la tendresse d'Albertine, qui à côté de moi m'était un empêchement à m'approcher d'elles.

D'ailleurs, au souvenir des heures, même purement naturelles, s'ajouterait forcément le paysage moral qui en fait quelque chose d'unique. Quand j'entendrais plus tard le cornet à bouquin du chevrier, par un premier beau temps, presque italien, le même jour mélangerait tour à tour à sa lumière l'anxiété de savoir Albertine au Trocadéro, peut-être avec Léa et les deux jeunes filles, puis la douceur familiale et domestique, presque commune, d'une épouse qui me semblait alors embarrassante et que Françoise allait me ramener. Ce message téléphonique de Françoise qui m'avait transmis l'hommage obéissant d'Albertine revenant avec elle, j'avais cru qu'il m'enorgueillissait. Je m'étais trompé. S'il m'avait enivré, c'est parce qu'il m'avait fait sentir que celle que j'aimais était bien à moi, ne vivait bien que pour moi, et même à distance, sans que j'eusse besoin de m'occuper d'elle, me considérait comme son époux et son maître, revenant sur un signe de moi. Et ainsi ce message téléphonique avait été une parcelle de douceur, venant de loin, émise de ce quartier du Trocadéro, où il se trouvait y avoir pour moi des sources de bonheur dirigeant vers moi d'apaisantes molécules, des baumes calmants me rendant enfin une si douce liberté d'esprit que je n'avais plus eu, me livrant sans la restriction d'un seul souci à la musique de Wagner — qu'à attendre l'arrivée certaine d'Albertine, sans fièvre, avec un manque entier d'impatience où je n'avais pas su reconnaître le bonheur. Et ce bonheur qu'elle revînt, qu'elle m'obéît et m'appartînt, la cause en était dans l'amour, non dans l'orgueil. Il m'eût été bien égal maintenant d'avoir à mes ordres cinquante femmes revenant sur un signe de moi, non pas du Trocadéro, mais des Indes. Mais ce jour-là, en sentant Albertine qui, tandis que j'étais seul dans ma chambre à faire de la musique, venait docilement vers moi, j'avais respiré, disséminé comme un poudroiement dans le soleil, une de ces substances qui comme d'autres sont salutaires au corps, font du bien à l'âme. Puis ç'avait été, une demi-heure après, l'arrivée d'Albertine, puis la promenade avec Albertine arrivée, promenade que j'avais crue ennuyeuse parce qu'elle était pour moi accompagnée de certitude, mais, à cause de cette certitude même, qui avait, à partir du moment où Françoise m'avait téléphoné qu'elle la ramenait, coulé un calme d'or dans les heures qui avaient suivi, en avait fait comme une deuxième journée bien différente la première, parce qu'elle avait un tout autre dessous moral, un dessous moral qui en faisait une journée originale, qui venait s'ajouter à la variété de celles que j'avais connues jusque-là, journée que je n'eusse jamais pu imaginer — comme nous ne pourrions imaginer le repos d'un jour d'été si de tels jours n'existaient pas dans la série de ceux que nous avons vécus, — journée dont je ne pouvais pas dire absolument que je me la rappelais, car à ce calme s'ajoutait maintenant une souffrance que je n'avais pas ressentie alors. Mais bien plus tard, quand je traversai peu à peu, en sens inverse, les temps par lesquels j'avais passé avant d'aimer tant Albertine, quand mon cœur cicatrisé put se séparer sans souffrance d'Albertine morte, alors je pus me rappeler enfin sans souffrance ce jour où Albertine avait été faire des courses avec

Françoise au lieu de rester au Trocadéro ; je me
rappelai avec plaisir ce jour comme appartenant
à une saison morale que je n'avais pas connue
jusqu'alors ; je me le rappelai enfin exactement
sans plus y ajouter de souffrance et au contraire
comme on se rappelle certains jours d'été qu'on
a trouvés trop chauds quand on les a vécus, et
dont, après coup surtout, on extrait le titre sans
alliage d'or fin et d'indestructible azur.

De sorte que ces quelques années n'imposaient
pas seulement au souvenir d'Albertine, qui les
rendait si douloureuses, la couleur successive, les
modalités différentes de leurs saisons ou de leurs
heures, des fins d'après-midi de juin aux soirs
d'hiver, des clairs de lune sur la mer à l'aube en
rentrant à la maison, de la neige de Paris aux
feuilles mortes de Saint-Cloud, mais encore de
l'idée particulière que je me faisais successivement
d'Albertine, de l'aspect physique sous lequel je
me la représentais à chacun de ces moments, de
la fréquence plus ou moins grande avec laquelle
je la voyais cette saison-là, laquelle s'en trouvait
comme plus dispersée ou plus compacte, des
anxiétés qu'elle avait pu m'y causer par l'attente,
du désir que j'avais à tel moment pour elle,
d'espoirs formés, puis perdus ; tout cela modi-
fiait le caractère de ma tristesse rétrospective
tout autant que les impressions de lumière ou de
parfums qui lui étaient associées et complétait
chacune des années solaires que j'avais vécues,
— et qui, rien qu'avec leurs printemps, leurs

arbres, leurs brises, étaient déjà si tristes à cause
du souvenir inséparable d'elle — en la doublant
d'une sorte d'année sentimentale où les heures
n'étaient pas définies par la position du soleil,
mais par l'attente d'un rendez-vous, où la longueur des jours, où les progrès de la température,
étaient mesurés par l'essor de mes espérances,
le progrès de notre intimité, la transformation
progressive de son visage, les voyages qu'elle avait
faits, la fréquence et le style des lettres qu'elle
m'avait adressées pendant une absence, sa précipitation plus ou moins grande à me voir au retour.
Et enfin, ces changements de temps, ces jours
différents, s'ils me rendaient chacun une autre
Albertine, ce n'était pas seulement par l'évocation
des moments semblables. Mais l'on se rappelle
que toujours, avant même que j'aimasse, chacune
avait fait de moi un homme différent, ayant
d'autres désirs parce qu'il avait d'autres perceptions et qui, de n'avoir rêvé que tempêtes et
falaises la veille, si le jour indiscret du printemps
avait glissé une odeur de roses dans la clôture
mal jointe de son sommeil entrebâillé, s'éveillait
en partance pour l'Italie. Même dans mon amour
l'état changeant de mon atmosphère morale, la
pression modifiée de mes croyances n'avaient-ils
pas tel jour diminué la visibilité de mon propre
amour, ne l'avaient-ils pas tel jour indéfiniment
étendue, tel jour embellie jusqu'au sourire, tel
jour contractée jusqu'à l'orage ? On n'est que
par ce qu'on possède, on ne possède que ce qui

vous est réellement présent, et tant de nos souvenirs, de nos humeurs, de nos idées partent faire
des voyages loin de nous-même, où nous les
perdons de vue ! Alors nous ne pouvons plus les
faire entrer en ligne de compte de ce total qui
est notre être. Mais ils ont des chemins secrets
pour rentrer en nous. Et certains soirs m'étant
endormi sans presque plus regretter Albertine
— on ne peut regretter que ce qu'on se rappelle
— au réveil je trouvais toute une flotte de souvenirs qui étaient venus croiser en moi dans ma
plus claire conscience, et que je distinguais à
merveille. Alors je pleurais ce que je voyais si
bien et qui, la veille, n'était pour moi que néant.
Puis brusquement, le nom d'Albertine, sa mort
avaient changé de sens ; ses trahisons avaient
soudain repris toute leur importance.

Comment m'avait-elle paru morte quand maintenant pour penser à elle je n'avais à ma disposition que les mêmes images dont quand elle
était vivante je revoyais l'une ou l'autre : rapide
et penchée sur la roue mythologique de sa bicyclette, sanglée les jours de pluie sous la tunique
guerrière de caoutchouc qui faisait bomber ses
seins, la tête enturbannée et coiffée de serpents,
elle semait la terreur dans les rues de Balbec ;
les soirs où nous avions emporté du champagne
dans les bois de Chantepie, la voix provocante
et changée, elle avait au visage cette chaleur
blême rougissant seulement aux pommettes que,
la distinguant mal dans l'obscurité de la voiture,

116

j'approchais du clair de lune pour la mieux voir
et que j'essayais maintenant en vain de me rappeler, de revoir dans une obscurité qui ne finirait
plus. Petite statuette dans la promenade vers
l'île, calme figure grosse à gros grains près du
pianola, elle était ainsi tour à tour pluvieuse et
rapide, provocante et diaphane, immobile et souriante, ange de la musique. Chacune était ainsi
attachée à un moment, à la date duquel je me
trouvais replacé quand je la revoyais. Et les
moments du passé ne sont pas immobiles ; ils
gardent dans notre mémoire le mouvement qui
les entraînait vers l'avenir, vers un avenir devenu
lui-même le passé, — nous y entraînant nous-
même. Jamais je n'avais caressé l'Albertine
encaoutchoutée des jours de pluie, je voulais lui
demander d'ôter cette armure, ce serait connaître
avec elle l'amour des camps, la fraternité du voyage.
Mais ce n'était plus possible, elle était morte.
Jamais non plus, par peur de la dépraver, je
n'avais fait semblant de comprendre, les soirs
où elle semblait m'offrir des plaisirs que sans
cela elle n'eût peut-être pas demandés à d'autres
et qui excitaient maintenant en moi un désir
furieux. Je ne les aurais pas éprouvés semblables
auprès d'une autre, mais celle qui me les aurait
donnés, je pouvais courir le monde sans la rencontrer puisqu' Albertine était morte. Il semblait
que je dusse choisir entre deux faits, décider quel
était le vrai, tant celui de la mort d'Albertine,
— venu pour moi d'une réalité que je n'avais pas

connue : sa vie en Touraine, — était en contradiction avec toutes mes pensées relatives à Albertine, mes désirs, mes regrets, mon attendrissement, ma fureur, ma jalousie. Une telle richesse de souvenirs empruntés au répertoire de sa vie, une telle profusion de sentiments évoquant, impliquant sa vie, semblaient rendre incroyable qu'Albertine fût morte. — Une telle profusion de sentiments, car ma mémoire, en conservant ma tendresse, lui laissait toute sa variété. Ce n'était pas Albertine seule qui n'était qu'une succession de moments, c'était aussi moi-même. Mon amour pour elle n'avait pas été simple : à la curiosité de l'inconnu s'était ajouté un désir sensuel et à un sentiment d'une douceur presque familiale, tantôt l'indifférence, tantôt une fureur jalouse. Je n'étais pas un seul homme, mais le défilé heure par heure d'une armée compacte où il y avait selon le moment des passionnés, des indifférents, des jaloux, — des jaloux dont pas un n'était jaloux de la même femme. Et sans doute ce serait de là qu'un jour viendrait la guérison que je ne souhaiterais pas. Dans une foule, ces éléments peuvent, un par un, sans qu'on s'en aperçoive être remplacés par d'autres, que d'autres encore éliminent ou renforcent, si bien qu'à la fin un changement s'est accompli qui ne se pourrait concevoir si l'on était un. La complexité de mon amour, de ma personne, multipliait, diversifiait mes souffrances. Pourtant elles pouvaient se ranger toujours sous les **deux groupes** dont l'alternative avait fait toute

la vie de mon amour pour Albertine, tour à
tour livré à la confiance et au soupçon jaloux.

Si j'avais peine à penser qu'Albertine si vivante
en moi, (portant comme je faisais le double harnais
du présent et du passé), était morte, peut-être
était-il aussi contradictoire que ce soupçon de
fautes dont Albertine aujourd'hui dépouillée de
la chair qui en avait joui, de l'âme qui avait pu
les désirer, n'était plus capable, ni responsable,
excitât en moi une telle souffrance, que j'aurais
seulement bénie, si j'avais pu y voir le gage de
la réalité morale d'une personne matériellement
inexistante, au lieu du reflet destiné à s'éteindre
lui-même d'impressions qu'elle m'avait autrefois
causées. Une femme qui ne pouvait plus éprouver
de plaisirs avec d'autres n'aurait plus dû exciter
ma jalousie, si seulement ma tendresse avait pu
se mettre à jour. Mais c'est ce qui était impossible
puisque elle ne pouvait trouver son objet, Albertine, que dans des souvenirs où celle-ci était
vivante. Puisque rien qu'en pensant à elle, je
la ressuscitais, ses trahisons ne pouvaient jamais
être celles d'une morte ; — l'instant où elle les
avait commises devenant l'instant actuel, non
pas seulement pour Albertine, mais pour celui de
mes moi subitement évoqué, qui la contemplait.
De sorte qu'aucun anachronisme ne pouvait
jamais séparer le couple indissoluble, où, à chaque
coupable nouvelle, s'appariait aussitôt un jaloux
lamentable et toujours contemporain. Je l'avais,
les derniers mois, tenue enfermée dans ma maison.

Mais dans mon imagination maintenant, Albertine
était libre, elle usait mal de cette liberté, elle se
prostituait aux unes, aux autres. Jadis je songeais sans cesse à l'avenir incertain qui était
déployé devant nous, j'essayais d'y lire. Et maintenant ce qui était en avant de moi, comme un
double de l'avenir — aussi préoccupant qu'un
avenir puisqu'il était aussi incertain, aussi difficile
à déchiffrer, aussi mystérieux, plus cruel encore
parce que je n'avais pas comme pour l'avenir la
possibilité ou l'illusion d'agir sur lui et aussi
parce qu'il se déroulait aussi loin que ma vie
elle-même, sans que ma compagne fût là pour
calmer les souffrances qu'il me causait, — ce n'était
plus l'Avenir d'Albertine, c'était son Passé. Son
Passé ? C'est mal dire puisque pour la jalousie
il n'est ni passé ni avenir et que ce qu'elle imagine
est toujours le présent.

Les changements de l'atmosphère en pro-
voquent d'autres dans l'homme intérieur, ré-
veillent des moi oubliés, contrarient l'assoupisse-
ment de l'habitude, redonnent de la force à tels
souvenirs, à telles souffrances. Combien plus
encore pour moi si ce temps nouveau qu'il faisait
me rappelait celui par lequel Albertine, à Balbec.
sous la pluie menaçante, par exemple, était allée
faire, Dieu sait pourquoi, de grandes promenades,
dans le maillot collant de son caoutchouc. Si elle
avait vécu, sans doute aujourd'hui, par ce temps
si semblable, partirait-elle faire en Touraine une
excursion analogue. Puisque elle ne le pouvait

plus, je n'aurais pas dû souffrir de cette idée ;
mais comme aux amputés, le moindre changement
de temps renouvelait mes douleurs dans le
membre qui n'existait plus.

Tout d'un coup c'était un souvenir que je
n'avais pas revu depuis bien longtemps — car il
était resté dissous dans la fluide et invisible étendue de ma mémoire — qui se cristallisait. Ainsi il
y avait plusieurs années, comme on parlait de
son peignoir de douche, Albertine avait rougi.
A cette époque-là je n'étais pas jaloux d'elle.
Mais depuis, j'avais voulu lui demander si elle
pouvait se rappeler cette conversation et me dire
pourquoi elle avait rougi. Cela m'avait d'autant
plus préoccupé qu'on m'avait dit que les deux
jeunes filles amies de Léa allaient dans cet établissement balnéaire de l'hôtel et, disait-on, pas
seulement pour prendre des douches. Mais par
peur de fâcher Albertine ou attendant une époque
meilleure, j'avais toujours remis de lui en parler,
puis je n'y avais plus pensé. Et tout d'un coup,
quelque temps après la mort d'Albertine, j'aperçus
ce souvenir, empreint de ce caractère à la fois
irritant et solennel qu'ont les énigmes laissées à
jamais insolubles par la mort du seul être qui
eût pu les éclaircir. Ne pourrais-je pas du moins
tâcher de savoir si Albertine n'avait jamais rien
fait de mal dans cet établissement de douches.
En envoyant quelqu'un à Balbec j'y arriverais
peut-être. Elle vivante, je n'eusse sans doute pu
rien apprendre. Mais les langues se délient étran-

gement et racontent facilement une faute quand
on n'a plus à craindre la rancune de la coupable.
Comme la constitution de l'imagination, restée
rudimentaire, simpliste (n'ayant pas passé par
les innombrables transformations qui remédient
aux modèles primitifs des inventions humaines,
à peine reconnaissables, qu'il s'agisse de baromètre, de ballon, de téléphone, etc. dans leurs
perfectionnements ultérieurs) ne nous permet de
voir que fort peu de choses à la fois, le souvenir
de l'établissement de douches occupait tout le
champ de ma vision intérieure.

Parfois je me heurtais dans les rues obscures
du sommeil à un de ces mauvais rêves, qui ne
sont pas bien graves pour une première raison,
c'est que la tristesse qu'ils engendrent ne se
prolonge guère qu'une heure après le réveil,
pareille à ces malaises que cause une manière
d'endormir artificielle. Pour une autre raison
aussi, c'est qu'on ne les rencontre que très rarement, à peine tous les deux ou trois ans. Encore
reste-t-il incertain qu'on les ait déjà rencontrés
et qu'ils n'aient pas plutôt cet aspect de ne pas
être vus pour la première fois que projette sur
eux une illusion, une subdivision (car dédouble-
ment ne serait pas assez dire).

Sans doute puisque j'avais des doutes sur la vie,
sur la mort d'Albertine, j'aurais dû depuis bien
longtemps me livrer à des enquêtes, mais la
même fatigue, la même lâcheté qui m'avaient
fait me soumettre à Albertine quand elle était là,

m'empêchait de rien entreprendre depuis que je
ne la voyais plus. Et pourtant de la faiblesse
traînée pendant des années, un éclair d'énergie
surgit parfois. Je me décidai à cette enquête au
moins toute naturelle. On eût dit qu'il n'y eût
rien eu d'autre dans toute la vie d'Albertine. Je
me demandais qui je pourrais bien envoyer tenter
une enquête sur place, à Balbec. Aimé me parut
bien choisi. Outre qu'il connaissait admirablement les lieux, il appartenait à cette catégorie de
gens du peuple soucieux de leur intérêt, fidèles
à ceux qu'ils servent, indifférents à toute espèce
de morale et dont — parce que, si nous les
payons bien, dans leur obéissance à notre volonté,
ils suppriment tout ce qui l'entraverait d'une
manière ou de l'autre, se montrant aussi incapables d'indiscrétion, de mollesse ou d'impro-
bité que dépourvus de scrupules, — nous disons :
« Ce sont de braves gens. » En ceux-là nous
pouvons avoir une confiance absolue. Quand
Aimé fut parti, je pensai combien il eût mieux
valu que ce qu'il allait essayer d'apprendre là-
bas, je pusse le demander maintenant à Albertine
elle-même. Et aussitôt l'idée de cette question
que j'aurais voulu, qu'il me semblait que j'allais
lui poser, ayant amené Albertine à mon côté, —
non grâce à un effort de résurrection mais comme
par le hasard d'une de ces rencontres qui, comme
cela se passe dans les photographies qui ne sont
pas « posées », dans les instantanés, laissent
toujours la personne plus vivante, — en même

temps que j'imaginais notre conversation, j'en sentais l'impossibilité; je venais d'aborder par une nouvelle face cette idée qu'Albertine était morte, Albertine qui m'inspirait cette tendresse qu'on a pour les absentes dont la vue ne vient pas rectifier l'image embellie, inspirant aussi la tristesse que cette absence fût éternelle et que la pauvre petite fût privée à jamais de la douceur de la vie. Et aussitôt par un brusque déplacement, de la torture de la jalousie je passais au désespoir de la séparation.

Ce qui remplissait mon cœur maintenant était, au lieu de haineux soupçons, le souvenir attendri des heures de tendresse confiante passées avec la sœur que la mort m'avait réellement fait perdre, puisque mon chagrin se rapportait, non à ce qu'Albertine avait été pour moi, mais à ce que mon cœur désireux de participer aux émotions les plus générales de l'amour m'avait peu à peu persuadé qu'elle était; alors je me rendais compte que cette vie qui m'avait tant ennuyé, — du moins je le croyais, — avait été au contraire délicieuse; aux moindres moments passés à parler avec elle de choses même insignifiantes, je sentais maintenant qu'était ajoutée, amalgamée une volupté qui alors n'avait — il est vrai — pas été perçue par moi, mais qui était déjà cause que ces moments-là je les avais toujours si persévéremment recherchés à l'exclusion de tout le reste; les moindres incidents que je me rappelais, un mouvement qu'elle avait fait en voi-

124

ture auprès de moi, ou pour s'asseoir en face
de moi dans sa chambre, propageaient dans
mon âme un remous de douceur et de tristesse
qui de proche en proche la gagnait tout entière.

Cette chambre où nous dînions ne m'avait
jamais paru jolie, je disais seulement qu'elle
l'était à Albertine pour que mon amie fût contente d'y vivre. Maintenant les rideaux, les
sièges, les livres avaient cessé de m'être indifférents. L'art n'est pas seul à mettre du charme et
du mystère dans les choses les plus insignifiantes ;
ce même pouvoir de les mettre en rapport intime
avec nous est dévolu aussi à la douleur. Au
moment même je n'avais prêté aucune attention
à ce dîner que nous avions fait ensemble au
retour du bois, avant que j'allasse chez les Verdurin, et vers la beauté, la grave douceur duquel
je tournais maintenant des yeux pleins de larmes.
Une impression de l'amour est hors de proportion
avec les autres impressions de la vie, mais ce
n'est pas perdue au milieu d'elles qu'on peut
s'en rendre compte. Ce n'est pas d'en bas, dans
le tumulte de la rue et la cohue des maisons
avoisinantes, c'est quand on s'est éloigné que
des pentes d'un coteau voisin, à une distance où
toute la ville a disparu, ou ne forme plus au ras
de terre qu'un amas confus, qu'on peut dans le
recueillement de la solitude et du soir, évaluer,
unique, persistante et pure, la hauteur d'une
cathédrale. Je tâchais d'embrasser l'image d'Albertine à travers mes larmes en pensant à toutes

les choses sérieuses et justes qu'elle avait dites
ce soir-là.

Un matin je crus voir la forme oblongue d'une
colline dans le brouillard, sentir la chaleur d'une
tasse de chocolat, pendant que m'étreignait hor-
riblement le cœur ce souvenir de l'après-midi où
Albertine était venue me voir et où je l'avais
embrassée pour la première fois : c'est que je
venais d'entendre le hoquet du calorifère à eau
qu'on venait de rallumer. Et je jetai avec colère
une invitation que Françoise apporta de Mme Verdurin ; combien l'impression que j'avais eue en
allant dîner pour la première fois à la Raspelière,
que la mort ne frappe pas tous les êtres au même
âge, s'imposait à moi avec plus de force maintenant qu'Albertine était morte, si jeune, et que
Brichot continuait à dîner chez Mme Verdurin
qui recevait toujours et recevait peut-être pendant beaucoup d'années encore. Aussitôt ce nom
de Brichot me rappela la fin de cette même
soirée où il m'avait reconduit, où j'avais vu d'en
bas la lumière de la lampe d'Albertine. J'y avais
déjà repensé d'autres fois, mais je n'avais pas
abordé le souvenir par le même côté. Alors en
pensant au vide que je trouverais maintenant en
rentrant chez moi, que je ne verrais plus d'en bas
la chambre d'Albertine d'où la lumière s'était
éteinte à jamais, je compris combien ce soir où
en quittant Brichot, j'avais cru éprouver de
l'ennui, du regret de ne pas pouvoir aller me
promener et faire l'amour ailleurs, je compris

126

combien je m'étais trompé et que c'était seulement parce que le trésor dont les reflets venaient
d'en haut jusqu'à moi, je m'en croyais la possession entièrement assurée, que j'avais négligé d'en
calculer la valeur, ce qui faisait qu'il me paraissait
forcément inférieur à des plaisirs, si petits qu'ils
fussent, mais que, cherchant à les imaginer,
j'évaluais. Je compris combien cette lumière qui
me semblait venir d'une prison contenait pour
moi de plénitude, de vie et de douceur, et qui
n'était que la réalisation de ce qui m'avait un
instant enivré, puis paru à jamais impossible :
je comprenais que cette vie que j'avais menée, à
Paris dans un chez moi qui était son chez elle,
c'était justement la réalisation de cette paix profonde que j'avais rêvée le soir où Albertine avait
couché sous le même toit que moi, à Balbec.
La conversation que j'avais eue avec Albertine
en rentrant du Bois avant cette dernière soirée
Verdurin, je ne me fusse pas consolé qu'elle
n'eût pas eu lieu, cette conversation qui avait
un peu mêlé Albertine à la vie de mon intelligence et en certaines parcelles nous avait faits
identiques l'un à l'autre. Car sans doute son
intelligence, sa gentillesse pour moi si j'y revenais
avec attendrissement ce n'est pas qu'elles eussent
été plus grandes que celles d'autres personnes que
j'avais connues. Madame de Cambremer ne
m'avait-elle pas dit à Balbec : « Comment ! vous
pourriez passer vos journées avec Elstir qui est
un homme de génie et vous les passez avec votre

cousine ! » L'intelligence d'Albertine me plaisait parce que, par association, elle éveillait en moi ce que j'appelais sa douceur comme nous appelons douceur d'un fruit une certaine sensation qui n'est que dans notre palais. Et de fait, quand je pensais à l'intelligence d'Albertine, mes lèvres s'avançaient instinctivement et goûtaient un souvenir dont j'aimais mieux que la réalité me fût extérieure et consistât dans la supériorité objective d'un être. Il reste certain que j'avais connu des personnes d'intelligence plus grande. Mais l'infini de l'amour, ou son égoïsme, fait que les êtres que nous aimons sont ceux dont la physionomie intellectuelle et morale est pour nous le moins objectivement définie, nous les retouchons sans cesse au gré de nos désirs et de nos craintes, nous ne les séparons pas de nous, ils ne sont qu'un lieu immense et vague où s'extériorisent nos tendresses. Nous n'avons pas de notre propre corps, où affluent perpétuellement tant de malaises et de plaisirs, une silhouette aussi nette que celle d'un arbre ou d'une maison, ou d'un passant. Et ç'avait peut-être été mon tort de ne pas chercher davantage à connaître Albertine en elle-même. De même qu'au point de vue de son charme, je n'avais longtemps considéré que les positions différentes qu'elle occupait dans mon souvenir dans le plan des années, et que j'avais été surpris de voir qu'elle s'était spontanément enrichie de modifications qui ne tenaient pas qu'à la différence des perspectives, de même j'aurais dû

128

chercher à comprendre son caractère comme celui d'une personne quelconque et peut-être m'expliquant alors pourquoi elle s'obstinait à me cacher son secret, j'aurais évité de prolonger, entre nous, avec cet acharnement étrange ce conflit qui avait amené la mort d'Albertine. Et j'avais alors avec une grande pitié d'elle, la honte de lui survivre. Il me semblait en effet, dans les heures où je souffrais le moins, que je bénéficiais en quelque sorte de sa mort, car une femme est d'une plus grande utilité pour notre vie si elle y est, au lieu d'un élément de bonheur, un instrument de chagrin, et il n'y en a pas une seule dont la possession soit aussi précieuse que celle des vérités qu'elle nous découvre en nous faisant souffrir. Dans ces moments-là, rapprochant la mort de ma grand'-mère et celle d'Albertine, il me semblait que ma vie était souillée d'un double assassinat que seule la lâcheté du monde pouvait me pardonner. J'avais rêvé d'être compris d'Albertine, de ne pas être méconnu par elle, croyant que c'était pour le grand bonheur d'être compris, de ne pas être méconnu, alors que tant d'autres eussent mieux pu le faire. On désire être compris, parce qu'on désire être aimé, et on désire être aimé parce qu'on aime. La compréhension des autres est indifférente et leur amour importun. Ma joie d'avoir possédé un peu de l'intelligence d'Albertine et de son cœur ne venait pas de leur valeur intrinsèque, mais de ce que cette possession était un degré de plus dans la possession totale d'Alber-

129

tine, possession qui avait été mon but et ma chi-
mère, depuis le premier jour où je l'avais vue.
Quand nous parlons de la « gentillesse » d'une
femme nous ne faisons peut-être que projeter
hors de nous le plaisir que nous éprouvons à la
voir, comme les enfants quand ils disent « Mon
cher petit lit, mon cher petit oreiller, mes chères
petites aubépines ». Ce qui explique par ailleurs
que les hommes ne disent jamais d'une femme qui
ne les trompe pas : « Elle est si gentille » et le
disent si souvent d'une femme par qui ils sont
trompés. Mme de Cambremer trouvait avec raison
que le charme spirituel d'Elstir était plus grand.
Mais nous ne pouvons pas juger de la même façon
celui d'une personne qui est, comme toutes les
autres, extérieure à nous, peinte à l'horizon de
notre pensée, et celui d'une personne qui par suite
d'une erreur de localisation consécutive à certains
accidents mais tenace, s'est logée dans notre
propre corps au point que de nous demander
rétrospectivement si elle n'a pas regardé une
femme un certain jour dans le couloir d'un petit
chemin de fer maritime nous fait éprouver les
mêmes souffrances qu'un chirurgien qui chercherait une balle dans notre cœur. Un simple croissant, mais que nous mangeons, nous fait éprouver
plus de plaisir que tous les ortolans, lapereaux et
barbavelles qui furent servis à Louis XV et la
pointe de l'herbe qui à quelques centimètres
frémit devant notre œil, tandis que nous sommes
couchés sur la montagne, peut nous cacher la

130

vertigineuse aiguille d'un sommet, si celui-ci est distant de plusieurs lieues.

D'ailleurs notre tort n'est pas de priser l'intelligence, la gentillesse d'une femme que nous aimons, si petites que soient celles-ci. Notre tort est de rester indifférent à la gentillesse, à l'intelligence des autres. Le mensonge ne recommence à nous causer l'indignation, et la bonté la reconnaissance qu'ils devraient toujours exciter en nous, que s'ils viennent d'une femme que nous aimons et le désir physique a ce merveilleux pouvoir de rendre son prix à l'intelligence et des bases solides à la vie morale. Jamais je ne retrouverais cette chose divine, un être avec qui je pusse causer de tout, à qui je pusse me confier. Me confier ? Mais d'autres êtres ne me montraient-ils pas plus de confiance qu'Albertine ? Avec d'autres n'avais-je pas des causeries plus étendues ? C'est que la confiance, la conversation, choses médiocres, qu'importe qu'elles soient plus ou moins imparfaites, si s'y mêle seulement l'amour, qui seul est divin. Je revoyais Albertine s'asseyant à son pianola, rose sous ses cheveux noirs, je sentais, sur mes lèvres qu'elle essayait d'écarter, sa langue, sa langue maternelle, incomestible, nourricière et sainte dont la flamme et la rosée secrètes faisaient que même quand Albertine la faisait glisser à la surface de mon cou, de mon ventre, ces caresses superficielles mais en quelque sorte faites par l'intérieur de sa chair, extériorisé comme une étoffe qui montrerait sa doublure, prenaient même

131

dans les attouchements les plus externes, comme la mystérieuse douceur d'une pénétration.

Tous ces instants si doux que rien ne me rendrait jamais, je ne peux même pas dire que ce que me faisait éprouver leur perte fût du désespoir. Pour être désespéré, cette vie qui ne pourra plus être que malheureuse, il faut encore y tenir. J'étais désespéré à Balbec quand j'avais vu se lever le jour et que j'avais compris que plus un seul ne pourrait être heureux pour moi. J'étais resté aussi égoïste depuis lors, mais le moi auquel j'étais attaché maintenant, le moi qui constituait ces vives réserves que mettait en jeu l'instinct de conservation, ce moi n'était plus dans la vie ; quand je pensais à mes forces, à ma puissance vitale, à ce que j'avais de meilleur, je pensais à certain trésor que j'avais possédé (que j'avais été seul à posséder puisque les autres ne pouvaient connaître exactement le sentiment, caché en moi, qu'il m'avait inspiré) et que personne ne pouvait plus m'enlever puisque je ne le possédais plus.

Et à vrai dire, je ne l'avais jamais possédé que parce que j'avais voulu me figurer que je le possédais. Je n'avais pas commis seulement l'imprudence en regardant Albertine et en la logeant dans mon cœur de la faire vivre au-dedans de moi, ni cette autre imprudence de mêler un amour familial au plaisir des sens. J'avais voulu aussi me persuader que nos rapports étaient l'amour, que nous pratiquions mutuellement les rapports appelés amour, parce qu'elle me ren

dait docilement les baisers que je lui donnais, et
pour avoir pris l'habitude de le croire, je n'avais
pas perdu seulement une femme que j'aimais
mais une femme qui m'aimait, ma sœur, mon
enfant, ma tendre maîtresse. Et en somme, j'avais
eu un bonheur et un malheur que Swann n'avait
pas connus, car justement tout le temps qu'il
avait aimé Odette et en avait été si jaloux, il
l'avait à peine vue, pouvant si difficilement, à
certains jours où elle le décommandait au dernier
moment, aller chez elle. Mais après il l'avait eue
à lui, devenue sa femme, et jusqu'à ce qu'il
mourût. Moi au contraire tandis que j'étais si
jaloux d'Albertine, plus heureux que Swann, je
l'avais eue chez moi. J'avais réalisé en vérité ce
que Swann avait rêvé si souvent et qu'il n'avait
réalisé matériellement que quand cela lui était
indifférent. Mais enfin Albertine, je ne l'avais pas
gardée comme il avait gardé Odette. Elle s'était
enfuie, elle était morte. Car jamais rien ne se
répète exactement et les existences les plus analogues et que, grâce à la parenté des caractères
et à la similitude des circonstances, on peut
choisir pour les présenter comme symétriques
l'une à l'autre restent en bien des points opposées.

En perdant la vie je n'aurais pas perdu grand
chose ; je n'aurais plus perdu qu'une forme vide,
le cadre vide d'un chef-d'œuvre. Indifférent à ce
que je pouvais désormais y faire entrer, mais
heureux et fier de penser à ce qu'il avait contenu,

je m'appuyais au souvenir de ces heures si douces et ce soutien moral me communiquait un bien-être que l'approche même de la mort n'aurait pas rompu.

Comme elle accourait vite me voir à Balbec quand je la faisais chercher, se retardant seulement à verser de l'odeur dans ses cheveux pour me plaire. Ces images de Balbec et de Paris que j'aimais ainsi à revoir c'étaient les pages encore si récentes, et si vite tournées, de sa courte vie. Tout cela qui n'était pour moi que souvenir avait été pour elle action, action précipitée comme celle d'une tragédie vers une mort rapide. Les êtres ont un développement en nous, mais un autre hors de nous (je l'avais bien senti dans ces soirs où je remarquais en Albertine un enrichissement de qualités qui ne tenait pas qu'à ma mémoire) et qui ne laissent pas d'avoir des réactions l'un sur l'autre. J'avais eu beau, en cherchant à connaître Albertine, puis à la posséder tout entière, n'obéir qu'au besoin de réduire par l'expérience à des éléments mesquinement semblables à ceux de notre moi le mystère de tout être, je ne l'avais pu sans influer à mon tour sur la vie d'Albertine. Peut-être ma fortune, les perspectives d'un brillant mariage l'avaient attirée, ma jalousie l'avait retenue, sa bonté ou son intelligence, ou le sentiment de sa culpabilité, ou les adresses de sa ruse, lui avaient fait accepter, et m'avaient amené à rendre de plus en plus dure une captivité forgée simplement par le dévelop-

pement interne de mon travail mental, mais qui
n'en avait pas moins eu sur la vie d'Albertine
des contre-coups, destinés eux-mêmes à poser, **par**
choc en retour, des problèmes nouveaux et de
plus en plus douloureux à ma psychologie, puisque
de ma prison elle s'était évadée, pour aller se
tuer. sur un cheval que sans moi elle n'eût pas
possédé, en me laissant, même morte, des soupçons dont la vérification, si elle devait venir, me
serait peut-être plus cruelle que la découverte
à Balbec qu'Albertine avait connu Mlle Vinteuil,
puisque Albertine ne serait plus là pour m'apaiser.
Si bien que cette longue plainte de l'âme qui croit
vivre enfermée en elle-même n'est un monologue
qu'en apparence, puisque les échos de la réalité
la font dévier et que telle vie est comme un essai
de psychologie subjective spontanément pour-
suivi, mais qui fournit à quelque distance son
« action » au roman purement réaliste d'une autre
réalité, d'une autre existence, dont à leur tour
les péripéties viennent infléchir la courbe et
changer la direction de l'essai psychologique.
Comme l'engrenage avait été serré, comme l'évolution de notre amour avait été rapide et, malgré
quelques retardements, interruptions et hésitations du début, comme dans certaines nouvelles
de Balzac ou quelques ballades de Schumann, le
dénouement précipité ! C'est dans le cours de
cette dernière année, longue pour moi comme
un siècle, tant Albertine avait changé de positions
par rapport à ma pensée depuis Balbec jusqu'à

son départ de Paris, et aussi indépendamment de moi et souvent à mon insu, changé en elle-même, qu'il fallait placer toute cette bonne vie de tendresse qui avait si peu duré et qui pourtant m'apparaissait avec une plénitude, presque une immensité, à jamais impossible et pourtant qui m'était indispensable. Indispensable sans avoir peut-être été en soi et tout d'abord quelque chose de nécessaire, puisque je n'aurais pas connu Albertine si je n'avais pas lu dans un traité d'archéologie la description de l'église de Balbec, si Swann, en me disant que cette église était presque persane, n'avait pas orienté mes désirs vers le normand byzantin, si une société de Palaces, en construisant à Balbec un hôtel hygiénique et confortable, n'avait pas décidé mes parents à exaucer mon souhait et à m'envoyer à Balbec. Certes, en ce Balbec depuis si longtemps désiré, je n'avais pas trouvé l'église persane que je rêvais ni les brouillards éternels. Le beau train d'une heure trente-cinq lui-même n'avait pas répondu à ce que je m'en figurais. Mais en échange de ce que l'imagination laisse attendre et que nous nous donnons inutilement tant de peine pour essayer de découvrir, la vie nous donne quelque chose que nous étions bien loin d'imaginer. Qui m'eût dit à Combray, quand j'attendais le bonsoir de ma mère avec tant de tristesse, que ces anxiétés guériraient, puis renaîtraient un jour, non pour ma mère, mais pour une jeune fille qui ne serait d'abord, sur l'horizon de la mer, qu'une fleur que

136

mes yeux seraient chaque jour sollicités de venir regarder, mais une fleur pensante et dans l'esprit de qui je souhaiterais si puérilement de tenir une grande place, que je souffrirais qu'elle ignorât que je connaissais Mme de Villeparisis. Oui, c'est le bonsoir, le baiser d'une telle étrangère pour lequel, au bout de quelques années, je devais souffrir autant qu'enfant quand ma mère ne devait pas venir me voir. Or cette Albertine si nécessaire, de l'amour de qui mon âme était maintenant presque uniquement composée, si Swann ne m'avait pas parlé de Balbec, je ne l'aurais jamais connue. Sa vie eût peut-être été plus longue, la mienne aurait été dépourvue de ce qui en faisait maintenant le martyre. Et aussi il me semblait que, par ma tendresse uniquement égoïste, j'avais laissé mourir Albertine comme j'avais assassiné ma grand'mère. Même plus tard, même l'ayant déjà connue à Balbec, j'aurais pu ne pas l'aimer comme je fis ensuite. Quand je renonçais à Gilberte et savais que je pourrais aimer un jour une autre femme, j'osais à peine avoir un doute si en tous cas pour le passé je n'eusse pu aimer que Gilberte. Or pour Albertine je n'avais même plus de doute, j'étais sûr que ç'aurait pu ne pas être elle que j'eusse aimée, que c'eût pu être une autre. Il eût suffi pour cela que Mlle de Stermaria, le soir où je devais dîner avec elle dans l'île du Bois, ne se fût pas décommandée. Il était encore temps alors, et c'eût été pour Mlle de Stermaria que se fût exercée cette activité de l'imagination

137

qui nous fait extraire d'une femme une telle
notion de l'individuel, qu'elle nous paraît unique
en soi et pour nous prédestinée et nécessaire.
Tout au plus, en me plaçant à un point de vue
presque physiologique, pouvais-je dire que j'aurais
pu avoir ce même amour exclusif pour une autre
femme, mais non pour toute autre femme. Car
Albertine, grosse et brune, ne ressemblait pas à
Gilberte, élancée et rousse, mais pourtant elles
avaient la même étoffe de santé, et dans les mêmes
joues sensuelles toutes les deux un regard dont
on saisissait difficilement la signification. C'étaient
de ces femmes que n'auraient pas regardées des
hommes qui de leur côté auraient fait des folies
pour d'autres qui « ne me disaient rien ». Je pouvais presque croire que la personnalité sensuelle
et volontaire de Gilberte avait émigré dans le
corps d'Albertine, un peu différent, il est vrai,
mais présentant, maintenant que j'y réfléchissais
après coup, des analogies profondes. Un homme
a presque toujours la même manière de s'enrhumer, de tomber malade, c'est-à-dire qu'il lui faut
pour cela un certain concours de circonstances ;
il est naturel que quand il devient amoureux ce
soit à propos d'un certain genre de femmes, genre
d'ailleurs très étendu. Les deux premiers regards
d'Albertine qui m'avaient fait rêver n'étaient pas
absolument différents des premiers regards de
Gilberte. Je pouvais presque croire que l'obscure
personnalité, la sensualité, la nature volontaire
et rusée de Gilberte étaient revenues me tenter,

138

incarnées cette fois dans le corps d'Albertine,
tout autre et non pourtant sans analogies. Pour
Albertine, grâce à une vie toute différente ensemble et où n'avait pu se glisser, dans un bloc
de pensées où une douloureuse préoccupation
maintenait une cohésion permanente, aucune
fissure de distraction et d'oubli, son corps vivant,
n'avait point comme celui de Gilberte cessé un
jour d'être celui où je trouvais ce que je reconnaissais après coup être pour moi (et qui n'eût
pas été pour d'autres) les attraits féminins. Mais
elle était morte. Je l'oublierais. Qui sait si alors
les mêmes qualités de sang riche, de rêverie
inquiète ne reviendraient pas un jour jeter le
trouble en moi, mais incarnées cette fois en quelle
forme féminine, je ne pouvais le prévoir. A l'aide
de Gilberte j'aurais pu aussi peu me figurer
Albertine et que je l'aimerais, que le souvenir de
la sonate de Vinteuil ne m'eût permis de me
figurer son septuor. Bien plus, même les premières fois où j'avais vu Albertine, j'avais pu
croire que c'était d'autres que j'aimerais. D'ailleurs elle eût même pu me paraître, si je l'avais
connue une année plus tôt, aussi terne qu'un ciel
gris où l'aurore n'est pas levée. Si j'avais changé
à son égard, elle-même avait changé aussi, et la
jeune fille qui était venue sur mon lit le jour où
j'avais écrit à Mlle de Stermaria n'était plus la
même que j'avais connue à Balbec, soit simple
explosion de la femme qui apparaît au moment
de la puberté, soit par suite de circonstances que

je n'ai jamais pu connaître. En tous cas même si celle que j'aimerais un jour devait dans une certaine mesure lui ressembler, c'est-à-dire si mon choix d'une femme n'était pas entièrement libre, cela faisait tout de même que, dirigé d'une façon peut-être nécessaire, il l'était sur quelque chose de plus vaste qu'un individu, sur un genre de femmes, et cela ôtait toute nécessité à mon amour pour Albertine. La femme dont nous avons le visage devant nous plus constamment que la lumière elle-même, puisque, même les yeux fermés, nous ne cessons pas un instant de chérir ses beaux yeux, son beau nez, d'arranger tous les moyens pour les revoir, cette femme unique, nous savons bien que c'eût été une autre qui l'eût été pour nous si nous avions été dans une autre ville que celle où nous l'avons rencontrée, si nous nous étions promenés dans d'autres quartiers, si nous avions fréquenté un autre salon. Unique, croyons-nous, elle est innombrable. Et pourtant elle est compacte, indestructible devant nos yeux qui l'aiment, irremplaçable pendant très longtemps par une autre. C'est que cette femme n'a fait que susciter par des sortes d'appels magiques mille éléments de tendresse existant en nous à l'état fragmentaire et qu'elle a assemblés, unis, effaçant toute cassure entre eux, c'est nous-mêmes qui en lui donnant ses traits avons fourni toute la matière solide de la personne aimée. De là vient que même si nous ne sommes qu'un entre mille pour elle et peut-être le

140

dernier de tous, pour nous, elle est la seule et celle vers qui tend toute notre vie. Certes même j'avais bien senti que cet amour n'était pas nécessaire non seulement parce qu'il eût pu se former avec Mlle de Stermaria, mais même sans cela en le connaissant lui-même, en le retrouvant trop pareil à ce qu'il avait été pour d'autres, et aussi en le sentant plus vaste qu'Albertine, l'enveloppant, ne la connaissant pas, comme une marée autour d'un mince brisant. Mais peu à peu à force de vivre avec Albertine, les chaînes que j'avais forgées moi-même, je ne pouvais plus m'en dégager, l'habitude d'associer la personne d'Albertine au sentiment qu'elle n'avait pas inspiré me faisait pourtant croire qu'il était spécial à elle, comme l'habitude donne à la simple association d'idées entre deux phénomènes, à ce que prétend une certaine école philosophique, la force, la nécessité illusoires d'une loi de causalité. J'avais cru que mes relations, ma fortune, me dispenseraient de souffrir, et peut-être trop efficacement puisque cela me semblait me dispenser de sentir, d'aimer, d'imaginer ; j'enviais une pauvre fille de campagne à qui l'absence de relations, même de télégraphe, donne de longs mois de rêves après un chagrin qu'elle ne peut artificiellement endormir. Or je me rendais compte maintenant que si pour Mme de Guermantes comblée de tout ce qui pouvait rendre infinie la distance entre elle et moi, j'avais vu cette distance brusquement supprimée par l'opinion que les avantages sociaux ne sont que matière inerte et transformable, d'une façon semblable quoique inverse, mes relations, ma fortune, tous les moyens matériels dont tant ma situation que la civilisation de mon époque me faisait profiter, n'avaient fait que reculer l'échéance de la lutte corps à corps avec la volonté contraire, inflexible d'Albertine sur laquelle aucune pression n'avait agi. Sans doute j'avais pu échanger des dépêches, des communications téléphoniques avec Saint-Loup, être en rapports constants avec le bureau de Tours, mais leur attente n'avait-elle pas été inutile, leur résultat nul. Et les filles de la campagne, sans avantages sociaux, sans relations, ou les humains avant les perfectionnements de la civilisation ne souffrent-ils pas moins, parce qu'on désire moins, parce qu'on regrette moins ce qu'on a toujours su inaccessible et qui est resté à cause de cela comme irréel. On désire plus la personne qui va se donner; l'espérance anticipe la possession; mais le regret aussi est un amplificateur du désir. Le refus de Mlle de Stermaria de venir dîner à l'île du Bois est ce qui avait empêché que ce fût elle que j'aimasse. Cela eût pu suffire aussi à me la faire aimer, si ensuite je l'avais revue à temps. Aussitôt que j'avais su qu'elle ne viendrait pas, envisageant l'hypothèse invraisemblable — et qui s'était réalisée — que peut-être quelqu'un était jaloux d'elle et l'éloignait des autres, que je ne la reverrais jamais, j'avais tant souffert que j'aurais tout donné pour la voir, et c'est une

des plus grandes angoisses que j'eusse connues
que l'arrivée de Saint-Loup avait apaisée. Or à
partir d'un certain âge nos amours, nos maîtresses
sont filles de notre angoisse ; notre passé, et les
lésions physiques où il s'est inscrit, déterminent
notre avenir. Pour Albertine en particulier, qu'il
ne fût pas nécessaire que ce fût elle que j'aimasse,
était, même sans ces amours voisines, inscrit
dans l'histoire de mon amour pour elle, c'est-à-
dire pour elles et ses amies. Car ce n'était même
pas un amour comme celui pour Gilberte mais créé
par division entre plusieurs jeunes filles. Que ce
fût à cause d'elle et parce qu'elles me paraissaient
quelque chose d'analogue à elle que je me fusse
plu avec ses amies, il était possible. Toujours est-il
que pendant bien longtemps l'hésitation entre
toutes fut possible, mon choix se promenait de
l'une à l'autre, et quand je croyais préférer celle-
ci, il suffisait que celle-là me laissât attendre,
refusât de me voir pour que j'eusse pour elle un
commencement d'amour. Bien des fois à cette
époque lorsqu'Andrée devait venir me voir à
Balbec, si un peu avant la visite d'Andrée, Albertine me manquait de parole, mon cœur ne cessait
plus de battre, je croyais ne jamais la revoir et
c'était elle que j'aimais. Et quand Andrée venait
c'était sérieusement que je lui disais (comme je le
lui dis à Paris après que j'eus appris qu'Albertine
avait connu Mlle Vinteuil) ce qu'elle pouvait
croire dit exprès, sans sincérité, ce qui aurait
été dit en effet et dans les mêmes termes si j'avais

143

été heureux la veille avec Albertine : « Hélas si
vous étiez venue plus tôt, maintenant j'en aime
une autre. » Encore dans ce cas d'Andrée, remplacée par Albertine quand j'avais su que celle-ci
avait connu Mlle Vinteuil, l'amour avait été
alternatif et par conséquent en somme il n'y en
avait eu qu'un à la fois. Mais il s'était produit
tel cas auparavant où je m'étais à demi brouillé
avec deux des jeunes filles. Celle qui ferait les
premiers pas me rendrait le calme, c'est l'autre
que j'aimerais, si elle restait brouillée, ce qui ne
veut pas dire que ce n'est pas avec la première
que je me lierais définitivement, car elle me con-
solerait — bien qu'inefficacement — de la dureté de
la seconde, de la seconde que je finirais par oublier
si elle ne revenait plus. Or il arrivait que persuadé
que l'une ou l'autre au moins allait revenir à moi,
aucune des deux pendant quelque temps ne le
faisait. Mon angoisse était donc double, et double
mon amour, me réservant de cesser d'aimer celle
qui reviendrait, mais souffrant jusque-là par
toutes les deux. C'est le lot d'un certain âge qui
peut venir très tôt qu'on soit rendu moins amoureux par un être que par un abandon, où de cet
être on finit par ne plus savoir qu'une chose,
sa figure étant obscurcie, son âme inexistante,
votre préférence toute récente et inexpliquée, c'est
qu'on aurait besoin pour ne plus souffrir qu'il
vous fît dire : « Me recevriez-vous ? » Ma séparation d'avec Albertine le jour où Françoise
m'avait dit : « Mademoiselle Albertine est partie »

était comme une allégorie de tant d'autres sépa-
rations. Car bien souvent pour que nous décou-
vrions que nous sommes amoureux, peut-être
même pour que nous le devenions, il faut qu'arrive
le jour de la séparation. Dans ce cas où c'est une
attente vaine, un mot de refus qui fixe un choix,
l'imagination fouettée par la souffrance va si vite
dans son travail, fabrique avec une rapidité si
folle un amour à peine commencé et qui restait
informe, destiné à rester à l'état d'ébauche depuis
des mois, que par instants l'intelligence qui n'a
pu rattraper le cœur, s'étonne, s'écrie : « Mais tu
es fou, dans quelles pensées nouvelles vis-tu si
douloureusement ? Tout cela n'est pas la vie
réelle ». Et en effet à ce moment-là, si on n'était
pas relancé par l'infidèle, de bonnes distractions
qui nous calmeraient physiquement le cœur suffiraient pour faire avorter l'amour. En tous cas
si cette vie avec Albertine n'était pas dans son
essence nécessaire, elle m'était devenue indispensable. J'avais tremblé quand j'avais aimé
Mme de Guermantes parce que je me disais
qu'avec ses trop grands moyens de séduction,
non seulement de beauté mais de situation, de
richesse, elle serait trop libre d'être à trop de
gens, que j'aurais trop peu de prise sur elle.
Albertine étant pauvre, obscure, devait être désireuse de m'épouser. Et pourtant je n'avais pu la
posséder pour moi seul. Que ce soient les conditions sociales, les prévisions de la sagesse, en
vérité, on n'a pas de prises sur la vie d'un autre

145

être. Pourquoi ne m'avait-elle pas dit : « J'ai ces goûts », j'aurais cédé, je lui aurais permis de les satisfaire. Dans un roman que j'avais lu il y avait une femme qu'aucune objurgation de l'homme qui l'aimait ne pouvait décider à parler. En le lisant j'avais trouvé cette situation absurde ; j'aurais moi, me disais-je, forcé la femme à parler d'abord, ensuite nous nous serions entendus ; à quoi bon ces malheurs inutiles ? Mais je voyais maintenant que nous ne sommes pas libres de ne pas nous les forger et que nous avons beau connaître notre volonté, les autres êtres ne lui obéissent pas.

Et pourtant ces douloureuses, ces inéluctables vérités qui nous dominaient et pour lesquelles nous étions aveugles, vérité de nos sentiments, vérité de notre destin, combien de fois sans le savoir, sans le vouloir, nous les avions dites en des paroles crues sans doute mensongères par nous mais auxquelles l'événement avait donné après coup leur valeur prophétique. Je me rappelais bien des mots que l'un et l'autre nous avions prononcés sans savoir alors la vérité qu'ils contenaient, même que nous avions dits en croyant nous jouer la comédie et dont la fausseté était bien mince, bien peu intéressante, toute confinée dans notre pitoyable insincérité auprès de ce qu'ils contenaient à notre insu. Mensonges, erreurs, en deçà de la réalité profonde que nous n'apercevions pas, vérité au delà, vérité de nos caractères dont les lois essentielles nous échappent et demandent le temps pour se révéler,

vérité de nos destins aussi. J'avais cru mentir
quand je lui avais dit à Balbec : « Plus je vous
verrai, plus je vous aimerai » (et pourtant c'était
cette intimité de tous les instants qui, par le
moyen de la jalousie, m'avait tant attaché à
elle), « Je sais que je pourrais être utile à votre
esprit »; à Paris : « Tâchez d'être prudente. Pensez
s'il vous arrivait un accident je ne m'en conso-
lerais pas » et elle : « Mais il peut m'arriver un
accident », à Paris le soir où j'avais fait semblant
de vouloir la quitter : « Laissez-moi vous regarder
encore puisque bientôt je ne vous verrai plus,
et que ce sera pour jamais. » Et elle quand ce
même soir elle avait regardé autour d'elle : « Dire
que je ne verrai plus cette chambre, ces livres, ce
pianola, toute cette maison, je ne peux pas le
croire et pourtant c'est vrai. » Dans ses dernières
lettres enfin, quand elle avait écrit — probablement
en se disant « Je fais du chiqué » : — « Je vous laisse
le meilleur de moi-même » (et n'était-ce pas en
effet maintenant à la fidélité, aux forces, fragiles
hélas aussi, de ma mémoire qu'étaient confiées
son intelligence, sa bonté, sa beauté ?) et « cet
instant deux fois crépusculaire puisque le jour
tombait et que nous allions nous quitter, ne s'effacera de mon esprit que quand il sera envahi par
la nuit complète », cette phrase écrite la veille
du jour où en effet son esprit avait été envahi
par la nuit complète et où peut-être bien dans
ces dernières lueurs si rapides mais que l'anxiété
du moment divise jusqu'à l'infini, elle avait

peut-être bien revu notre dernière promenade et
dans cet instant où tout nous abandonne et où
on se crée une foi, comme les athées deviennent
chrétiens sur le champ de bataille, elle avait peut-
être appelé au secours l'ami si souvent maudit
mais si respecté par elle, qui lui-même — car
toutes les religions se ressemblent — avait la
cruauté de souhaiter qu'elle eût eu aussi le temps
de se reconnaître, de lui donner sa dernière pensée,
de se confesser enfin à lui, de mourir en lui.
Mais à quoi bon, puisque si même, alors, elle avait
eu le temps de se reconnaître, nous n'avions
compris l'un et l'autre où était notre bonheur,
ce que nous aurions dû faire, que quand ce bonheur, que parce que ce bonheur n'était plus possible, que nous ne pouvions plus le réaliser. Tant
que les choses sont possibles on les diffère, et elles
ne peuvent prendre cette puissance d'attraits et
cette apparente aisance de réalisation que quand
projetées dans le vide idéal de l'imagination, elles
sont soustraites à la submersion alourdissante,
enlaidissante du milieu vital. L'idée qu'on mourra
est plus cruelle que mourir, mais moins que l'idée
qu'un autre est mort, que, redevenue plane après
avoir englouti un être, s'étend, sans même un
remous à cette place-là, une réalité d'où cet être
est exclu, où n'existe plus aucun vouloir, aucune
connaissance, et de laquelle il est aussi difficile
de remonter à l'idée que cet être a vécu, qu'il est
difficile, du souvenir encore tout récent de sa vie,
de penser qu'il est assimilable aux images sans

148

consistance, aux souvenirs laissés par les personnages d'un roman qu'on a lu.

Du moins j'étais heureux qu'avant de mourir, elle m'eût écrit cette lettre, et surtout envoyé la dernière dépêche qui me prouvait qu'elle fût revenue si elle eût vécu. Il me semblait que c'était non seulement plus doux, mais plus beau ainsi, que l'événement eût été incomplet sans ce télégramme, eût eu moins figure d'art et de destin. En réalité il l'eût eu tout autant s'il eût été autre ; car tout événement est comme un moule d'une forme particulière, et, quel qu'il soit, il impose, à la série des faits qu'il est venu interrompre et semble en conclure, un dessin que nous croyons le seul possible parce que nous ne connaissons pas celui qui eût pu lui être substitué. Je me répétais : « Pourquoi ne m'avait-elle pas dit : « J'ai ces goûts », j'aurais cédé, je lui aurais permis de les satisfaire, en ce moment je l'embrasserais encore ». Quelle tristesse d'avoir à me rappeler qu'elle m'avait ainsi menti en me jurant trois jours avant de me quitter qu'elle n'avait jamais eu avec l'amie de Mlle Vinteuil, ces relations qu'au moment où Albertine me le jurait, sa rougeur avait confessées. Pauvre petite, elle avait eu du moins l'honnêteté de ne pas vouloir jurer que le plaisir de revoir Mlle Vinteuil n'entrait pour rien dans son désir d'aller ce jour-là chez les Verdurin. Pourquoi n'était-elle pas allée jusqu'au bout de son aveu, et avait-elle inventé alors ce roman inimaginable ? Peut-être du reste était-ce un peu

149

ma faute si elle n'avait jamais malgré toutes mes prières qui venaient se briser à sa dénégation, voulu me dire : « j'ai ces goûts. » C'était peut-être un peu ma faute parce que à Balbec le jour où après la visite de Mme de Cambremer j'avais eu ma première explication avec Albertine et où j'étais si loin de croire qu'elle pût avoir en tous cas autre chose qu'une amitié trop passionnée avec Andrée, j'avais exprimé avec trop de violence mon dégoût pour ce genre de mœurs, je les avais condamnées d'une façon trop catégorique. Je ne pouvais me rappeler si Albertine avait rougi quand j'avais naïvement proclamé mon horreur de cela, je ne pouvais me le rappeler, car ce n'est souvent que longtemps après que nous voudrions bien savoir quelle attitude eut une personne à un moment où nous n'y fîmes nullement attention et qui, plus tard, quand nous repensons à notre conversation, éclaircirait une difficulté poignante. Mais dans notre mémoire il y a une lacune, il n'y a pas trace de cela. Et bien souvent nous n'avons pas fait assez attention, au moment même, aux choses qui pouvaient déjà nous paraître importantes, nous n'avons pas bien entendu une phrase, nous n'avons pas noté un geste, ou bien nous les avons oubliés. Et quand plus tard, avides de découvrir une vérité, nous remontons de déduction en déduction, feuilletant notre mémoire comme un recueil de témoignages, quand nous arrivons à cette phrase, à ce geste, impossible de nous rappeler, nous recommençons vingt fois le même

150

trajet mais inutilement : le chemin ne va pas
plus loin. Avait-elle rougi ? Je ne savais si elle
avait rougi, mais elle n'avait pas pu ne pas
entendre, et le souvenir de ces paroles l'avait
plus tard arrêtée quand peut-être elle avait été
sur le point de se confesser à moi. Et maintenant
elle n'était plus nulle part, j'aurais pu parcourir
la terre d'un pôle à l'autre sans rencontrer Albertine. La réalité qui s'était refermée sur elle était
redevenue unie, avait effacé jusqu'à la trace de
l'être qui avait coulé à fond. Elle n'était plus
qu'un nom, comme cette Mme de Charlus dont
disaient avec indifférence : « Elle était délicieuse »
ceux qui l'avaient connue. Mais je ne pouvais
pas concevoir plus d'un instant l'existence de
cette réalité dont Albertine n'avait pas conscience,
car en moi mon amie existait trop, en moi où
tous les sentiments, toutes les pensées se rappor-
taient à sa vie. Peut-être si elle l'avait su, eût-elle
été touchée de voir que son ami ne l'oubliait pas,
maintenant que sa vie à elle était finie et elle eût
été sensible à des choses qui auparavant l'eussent
laissée indifférente. Mais comme on voudrait
s'abstenir d'infidélités, si secrètes fussent-elles,
tant on craint que celle qu'on aime ne s'en abs-
tienne pas, j'étais effrayé de penser que si les
morts vivent quelque part, ma grand'mère connaissait aussi bien mon oubli, qu'Albertine mon
souvenir. Et tout compte fait, même pour une
même morte, est-on sûr que la joie qu'on aurait
d'apprendre qu'elle sait certaines choses balan-

cerait l'effroi de penser qu'elle les sait *toutes* ; et, si sanglant que soit le sacrifice, ne renoncerions-nous pas quelquefois à garder après leur mort comme amis ceux que nous avons aimés de peur de les avoir aussi pour juges.

Mes curiosités jalouses de ce qu'avait pu faire Albertine étaient infinies. J'achetai combien de femmes qui ne m'apprirent rien. Si ces curiosités étaient si vivaces, c'est que l'être ne meurt pas tout de suite pour nous, il reste baigné d'une espèce d'*aura* de vie qui n'a rien d'une immortalité véritable mais qui fait qu'il continue à occuper nos pensées de la même manière que quand il vivait. Il est comme en voyage. C'est une survie très païenne. Inversement quand on a cessé d'aimer, les curiosités que l'être excite meurent avant que lui-même soit mort. Ainsi je n'eusse plus fait un pas pour savoir avec qui Gilberte se promenait un certain soir dans les Champs-Élysées. Or je sentais bien que ces curiosités étaient absolument pareilles, sans valeur en elles-mêmes, sans possibilité de durer, mais je continuais à tout sacrifier à la cruelle satisfaction de ces curiosités passagères, bien que je susse d'avance que ma séparation forcée d'avec Albertine, du fait de sa mort, me conduirait à la même indifférence qu'avait fait ma séparation volontaire d'avec Gilberte.

Si elle avait pu savoir ce qui allait arriver, elle serait restée auprès de moi. Mais cela revenait à dire qu'une fois qu'elle se fût vue morte elle

eût mieux aimé, auprès de moi, rester en vie.
Par la contradiction même qu'elle impliquait, une
telle supposition était absurde. Mais cela n'était
pas inoffensif, car en imaginant combien Albertine, si elle pouvait savoir, si elle pouvait rétrospectivement comprendre, serait heureuse de revenir
auprès de moi, je l'y voyais, je voulais l'embrasser ;
et hélas c'était impossible, elle ne reviendrait
jamais, elle était morte. Mon imagination la
cherchait dans le ciel, par les soirs où nous l'avions
regardé encore ensemble ; au delà de ce clair de
lune qu'elle aimait, je tâchais de hisser jusqu'à
elle ma tendresse pour qu'elle lui fût une consolation de ne plus vivre, et cet amour pour un
être si lointain était comme une religion, mes
pensées montaient vers elle comme des prières.
Le désir est bien fort, il engendre la croyance,
j'avais cru qu'Albertine ne partirait pas parce
que je le désirais. Parce que je le désirais je crus
qu'elle n'était pas morte ; je me mis à lire des
livres sur les tables tournantes, je commençai à
croire possible l'immortalité de l'âme. Mais elle
ne me suffisait pas. Il fallait qu'après ma mort,
je la retrouvasse avec son corps comme si l'éter-
nité ressemblait à la vie. Que dis-je à la vie !
J'étais plus exigeant encore. J'aurais voulu ne
pas être à tout jamais privé par la mort des
plaisirs que pourtant elle n'est pas seule à nous
ôter. Car sans elle ils auraient fini par s'émousser,
ils avaient déjà commencé de l'être par l'action
de l'habitude ancienne, des nouvelles curiosités.

Puis, dans la vie, Albertine, même physiquement
eût peu à peu changé, jour par jour je me serais
adapté à ce changement. Mais mon souvenir
n'évoquant d'elle que des moments, demandait
de la revoir telle qu'elle n'aurait déjà plus été
si elle avait vécu ; ce qu'il voulait c'était un miracle
qui satisfît aux limites naturelles et arbitraires
de la mémoire qui ne peut sortir du passé. Avec
la naïveté des théologiens antiques, je l'imaginais
m'accordant les explications non pas même
qu'elle eût pu me donner mais par une contradiction dernière celles qu'elle m'avait toujours refu-
sées pendant sa vie. Et ainsi sa mort étant une
espèce de rêve mon amour lui semblerait un
bonheur inespéré ; je ne retenais de la mort que
la commodité et l'optimisme d'un dénouement
qui simplifie, qui arrange tout. Quelquefois ce
n'était pas si loin, ce n'était pas dans un autre
monde que j'imaginais notre réunion. De même
qu'autrefois, quand je ne connaissais Gilberte que
pour jouer avec elle aux Champs-Élysées, le soir
à la maison je me figurais que j'allais recevoir
une lettre d'elle où elle m'avouerait son amour,
qu'elle allait entrer, une même force de désir ne
s'embarrassant pas plus des lois physiques qui le
contrariaient, que la première fois au sujet de
Gilberte, où en somme il n'avait pas eu tort
puisqu'il avait eu le dernier mot, me faisait penser
maintenant que j'allais recevoir un mot d'Albertine, m'apprenant qu'elle avait bien eu un accident
de cheval, mais que pour des raisons romanesques

(et comme en somme il est quelquefois arrivé
pour des personnages qu'on a cru longtemps
morts) elle n'avait pas voulu que j'apprisse
qu'elle avait guéri et maintenant repentante
demandait à venir vivre pour toujours avec moi.
Et, me faisant très bien comprendre ce que
peuvent être certaines folies douces de personnes
qui par ailleurs semblent raisonnables, je sentais
coexister en moi, la certitude qu'elle était morte,
et l'espoir incessant de la voir entrer.

Je n'avais pas encore reçu de nouvelles d'Aimé
qui pourtant devait être arrivé à Balbec. Sans
doute mon enquête portait sur un point secondaire
et bien arbitrairement choisi. Si la vie d'Albertine
avait été vraiment coupable, elle avait dû contenir
bien des choses autrement importantes, auxquelles
le hasard ne m'avait pas permis de toucher,
comme il l'avait fait pour cette conversation sur
le peignoir grâce à la rougeur d'Albertine. C'était
tout à fait arbitrairement que j'avais fait un sort
à cette journée-là, que plusieurs années après je
tâchais de reconstituer. Si Albertine avait aimé les
femmes, il y avait des milliers d'autres journées
de sa vie dont je ne connaissais pas l'emploi et
qui pouvaient être aussi intéressantes pour moi
à connaître ; j'aurais pu envoyer Aimé dans bien
d'autres endroits de Balbec, dans bien d'autres
villes que Balbec. Mais précisément ces journées-là,
parce que je n'en savais pas l'emploi, elles ne
se représentaient pas à mon imagination. Elles
n'avaient pas d'existence. Les choses, les êtres

ne commençaient à exister pour moi que quand
ils prenaient dans mon imagination une existence
individuelle. S'il y en avait des milliers d'autres
pareils, ils devenaient pour moi représentatifs du
reste. Si j'avais le désir depuis longtemps de savoir
en fait de soupçons à l'égard d'Albertine ce qu'il
en était pour la douche, c'est de la même manière
que, en fait de désirs de femmes, et quoique je
susse qu'il y avait un grand nombre de jeunes
filles et de femmes de chambres qui pouvaient
les valoir et dont le hasard aurait tout aussi bien
pu me faire entendre parler, je voulais connaître — puisque c'étaient celles-là dont Saint-
Loup m'avait parlé, celles-là qui existaient indi-
viduellement pour moi — la jeune fille qui allait
dans les maisons de passe et la femme de chambre
de Mme Putbus. Les difficultés que ma santé,
mon indécision, ma « procrastination », comme
disait Saint-Loup, mettaient à réaliser n'importe
quoi, m'avaient fait remettre de jour en jour, de
mois en mois, d'année en année, l'éclaircissement
de certains soupçons comme l'accomplissement
de certains désirs. Mais je les gardais dans ma
mémoire en me promettant de ne pas oublier
d'en connaître la réalité, parce que seuls ils
m'obsédaient (puisque les autres n'avaient pas
de forme à mes yeux, n'existaient pas), et aussi
parce que le hasard même qui les avait choisis au
milieu de la réalité m'était un garant que c'était
bien en eux avec un peu de réalité, de la vie véritable et convoitée que j'entrerais en contact.

Et puis, sur un seul fait, s'il est certain, ne peut-on, comme le savant qui expérimente, dégager la vérité pour tous les ordres de faits semblables ? Un seul petit fait, s'il est bien choisi, ne suffit-il pas à l'expérimentateur pour décider d'une loi générale qui fera connaître la vérité sur des milliers de faits analogues ?

Albertine avait beau n'exister dans ma mémoire qu'à l'état où elle m'était successivement apparue au cours de la vie, c'est-à-dire subdivisée suivant une série de fractions de temps, ma pensée, rétablissant en elle l'unité, en refaisait un être, et c'est sur cet être que je voulais porter un jugement général, savoir si elle m'avait menti, si elle aimait les femmes, si c'était pour en fréquenter librement qu'elle m'avait quitté. Ce que dirait la doucheuse pourrait peut-être trancher à jamais mes doutes sur les mœurs d'Albertine.

Mes doutes ! Hélas j'avais cru qu'il me serait indifférent, même agréable de ne plus voir Albertine jusqu'à ce que son départ m'eût révélé mon erreur. De même sa mort m'avait appris combien je me trompais en croyant souhaiter quelquefois sa mort et supposer qu'elle serait ma délivrance. Ce fut de même que, quand je reçus la lettre d'Aimé, je compris que, si je n'avais pas jusque-là souffert trop cruellement de mes doutes sur la vertu d'Albertine, c'est qu'en réalité ce n'était nullement des doutes. Mon bonheur, ma vie avaient besoin qu'Albertine fût vertueuse, ils avaient posé une fois pour toutes qu'elle l'était.

157

Muni de cette croyance préservatrice, je pouvais
sans danger laisser mon esprit jouer tristement
avec des suppositions auxquelles il donnait une
forme mais n'ajoutait pas foi. Je me disais, « Elle
aime peut-être les femmes », comme on dit « Je
peux mourir ce soir » ; on se le dit, mais on ne
le croit pas, on fait des projets pour le lendemain.
C'est ce qui explique que, me croyant à tort
incertain si Albertine aimait ou non les femmes,
et croyant par conséquent qu'un fait coupable
à l'actif d'Albertine ne m'apporterait rien que
je n'eusse souvent envisagé, j'aie pu éprouver
devant les images, insignifiantes pour d'autres,
que m'évoquait la lettre d'Aimé, une souffrance
inattendue, la plus cruelle que j'eusse ressentie
encore, et qui formait avec ces images, avec
l'image hélas ! d'Albertine elle-même, une sorte de
précipité comme on dit en chimie, où tout était
indivisible et dont le texte de la lettre d'Aimé
que je sépare d'une façon toute conventionnelle
ne peut donner aucunement l'idée, puisque chacun
des mots qui la composent était aussitôt trans-
formé, coloré à jamais par la souffrance qu'il
venait d'exciter.

« MONSIEUR,

« Monsieur voudra bien me pardonner si je
n'ai pas plus tôt écrit à Monsieur. La personne que
Monsieur m'avait chargé de voir s'était absentée
pour deux jours et, désireux de répondre à la

confiance que Monsieur avait mise en moi, je
ne voulais pas revenir les mains vides. Je viens de
causer avec cette personne qui se rappelle très
bien (Mlle A.). » Aimé qui avait un certain commencement de culture voulait mettre Mlle A.
en italique et entre guillemets. Mais quand il
voulait mettre des guillemets, il traçait une
parenthèse et quand il voulait mettre quelque
chose entre parenthèse, il le mettait entre guillemets. C'est ainsi que Françoise disait que
quelqu'un *restait* dans ma rue pour dire qu'il
y demeurait, et qu'on pouvait *demeurer* deux
minutes pour rester, les fautes des gens du peuple
consistant seulement très souvent à interchanger
— comme a fait d'ailleurs la langue française
— des termes qui au cours des siècles ont pris
réciproquement la place l'un de l'autre. « D'après
elle la chose que supposait Monsieur est absolument certaine. D'abord c'était elle qui soignait
(Mlle A.) chaque fois que celle-ci venait aux
bains. (Mlle A.) venait très souvent prendre
sa douche avec une grande femme plus âgée
qu'elle, toujours habillée en gris, et que la doucheuse sans savoir son nom connaissait pour
l'avoir vu souvent rechercher des jeunes filles.
Mais elle ne faisait plus attention aux autres
depuis qu'elle connaissait (Mlle A.). Elle et
(Mlle A.) s'enfermaient toujours dans la cabine,
restaient très longtemps, et la dame en gris donnait au moins 10 francs de pourboire à la personne
avec qui j'ai causé. Comme m'a dit cette personne,

vous pensez bien que si elles n'avaient fait qu'enfiler des perles, elles ne m'auraient pas donné dix francs de pourboire. (Mlle A.) venait aussi quelquefois avec une femme très noire de peau, qui avait un face à mains. Mais (Mlle A.) venait le plus souvent avec des jeunes filles plus jeunes qu'elle surtout une très rousse. Sauf la dame en gris, les personnes que (Mlle A.) avait l'habitude d'amener n'étaient pas de Balbec et devaient même souvent venir d'assez loin. Elles n'entraient jamais ensemble, mais (Mlle A.) entrait, en disant de laisser la porte de la cabine ouverte — qu'elle attendait une amie, et la personne avec qui j'ai parlé savait ce que cela voulait dire. Cette personne n'a pu me donner d'autres détails ne se rappelant pas très bien, « ce qui est facile à comprendre après si longtemps ». Du reste cette personne ne cherchait pas à savoir, parce qu'elle est très discrète et que c'était son intérêt car (Mlle A.) lui faisait gagner gros. Elle a été très sincèrement touchée d'apprendre qu'elle était morte. Il est vrai que si jeune c'est un grand malheur pour elle et pour les siens. J'attends les ordres de Monsieur pour savoir si je peux quitter Balbec où je ne crois pas que j'apprendrai rien davantage. Je remercie encore Monsieur du petit voyage que Monsieur m'a ainsi procuré et qui m'a été très agréable d'autant plus que le temps est on ne peut plus favorable. La saison s'annonce bien pour cette année. On espère que Monsieur viendra faire cet été une petite apparition.

ALBERTINE DISPARUE

Je ne vois plus rien d'intéressant à dire à Monsieur, etc.

Pour comprendre à quelle profondeur ces mots entraient en moi, il faut se rappeler que les questions que je me posais à l'égard d'Albertine n'étaient pas des questions accessoires, indifférentes, des questions de détail, les seules en réalité que nous nous posions à l'égard de tous les êtres qui ne sont pas nous, ce qui nous permet de cheminer, revêtus d'une pensée imperméable, au milieu de la souffrance, du mensonge, du vice ou de la mort. Non, pour Albertine, c'étaient des questions d'essence : En son fond qu'était-elle ? A quoi pensait-elle ? Qu'aimait-elle ? Me mentait-elle ? Ma vie avec elle avait-elle été aussi lamentable que celle de Swann avec Odette ? Aussi ce qu'atteignait la réponse d'Aimé, bien qu'elle ne fût pas une réponse générale, mais particulière — et justement à cause de cela — c'était bien en Albertine, en moi, les profondeurs.

Enfin je voyais devant moi, dans cette arrivée d'Albertine à la douche par la petite rue avec la dame en gris, un fragment de ce passé qui ne me semblait pas moins mystérieux, moins effroyable, que je ne le redoutais quand je l'imaginais enfermé dans le souvenir, dans le regard d'Albertine. Sans doute tout autre que moi eût pu trouver insignifiants ces détails auxquels l'impossibilité où j'étais, maintenant qu'Albertine était morte, de les faire réfuter par elle, conférait l'équivalent d'une sorte de probabilité. Il est même pro-

161

bable que pour Albertine, même s'ils avaient été vrais, ses propres fautes, si elle les avait avouées, que sa conscience les eût trouvées innocentes ou blâmables, que sa sensualité les eût trouvées délicieuses ou assez fades, eussent été dépourvues de cette inexprimable impression d'horreur dont je ne les séparais pas. Moi-même, à l'aide de mon amour des femmes et quoique elles ne dussent pas avoir été pour Albertine la même chose, je pouvais un peu imaginer ce qu'elle éprouvait. Et certes c'était déjà un commencement de souffrance que de me la représenter désirant comme j'avais si souvent désiré, me mentant comme je lui avais si souvent menti, préoccupée par telle ou telle jeune fille, faisant des frais pour elle, comme moi pour Mlle de Stermaria, pour tant d'autres ou pour les paysannes que je rencontrais dans la campagne. Oui, tous mes désirs m'aidaient à comprendre dans une certaine mesure les siens ; c'était déjà une grande souffrance où tous les désirs, plus ils avaient été vifs, étaient changés en tourments d'autant plus cruels ; comme si dans cette algèbre de la sensibilité ils reparaissaient avec le même coefficient mais avec le signe moins au lieu du signe plus. Pour Albertine, autant que je pouvais en juger par moi-même, ses fautes, quelque volonté qu'elle eût de me les cacher — ce qui me faisait supposer qu'elle se jugeait coupable ou avait peur de me chagriner — ses fautes parce qu'elle les avait préparées à sa guise dans la claire lumière de l'imagination où se joue le

162

désir, lui paraissaient tout de même des choses de même nature que le reste de la vie, des plaisirs pour elle qu'elle n'avait pas eu le courage de se refuser, des peines pour moi qu'elle avait cherché à éviter de me faire en me les cachant, mais des plaisirs et des peines qui pouvaient figurer au milieu des autres plaisirs et peines de la vie. Mais moi, c'est du dehors, sans que je fusse prévenu, sans que je pusse moi-même les élaborer, c'est de la lettre d'Aimé que m'étaient venues les images d'Albertine arrivant à la douche et préparant son pourboire.

Sans doute c'est parce que dans cette arrivée silencieuse et délibérée d'Albertine avec la femme en gris, je lisais le rendez-vous qu'elles avaient pris, cette convention de venir faire l'amour dans un cabinet de douches qui impliquait une expérience de la corruption, l'organisation bien dissimulée de toute une double existence, c'est parce que ces images m'apportaient la terrible nouvelle de la culpabilité d'Albertine qu'elles m'avaient immédiatement causé une douleur physique dont elles ne se sépareraient plus. Mais aussitôt la douleur avait réagi sur elles : un fait objectif, tel qu'une image, est différent selon l'état intérieur avec lequel on l'aborde. Et la douleur est un aussi puissant modificateur de la réalité qu'est l'ivresse. Combinée avec ces images, la souffrance en avait fait aussitôt quelque chose d'absolument différent de ce que peut être pour toute autre personne une dame en gris, un pourboire, une

.163

douche, la rue où avait lieu l'arrivée délibérée
d'Albertine avec la dame en gris. Toutes ces
images — échappée sur une vie de mensonges et
de fautes telle que je ne l'avais jamais conçue
— ma souffrance les avait immédiatement alté-
rées en leur matière même, je ne les voyais pas
dans la lumière qui éclaire les spectacles de la
terre, c'était le fragment d'un autre monde, d'une
planète inconnue et maudite, une vue de l'Enfer.
L'Enfer c'était tout ce Balbec, tous ces pays
avoisinants d'où, d'après la lettre d'Aimé, elle
faisait venir souvent les filles plus jeunes qu'elle
amenait à la douche. Ce mystère que j'avais
jadis imaginé dans le pays de Balbec et qui s'y
était dissipé quand j'y avais vécu, que j'avais
ensuite espéré ressaisir en connaissant Albertine
parce que, quand je la voyais passer sur la plage,
quand j'étais assez fou pour désirer qu'elle ne
fût pas vertueuse, je pensais qu'elle devait l'incarner, comme maintenant tout ce qui touchait
à Balbec s'en imprégnait affreusement ! Les noms
de ces stations, Toutainville, Évreville, Incarville,
devenus si familiers, si tranquillisants, quand je
les entendais le soir en revenant de chez les Verdurin, maintenant que je pensais qu'Albertine
avait habité l'une, s'était promenée jusqu'à l'autre,
avait pu souvent aller à bicyclette à la troisième,
ils excitaient en moi une anxiété plus cruelle que
la première fois, où je les voyais avec tant de
trouble, avant d'arriver à Balbec que je ne connaissais pas encore. C'est un de ces pouvoirs de

la jalousie de nous découvrir combien la réalité
des faits extérieurs et les sentiments de l'âme sont
quelque chose d'inconnu qui prête à mille suppositions. Nous croyons savoir exactement ce que sont
les choses et ce que pensent les gens, pour la simple
raison que nous ne nous en soucions pas. Mais
dès que nous avons le désir de savoir, comme
a le jaloux, alors c'est un vertigineux kaleidoscope
où nous ne distinguons plus rien. Albertine
m'avait-elle trompé ? avec qui ? dans quelle
maison ? quel jour ? celui où elle m'avait dit telle
chose ? où je me rappelais que j'avais dans la
journée dit ceci ou cela ? je n'en savais rien. Je
ne savais pas davantage quels étaient ses sentiments pour moi, s'ils étaient inspirés par l'intérêt,
par la tendresse. Et tout d'un coup je me rappelais
tel incident insignifiant, par exemple qu'Albertine
avait voulu aller à Saint-Martin le Vêtu, disant
que ce nom l'intéressait, et peut-être simplement
parce qu'elle avait fait la connaissance de quelque
paysanne qui était là-bas. Mais ce n'était rien
qu'Aimé m'eût appris tout cela par la doucheuse,
puisque Albertine devait éternellement ignorer
qu'il me l'avait appris, le besoin de savoir ayant
toujours été surpassé, dans mon amour pour
Albertine, par le besoin de lui montrer que je
savais ; car cela faisait tomber entre nous la
séparation d'illusions différentes, tout en n'ayant
jamais eu pour résultat de me faire aimer d'elle
davantage, au contraire. Or voici que, depuis
qu'elle était morte, le second de ces besoins était

165

amalgamé à l'effet du premier : je tâchais de me
représenter l'entretien où je lui aurais fait part de ce
que j'avais appris, aussi vivement que l'entretien
où je lui aurais demandé ce que je ne savais pas ;
c'est-à-dire la voir près de moi, l'entendre me
répondant avec bonté, voir ses joues redevenir
grosses, ses yeux perdre leur malice et prendre
de la tristesse, c'est-à-dire l'aimer encore et
oublier la fureur de ma jalousie dans le désespoir
de mon isolement. Le douloureux mystère de cette
impossibilité de jamais lui faire savoir ce que
j'avais appris et d'établir nos rapports sur la
vérité de ce que je venais seulement de découvrir
(et que je n'avais peut-être pu découvrir que
parce qu'elle était morte) substituait sa tristesse
au mystère plus douloureux de sa conduite.
Quoi ? Avoir tant désiré qu'Albertine sût que
j'avais appris l'histoire de la salle de douches,
Albertine qui n'était plus rien ! C'était là encore
une des conséquences de cette impossibilité où
nous sommes, quand nous avons à raisonner sur
la mort, de nous représenter autre chose que la
vie. Albertine n'était plus rien. Mais pour moi
c'était la personne qui m'avait caché qu'elle eût
des rendez-vous avec des femmes à Balbec, qui
s'imaginait avoir réussi à me le faire ignorer.
Quand nous raisonnons sur ce qui se passe après
notre propre mort, n'est-ce pas encore nous
vivant que par erreur nous projetons à ce moment-
là ? Et est-il beaucoup plus ridicule en somme de
regretter qu'une femme qui n'est plus rien ignore

que nous ayons appris ce qu'elle faisait il y a six
ans, que de désirer que de nous-même, qui serons
mort, le public parle encore avec faveur dans un
siècle ? S'il y a plus de fondement réel dans le
second cas que dans le premier, les regrets de ma
jalousie rétrospective n'en procédaient pas moins
de la même erreur d'optique que chez les autres
hommes le désir de la gloire posthume. Pourtant
cette impression de ce qu'il y avait de solennellement définitif dans ma séparation d'avec Albertine, si elle s'était substituée un moment à l'idée
de ses fautes, ne faisait qu'aggraver celles-ci en
leur conférant un caractère irrémédiable.

Je me voyais perdu dans la vie comme sur une
plage illimitée où j'étais seul et où, dans quelque
sens que j'allasse, je ne la rencontrerais jamais.
Heureusement je trouvai fort à propos dans ma
mémoire, — comme il y a toujours toutes espèces
de choses, les unes dangereuses, les autres salutaires dans ce fouillis où les souvenirs ne s'éclairent
qu'un à un, — je découvris, comme un ouvrier
l'objet qui pourra servir à ce qu'il veut faire,
une parole de ma grand'mère. Elle m'avait dit
à propos d'une histoire invraisemblable que la
doucheuse avait racontée à Mme de Villeparisis :
« C'est une femme qui doit avoir la maladie du
mensonge ». Ce souvenir me fut d'un grand secours. Quelle portée pouvait avoir ce qu'avait
dit la doucheuse à Aimé ? D'autant plus qu'en
somme elle n'avait rien vu. On peut venir prendre
des douches avec des amies sans penser à mal

pour cela. Peut-être pour se vanter la doucheuse exagérait-elle le pourboire. J'avais bien entendu Françoise soutenir une fois que ma tante Léonie avait dit devant elle qu'elle avait « un million à manger par mois », ce qui était de la folie; une autre fois qu'elle avait vu ma tante Léonie donner à Eulalie quatre billets de mille francs, alors qu'un billet de cinquante francs plié en quatre me paraissait déjà peu vraisemblable. Et ainsi je cherchais — et je réussis peu à peu — à me défaire de la douloureuse certitude que je m'étais donné tant de mal à acquérir, ballotté que j'étais toujours entre le désir de savoir, et la peur de souffrir. Alors ma tendresse put renaître, mais, aussitôt avec cette tendresse, une tristesse d'être séparé d'Albertine, durant laquelle j'étais peut-être encore plus malheureux qu'aux heures récentes où c'était par la jalousie que j'étais torturé. Mais cette dernière renaquit soudain, en pensant à Balbec, à cause de l'image soudain revue (et qui jusque-là ne m'avait jamais fait souffrir et me paraissait même une des plus inoffensives de ma mémoire) de la salle à manger de Balbec le soir, avec de l'autre côté du vitrage, toute cette population entassée dans l'ombre comme devant le vitrage lumineux d'un aquarium, en faisant se frôler (je n'y avais jamais pensé) dans sa conglomération, les pêcheurs et les filles du peuple contre les petites bourgeoises jalouses de ce luxe nouveau à Balbec, ce luxe que sinon la fortune, du moins l'avarice et la tradition interdisaient à

leurs parents, petites bourgeoises parmi lesquelles,
il y avait sûrement presque chaque soir Albertine
que je ne connaissais pas encore et qui sans doute
levait là quelque fillette qu'elle rejoignait quelques
minutes plus tard dans la nuit, sur le sable, ou
bien dans une cabine abandonnée, au pied de la
falaise. Puis c'était ma tristesse qui renaissait,
je venais d'entendre comme une condamnation
à l'exil le bruit de l'ascenseur qui, au lieu de
s'arrêter à mon étage, montait au-dessus. Pourtant la seule personne dont j'eusse pu souhaiter
la visite ne viendrait plus jamais, elle était morte.
Et malgré cela, quand l'ascenseur s'arrêtait à
mon étage, mon cœur battait, un instant je me
disais : « Si tout de même cela n'était qu'un
rêve ! C'est peut-être elle, elle va sonner, elle
revient, Françoise va entrer me dire avec plus
d'effroi que de colère — car elle est plus supers-
titieuse encore que vindicative et craindrait
moins la vivante que ce qu'elle croira peut-être
un revenant — : « Monsieur ne devinera jamais qui
est là. » J'essayais de ne penser à rien, de prendre
un journal. Mais la lecture m'était insupportable
de ces articles écrits par des gens qui n'éprouvent
pas de réelle douleur. D'une chanson insignifiante
l'un disait : « C'est à *pleurer* », tandis que moi je
l'aurais écoutée avec tant d'allégresse si Albertine
avait vécu. Un autre, grand écrivain cependant,
parce qu'il avait été acclamé à sa descente d'un
train, disait qu'il avait reçu là des témoignages
inoubliables, alors que moi, si maintenant je les

169

avais reçus, je n'y aurais même pas pensé un instant. Et un troisième assurait que, sans la fâcheuse politique, la vie de Paris serait « tout à fait délicieuse » alors que je savais bien que même sans politique cette vie ne pouvait m'être qu'atroce, et m'eût semblé délicieuse même avec la politique, si j'eusse retrouvé Albertine. Le chroniqueur cynégétique disait (on était au mois de mai) « Cette époque est vraiment douloureuse, disons mieux, sinistre, pour le vrai chasseur, car il n'y a rien, absolument rien à tirer », et le chroniqueur du « Salon » : « Devant cette manière d'organiser une exposition on se sent pris d'un immense découragement, d'une tristesse infinie... » Si la force de ce que je sentais me faisait paraître mensongères et pâles les expressions de ceux qui n'avaient pas de vrais bonheurs ou malheurs, en revanche les lignes les plus insignifiantes qui, de si loin que ce fût, pouvaient se rattacher ou à la Normandie, ou à la Touraine, ou aux établissements hydrothérapiques, ou à la Berma, ou à la princesse de Guermantes, ou à l'amour, ou à l'absence, ou à l'infidélité, remettaient brusquement devant moi, sans que j'eusse eu le temps de me détourner, l'image d'Albertine, et je me remettais à pleurer. D'ailleurs, d'habitude, ces journaux je ne pouvais même pas les lire, car le simple geste d'en ouvrir un me rappelait à la fois que j'en accomplissais de semblables quand Albertine vivait, et qu'elle ne vivait plus ; je les laissais retomber sans avoir la force de les déplier jusqu'au bout. Chaque

impression évoquait une impression identique
mais blessée parce qu'en avait été retranchée
l'existence d'Albertine, de sorte que je n'avais
jamais le courage de vivre jusqu'au bout ces
minutes mutilées. Même, quand peu à peu Albertine cessa d'être présente à ma pensée et toute-
puissante sur mon cœur, je souffrais tout d'un
coup s'il me fallait, comme au temps où elle était
là, entrer dans sa chambre, chercher de la lumière,
m'asseoir près du pianola. Divisée en petits dieux
familiers, elle habita longtemps la flamme de la
bougie, le bouton de la porte, le dossier d'une
chaise, et d'autres domaines plus immatériels
comme une nuit d'insomnie ou l'émoi que me
donnait la première visite d'une femme qui
m'avait plu. Malgré cela le peu de phrases que
mes yeux lisaient dans une journée ou que ma
pensée se rappelait avoir lues, excitaient souvent
en moi une jalousie cruelle. Pour cela elles avaient
moins besoin de me fournir un argument valable
en faveur de l'immoralité des femmes que de me
rendre une impression ancienne liée à l'existence
d'Albertine. Transporté alors dans un moment
oublié dont l'habitude d'y penser n'avait pas
pour moi émoussé la force, et où Albertine vivait
encore, ses fautes prenaient quelque chose de
plus voisin, de plus angoissant, de plus atroce.
Alors je me demandais s'il était certain que les
révélations de la doucheuse fussent fausses. Une
bonne manière de savoir la vérité serait d'envoyer
Aimé en Touraine, passer quelques jours dans le

voisinage de la villa de Mme Bontemps. Si Albertine aimait les plaisirs qu'une femme prend avec les femmes, si c'est pour n'être pas plus longtemps privée d'eux qu'elle m'avait quitté, elle avait dû, aussitôt libre, essayer de s'y livrer et y réussir, dans un pays qu'elle connaissait et où elle n'aurait pas choisi de se retirer si elle n'avait pas pensé y trouver plus de facilités que chez moi. Sans doute, il n'y avait rien d'extraordinaire à ce que la mort d'Albertine eût si peu changé mes préoccupations. Quand notre maîtresse est vivante, une grande partie des pensées qui forment ce que nous appelons notre amour nous viennent pendant les heures où elle n'est pas à côté de nous. Ainsi l'on prend l'habitude d'avoir pour objet de sa rêverie un être absent, et qui, même s'il ne le reste que quelques heures, pendant ces heures-là n'est qu'un souvenir. Aussi la mort ne change-t-elle pas grand'chose. Quand Aimé revint, je lui demandai de partir pour Châtellerault, et ainsi non seulement par mes pensées, mes tristesses, l'émoi que me donnait un nom relié de si loin. que ce fût à un certain être, mais encore par toutes mes actions, par les enquêtes auxquelles je procédais, par l'emploi que je faisais de mon argent tout entier destiné à connaître les actions d'Albertine, je peux dire que toute cette année-là ma vie resta remplie par un amour, par une véritable liaison. Et celle qui en était l'objet était une morte. On dit quelquefois qu'il peut subsister quelque chose d'un être après sa mort, si cet être

était un artiste et mettait un peu de soin dans son
œuvre. C'est peut-être de la même manière qu'une
sorte de bouture prélevée sur un être et greffée
au cœur d'un autre, continue à y poursuivre sa
vie, même quand l'être d'où elle avait été déta-
chée a péri. Aimé alla loger à côté de la villa de
Mme Bontemps ; il fit la connaissance d'une femme
de chambre, d'un loueur de voitures chez qui
Albertine allait souvent en prendre une pour la
journée. Les gens n'avaient rien remarqué. Dans
une seconde lettre, Aimé me disait avoir appris
d'une petite blanchisseuse de la ville qu'Albertine
avait une manière particulière de lui serrer le
bras quand celle-ci lui rapportait le linge. « Mais,
disait-elle, cette demoiselle ne lui avait jamais
fait autre chose. » J'envoyai à Aimé l'argent
qui payait son voyage, qui payait le mal qu'il
venait de me faire par sa lettre et cependant je
m'efforçais de le guérir en me disant que c'était
là une familiarité qui ne prouvait aucun désir
vicieux quand je reçus un télégramme d'Aimé :
« Ai appris les choses les plus intéressantes. Ai
plein de nouvelles pour prouver lettre suit. » Le
lendemain vint une lettre dont l'enveloppe suffit
à me faire frémir ; j'avais reconnu qu'elle était
d'Aimé, car chaque personne même la plus
humble a sous sa dépendance ces petits êtres
familiers à la fois vivants et couchés dans une
espèce d'engourdissement sur le papier, les caractères de son écriture que lui seul possède. « D'abord
la petite blanchisseuse n'a rien voulu me dire, elle

assurait que Mlle Albertine n'avait jamais fait que lui pincer le bras. Mais pour la faire parler je l'ai emmenée dîner, je l'ai fait boire. Alors elle m'a raconté que Mlle Albertine la rencontrait souvent au bord de la Loire, quand elle allait se baigner, que Mlle Albertine qui avait l'habitude de se lever de grand matin pour aller se baigner avait l'habitude de la retrouver au bord de l'eau, à un endroit où les arbres sont si épais que personne ne peut vous voir et d'ailleurs il n'y a personne qui peut vous voir à cette heure-là. Puis la blanchisseuse amenait ses petites amies et elles se baignaient et après, comme il faisait très chaud déjà là-bas et que ça tapait dur même sous les arbres, elles restaient dans l'herbe à se sécher, à jouer, à se caresser. La petite blanchisseuse m'a avoué qu'elle aimait beaucoup à s'amuser avec ses petites amies et que voyant Mlle Albertine qui se frottait toujours contre elle dans son peignoir, elle le lui avait fait enlever et lui faisait des caresses avec sa langue le long du cou et des bras, même sur la plante des pieds que Mlle Albertine lui tendait. La blanchisseuse se déshabillait aussi, et elles jouaient à se pousser dans l'eau; là elle ne m'a rien dit de plus, mais tout dévoué à vos ordres et voulant faire n'importe quoi pour vous faire plaisir, j'ai emmené coucher avec moi la petite blanchisseuse. Elle m'a demandé si je voulais qu'elle me fît ce qu'elle faisait à Mlle Albertine quand celle-ci ôtait son costume de bain. Et elle m'a dit : « Si vous aviez vu comme elle frétil-

lait, cette demoiselle, elle me disait : (ah ! tu me
mets aux anges) et elle était si énervée qu'elle ne
pouvait s'empêcher de me mordre. » J'ai vu encore
la trace sur le bras de la petite blanchisseuse. Et
je comprends le plaisir de Mlle Albertine car
cette petite-là est vraiment très habile. »

J'avais bien souffert à Balbec quand Albertine
m'avait dit son amitié pour Mlle Vinteuil. Mais
Albertine était là pour me consoler. Puis quand,
pour avoir trop cherché à connaître les actions d'Albertine, j'avais réussi à la faire partir de chez moi,
quand Françoise m'avait annoncé qu'elle n'était
plus là et que je m'étais trouvé seul, j'avais souffert
davantage. Mais du moins l'Albertine que j'avais
aimée restait dans mon cœur. Maintenant à sa
place — pour me punir d'avoir poussé plus loin
une curiosité à laquelle, contrairement à ce que
j'avais supposé, la mort n'avait pas mis fin —
ce que je trouvais c'était une jeune fille différente,
multipliant les mensonges et les tromperies, là
où l'autre m'avait si doucement rassuré en me
jurant n'avoir jamais connu ces plaisirs que, dans
l'ivresse de sa liberté reconquise, elle était partie
goûter jusqu'à la pâmoison, jusqu'à mordre cette
petite blanchisseuse qu'elle retrouvait au soleil
levant, sur le bord de la Loire et à qui elle disait :
« Tu me mets aux anges ». Une Albertine différente, non pas seulement dans le sens où nous
entendons le mot différent quand il s'agit des
autres. Si les autres sont différents de ce que
nous avons cru, cette différence ne nous atteignant

175

pas profondément, et le pendule de l'intuition ne pouvant projeter hors de lui qu'une oscillation égale à celle qu'il a exécutée dans le sens intérieur, ce n'est que dans les régions superficielles d'eux-mêmes que nous situons ces différences. Autrefois, quand j'apprenais qu'une femme aimait les femmes, elle ne me paraissait pas pour cela une femme autre, d'une essence particulière. Mais s'il s'agit d'une femme qu'on aime, pour se débarrasser de la douleur qu'on éprouve à l'idée que cela peut être, on cherche à savoir non seulement ce qu'elle a fait, mais ce qu'elle ressentait en le faisant, quelle idée elle avait de ce qu'elle faisait ; alors descendant de plus en plus avant, par la profondeur de la douleur, on atteint au mystère, à l'essence. Je souffrais jusqu'au fond de moi-même, jusque dans mon corps, dans mon cœur — bien plus que ne m'eût fait souffrir la peur de perdre la vie — de cette curiosité à laquelle collaboraient toutes les forces de mon intelligence et de mon inconscient ; et ainsi c'est dans les profondeurs mêmes d'Albertine que je projetais maintenant tout ce que j'apprenais d'elle. Et la douleur qu'avait ainsi fait pénétrer en moi à une telle profondeur la réalité du vice d'Albertine, me rendit bien plus tard un dernier office. Comme le mal que j'avais fait à ma grand'mère, le mal que m'avait fait Albertine fut un dernier lien entre elle et moi et qui survécut même au souvenir, car, avec la conservation d'énergie que possède tout ce qui est physique, la souffrance n'a

même pas besoin des leçons de la mémoire. Ainsi
un homme qui a oublié les belles nuits passées
au clair de lune dans les bois, souffre encore des
rhumatismes qu'il y a pris. Ces goûts niés par
elle et qu'elle avait, ces goûts dont la découverte
était venue à moi, non dans un froid raisonnement
mais dans la brûlante souffrance ressentie à la
lecture de ces mots : « Tu me mets aux anges »,
souffrance qui leur donnait une particularité
qualitative, ces goûts ne s'ajoutaient pas seulement à l'image d'Albertine comme s'ajoute
au bernard-l'ermite la coquille nouvelle qu'il
traîne après lui, mais bien plutôt comme un sel
qui entre en contact avec un autre sel, en change
la couleur, bien plus, la nature. Quand la petite
blanchisseuse avait dû dire à ses petites amies :
« Imaginez-vous, je ne l'aurais pas cru, eh bien,
la demoiselle c'en est une aussi » pour moi ce
n'était pas seulement un vice d'abord insoup-
çonné d'elles qu'elles ajoutaient à la personne
d'Albertine, mais la découverte qu'elle était une
autre personne, une personne comme elles, parlant
la même langue, ce qui en la faisant compatriote
d'autres, me la rendait encore plus étrangère à
moi, prouvait que ce que j'avais eu d'elle, ce que
je portais dans mon cœur, ce n'était qu'un tout
petit peu d'elle, et que le reste qui prenait tant
d'extension de ne pas être seulement cette chose
si mystérieusement importante, un désir individuel, mais de lui être commune avec d'autres, elle
me l'avait toujours caché, elle m'en avait tenu

à l'écart, comme une femme qui m'eût caché
qu'elle était d'un pays ennemi et espionne, et qui
même eût agi plus traîtreusement encore qu'une
espionne, car celle-ci ne trompe que sur sa natio-
nalité, tandis qu'Albertine c'était sur son humanité la plus profonde, sur ce qu'elle n'appartenait
pas à l'humanité commune, mais à une race
étrange qui s'y mêle, s'y cache et ne s'y fond
jamais. J'avais justement vu deux peintures
d'Elstir où dans un paysage touffu il y a des
femmes nues. Dans l'une d'elles, l'une des jeunes
filles lève le pied comme Albertine devait faire
quand elle l'offrait à la blanchisseuse. De l'autre
pied elle pousse à l'eau l'autre jeune fille qui gaiement résiste, la cuisse levée, son pied trempant
à peine dans l'eau bleue. Je me rappelais maintenant que la levée de la cuisse y faisait le même
méandre de cou de cygne avec l'angle du genou,
que faisait la chute de la cuisse d'Albertine
quand elle était à côté de moi sur le lit et j'avais
voulu souvent lui dire qu'elle me rappelait ces
peintures. Mais je ne l'avais pas fait pour ne pas
éveiller en elle l'image de corps nus de femmes.
Maintenant je la voyais à côté de la blanchisseuse
et de ses amies, recomposer le groupe que j'avais
tant aimé quand j'étais assis au milieu des amies
d'Albertine à Balbec. Et si j'avais été un amateur
sensible à la seule beauté j'aurais reconnu qu'Albertine le recomposait mille fois plus beau, maintenant que les élément en étaient les statues nues
de déesses comme celles que les grands sculpteurs

178

éparpillaient à Versailles sous les bosquets ou donnaient dans les bassins à laver et à polir aux caresses du flot. Maintenant je la voyais à côté de la blanchisseuse, jeunes filles au bord de l'eau, dans leur double nudité de marbres féminins au milieu d'une touffe de végétations et trempant dans l'eau comme des bas-reliefs nautiques. Me souvenant de ce qu'Albertine était sur mon lit, je croyais voir sa cuisse recourbée, je la voyais, c'était un col de cygne, il cherchait la bouche de l'autre jeune fille. Alors je ne voyais même plus une cuisse, mais le col hardi d'un cygne, comme celui qui dans une étude frémissante cherche la bouche d'une Léda qu'on voit dans toute la palpitation spécifique du plaisir féminin, parce qu'il n'y a qu'un cygne et qu'elle semble plus seule, de même qu'on découvre au téléphone les inflexions d'une voix qu'on ne distingue pas tant qu'elle n'est pas dissociée d'un visage où l'on objective son expression. Dans cette étude le plaisir au lieu d'aller vers la face qui l'inspire et qui est absente, remplacée par un cygne inerte, se concentre dans celle qui le ressent. Par instant la communication était interrompue entre mon cœur et ma mémoire. Ce qu'Albertine avait fait avec la blanchisseuse ne m'était plus signifié que par des abréviations quasi algébriques qui ne me représentaient plus rien ; mais cent fois par heure le courant interrompu était rétabli, et mon cœur était brûlé sans pitié par un feu d'enfer, tandis que je voyais Albertine ressuscitée par ma jalousie, vraiment vivante, se raidir sous les caresses de la petite blanchisseuse à qui elle disait : « Tu me mets aux anges ». Comme elle était vivante au moment où elle commettait ses fautes, c'est-à-dire au moment où moi-même je me trouvais, il ne suffisait pas de connaître cette faute, j'aurais voulu qu'elle sût que je la connaissais. Aussi, si dans ces moments-là je regrettais de penser que je ne la reverrais jamais, ce regret portait la marque de ma jalousie, et tout différent du regret déchirant des moments où je l'aimais, n'était que le regret de ne pas pouvoir lui dire : « Tu croyais que je ne saurais jamais ce que tu as fait après m'avoir quitté, eh bien je sais tout, la blanchisseuse au bord de la Loire, tu lui disais : « Tu me mets aux anges », j'ai vu la morsure. » Sans doute je me disais : « Pourquoi me tourmenter ? Celle qui a eu du plaisir avec la blanchisseuse n'est plus rien, donc n'était pas une personne dont les actions gardent de la valeur. Elle ne se dit pas que je sais. Mais elle ne se dit pas non plus que je ne sais pas puisqu'elle ne se dit rien. » Mais ce raisonnement me persuadait moins que la vue de son plaisir qui me ramenait au moment où elle l'avait éprouvé. Ce que nous sentons existe seul pour nous, et nous le projetons dans le passé, dans l'avenir, sans nous laisser arrêter par les barrières fictives de la mort. Si mon regret qu'elle fût morte subissait dans ces moments-là l'influence de ma jalousie et prenait cette forme si particulière, cette influence s'étendait à mes

180

rêves d'occultisme, d'immortalité qui n'étaient qu'un effort pour tâcher de réaliser ce que je désirais. Aussi à ces moments-là si j'avais pu réussir à l'évoquer en faisant tourner une table comme autrefois Bergotte croyait que c'était possible, ou à la rencontrer dans l'autre vie comme le pensait l'abbé X. je ne l'aurais souhaité que pour lui répéter : « Je sais pour la blanchisseuse. Tu lui disais : tu me mets aux anges, j'ai vu la morsure. » Ce qui vint à mon secours contre cette image de la blanchisseuse, ce fut — certes quand elle eut un peu duré — cette image elle-même parce que nous ne connaissons vraiment que ce qui est nouveau, ce qui introduit brusquement dans notre sensibilité un changement de ton qui nous frappe, ce à quoi l'habitude n'a pas encore substitué ses pâles fac-similés. Mais ce fut surtout ce fractionnement d'Albertine en de nombreux fragments, en de nombreuses Albertines, qui était son seul mode d'existence en moi. Des moments revinrent où elle n'avait été que bonne, ou intelligente, ou sérieuse, ou même aimant plus que tout les sports. Et ce fractionnement, n'était-il pas au fond juste qu'il me calmât ? Car s'il n'était pas en lui-même quelque chose de réel, s'il tenait à la forme successive des heures où elle m'était apparue forme qui restait celle de ma mémoire comme la courbure des projections de ma lanterne magique tenait à la courbure des verres colorés, ne représentait-il pas à sa manière une vérité, bien objective celle-là, à savoir que chacun de nous n'est pas un, mais contient de nombreuses personnes qui n'ont pas toutes la même valeur morale et que si Albertine vicieuse avait existé, cela n'empêchait pas qu'il y en eût eu d'autres, celle qui aimait à causer avec moi de Saint-Simon dans sa chambre, celle qui le soir où je lui avais dit qu'il fallait nous séparer avait dit si tristement : « Ce pianola, cette chambre, penser que je ne reverrai jamais tout cela » et, quand elle avait vu l'émotion que mon mensonge avait fini par me communiquer s'était écriée avec une pitié sincère : « Oh ! non, tout plutôt que de vous faire de la peine, c'est entendu je ne chercherai pas à vous revoir. » Alors je ne fus plus seul ; je sentis disparaître cette cloison qui nous séparait. Du moment que cette Albertine bonne était revenue, j'avais retrouvé la seule personne à qui je pusse demander l'antidote des souffrances qu'Albertine me causait. Certes je désirais toujours lui parler de l'histoire de la blanchisseuse, mais ce n'était plus en manière de cruel triomphe et pour lui montrer méchamment ce que je savais. Comme je l'aurais fait si Albertine avait été vivante, je lui demandai tendrement si l'histoire de la blanchisseuse était vraie. Elle me jura que non, qu'Aimé n'était pas très véridique et que, voulant paraître avoir bien gagné l'argent que je lui avais donné, il n'avait pas voulu revenir bredouille et avait fait dire ce qu'il avait voulu à la blanchisseuse. Sans doute Albertine n'avait cessé de me mentir. Pourtant dans le flux et le reflux de ses

contradictions, je sentais qu'il y avait **eu une**
certaine progression à moi due. Qu'elle ne m'eût
même pas fait, au début, des confidences (peut-
être, il est vrai, involontaires dans une phrase
qui échappe) je n'en eusse pas juré. **Je ne me**
rappelais plus. Et puis elle avait de si bizarres
façons d'appeler certaines choses, que cela pouvait
signifier cela ou non, mais le sentiment qu'elle
avait eu de ma jalousie l'avait ensuite portée à
rétracter avec horreur ce qu'elle avait d'abord
complaisamment avoué. D'ailleurs Albertine
n'avait même pas besoin de me dire cela. Pour
être persuadé de son innocence il me suffisait de
l'embrasser, et je le pouvais maintenant qu'était
tombée la cloison qui nous séparait, pareille à
celle impalpable et résistante qui après une
brouille s'élève entre deux amoureux et contre
laquelle se briseraient les baisers. Non, elle n'avait
besoin de rien me dire. Quoi qu'elle eût fait, quoi
qu'elle eût voulu la pauvre petite, il y avait des
sentiments en lesquels, par-dessus ce qui nous
divisait, nous pouvions nous unir. Si l'histoire
était vraie, et si Albertine m'avait caché ses
goûts, c'était pour ne pas me faire du chagrin.
J'eus la douceur de l'entendre dire à cette
Albertine-là. D'ailleurs en avais-je jamais connu
une autre ? Les deux plus grandes causes d'erreur
dans nos rapports avec un autre être sont, avoir soi-
même bon cœur, ou bien, cet autre être, l'aimer. On
aime sur un sourire, sur un regard, sur une épaule.
Cela suffit ; alors dans les longues **heures d'espé-**

rance ou de tristesse, on fabrique une personne,
on compose un caractère. Et quand plus tard on
fréquente la personne aimée on ne peut pas plus,
devant quelque cruelle réalité qu'on soit placé,
ôter ce caractère bon, cette nature de femme nous
aimant, à l'être qui a tel regard, telle. épaule,
que nous ne pouvons quand elle vieillit, ôter son
premier visage à une personne que nous connaissons depuis sa jeunesse. J'évoquai le beau regard
bon et pitoyable de cette Albertine-là, ses grosses
joues, son cou aux larges grains. C'était l'image
d'une morte, mais, comme cette morte vivait,
il me fut aisé de faire immédiatement ce que
j'eusse fait infailliblement si elle avait été auprès
de moi de son vivant (ce que je ferais si je devais
jamais la retrouver dans une autre vie), je lui
pardonnai.

Les instants que j'avais vécus auprès de cette
Albertine-là m'étaient si précieux que j'eusse
voulu n'en avoir laissé échapper aucun. Or parfois, comme on rattrape les bribes d'une fortune
dissipée, j'en retrouvais qui avaient semblé perdus : en nouant un foulard derrière mon cou au
lieu de devant, je me rappelai une promenade à
laquelle je n'avais jamais repensé et où, pour que
l'air froid ne pût pas venir sur ma gorge, Albertine
me l'avait arrangé de cette manière après m'avoir
embrassé. Cette promenade si simple, restituée
à ma mémoire par un geste si humble, me fit le
plaisir de ces objets intimes ayant appartenu à
une morte chérie que nous rapporte la vieille

femme de chambre et qui ont tant de prix pour
nous ; mon chagrin s'en trouvait enrichi, et d'autant plus que ce foulard je n'y avais jamais
repensé.

Maintenant Albertine, lâchée de nouveau, avait
repris son vol ; des hommes, des femmes la suivaient. Elle vivait en moi. Je me rendais compte
que ce grand amour prolongé pour Albertine,
était comme l'ombre du sentiment que j'avais
eu pour elle, en reproduisait les diverses parties
et obéissait aux mêmes lois que la réalité sentimentale qu'il reflétait au delà de la mort. Car je
sentais bien que si je pouvais entre mes pensées
pour Albertine mettre quelque intervalle, d'autre
part, si j'en avais mis trop, je ne l'aurais plus
aimée ; elle me fût par cette coupure devenue
indifférente, comme me l'était maintenant ma
grand'mère. Trop de temps passé sans penser à
elle eût rompu dans mon souvenir la continuité
qui est le principe même de la vie, qui pourtant peut se ressaisir après un certain intervalle
de temps. N'en avait-il pas été ainsi de mon
amour pour Albertine quand elle vivait, lequel
avait pu se renouer après un assez long intervalle
dans lequel j'étais resté sans penser à elle ? Or
mon souvenir devait obéir aux mêmes lois, ne
pas pouvoir supporter de plus longs intervalles,
car il ne faisait, comme une aurore boréale, que
refléter après la mort d'Albertine le sentiment
que j'avais eu pour elle, il était comme l'ombre
de mon amour.

D'autres fois mon chagrin prenait tant de formes que parfois je ne le reconnaissais plus ; je souhaitais d'avoir un grand amour, je voulais chercher une personne qui vivrait auprès de moi, cela me semblait le signe que je n'aimais plus Albertine quand c'était celui que je l'aimais toujours ; car le besoin d'éprouver un grand amour n'était, tout autant que le désir d'embrasser les grosses joues d'Albertine, qu'une partie de mon regret. C'est quand je l'aurais oubliée, que je pourrais trouver plus sage, plus heureux de vivre sans amour. Ainsi le regret d'Albertine, parce que c'était lui qui faisait naître en moi le besoin d'une sœur, le rendait inassouvissable. Et au fur et à mesure que mon regret d'Albertine s'affaiblirait, le besoin d'une sœur, lequel n'était qu'une forme inconsciente de ce regret, deviendrait moins impérieux. Et pourtant ces deux reliquats de mon amour ne suivirent pas dans leur décroissance une marche également rapide. Il y avait des heures où j'étais décidé à me marier, tant le premier subissait une profonde éclipse, le second au contraire gardant une grande force. Et en revanche plus tard mes souvenirs jaloux s'étant éteints, tout d'un coup parfois une tendresse me remontait au cœur pour Albertine, et alors, pensant à mes amours pour d'autres femmes, je me disais qu'elle les aurait compris, partagés — et son vice devenait comme une cause d'amour. Parfois ma jalousie renaissait dans des moments où je ne me souvenais plus d'Albertine, bien que ce fût

186

d'elle alors que j'étais jaloux. Je croyais l'être
d'Andrée à propos de qui on m'apprit à ce moment-là une aventure qu'elle avait. Mais Andrée
n'était pour moi qu'un prête-nom, qu'un chemin
de raccord, qu'une prise de courant qui me reliait
indirectement à Albertine. C'est ainsi qu'en rêve
on donne un autre visage, un autre nom, à une
personne sur l'identité profonde de laquelle on
ne se trompe pas pourtant. En somme, malgré
les flux et les reflux qui contrariaient dans ces
cas particuliers cette loi générale, les sentiments
que m'avait laissés Albertine eurent plus de peine
à mourir que le souvenir de leur cause première.
Non seulement les sentiments, mais les sensations.
Différent en cela de Swann qui, lorsqu'il avait
commencé à ne plus aimer Odette, n'avait même
plus pu recréer en lui la sensation de son amour, je
me sentais encore revivant un passé qui n'était
plus que l'histoire d'un autre ; mon moi en quelque
sorte mi-partie, tandis que son extrémité supérieure était déjà dure et refroidie, brûlait encore
à sa base chaque fois qu'une étincelle y refaisait
passer l'ancien courant, même quand depuis
longtemps mon esprit avait cessé de concevoir
Albertine. Et aucune image d'elle n'accompa-
gnant les palpitations cruelles, les larmes qu'apportaient à mes yeux un vent froid soufflant
comme à Balbec sur les pommiers déjà roses,
j'en arrivais à me demander si la renaissance de
ma douleur n'était pas due à des causes toutes
pathologiques et si ce que je prenais pour la revi-

187

viscence d'un souvenir et la dernière période d'un amour, n'était pas plutôt le début d'une maladie de cœur.

Il y a dans certaines affections des accidents secondaires que le malade est trop porté à confondre avec la maladie elle-même. Quand ils cessent, il est étonné de se trouver moins éloigné de la guérison qu'il n'avait cru. Telle avait été la souffrance causée — la complication amenée — par les lettres d'Aimé relativement à l'établissement de douches et à la petite blanchisseuse. Mais un médecin de l'âme qui m'eût visité eût trouvé que, pour le reste, mon chagrin lui-même allait mieux. Sans doute en moi, comme j'étais un homme, un de ces êtres amphibies qui sont simultanément plongés dans le passé et dans la réalité actuelle, il existait toujours une contradiction entre le souvenir vivant d'Albertine et la connaissance que j'avais de sa mort. Mais cette contradiction était en quelque sorte l'inverse de ce qu'elle était autrefois. L'idée qu'Albertine était morte, cette idée qui les premiers temps venait battre si furieusement en moi l'idée qu'elle était vivante, que j'étais obligé de me sauver devant elle comme les enfants à l'arrivée de la vague, cette idée de sa mort, à la faveur même de ces assauts incessants, avait fini par conquérir en moi la place qu'y occupait récemment encore l'idée de sa vie. Sans que je m'en rendisse compte, c'était maintenant cette idée de la mort d'Albertine — non plus le souvenir présent de sa vie —

188

qui faisait pour la plus grande partie le fond de
mes inconscientes songeries, de sorte que si je
les interrompais tout à coup pour réfléchir sur
moi-même, ce qui me causait de l'étonnement,
ce n'était pas, comme les premiers jours, qu'Albertine si vivante en moi pût n'exister plus sur la
terre, pût être morte, mais qu'Albertine, qui
n'existait plus sur la terre, qui était morte, fût
restée si vivante en moi. Maçonné par la conti-
guité des souvenirs qui se suivent l'un l'autre,
le noir tunnel, sous lequel ma pensée rêvassait
depuis trop longtemps pour qu'elle prît même
plus garde à lui, s'interrompait brusquement d'un
intervalle de soleil, laissant voir au loin un univers
souriant et bleu où Albertine n'était plus qu'un
souvenir indifférent et plein de charme. Est-ce
celle-là, me disais-je, qui est la vraie, ou bien
l'être qui, dans l'obscurité où je roulais depuis
si longtemps, me semblait la seule réalité ? Le
personnage que j'avais été il y a si peu de temps
encore et qui ne vivait que dans la perpétuelle
attente du moment où Albertine viendrait lui
dire bonsoir et l'embrasser, une sorte de multiplication de moi-même me faisait paraître ce
personnage comme n'étant plus qu'une faible
partie, à demi dépouillée de moi, et comme une
fleur qui s'entr'ouvre j'éprouvais la fraîcheur
rajeunissante d'une exfoliation. Au reste ces
brèves illuminations ne me faisaient peut-être
que mieux prendre conscience de mon amour
pour Albertine, comme il arrive pour toutes les

idées trop constantes qui ont besoin d'une oppo-
sition pour s'affirmer. Ceux qui ont vécu pendant
la guerre de 1870 par exemple disent que l'idée
de la guerre avait fini par leur sembler naturelle
non parce qu'ils ne pensaient pas assez à la guerre,
mais parce qu'ils y pensaient toujours. Et pour
comprendre combien c'est un fait étrange et
considérable que la guerre, il fallait, quelque
chose les arrachant à leur obsession permanente,
qu'ils oubliassent un instant que la guerre régnait,
se retrouvassent pareils à ce qu'ils étaient quand
on était en paix, jusqu'à ce que tout à coup sur
le blanc momentané se détachât enfin distincte
la réalité monstrueuse que depuis longtemps ils
avaient cessé de voir, ne voyant pas autre chose
qu'elle.

Si encore ce retrait en moi des différents souvenirs d'Albertine s'était au moins fait, non pas
par échelons, mais simultanément, également, de
front, sur toute la ligne de ma mémoire, les souvenirs de ses trahisons s'éloignant en même temps
que ceux de sa douceur, l'oubli m'eût apporté de
l'apaisement. Il n'en était pas ainsi. Comme sur
une plage où la marée descend irrégulièrement,
j'étais assailli par la morsure de tel de mes soupçons, quand déjà l'image de sa douce présence
était retirée trop loin de moi pour pouvoir m'apporter son remède. Pour les trahisons j'en avais
souffert, parce qu'en quelque année lointaine
qu'elles eussent eu lieu, pour moi elles n'étaient
pas anciennes ; mais j'en souffris moins quand

elles le devinrent, c'est-à-dire quand je me les représentai moins vivement, car l'éloignement d'une chose est proportionné plutôt à la puissance visuelle de la mémoire qui regarde, qu'à la distance réelle des jours écoulés, comme le souvenir d'un rêve de la dernière nuit qui peut nous paraître plus lointain dans son imprécision et son efface-ment, qu'un événement qui date de plusieurs années. Mais bien que l'idée de la mort d'Alber-tine fît des progrès en moi, le reflux de la sensation qu'elle était vivante, s'il ne les arrêtait pas, les contrecarrait cependant et empêchait qu'ils fussent réguliers. Et je me rends compte maintenant que pendant cette période là (sans doute à cause de cet oubli des heures où elle avait été cloîtrée chez moi, et qui, à force d'effacer chez moi la souffrance de fautes qui me semblaient presque indifférentes parce que je savais qu'elle ne les commettait pas, étaient devenues comme autant de preuves d'innocence), j'eus le martyre de vivre habituellement avec une idée tout aussi nouvelle que celle qu'Albertine était morte (jusque-là je partais toujours de l'idée qu'elle était vivante) avec une idée que j'aurais cru tout aussi impossible à supporter et qui, sans que je m'en aperçusse, formait peu à peu le fond de ma conscience, s'y substituait à l'idée qu'Albertine était innocente ; c'était l'idée qu'elle était coupable. Quand je croyais douter d'elle, je croyais au contraire en elle ; de même je pris pour point de départ de mes autres idées, la certitude — souvent démentie !

191

comme l'avait été l'idée contraire — la certitude de sa culpabilité, tout en m'imaginant que je doutais encore. Je dus souffrir beaucoup pendant cette période-là, mais je me rends compte qu'il fallait que ce fût ainsi. On ne guérit d'une souffrance qu'à condition de l'éprouver pleinement En protégeant Albertine de tout contact, en me forgeant l'illusion qu'elle était innocente, aussi bien que plus tard en prenant pour base de mes raisonnements la pensée qu'elle vivait, je ne faisais que retarder l'heure de la guérison, parce que je retardais les longues heures qui devaient se dérouler préalablement à la fin des souffrances nécessaires. Or sur ces idées de la culpabilité d'Albertine, l'habitude, quand elle s'exercerait, le ferait suivant les mêmes lois que j'avais déjà éprouvées au cours de ma vie. De même que le nom de Guermantes avait perdu la signification et le charme d'une route bordée de fleurs aux grappes violettes et rougeâtres et du vitrail de Gilbert le Mauvais, la présence d'Albertine, celle des vallonnements bleus de la mer, les noms de Swann, du lift, de la princesse de Guermantes et de tant d'autres tout ce qu'ils avaient signifié pour moi, ce charme et cette signification laissant en moi un simple mot qu'ils trouvaient assez grand pour vivre tout seul, comme quelqu'un qui vient mettre en train un serviteur, le mettra au courant, et après quelques semaines se retire, de même la connaissance douloureuse de la culpabilité d'Albertine serait renvoyée hors de moi

192

par l'habitude. D'ailleurs d'ici là, comme au cours d'une attaque faite de deux côtés à la fois, dans cette action de l'habitude deux alliés se prêteraient réciproquement main forte. C'est parce que cette idée de culpabilité d'Albertine deviendrait pour moi une idée plus probable, plus habituelle, qu'elle deviendrait moins douloureuse. Mais d'autre part, parce qu'elle serait moins douloureuse, les objections faites à la certitude de cette culpabilité et qui n'étaient inspirées à mon intelligence que par mon désir de ne pas trop souffrir tomberaient une à une, et chaque action précipitant l'autre, je passerais assez rapidement de la certitude de l'innocence d'Albertine à la certitude de sa culpabilité. Il fallait que je vécusse avec l'idée de la mort d'Albertine, avec l'idée de ses fautes, pour que ces idées me devinssent habituelles, c'est-à-dire pour que je pusse oublier ces idées et enfin oublier Albertine elle-même.

Je n'en étais pas encore là. Tantôt c'était ma mémoire rendue plus claire par une excitation intellectuelle, — telle une lecture, — qui renouvelait mon chagrin, d'autres fois c'était au contraire mon chagrin qui était soulevé par exemple par l'angoisse d'un temps orageux qui portait plus haut, plus près de la lumière, quelque souvenir de notre amour.

D'ailleurs ces reprises de mon amour pour Albertine morte pouvaient se produire après un intervalle d'indifférence semé d'autres curiosités,

193

comme après le long intervalle qui avait commencé
après le baiser refusé de Balbec et pendant lequel
je m'étais bien plus soucié de Mme de Guermantes,
d'Andrée, de Mlle de Stermaria ; il avait repris
quand j'avais recommencé à la voir souvent. Or
même maintenant des préoccupations différentes
pouvaient réaliser une séparation — d'avec une
morte, cette fois — où elle me devenait plus indifférente. Et même plus tard quand je l'aimai
moins, cela resta pourtant pour moi un de ces
désirs dont on se fatigue vite, mais qui reprennent quand on les a laissés reposer quelque
temps. Je poursuivais une vivante, puis une
autre, puis je revenais à ma morte. Souvent
c'était dans les parties les plus obscures de moi-
même, quand je ne pouvais plus me former
aucune idée nette d'Albertine, qu'un nom venait
par hasard exciter chez moi des réactions douloureuses que je ne croyais plus possibles, comme
ces mourants chez qui le cerveau ne pense plus
et dont on fait se contracter un membre en y
enfonçant une aiguille. Et, pendant de longues
périodes, ces excitations se trouvaient m'arriver
si rarement que j'en venais à rechercher moi-
même les occasions d'un chagrin, d'une crise de
jalousie, pour tâcher de me rattacher au passé,
de mieux me souvenir d'elle. Comme le regret
d'une femme n'est qu'un amour reviviscent et
reste soumis aux mêmes lois que lui, la puissance
de mon regret était accrue par les mêmes causes
qui du vivant d'Albertine eussent augmenté mon

194

amour pour elle et au premier rang desquelles
avaient toujours figuré la jalousie et la douleur.
Mais le plus souvent ces occasions — car une
maladie, une guerre, peuvent durer bien au delà
de ce que la sagesse la plus prévoyante avait
supputé — naissaient à mon insu et me causaient
des chocs si violents que je songeais bien plus
à me protéger contre la souffrance qu'à leur
demander un souvenir.

D'ailleurs un mot n'avait même pas besoin,
comme Chaumont, de se rapporter à un soupçon
(même une syllabe commune à deux noms différents suffisait à ma mémoire — comme à un
électricien qui se contente du moindre corps
bon conducteur — pour rétablir le contact entre
Albertine et mon cœur) pour qu'il réveillât ce
soupçon, pour être le mot de passe, le magnifique
sésame entr'ouvrant la porte d'un passé dont
on ne tenait plus compte parce que, ayant assez
de le voir, à la lettre on ne le possédait plus ;
on avait été diminué de lui, on avait cru de par
cette ablation sa propre personnalité changée en
sa forme, comme une figure qui perdrait avec un
angle un côté ; certaines phrases par exemples où
il y avait le nom d'une rue, d'une route, où Albertine avait pu se trouver, suffisaient pour incarner
une jalousie virtuelle, inexistante, à la recherche
d'un corps, d'une demeure, de quelque fixa-
tion matérielle, de quelque réalisation particulière. Souvent c'était tout simplement pendant
mon sommeil que par ces « reprises », ces « da capo »

du rêve qui tournent d'un seul coup plusieurs
pages de la mémoire, plusieurs feuillets du calen-
drier, me ramenaient, me faisaient rétrograder
à une impression douloureuse mais ancienne, qui
depuis longtemps avait cédé la place à d'autres
et qui redevenait présente. D'habitude, elle
s'accompagnait de toute une mise en scène maladroite, mais saisissante qui, me faisant illusion,
mettait sous mes yeux, faisait entendre à mes
oreilles ce qui désormais datait de cette nuit-là.
D'ailleurs dans l'histoire d'un amour et de ses
luttes contre l'oubli, le rêve ne tient-il pas une
place plus grande même que la veille, lui qui ne
tient pas compte des divisions infinitésimales du
temps, supprime les transitions, oppose les grands
contrastes, défait en un instant le travail de
consolation si lentement tissé pendant le jour et
nous ménage, la nuit, une rencontre avec celle
que nous aurions fini par oublier à condition
toutefois de ne pas la revoir ? Car quoi qu'on dise,
nous pouvons avoir parfaitement en rêve l'impression que ce qui se passe est réel. Cela ne serait
impossible que pour des raisons tirées de notre
expérience qui à ce moment-là nous est cachée.
De sorte que cette vie invraisemblable nous semble
vraie. Parfois, par un défaut d'éclairage intérieur
lequel, vicieux, faisait manquer la pièce, mes souvenirs bien mis en scène me donnant l'illusion
de la vie, je croyais vraiment avoir donné rendez-
vous à Albertine, la retrouver ; mais alors je me
sentais incapable de marcher vers elle, de proférer

les mots que je voulais lui dire, de rallumer pour
la voir le flambeau qui s'était éteint, impossibi-
lités qui étaient simplement dans mon rêve l'immo-
bilité, le mutisme, la cécité du dormeur — comme
brusquement on voit dans la projection manquée
d'une lanterne magique une grande ombre, qui
devrait être cachée, effacer la silhouette des personnages et qui est celle de la lanterne elle-même,
ou celle de l'opérateur. D'autres fois Albertine se
trouvait dans mon rêve, et voulait de nouveau
me quitter, sans que sa résolution parvînt à
m'émouvoir. C'est que de ma mémoire avait pu
filtrer dans l'obscurité de mon sommeil un rayon
avertisseur et ce qui logé en Albertine ôtait à ses
actes futurs, au départ qu'elle annonçait, toute
importance, c'était l'idée qu'elle était morte.
Souvent ce souvenir qu'Albertine était morte se
combinait sans la détruire avec la sensation
qu'elle était vivante. Je causais avec elle ; pendant que je parlais, ma grand'mère allait et
venait dans le fond de la chambre. Une partie
de son menton était tombé en miettes comme
un marbre rongé, mais je ne trouvais à cela rien
d'extraordinaire. Je disais à Albertine que j'aurais
des questions à lui poser relativement à l'établissement de douches de Balbec et à une certaine
blanchisseuse de Touraine, mais je remettais cela
à plus tard puisque nous avions tout le temps et
que rien ne pressait plus. Elle me promettait
qu'elle ne faisait rien de mal et qu'elle avait
seulement la veille embrassé sur les lèvres Mlle Vin-

teuil. « Comment ? elle est ici ? — Oui, il est même temps que je vous quitte, car je dois aller la voir tout à l'heure. » Et comme, depuis qu'Albertine était morte, je ne la tenais plus prisonnière chez moi comme dans les derniers temps de sa vie, sa visite à Mlle Vinteuil m'inquiétait. Je ne voulais pas le laisser voir. Albertine me disait qu'elle n'avait fait que l'embrasser, mais elle devait recommencer à mentir comme au temps où elle niait tout. Tout à l'heure elle ne se contenterait probablement pas d'embrasser Mlle Vinteuil. Sans doute à un certain point de vue j'avais tort de m'en inquiéter ainsi, puisque, à ce qu'on dit, les morts ne peuvent rien sentir, rien faire. On le dit, mais cela n'empêchait pas que ma grand'mère qui était morte continuait pourtant, à vivre depuis plusieurs années, et en ce moment allait et venait dans la chambre. Et sans doute, une fois que j'étais réveillé, cette idée d'une morte qui continue à vivre aurait dû me devenir aussi impossible à comprendre qu'elle me l'est à expliquer. Mais je l'avais déjà formée tant de fois au cours de ces périodes passagères de folie que sont nos rêves, que j'avais fini par me familiariser avec elle ; la mémoire des rêves peut devenir durable, s'ils se répètent assez souvent. Et longtemps après mon rêve fini, je restais tourmenté de ce baiser qu'Albertine m'avait dit avoir donné en des paroles que je croyais entendre encore. Et en effet, elles avaient dû passer bien près de mes oreilles puisque c'était moi-même qui les avais prononcées.

ALBERTINE DISPARUE

Toute la journée, je continuais à causer avec Albertine, je l'interrogeais, je lui pardonnais, je réparais l'oubli des choses que j'avais toujours voulu lui dire pendant sa vie. Et tout d'un coup j'étais effrayé de penser qu'à l'être invoqué par la mémoire à qui s'adressaient tous ces propos, aucune réalité ne correspondait plus, qu'étaient détruites les différentes parties du visage auxquelles la poussée continue de la volonté de vivre, aujourd'hui anéantie, avait seule donné l'unité d'une personne. D'autres fois, sans que j'eusse rêvé, dès mon réveil, je sentais que le vent avait tourné en moi ; il soufflait froid et continu d'une autre direction venue du fond du passé, me rapportant la sonnerie d'heures lointaines, des sifflements de départ que je n'entendais pas d'habitude. Un jour j'essayai de prendre un livre, un roman de Bergotte, que j'avais particulièrement aimé. Les personnages sympathiques m'y plaisaient beaucoup, et bien vite, repris par le charme du livre, je me mis à souhaiter comme un plaisir personnel que la femme méchante fût punie ; mes yeux se mouillèrent quand le bonheur des fiancés fut assuré. « Mais alors, m'écriai-je avec désespoir, de ce que j'attache tant d'importance à ce qu'a pu faire Albertine, je ne peux pas conclure que sa personnalité est quelque chose de réel qui ne peut être aboli, que je la retrouverai un jour pareille au ciel, si j'appelle de tant de vœux, attends avec tant d'impatience, accueille avec tant de larmes le succès d'une personne qui n'a jamais existé que dans l'imagination de Bergotte, que je n'ai jamais vue, dont je suis libre de me figurer à mon gré le visage ! » D'ailleurs, dans ce roman, il y avait des jeunes filles séduisantes, des correspondances amoureuses, des allées désertes où l'on se rencontre, cela me rappelait qu'on peut aimer clandestinement, cela réveillait ma jalousie, comme si Albertine avait encore pu se promener dans des allées désertes. Et il y était aussi question d'un homme qui revoit après cinquante ans une femme qu'il a aimée jeune, ne la reconnaît pas, s'ennuie auprès d'elle. Et cela me rappelait que l'amour ne dure pas toujours et me bouleversait comme si j'étais destiné à être séparé d'Albertine et à la retrouver avec indifférence dans mes vieux jours. Si j'apercevais une carte de France mes yeux effrayés s'arrangeaient à ne pas rencontrer la Touraine pour que je ne fusse pas jaloux, et, pour que je ne fusse pas malheureux, la Normandie où étaient marqués au moins Balbec et Doncières, entre lesquels je situais tous ces chemins que nous avions couverts tant de fois ensemble. Au milieu d'autres noms de villes ou de villages de France, noms qui n'étaient que visibles ou audibles, le nom de Tours par exemple semblait composé différemment, non plus d'images immatérielles, mais de substances vénéneuses qui agissaient de façon immédiate sur mon cœur dont elles accéléraient et rendaient douloureux les battements. Et si cette force s'étendait jusqu'à certains noms, devenus par elle si différents des autres, comment en restant plus près de moi, en me bornant à Albertine elle-même, pouvais-je m'étonner, qu'émanant d'une fille probablement pareille à toute autre, cette force irrésistible sur moi, et pour la production de laquelle n'importe quelle autre femme eût pu servir, eût été le résultat d'un enchevêtrement et de la mise en contact de rêves, de désirs, d'habitudes, de tendresses, avec l'interférence requise de souffrances et de plaisirs alternés ? Et cela continuait après sa mort, la mémoire suffisant à entretenir la vie réelle, qui est mentale. Je me rappelais Albertine descendant de wagon et me disant qu'elle avait envie d'aller à Saint-Martin le Vêtu, et je la revoyais aussi avec son polo abaissé sur ses joues, je retrouvais des possibilités de bonheur, vers lesquelles je m'élançais me disant : « Nous aurions pu aller ensemble jusqu'à Incarville, jusqu'à Doncières. » Il n'y avait pas une station près de Balbec où je ne la revisse, de sorte que cette terre, comme un pays mythologique conservé, me rendait vivantes et cruelles les légendes les plus anciennes, les plus charmantes, les plus effacées par ce qui avait suivi de mon amour. Ah ! quelle souffrance s'il me fallait jamais coucher à nouveau dans ce lit de Balbec autour du cadre de cuivre duquel, comme autour d'un pivot immuable, d'une barre fixe, s'était déplacée, avait évolué ma vie, appuyant successivement à lui de gaies conversations avec ma grand' mère, l'horreur de sa mort, les douces caresses

d'Albertine, la découverte de son vice, et maintenant une vie nouvelle où, apercevant les bibliothèques vitrées où se reflétait la mer, je savais
qu'Albertine n'entrerait jamais plus ! N'était-il
pas, cet hôtel de Balbec, comme cet unique décor
de maison des théâtres de province, où l'on joue
depuis des années les pièces les plus différentes,
qui a servi pour une comédie, pour une première
tragédie, pour une deuxième, pour une pièce
purement poétique, cet hôtel qui remontait déjà
assez loin dans mon passé. Le fait que cette seule
partie restât toujours la même, avec ses murs,
ses bibliothèques, sa glace, au cours de nouvelles
époques de ma vie, me faisait mieux sentir que
dans le total, c'était le reste, c'était moi-même
qui avais changé, et me donnait ainsi cette
impression que les mystères de la vie, de l'amour,
de la mort, auxquels les enfants croient dans leur
optimisme ne pas participer, ne sont pas des
parties réservées, mais qu'on s'aperçoit avec une
douloureuse fierté qu'ils ont fait corps au cours
des années avec notre propre vie.

J'essayais parfois de prendre les journaux.
Mais la lecture m'en était odieuse, et de plus elle
n'était pas inoffensive. En effet, en nous de chaque
idée, comme d'un carrefour dans une forêt,
partent tant de routes différentes, qu'au moment
où je m'y attendais le moins je me trouvais
devant un nouveau souvenir. Le titre de la mélodie
de Fauré *le Secret* m'avait mené au « secret du
Roi » du duc de Broglie, le nom de Broglie à celui

de Chaumont, ou bien le mot de Vendredi Saint m'avait fait penser au Golgotha, le Golgotha à l'étymologie de ce mot qui paraît l'équivalent de *Calvus mons*, Chaumont. Mais, par quelque chemin que je fusse arrivé à Chaumont, à ce moment j'étais frappé d'un choc si cruel que dès lors je ne pensais plus qu'à me garer contre la douleur. Quelques instants après le choc, l'intelligence qui comme le bruit du tonnerre, ne voyage pas aussi vite, m'en apportait la raison. Chaumont m'avait fait penser aux Buttes-Chaumont où Mme Bontemps m'avait dit qu'Andrée allait souvent avec Albertine, tandis qu'Albertine m'avait dit n'avoir jamais vu les Buttes-Chaumont. A partir d'un certain âge nos souvenirs sont tellement entrecroisés les uns avec les autres que la chose à laquelle on pense, le livre qu'on lit n'a presque plus d'importance. On a mis de soi-même partout, tout est fécond, tout est dangereux, et on peut faire d'aussi précieuses découvertes que dans les *Pensées* de Pascal dans une réclame pour un savon.

Sans doute un fait comme celui des Buttes-Chaumont qui à l'époque m'avait paru futile, était en lui-même, contre Albertine, bien moins grave, moins décisif que l'histoire de la doucheuse ou de la blanchisseuse. Mais d'abord un souvenir qui vient fortuitement à nous trouve en nous une puissance intacte d'imaginer, c'est-à-dire dans ce cas de souffrir, que nous avons usée en partie quand c'est nous au contraire qui avons volon-

tairement appliqué notre esprit à recréer un souvenir. Mais ces derniers (les souvenirs concernant la
doucheuse et la blanchisseuse) toujours présents
quoique obscurcis dans ma mémoire, comme ces
meubles placés dans la pénombre d'une galerie et
auxquels, sans les distinguer on évite pourtant de
se cogner, je m'étais habitué à eux. Au contraire il
y avait longtemps que je n'avais pensé aux Buttes-
Chaumont, ou par exemple au regard d'Albertine
dans la glace du casino de Balbec, ou au retard
inexpliqué d'Albertine le soir où je l'avais tant
attendue après la soirée Guermantes, à toutes
ces parties de sa vie qui restaient hors de mon
cœur et que j'aurais voulu connaître pour qu'elles
pussent s'assimiler, s'annexer à lui, y rejoindre
les souvenirs plus doux qu'y formaient une Albertine intérieure et vraiment possédée. Soulevant
un coin du voile lourd de l'habitude (l'habitude
abêtissante qui pendant tout le cours de notre
vie nous cache à peu près tout l'univers, et dans
une nuit profonde, sous leur étiquette inchangée,
substitue aux poisons les plus dangereux ou les
plus enivrants de la vie, quelque chose d'anodin
qui ne procure pas de délices), un tel souvenir me
revenait comme au premier jour avec cette fraîche
et perçante nouveauté d'une saison reparaissante,
d'un changement dans la routine de nos heures,
qui, dans le domaine des plaisirs aussi, si nous
montons en voiture par un premier beau jour de
printemps, ou sortons de chez nous au lever du
soleil, nous font remarquer nos actions insigni-

fiantes avec une exaltation lucide qui fait prévaloir cette intense minute sur le total des jours
antérieurs. Je me retrouvais au sortir de la soirée
chez la princesse de Guermantes attendant l'arrivée d'Albertine. Les jours anciens recouvrent
peu à peu ceux qui les ont précédés, sont eux-
mêmes ensevelis sous ceux qui les suivent. Mais
chaque jour ancien est resté déposé en nous, comme
dans une bibliothèque immense où il y a de
plus vieux livres, un exemplaire que sans doute
personne n'ira jamais demander. Pourtant que
ce jour ancien, traversant la translucidité des
époques suivantes, remonte à la surface et s'étende
en nous qu'il couvre tout entier, alors pendant
un moment, les noms reprennent leur ancienne
signification, les êtres leur ancien visage, nous
notre âme d'alors, et nous sentons, avec une
souffrance vague mais devenue supportable et
qui ne durera pas, les problèmes devenus depuis
longtemps insolubles et qui nous angoissaient tant
alors. Notre moi est fait de la superposition de
nos états successifs. Mais cette superposition n'est
pas immuable comme la stratification d'une
montagne. Perpétuellement des soulèvements font
affleurer à la surface des couches anciennes. Je
me retrouvais après la soirée chez la princesse
de Guermantes, attendant l'arrivée d'Albertine.
Qu'avait-elle fait cette nuit-là ? M'avait-elle
trompé ? Avec qui ? Les révélations d'Aimé,
même si je les acceptais, ne diminuaient en rien
pour moi l'intérêt anxieux, désolé, de cette ques-

tion inattendue, comme si chaque Albertine différente, chaque souvenir nouveau, posait un problème de jalousie particulier, auquel les solutions des autres ne pouvaient pas s'appliquer. Mais je n'aurais pas voulu savoir seulement avec quelle femme elle avait passé cette nuit là, mais quel plaisir particulier cela lui représentait, ce qui se passait à ce moment-là en elle. Quelquefois à Balbec Françoise était allée la chercher, m'avait dit l'avoir trouvée penchée à sa fenêtre, l'air inquiet, chercheur, comme si elle attendait quelqu'un. Mettons que j'apprisse que la jeune fille attendue était Andrée, quel était l'état d'esprit dans lequel Albertine l'attendait, cet état d'esprit caché derrière le regard inquiet et chercheur ? Ce goût, quelle importance avait-il pour Albertine ? quelle place tenait-il dans ses préoccupations ? Hélas, en me rappelant mes propres agitations, chaque fois que j'avais remarqué une jeune fille qui me plaisait, quelquefois seulement quand j'avais entendu parler d'elle sans l'avoir vue, mon souci de me faire beau, d'être avantagé, mes sueurs froides, je n'avais pour me torturer qu'à imaginer ce même voluptueux émoi chez Albertine. Et déjà c'était assez pour me torturer, pour me dire qu'à côté de cela des conversations sérieuses avec moi sur Stendhal et Victor Hugo avaient dû bien peu peser pour elle, pour sentir son cœur attiré vers d'autres êtres, se détacher du mien, s'incarner ailleurs. Mais l'importance même que ce désir devait avoir pour elle et les réserves qui se formaient autour de lui ne pouvaient pas me révéler ce que, qualitativement, il était, bien plus, comment elle le qualifiait quand elle s'en parlait à elle-même. Dans la souffrance physique au moins nous n'avons pas à choisir nous-mêmes notre douleur. La maladie la détermine et nous l'impose. Mais dans la jalousie il nous faut essayer en quelque sorte des souffrances de tout genre et de toute grandeur, avant de nous arrêter à celle qui nous paraît pouvoir convenir. Et quelle difficulté plus grande, quand il s'agit d'une souffrance comme de sentir celle qu'on aimait éprouvant du plaisir avec des êtres différents de nous qui lui donnent des sensations que nous ne sommes pas capables de lui donner, ou qui du moins par leur configuration, leur aspect, leurs façons, lui représentent tout autre chose que nous. Ah! qu'Albertine n'avait-elle aimé Saint-Loup! comme il me semble que j'eusse moins souffert! Certes nous ignorons la sensibilité particulière de chaque être, mais d'habitude nous ne savons même pas que nous l'ignorons, car cette sensibilité des autres nous est indifférente. Pour ce qui concernait Albertine, mon malheur ou mon bonheur eût dépendu de ce qu'était cette sensibilité; je savais bien qu'elle m'était inconnue, et qu'elle me fût inconnue m'était déjà une douleur. Les désirs, les plaisirs inconnus que ressentait Albertine, une fois j'eus l'illusion de les voir quand quelque temps après la mort d'Albertine, Andrée vint chez moi.

Pour la première fois elle me semblait belle, je me disais que ces cheveux presque crépus, ces yeux sombres et cernés, c'était sans doute ce qu'Albertine avait tant aimé, la matérialisation devant moi de ce qu'elle portait dans sa rêverie amoureuse, de ce qu'elle voyait par les regards anticipateurs du désir le jour où elle avait voulu si précipitamment revenir de Balbec.

Comme une sombre fleur inconnue qui m'était par delà le tombeau rapportée des profondeurs d'un être où je n'avais pas su la découvrir, il me semblait, exhumation inespérée d'une relique inestimable, voir devant moi le désir incarné d'Albertine qu'Andrée était pour moi, comme Vénus était le désir de Jupiter. Andrée regrettait Albertine, mais je sentis tout de suite qu'elle ne lui manquait pas. Éloignée de force de son amie par la mort, elle semblait avoir pris aisément son parti d'une séparation définitive que je n'eusse pas osé lui demander quand Albertine était vivante, tant j'aurais craint de ne pas arriver à obtenir le consentement d'Andrée. Elle semblait au contraire accepter sans difficulté ce renoncement, mais précisément au moment où il ne pouvait plus me profiter. Andrée m'abandonnait Albertine, mais morte, et ayant perdu pour moi non seulement sa vie mais rétrospectivement un peu de sa réalité, puisque je voyais qu'elle n'était pas indispensable, unique pour Andrée qui avait pu la remplacer par d'autres.

Du vivant d'Albertine, je n'eusse pas osé

demander à Andrée des confidences sur le caractère de leur amitié entre elles et avec l'amie de
Mlle Vinteuil, n'étant pas certain sur la fin qu'Andrée ne répétât pas à Albertine tout ce que je
lui disais. Maintenant un tel interrogatoire, même
s'il devait être sans résultat, serait au moins sans
danger. Je parlai à Andrée non sur un ton inter-
rogatif mais comme si je l'avais su de tout temps,
peut-être par Albertine, du goût qu'elle-même
Andrée avait pour les femmes et de ses propres
relations avec Mlle Vinteuil. Elle avoua tout cela
sans aucune difficulté, en souriant. De cet aveu,
je pouvais tirer de cruelles conséquences ; d'abord
parce qu'Andrée, si affectueuse et coquette avec
bien des jeunes gens à Balbec, n'aurait donné lieu
pour personne à la supposition d'habitudes qu'elle
ne niait nullement, de sorte que par voie d'ana-
logie, en découvrant cette Andrée nouvelle, je
pouvais penser qu'Albertine les eût confessées
avec la même facilité à tout autre qu'à moi
qu'elle sentait jaloux. Mais d'autre part, Andrée
ayant été la meilleure amie d'Albertine, et celle pour
laquelle celle-ci était probablement revenue exprès
de Balbec, maintenant qu'Andrée avait ces goûts,
la conclusion qui devait s'imposer à mon esprit
était qu'Albertine et Andrée avaient toujours eu
des relations ensemble. Certes, comme en présence
d'une personne étrangère on n'ose pas toujours
prendre connaissance du présent qu'elle vous
remet, et dont on ne défera l'enveloppe que
quand ce donataire sera parti, tant qu'Andrée

fut là je ne rentrai pas en moi-même pour y
examiner la douleur qu'elle m'apportait, et que
je sentais bien causer déjà à mes serviteurs physiques, les nerfs, le cœur, de grands troubles dont
par bonne éducation je feignais de ne pas m'apercevoir, parlant au contraire le plus gracieusement
du monde avec la jeune fille que j'avais pour
hôte sans détourner mes regards vers ces incidents
intérieurs. Il me fut particulièrement pénible
d'entendre Andrée me dire en parlant d'Albertine : « Ah ! oui, elle aimait bien qu'on alla se
promener dans la vallée de Chevreuse. » A l'univers
vague et inexistant où se passaient les promenades
d'Albertine et d'Andrée, il me semblait que celle-ci
venait par une création postérieure et diabolique
d'ajouter une vallée maudite. Je sentais qu'Andrée
allait me dire tout ce qu'elle faisait avec Albertine, et, tout en essayant par politesse, par habileté, par amour-propre, peut-être par reconnaissance, de me montrer de plus en plus affectueux,
tandis que l'espace que j'avais pu concéder encore
à l'innocence d'Albertine se rétrécissait de plus
en plus, il me semblait m'apercevoir que malgré
mes efforts, je gardais l'aspect figé d'un animal
autour duquel un cercle progressivement resserré
est lentement décrit par l'oiseau fascinateur qui
ne se presse pas parce qu'il est sûr d'atteindre
quand il le voudra la victime qui ne lui échappera
plus. Je la regardais pourtant, et avec ce qui reste
d'enjouement, de naturel et d'assurance aux
personnes qui veulent faire semblant de ne pas

craindre qu'on les hypnotise en les fixant, je dis
à Andrée cette phrase incidente : « Je ne vous en
avais jamais parlé de peur de vous fâcher, mais
maintenant qu'il nous est doux de parler d'elle,
je puis bien vous dire que je savais depuis bien
longtemps les relations de ce genre que vous
aviez avec Albertine. D'ailleurs cela vous fera
plaisir quoique vous le sachiez déjà ; Albertine
vous adorait. » Je dis à Andrée que c'eût été une
grande curiosité pour moi si elle avait voulu me
laisser la voir, même simplement en se bornant
à des caresses qui ne la gênassent pas trop devant
moi, faire cela avec celles des amies d'Albertine
qui avaient ces goûts, et je nommai Rosemonde,
Berthe, toutes les amies d'Albertine, pour savoir.
« Outre que pour rien au monde je ne ferais ce
que vous dites devant vous, me répondit Andrée,
je ne crois pas qu'aucune de celles que vous dites
ait ces goûts. » Me rapprochant malgré moi du
monstre qui m'attirait, je répondis : « Comment !
vous n'allez pas me faire croire que de toute
votre bande il n'y avait qu'Albertine avec qui
vous fissiez cela ! — Mais je ne l'ai jamais fait
avec Albertine. — Voyons, ma petite Andrée,
pourquoi nier des choses que je sais depuis au
moins trois ans, je n'y trouve rien de mal, au
contraire. Justement à propos du soir où elle
voulait tant aller le lendemain avec vous chez
Mme Verdurin, vous vous souvenez peut-être... »
Avant que j'eusse terminé ma phrase, je vis dans
les yeux d'Andrée, qu'il faisait pointus comme

ces pierres qu'à cause de cela les joailliers ont de la peine à employer, passer un regard préoccupé, comme ces têtes de privilégiés qui soulèvent un coin du rideau avant qu'une pièce soit commencée et qui se sauvent aussitôt pour ne pas être aperçus. Ce regard inquiet disparut, tout était rentré dans l'ordre, mais je sentais que tout ce que je verrais maintenant ne serait plus qu'arrangé facticement pour moi. A ce moment je m'aperçus dans la glace ; je fus frappé d'une certaine ressemblance entre moi et Andrée. Si je n'avais pas cessé depuis longtemps de me raser et que je n'eusse eu qu'une ombre de moustache, cette ressemblance eût été presque complète. C'était peut-être en regardant, à Balbec, ma moustache qui repoussait à peine, qu'Albertine avait subitement eu ce désir impatient, furieux de revenir à Paris. « Mais je ne peux pourtant pas dire ce qui n'est pas vrai, pour la simple raison que vous ne le trouveriez pas mal. Je vous jure que je n'ai jamais rien fait avec Albertine, et j'ai la conviction qu'elle détestait ces choses-là. Les gens qui vous ont dit cela vous ont menti, peut-être dans un but intéressé », me dit-elle d'un air interrogateur et méfiant. « Enfin soit, puisque vous ne voulez pas me le dire », répondis-je. Je préférais avoir l'air de ne pas vouloir donner une preuve que je ne possédais pas. Pourtant je prononçai vaguement et à tout hasard le nom des Buttes-Chaumont. « J'ai pu aller aux Buttes-Chaumont avec Albertine, mais est-ce un endroit qui a quelque chose de particulièrement mal ? » Je lui demandai si elle ne pourrait pas en parler à Gisèle qui à une certaine époque avait intimement connu Albertine. Mais Andrée me déclara qu'après une infamie que venait de lui faire dernièrement Gisèle, lui demander un service était la seule chose qu'elle refuserait toujours de faire pour moi. « Si vous la voyez, ajouta-t-elle, ne lui dites pas ce que je vous ai dit d'elle, inutile de m'en faire une ennemie. Elle sait ce que je pense d'elle, mais j'ai toujours mieux aimé éviter avec elle les brouilles violentes qui n'amènent que des raccommodements. Et puis elle est dangereuse. Mais vous comprenez que quand on a lu la lettre que j'ai eue il y a huit jours sous les yeux et où elle mentait avec une telle perfidie, rien, même les plus belles actions du monde, ne peut effacer le souvenir de cela. » En somme si Andrée ayant ces goûts au point de ne s'en cacher nullement, et Albertine ayant eu pour elle la grande affection que très certainement elle avait, malgré cela Andrée n'avait jamais eu de relations charnelles avec Albertine et avait toujours ignoré qu'Albertine eût de tels goûts, c'est qu'Albertine ne les avait pas, et n'avait eu avec personne, les relations que plus qu'avec aucune autre elle aurait eues avec Andrée. Aussi quand Andrée fut partie, je m'aperçus que son affirmation si nette m'avait apporté du calme. Mais peut-être était-elle dictée par le devoir, auquel Andrée se croyait obligée envers la morte dont le souvenir existait encore en elle, de ne pas laisser croire ce qu'Albertine lui avait sans doute, pendant sa vie, demandé de nier.

Les romanciers prétendent souvent dans une introduction qu'en voyageant dans un pays ils ont rencontré quelqu'un qui leur a raconté la vie d'une personne. Ils laissent alors la parole à cet ami de rencontre, et le récit qu'il leur fait, c'est précisément leur roman. Ainsi la vie de Fabrice del Dongo fut racontée à Stendhal par un chanoine de Padoue. Combien nous voudrions quand, nous aimons, c'est-à-dire quand l'existence d'une autre personne nous semble mystérieuse, trouver un tel narrateur informé ! Et certes il existe. Nous-même, ne racontons-nous pas souvent, sans aucune passion, la vie de telle ou telle femme, à un de nos amis, ou à un étranger, qui ne connaissait rien de ses amours et nous écoute avec curiosité ? L'homme que j'étais quand je parlais à Bloch de la princesse de Guermantes, de Mme Swann, cet être-là existait qui eût pu me parler d'Albertine, cet être-là existe toujours... mais nous ne le rencontrons jamais. Il me semblait que, si j'avais pu trouver des femmes qui l'eussent connue, j'eusse appris tout ce que j'ignorais. Pourtant à des étrangers, il eût dû sembler que personne autant que moi ne pouvait connaître sa vie. Même ne connaissais-je pas sa meilleure amie, Andrée ? C'est ainsi que l'on croit que l'ami d'un ministre doit savoir la vérité sur certaines affaires ou ne pourra pas être impliqué dans un procès. Seul à l'user, l'ami a appris que chaque fois qu'il parlait politique au ministre, celui-ci restait dans des généralités et lui disait tout au plus ce qu'il y avait dans les journaux, ou que s'il a eu quelque ennui, ses démarches multipliées auprès du ministre ont abouti chaque fois à un « ce n'est pas en mon pouvoir » sur lequel l'ami est lui-même sans pouvoir. Je me disais : « Si j'avais pu connaître tels témoins ! » desquels, si je les avais connus, je n'aurais probablement pas pu obtenir plus que d'Andrée, dépositaire elle-même d'un secret qu'elle ne voulait pas livrer. Différant en cela encore de Swann qui, quand il ne fut plus jaloux, cessa d'être curieux de ce qu'Odette avait pu faire avec Forcheville, même après ma jalousie passée connaître la blanchisseuse d'Albertine, des personnes de son quartier, y reconstituer sa vie, ses intrigues, cela seul avait du charme pour moi. Et comme le désir vient toujours d'un prestige préalable, comme il était advenu pour Gilberte, pour la duchesse de Guermantes, ce furent dans ces quartiers où avait autrefois vécu Albertine, les femmes de son milieu que je recherchai et dont seules j'eusse pu désirer la présence. Même sans rien pouvoir en apprendre, c'étaient les seules femmes vers lesquelles je me sentais attiré, étant celles qu'Albertine avait connues ou qu'elle aurait pu connaître, femmes de son milieu ou des milieux où elle se plaisait, en un mot celles qui avaient pour moi le prestige de lui ressembler ou d'être de celles qui lui eussent plu. Me rappelant ainsi

soit Albertine elle-même, soit le type pour lequel
elle avait sans doute une préférence, ces femmes
éveillaient en moi un sentiment cruel de jalousie
ou de regret, qui plus tard quand mon chagrin
s'apaisa se mua en une curiosité non exempte
de charme. Et parmi ces dernières surtout les
filles du peuple, à cause de cette vie, si différente
de celle que je connaissais, et qui est la leur. Sans
doute c'est seulement par la pensée qu'on possède
des choses, et on ne possède pas un tableau parce
qu'on l'a dans sa salle à manger si on ne sait pas
le comprendre, ni un pays parce qu'on y réside
sans même le regarder. Mais enfin j'avais autrefois
l'illusion de ressaisir Balbec, quand à Paris
Albertine venait me voir et que je la tenais dans
mes bras. De même je prenais un contact,
bien étroit et furtif d'ailleurs, avec la vie d'Albertine, l'atmosphère des ateliers, une conversation
de comptoir, l'âme des taudis, quand j'embrassais
une ouvrière. Andrée, ces autres femmes, tout
cela par rapport à Albertine — comme Albertine
avait été elle-même par rapport à Balbec —
étaient de ces substituts de plaisirs se remplaçant
l'un l'autre, en dégradation successive, qui nous
permettent de nous passer de celui que nous ne
pouvons plus atteindre, voyage à Balbec, ou
amour d'Albertine (comme le fait d'aller au
Louvre voir un Titien qui y fut jadis console de
ne pouvoir aller à Venise), de ces plaisirs qui
séparés les uns des autres par des nuances indis-
cernables, font de notre vie comme une suite de

216

zones concentriques, contiguës, harmoniques et dégradées, autour d'un désir premier qui a donné le ton, éliminé ce qui ne se fond pas avec lui et répandu la teinte maîtresse (comme cela m'était arrivé aussi par exemple pour la duchesse de Guermantes et pour Gilberte). Andrée, ces femmes, étaient pour le désir, que je savais ne plus pouvoir exaucer, d'avoir auprès de moi Albertine, ce qu'un soir, avant que je connusse Albertine autrement que de vue, avait été l'ensoleillement tortueux et frais d'une grappe de raisin.

Associées maintenant au souvenir de mon amour, les particularités physiques et sociales d'Albertine, malgré lesquelles je l'avais aimée, orientaient au contraire mon désir vers ce qu'il eût autrefois le moins naturellement choisi : des brunes de la petite bourgeoisie. Certes ce qui commençait partiellement à renaître en moi, c'était cet immense désir que mon amour pour Albertine n'avait pu assouvir, cet immense désir de connaître la vie que j'éprouvais autrefois sur les routes de Balbec, dans les rues de Paris, ce désir qui m'avait fait tant souffrir quand, supposant qu'il existait aussi au cœur d'Albertine, j'avais voulu la priver des moyens de le contenter avec d'autres que moi. Maintenant que je pouvais supporter l'idée de son désir, comme cette idée était aussitôt éveillée par le mien, ces deux immenses appétits coïncidaient, j'aurais voulu que nous pussions nous y livrer ensemble, je me disais : cette fille lui aurait plu, et par ce brusque détour pensant à elle et à sa mort, je me sentais trop triste pour pouvoir poursuivre plus loin mon désir. Comme autrefois le côté de Méséglise et celui de Guermantes avaient établi les assises de mon goût pour la campagne et m'eussent empêché de trouver un charme profond dans un pays où il n'y aurait pas eu de vieille église, de bleuets, de boutons d'or, c'est de même en les rattachant en moi à un passé plein de charme que mon amour pour Albertine me faisait exclusivement rechercher un certain genre de femmes ; je recommençais, comme avant de l'aimer, à avoir besoin d'harmoniques d'elle qui fussent interchangeables avec mon souvenir devenu peu à peu moins exclusif. Je n'aurais pu me plaire maintenant auprès d'une blonde et fière duchesse, parce qu'elle n'eût éveillé en moi aucune des émotions qui partaient d'Albertine, de mon désir d'elle, de la jalousie que j'avais eue de ses amours, de mes souffrances, de sa mort. Car nos sensations pour être fortes ont besoin de déclancher en nous quelque chose de différent d'elles, un sentiment, qui ne pourra pas trouver dans le plaisir de satisfaction mais qui s'ajoute au désir, l'enfle, le fait s'accrocher désespérément au plaisir. Au fur et à mesure que l'amour qu'avait éprouvé Albertine pour certaines femmes ne me faisait plus souffrir, il rattachait ces femmes à mon passé, leur donnait quelque chose de plus réel, comme aux boutons d'or, aux aubépines le souvenir de Combray donnait plus de réalité qu'aux fleurs nouvelles.

Même d'Andrée, je ne me disais plus avec rage :
« Albertine l'aimait », mais au contraire pour
m'expliquer à moi-même mon désir, d'un air
attendri : « Albertine l'aimait bien. » Je comprenais maintenant les veufs qu'on croit consolés
et qui prouvent au contraire qu'ils sont inconsolables, parce qu'ils se remarient avec leur belle-
sœur. Ainsi mon amour finissant semblait rendre
possible pour moi de nouvelles amours, et Albertine, comme ces femmes longtemps aimées pour
elles-mêmes qui plus tard sentant le goût de leur
amant s'affaiblir conservent leur pouvoir en se
contentant du rôle d'entremetteuses, paraît pour
moi, comme la Pompadour pour Louis XV, de
nouvelles fillettes. Même autrefois, mon temps
était divisé par périodes où je désirais telle femme,
ou telle autre. Quand les plaisirs violents donnés
par l'une étaient apaisés, je souhaitais celle qui
donnait une tendresse presque pure jusqu'à ce
que le besoin de caresses plus savantes ramenât
le désir de la première. Maintenant ces alternances
avaient pris fin, ou du moins l'une des périodes
se prolongeait indéfiniment. Ce que j'aurais voulu,
c'est que la nouvelle venue vînt habiter chez moi,
et me donnât le soir avant de me quitter un baiser
familial de sœur. De sorte que j'aurais pu croire
— si je n'avais fait l'expérience de la présence
insupportable d'une autre — que je regrettais
plus un baiser que certaines lèvres, un plaisir
qu'un amour, une habitude qu'une personne.
J'aurais voulu aussi que les nouvelles venues

219

pussent me jouer du Vinteuil comme Albertine,
parler comme elle avec moi d'Elstir. Tout cela
était impossible. Leur amour ne vaudrait pas le
sien, pensais-je, soit qu'un amour auquel s'an-
nexaient tous ces épisodes, des visites aux musées,
des soirées au concert, toute une vie compliquée
qui permet des correspondances, des conversations, un flirt préliminaire aux relations elles-
mêmes, une amitié grave après, possède plus de
ressources qu'un amour pour une femme qui ne
sait que se donner, comme un orchestre plus
qu'un piano, soit que plus profondément, mon
besoin du même genre de tendresse que me donnait Albertine, la tendresse d'une fille assez cul-
tivée et qui fût en même temps une sœur, ne fût
— comme le besoin de femmes du même milieu
qu'Albertine — qu'une reviviscence du souvenir
d'Albertine, du souvenir de mon amour pour elle.
Et une fois de plus j'éprouvais d'abord que le
souvenir n'est pas inventif, qu'il est impuissant
à désirer rien d'autre, même rien de mieux que ce
que nous avons possédé, ensuite qu'il est spirituel
de sorte que la réalité ne peut lui fournir l'état
qu'il cherche, enfin que, s'appliquant à une personne morte, la renaissance qu'il incarne est moins
celle du besoin d'aimer auquel il fait croire que
celle du besoin de l'absente. De sorte que la ressemblance avec Albertine, de la femme que j'avais
choisie la ressemblance même, si j'arrivais à
l'obtenir, de sa tendresse avec celle d'Albertine,
ne me faisaient que mieux sentir l'absence de ce

que j'avais sans le savoir cherché de ce qui était
indispensable pour que renaquît mon bonheur,
c'est-à-dire Albertine elle-même, le temps que
nous avions vécu ensemble, le passé à la recherche
duquel j'étais sans le savoir. Certes, par les jours
clairs, Paris m'apparaissait innombrablement fleuri
de toutes les fillettes, non que je désirais, mais qui
plongeaient leurs racines dans l'obscurité du désir
et des soirées inconnues d'Albertine. C'était telle
de celles dont elle m'avait dit tout au début
quand elle ne se méfiait pas de moi : « Elle est
ravissante cette petite, comme elle a de jolis
cheveux. » Toutes les curiosités que j'avais eues
autrefois de sa vie quand je ne la connaissais
encore que de vue, et d'autre part tous mes désirs
de la vie se confondaient en cette seule curiosité,
voir Albertine avec d'autres femmes, peut-être
parce qu'ainsi, elles parties, je serais resté seul
avec elle, le dernier et le maître. Et en voyant
ses hésitations, son incertitude en se demandant
s'il valait la peine de passer la soirée avec telle
ou telle, sa satiété quand l'autre était partie,
peut-être sa déception, j'eusse éclairé, j'eusse
ramené à de justes proportions la jalousie que
m'inspirait Albertine, parce que la voyant ainsi
les éprouver, j'aurais pris la mesure et découvert
la limite de ses plaisirs. De combien de plaisirs,
de quelle douce vie elle nous a privés, me disais-
je, par cette farouche obstination à nier son goût !
Et comme une fois de plus je cherchais quelle
avait pu être la raison de cette obstination, tout

d'un coup le souvenir me revint d'une phrase
que je lui avais dite à Balbec le jour où elle m'avait
donné un crayon. Comme je lui reprochais de ne
pas m'avoir laissé l'embrasser, je lui avais dit
que je trouvais cela aussi naturel que je trouvais
ignoble qu'une femme eût des relations avec une
autre femme. Hélas, peut-être Albertine s'était-
elle toujours rappelé cette phrase imprudente.

Je ramenais avec moi les filles qui m'eussent le moins plu, je lissais des bandeaux à la
vierge, j'admirais un petit nez bien modelé, une
pâleur espagnole. Certes autrefois, même pour
une femme que je ne faisais qu'apercevoir sur
une route de Balbec, dans une rue de Paris, j'avais
senti ce que mon désir avait d'individuel et que
c'était le fausser que de chercher à l'assouvir avec
un autre objet. Mais la vie, en me découvrant
peu à peu la permanence de nos besoins, m'avait
appris que, faute d'un être, il faut se contenter
d'un autre — et je sentais que ce que j'avais
demandé à Albertine, une autre, Mlle de Stermaria, eût pu me le donner. Mais ç'avait été
Albertine ; et entre la satisfaction de mes besoins
de tendresse et les particularités de son corps un
entrelacement de souvenirs s'était fait tellement
inextricable que je ne pouvais plus arracher à
un désir de tendresse toute cette broderie des
souvenirs du corps d'Albertine. Elle seule pouvait
me donner ce bonheur. L'idée de son unicité
n'était plus un *a priori* métaphysique puisé dans
ce qu'Albertine avait d'individuel, comme jadis

222

pour les passantes, mais un *a posteriori* constitué
par l'imbrication contingente et indissoluble de
mes souvenirs. Je ne pouvais plus désirer une
tendresse sans avoir besoin d'elle, sans souffrir
de son absence. Aussi la ressemblance même de
la femme choisie, de la tendresse demandée avec
le bonheur que j'avais connu ne me faisait que
mieux sentir tout ce qui leur manquait pour qu'il
pût renaître. Ce même vide que je sentais dans
ma chambre depuis qu'Albertine était partie, et
que j'avais cru combler en serrant des femmes
contre moi, je le retrouvais en elles. Elles ne
m'avaient jamais parlé, elles, de la musique de
Vinteuil, des mémoires de Saint-Simon, elles
n'avaient pas mis un parfum trop fort pour venir
me voir, elles n'avaient pas joué à mêler leurs cils
aux miens, toutes choses importantes parce
qu'elles permettent, semble-t-il, de rêver autour
de l'acte sexuel lui-même et de se donner l'illusion de l'amour, mais en réalité parce qu'elles
faisaient partie du souvenir d'Albertine et que
c'était elle que j'aurais voulu trouver. Ce que ces
femmes avaient d'Albertine me faisait mieux
ressentir ce que d'elle il leur manquait et qui
était tout, et qui ne serait plus jamais puisque
Albertine était morte. Et ainsi mon amour pour
Albertine qui m'avait attiré vers ces femmes me
les rendait indifférentes, et peut-être mon regret
d'Albertine et la persistance de ma jalousie qui
avaient déjà dépassé par leur durée mes prévisions
les plus pessimistes n'auraient sans doute jamais

223

changé beaucoup, si leur existence, isolée du reste
de ma vie, avait seulement été soumise au jeu
de mes souvenirs, aux actions et réactions d'une
psychologie applicable à des états immobiles, et
n'avait pas été entraînée vers un système plus
vaste où les âmes se meuvent dans le temps comme
les corps dans l'espace. Comme il y a une géomé-
trie dans l'espace, il y a une psychologie dans le
temps, où les calculs d'une psychologie plane ne
seraient plus exacts parce qu'on n'y tiendrait
pas compte du temps et d'une des formes qu'il
revêt, l'oubli ; l'oubli dont je commençais à sentir
la force et qui est un si puissant instrument
d'adaptation à la réalité parce qu'il détruit peu
à peu en nous le passé survivant qui est en constante contradiction avec elle. Et j'aurais vraiment
bien pu deviner plus tôt qu'un jour je n'aimerais
plus Albertine. Quand j'avais compris, par la
différence qu'il y avait entre ce que l'importance
de sa personne et de ses actions était pour moi
et pour les autres, que mon amour était moins
un amour pour elle, qu'un amour en moi, j'aurais pu déduire diverses conséquences de ce
caractère subjectif de mon amour et qu'étant
un état mental, il pouvait notamment survivre
assez longtemps à la personne, mais aussi que
n'ayant avec cette personne aucun lien véritable,
n'ayant aucun soutien en dehors de soi, il devrait
comme tout état mental, même les plus durables,
se trouver un jour hors d'usage, être « remplacé »
et que ce jour-là tout ce qui semblait m'attacher

224

si doucement, indissolublement, au souvénir d'Albertine n'existerait plus pour moi. C'est le malheur des êtres de n'être pour nous que des planches de collections fort usables dans notre pensée. Justement à cause de cela on fonde sur eux des projets qui ont l'ardeur de la pensée ; mais la pensée se fatigue, le souvenir se détruit, le jour viendrait où je donnerais volontiers à la première venue la chambre d'Albertine, comme j'avais sans aucun chagrin donné à Albertine la bille d'agate ou d'autres présents de Gilberte.

225

ACHEVÉ D'IMPRIMER
LE 2 FÉVRIER 1926
PAR F. PAILLART A
ABBEVILLE (SOMME).

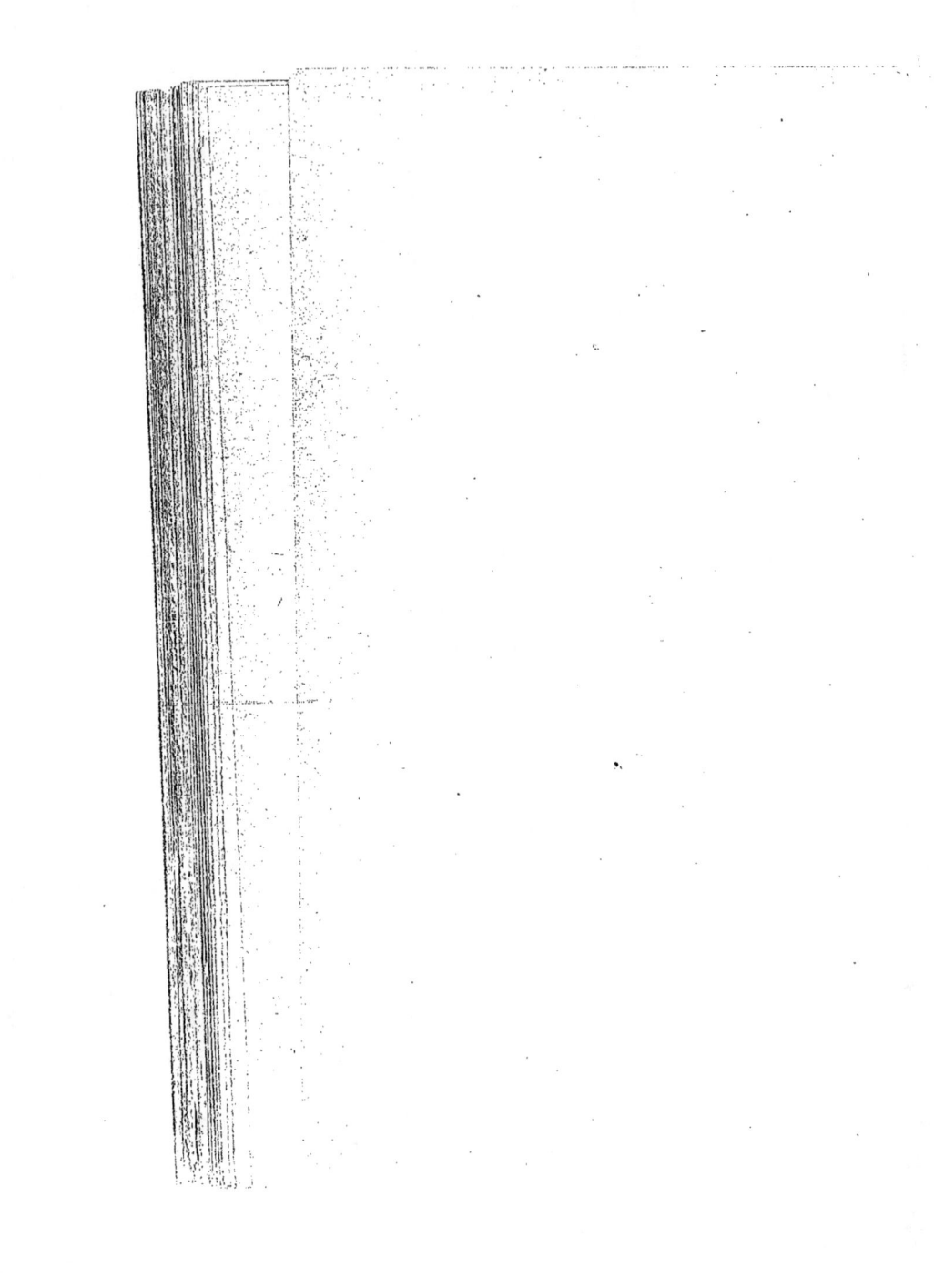

MARCEL PROUST

A LA RECHERCHE DU
TEMPS PERDU

TOME VII

ALBERTINE
DISPARUE

**

vingt-septième édition

PARIS

Librairie Gallimard

ÉDITIONS DE LA NOUVELLE REVUE FRANÇAISE

3, rue de Grenelle (VIᵐᵉ)

ALBERTINE DISPARUE

ÉDITIONS DE LA NOUVELLE REVUE
FRANÇAISE

ŒUVRES DE MARCEL PROUST

MARCEL PROUST

A LA RECHERCHE DU
TEMPS PERDU

TOME VII

ALBERTINE
DISPARUE

* *

vingt-septième édition

PARIS

Librairie Gallimard

ÉDITIONS DE LA NOUVELLE REVUE FRANÇAISE

3, rue de Grenelle (VIme)

IL A ÉTÉ TIRÉ DE CET OUVRAGE, APRÈS IMPOSITION
SPÉCIALE, CENT VINGT-HUIT EXEMPLAIRES IN-QUARTO
TELLIÈRE SUR PAPIER VERGÉ PUR FIL LAFUMA-NAVARRE,
DONT DOUZE EXEMPLAIRES HORS COMMERCE MARQUÉS
DE A A L, QUATRE EXEMPLAIRES NOMINATIFS TIRÉS SPÉ-
CIALEMENT POUR LA FAMILLE DE MARCEL PROUST, CENT
DOUZE EXEMPLAIRES RÉSERVÉS AUX BIBLIOPHILES DE
LA NOUVELLE REVUE FRANÇAISE, NUMÉROTÉS DE I A
CXII, ET DOUZE CENT QUARANTE-NEUF EXEMPLAIRES,
DONT QUATORZE EXEMPLAIRES HORS COMMERCE MAR-
QUÉS DE a A n, DOUZE CENTS EXEMPLAIRES RÉSERVÉS
AUX AMIS DE L'ÉDITION ORIGINALE, NUMÉROTÉS DE 1 A
1200, ET TRENTE-CINQ EXEMPLAIRES D'AUTEUR HORS
COMMERCE NUMÉROTÉS DE 1201 A 1235, CE TIRAGE
CONSTITUANT PROPREMENT ET AUTHENTIQUEMENT L'ÉDI-
TION ORIGINALE.

ALBERTINE DISPARUE

CHAPITRE II

Mademoiselle de Forcheville

Ce n'était pas que je n'aimasse encore Albertine, mais déjà pas de la même façon que les derniers temps. Non, c'était à la façon des temps plus anciens où tout ce qui se rattachait à elle, lieux et gens, me faisait éprouver une curiosité où il y avait plus de charme que de souffrance. Et en effet je sentais bien maintenant qu'avant de l'oublier tout à fait, avant d'atteindre à l'indifférence initiale, il me faudrait, comme un voyageur qui revient par la même route au point d'où il est parti, traverser en sens inverse tous les sentiments par lesquels j'avais passé avant d'arriver à mon grand amour. Mais ces fragments, ces moments du passé ne sont pas immobiles, ils ont gardé la force terrible, l'ignorance heureuse de l'espérance qui s'élançait alors vers un temps devenu aujourd'hui le passé, mais qu'une hallucination nous fait un instant prendre rétrospectivement pour l'avenir. Je lisais une lettre d'Albertine, où elle m'avait annoncé sa visite pour le soir et j'avais une seconde la joie de l'attente.

7

Dans ces retours par la même ligne d'un pays
où l'on ne retournera jamais, où l'on reconnaît
le nom, l'aspect de toutes les stations par où
on a déjà passé à l'aller, il arrive que, tandis qu'on
est arrêté à l'une d'elles en gare, on a un instant
l'illusion qu'on repart, mais dans la direction du
lieu d'où l'on vient, comme l'on avait fait la
première fois. Tout de suite l'illusion cesse, mais
une seconde on s'était senti de nouveau emporté :
telle est la cruauté du souvenir.

Parfois la lecture d'un roman un peu triste me
ramenait brusquement en arrière, car certains
romans sont comme de grands deuils momen-
tanés, abolissent l'habitude, nous remettent en
contact avec la réalité de la vie, mais pour quelques
heures seulement, comme un cauchemar, puisque
les forces de l'habitude, l'oubli qu'elles produisent,
la gaîté qu'elles ramènent par l'impuissance du
cerveau à lutter contre elles et à recréer le vrai,
l'emportent infiniment sur la suggestion presque
hypnotique d'un beau livre qui, comme toutes
les suggestions, a des effets très courts.

Et pourtant, si l'on ne peut pas, avant de revenir
à l'indifférence d'où on était parti, se dispenser
de couvrir en sens inverse les distances qu'on
avait franchies pour arriver à l'amour, le trajet,
la ligne qu'on suit, ne sont pas forcément les
mêmes. Elles ont de commun de ne pas être
directes parce que l'oubli pas plus que l'amour
ne progresse régulièrement. Mais elles n'em-
pruntent pas forcément les mêmes voies. Et dans

8

celle que je suivis au retour, il y eut au milieu
d'un voyage confus, trois arrêts dont je me souviens, à cause de la lumière qu'il y avait autour
de moi, alors que j'étais déjà bien près de l'arrivée, étapes que je me rappelle particulièrement,
sans doute parce que j'y aperçus des choses qui
ne faisaient pas partie de mon amour d'Albertine,
ou du moins qui ne s'y rattachaient que dans la
mesure où ce qui était déjà dans notre âme avant
un grand amour s'associe à lui, soit en le nourrissant, soit en le combattant, soit en faisant avec
lui, pour notre intelligence qui analyse, contraste
d'image.

La première de ces étapes commença au début
de l'hiver, un beau dimanche de Toussaint où
j'étais sorti. Tout en approchant du Bois, je
me rappelais avec tristesse le retour d'Albertine
venant me chercher du Trocadéro, car c'était
la même journée, mais sans Albertine. Avec tristesse et pourtant non sans plaisir tout de même,
car la reprise en mineur sur un ton désolé du
même motif qui avait empli ma journée d'autrefois, l'absence même de ce téléphonage de Françoise, de cette arrivée d'Albertine qui n'était pas
quelque chose de négatif, mais la suppression
dans la réalité de ce que je me rappelais et qui
donnait à la journée quelque chose de douloureux, en faisait quelque chose de plus beau
qu'une journée unie et simple parce que ce qui
n'y était plus, ce qui en avait été arraché, y
restait imprimé comme en creux.

9

Au Bois, je frédonnais des phrases de la sonate
de Vinteuil. Je ne souffrais plus beaucoup de
penser qu'Albertine me l'avait jouée, car presque
tous mes souvenirs d'elle étaient entrés dans ce
second état chimique où ils ne causent plus
d'anxieuse oppression au cœur, mais de la douceur. Par moment, dans les passages qu'elle jouait
le plus souvent, où elle avait l'habitude de faire
telle réflexion qui me paraissait alors charmante,
de suggérer telle réminiscence, je me disais :
« Pauvre petite », mais sans tristesse, en ajoutant
seulement au passage musical une valeur de plus,
une valeur en quelque sorte historique et de
curiosité comme celle que le portrait de Char-
les Ier par Van Dyck, déjà si beau par lui-même,
acquiert encore du fait qu'il est entré dans les
collections nationales par la volonté de Mme du
Barry d'impressionner le Roi. Quand la petite
phrase, avant de disparaître tout à fait, se défit
en ses divers éléments où elle flotta encore un
instant éparpillée, ce ne fut pas pour moi comme
pour Swann une messagère d'Albertine qui dis-
paraissait. Ce n'était pas tout à fait les mêmes
associations d'idées chez moi que chez Swann que
la petite phrase avait éveillées. J'avais été surtout
sensible à l'élaboration, aux essais, aux reprises,
au « devenir » d'une phrase qui se faisait durant
la sonate comme cet amour s'était fait durant
ma vie. Et maintenant sachant combien chaque
jour un élément de plus de mon amour s'en allait,
le côté jalousie, puis tel autre, revenant en somme

10

peu à peu dans un vague souvenir à la faible
amorce du début, c'était mon amour qu'il me
semblait, en la petite phrase éparpillée, voir se
désagréger devant moi.

Comme je suivais les allées séparées d'un sous-
bois, tendues d'une gaze chaque jour amincie, le
souvenir d'une promenade où Albertine était à
côté de moi dans la voiture, où elle était rentrée
avec moi, où je sentais qu'elle enveloppait ma
vie, flottait maintenant autour de moi, dans la
brume incertaine des branches assombries au
milieu desquelles le soleil couchant faisait briller,
comme suspendue dans le vide, l'horizontalité
clairsemée des feuillages d'or. D'ailleurs je tres-
saillais de moment en moment, comme tous
ceux pour lesquels une idée fixe donne à toute
femme arrêtée au coin d'une allée, la ressemblance, l'identité possible avec celle à qui on
pense. « C'est peut-être elle ! » On se retourne, la
voiture continue à avancer et on ne revient pas
en arrière. Ces feuillages, je ne me contentais pas
de les voir avec les yeux de la mémoire, ils m'intéressaient, me touchaient comme ces pages purement descriptives, au milieu desquelles un artiste
pour les rendre plus complètes introduit une
fiction, tout un roman ; et cette nature prenait
ainsi le seul charme de mélancolie qui pouvait
aller jusqu'à mon cœur. La raison de ce charme
me parut être que j'aimais toujours autant Albertine, tandis que la raison véritable était au contraire que l'oubli continuait à faire en moi de

11

tels progrès que le souvenir d'Albertine ne m'était plus cruel, c'est-à-dire avait changé ; mais nous avons beau voir clair dans nos impressions, comme je crus alors voir clair dans la raison de ma mélancolie, nous ne savons pas remonter jusqu'à leur signification plus éloignée. Comme ces malaises dont le médecin écoute son malade lui raconter l'histoire et à l'aide desquels il remonte à une cause plus profonde, ignorée du patient, de même nos impressions, nos idées, n'ont qu'une valeur de symptômes. Ma jalousie étant tenue à l'écart par l'impression de charme et de douce tristesse que je ressentais, mes sens se réveillaient. Une fois de plus comme lorsque j'avais cessé de voir Gilberte, l'amour de la femme s'élevait en moi, débarrassé de toute association exclusive avec une certaine femme déjà aimée, et flottait comme ces essences qu'ont libérées des destructions antérieures et qui errent en suspens dans l'air printanier, ne demandant qu'à s'unir à une nouvelle créature. Nulle part il ne germe autant de fleurs, s'appelassent-elles « ne m'oubliez pas », que dans un cimetière. Je regardais les jeunes filles dont était innombrablement fleuri ce beau jour, comme j'eusse fait jadis de la voiture de Mme de Villeparisis ou de celle où j'étais par un même dimanche venu avec Albertine. Aussitôt, au regard que je venais de poser sur telle ou telle d'entre elles, s'appariait immédiatement le regard curieux, furtif, entreprenant, reflétant d'insaisissables pensées, que leur eût à la dérobée jeté Albertine et

12

qui, géminant le mien d'une aile mystérieuse,
rapide et bleuâtre, faisait passer dans ces allées
jusque-là si naturelles, le frisson d'un inconnu
dont mon propre désir n'eût pas suffi à les renouveler s'il fût demeuré seul, car lui, pour moi,
n'avait rien d'étranger.

D'ailleurs à Balbec, quand j'avais désiré connaître Albertine la première fois, n'était-ce pas
parce qu'elle m'avait semblé représentative de
ces jeunes filles dont la vue m'avait si souvent
arrêté dans les rues, sur les routes et que pour
moi elle pouvait résumer leur vie. Et n'était-il
pas naturel que maintenant l'étoile finissante de
mon amour dans lequel elles s'étaient condensées
se dispersât de nouveau en cette poussière dissé-
minée de nébuleuses ? Toutes me semblaient des
Albertine — l'image que je portais en moi me la
faisant retrouver partout, — et même, au détour
d'une allée, l'une d'elles qui remontait dans une
automobile me la rappela tellement, était si exactement de la même corpulence, que je me demandai
un instant si ce n'était pas elle que je venais de
voir, si on ne m'avait pas trompé en me faisant
le récit de sa mort. Je la revoyais ainsi dans un
angle d'allée, peut-être à Balbec, remontant en
voiture de la même manière, alors qu'elle avait
tant confiance dans la vie. Et l'acte de cette
jeune fille de remonter en automobile, je ne le
constatais pas seulement avec mes yeux, comme
la superficielle apparence qui se déroule si scu-
vent au cours d'une promenade : devenu une

13

sorte d'acte durable, il me semblait s'étendre
aussi dans le passé par ce côté qui venait de lui
être surajouté et qui s'appuyait si voluptueuse-
ment, si tristement contre mon cœur. Mais déjà
la jeune fille avait disparu.

Un peu plus loin je vis un groupe de trois jeunes
filles un peu plus âgées, peut-être des jeunes
femmes, dont l'allure élégante et énergique correspondait si bien à ce qui m'avait séduit le
premier jour où j'avais aperçu Albertine et ses
amies, que j'emboîtai le pas à ces trois nouvelles
jeunes filles et au moment où elles prirent une
voiture, j'en cherchai désespérément une autre
dans tous les sens. Je la trouvai, mais trop tard.
Je ne les rejoignis pas. Mais quelques jours plus
tard, comme je rentrais, j'aperçus, sortant de
sous la voûte de notre maison, les trois jeunes
filles que j'avais suivies au Bois. C'était tout à
fait, les deux brunes surtout, et un peu plus
âgées seulement, de ces jeunes filles du monde
qui souvent, vues de ma fenêtre ou croisées dans
la rue, m'avaient fait faire mille projets, aimer
la vie, et que je n'avais pu connaître. La blonde
avait un air un peu plus délicat, presque souffrant,
qui me plaisait moins. Ce fut pourtant elle qui
fut cause que je ne me contentai pas de les considérer un instant, mais qu'ayant pris racine, je
les contemplai avec ces regards qui, par leur
fixité impossible à distraire, leur application
comme à un problème, semblent avoir conscience
qu'il s'agit d'aller bien au delà de ce qu'on voit.

14

ALBERTINE DISPARUE

Je les aurais sans doute laissé disparaître comme
tant d'autres si, au moment où elles passèrent
devant moi, la blonde — était-ce parce que je
les contemplais avec cette attention ? — me lança
furtivement un premier regard, puis, m'ayant
dépassé et retournant la tête vers moi, un second
qui acheva de m'enflammer. Cependant comme
elle cessa de s'occuper de moi et se remit à causer
avec ses amies, mon ardeur eût sans doute fini
par tomber, si elle n'avait été centuplée par le
fait suivant. Ayant demandé au concierge qui
elles étaient : « Elles ont demandé Mme la Duchesse,
me dit-il. Je crois qu'il n'y en a qu'une qui la
connaisse et que les autres l'avaient seulement
accompagnée jusqu'à la porte. Voici le nom, je
ne sais pas si j'ai bien écrit. » Et je lus : Mlle Dé-
porcheville, que je rétablis aisément : d'Éporcheville, c'est-à-dire le nom ou à peu près, autant
que je me souvenais, de la jeune fille d'excellente
famille et apparentée vaguement aux Guermantes
dont Robert m'avait parlé pour l'avoir rencontrée
dans une maison de passe et avec laquelle il avait
eu des relations. Je comprenais maintenant la
signification de son regard, pourquoi elle s'était
retournée et cachée de ses compagnes. Que de
fois j'avais pensé à elle, me l'imaginant d'après
le nom que m'avait dit Robert. Et voici que je
venais de la voir, nullement différente de ses
amies, sauf par ce regard dissimulé qui ménageait
entre elle et moi une entrée secrète dans des
parties de sa vie qui, évidemment, étaient cachées

15

à ses amies, et qui me la faisait paraître plus acces-
sible — presque à demi-mienne — plus douce
que ne sont d'habitude les jeunes filles de l'aristocratie. Dans l'esprit de celle-ci, entre elle et
moi, il y avait d'avance de commun les heures
que nous aurions pu passer ensemble, si elle
avait eu la liberté de me donner un rendez-vous.
N'était-ce pas ce que son regard avait voulu
m'exprimer avec une éloquence qui ne fut claire
que pour moi. Mon cœur battait de toutes ses
forces, je n'aurais pas pu dire exactement comment était faite Mlle d'Éporcheville, je revoyais
vaguement un blond visage aperçu de côté, mais
j'étais amoureux fou d'elle. Tout d'un coup je
m'avisai que je raisonnais comme si, entre les
trois, Mlle d'Éporcheville était précisément la
blonde qui s'était retournée et m'avait regardé
deux fois. Or le concierge ne me l'avait pas dit.
Je revins à sa loge, l'interrogeai à nouveau, il
me dit qu'il ne pouvait me renseigner là-dessus,
mais qu'il allait le demander à sa femme qui
les avait déjà vues une autre fois. Elle était en
train de faire l'escalier de service. Qui n'a eu
au cours de sa vie de ces incertitudes, plus ou
moins semblables à celles-là, et délicieuses ? Un
ami charitable à qui on décrit une jeune fille
qu'on a vue au bal, en conclut qu'elle devait
être une de ses amies et vous invite avec elle.
Mais entre tant d'autres et sur un simple portrait parlé n'y aura-t-il pas eu d'erreur com-
mise ? La jeune fille que vous allez voir tout

16

à l'heure ne sera-t-elle pas une autre que celle
que vous désirez ? Ou au contraire n'allez-
vous pas voir vous tendre la main en souriant
précisément celle que vous souhaitiez qu'elle
fût ? Ce dernier cas assez fréquent, sans être
justifié toujours par un raisonnement aussi pro-
bant que celui qui concernait Mlle d'Éporcheville, résulte d'une sorte d'intuition et aussi de
ce souffle de chance qui parfois nous favorise.
Alors, en la voyant, nous nous disons : « C'était
bien elle. » Je me rappelle que, dans la petite
bande des jeunes filles se promenant au bord de
la mer, j'avais deviné juste celle qui s'appelait
Albertine Simonet. Ce souvenir me causa une
douleur aiguë mais brève, et tandis que le concierge cherchait sa femme, je songeais surtout
— pensant à Mlle d'Éporcheville et comme dans
ces minutes d'attente où un nom, un renseignement qu'on a on ne sait pourquoi adapté
à un visage, se trouve un instant libre et flotte,
prêt s'il adhère à un nouveau visage, à rendre
rétrospectivement le premier sur lequel il vous
avait renseigné inconnu, innocent, insaisissable,
— que la concierge allait peut-être m'apprendre
que Mlle d'Éporcheville était au contraire une
des deux brunes. Dans ce cas s'évanouissait l'être
à l'existence duquel je croyais, que j'aimais déjà,
que je ne songeais plus qu'à posséder, cette
blonde et sournoise Mlle d'Éporcheville que la
fatale réponse allait alors dissocier en deux éléments distincts, que j'avais arbitrairement .unis

17

à la façon d'un romancier qui fond ensemble
divers éléments empruntés à la réalité pour créer
un personnage imaginaire, et qui, pris chacun
à part, — le nom ne corroborant pas l'intention
du regard — perdaient toute signification. Dans
ce cas mes arguments se trouvaient détruits, mais
combien ils se trouvèrent au contraire fortifiés
quand le concierge revint me dire que Mlle d'Éporcheville était bien la blonde.

Dès lors je ne pouvais plus croire à une homonymie. Le hasard eût été trop grand que sur ces
trois jeunes filles l'une s'appelât Mlle d'Éporcheville, que ce fût justement (ce qui était la première
vérification typique de ma supposition) celle qui
m'avait regardé de cette façon, presque en me
souriant, et que ce ne fût pas celle qui allait dans
les maisons de passe.

Alors commença une journée d'une folle agitation. Avant même de partir acheter tout ce que
je croyais propre à me parer pour produire une
meilleure impression quand j'irais voir Mme de
Guermantes le surlendemain, jour où la jeune
fille devait, m'avait dit le concierge revenir voir
la Duchesse, chez qui je trouverais ainsi une
jeune fille facile et prendrais rendez-vous avec
elle (car je trouverais bien le moyen de l'entretenir un instant dans un coin du salon), j'allai
pour plus de sûreté télégraphier à Robert pour
lui demander le nom exact et la description de la
jeune fille, espérant avoir sa réponse avant le
surlendemain (je ne pensais pas une seconde à

18

autre chose, même pas à Albertine) décidé, quoiqu'il pût m'arriver d'ici là, dussè-je m'y faire
descendre en chaise à porteur si j'étais malade, à
faire une visite prolongée à la duchesse. Si je télégraphiais à Saint-Loup, ce n'est pas qu'il me
restât des doutes sur l'identité de la personne, et
que la jeune fille vue et celle dont il m'avait parlé
fussent encore distinctes pour moi. Je ne doutais
pas qu'elles n'en fissent qu'une seule. Mais dans
mon impatience d'attendre le surlendemain, il
m'était doux, c'était déjà pour moi comme un
pouvoir secret sur elle, de recevoir une dépêche
la concernant, pleine de détails. Au télégraphe,
tout en rédigeant ma dépêche avec l'animation
de l'homme qu'échauffe l'espérance, je remarquai
combien j'étais moins désarmé maintenant que
dans mon enfance et vis-à-vis de Mlle d'Éporcheville que de Gilberte. A partir du moment où
j'avais pris seulement la peine d'écrire ma dépêche, l'employé n'avait plus qu'à la prendre, les
réseaux les plus rapides de communication électrique à la transmettre à l'étendue de la France
et de la Méditerranée, et tout le passé noceur de
Robert allait être appliqué à identifier la personne
que je venais de rencontrer, se trouver au service
du roman que je venais d'ébaucher et auquel je
n'avais même plus besoin de penser, car la réponse
allait se charger de le conclure avant que vingt-
quatre heures fussent accomplies. Tandis qu'autrefois, ramené des Champs-Élysées par Françoise,
nourrissant seul à la maison d'impuissants désirs,

ne pouvant user des moyens pratiques de la civilisation, j'aimais comme un sauvage ou même,
car je n'avais pas la liberté de bouger, comme
une fleur. A partir de ce moment mon temps
se passa dans la fièvre ; une absence de quarante-huit heures que mon père me demanda
de faire avec lui et qui m'eût fait manquer la
visite chez la duchesse me mit dans une rage
et un désespoir tels que ma mère s'interposa et
obtint de mon père de me laisser à Paris. Mais
pendant plusieurs heures ma colère ne put s'apaiser, tandis que mon désir de Mlle d'Éporcheville
avait été centuplé par l'obstacle qu'on avait mis
entre nous, par la crainte que j'avais eue un instant que ces heures, auxquelles je souriais
d'avance sans trêve, de ma visite chez Mme de
Guermantes, comme un bien certain que nul ne
pourrait m'enlever, n'eussent pas lieu. Certains
philosophes disent que le monde extérieur n'existe
pas et que c'est en nous-même que nous dévelop-
pons notre vie. Quoi qu'il en soit, l'amour, même
en ses plus humbles commencements, est un
exemple frappant du peu qu'est la réalité pour
nous. M'eût-il fallu dessiner de mémoire un
portrait de Mlle d'Éporcheville, donner sa description, son signalement, et même la reconnaître
dans la rue cela m'eût été impossible. Je l'avais
aperçue de profil, bougeante, elle m'avait semblé
jolie, simple, grande et blonde, je n'aurais pas
pu en dire davantage. Mais toutes les réactions
du désir, de l'anxiété, du coup mortel frappé par

20

la peur de ne pas la voir si mon père m'emmenait, tout cela, associé à une image qu'en somme je ne connaissais pas et dont il suffisait que je la susse agréable, constituait déjà un amour. Enfin le lendemain matin, après une nuit d'insomnie heureuse, je reçus la dépêche de Saint-Loup : « de l'Orgeville, de particule, orge la graminée, comme du seigle, ville comme une ville, petite, brune, boulotte, est en ce moment en Suisse. » Ce n'était pas elle !

Un instant avant que Françoise m'apportât la dépêche, ma mère était entrée dans ma chambre avec le courrier, l'avait posé sur mon lit avec négligence, en ayant l'air de penser à autre chose. Et se retirant aussitôt pour me laisser seul, elle avait souri en partant. Et moi, connaissant les ruses de ma chère maman et sachant qu'on pouvait toujours lire dans son visage, sans crainte de se tromper, si l'on prenait comme clef le désir de faire plaisir aux autres, je souris et pensai : « Il y a quelque chose d'intéressant pour moi dans le courrier, et maman a affecté cet air indifférent et distrait pour que ma surprise soit complète et pour ne pas faire comme les gens qui vous ôtent la moitié de votre plaisir en vous l'annonçant. Et elle n'est pas restée là parce qu'elle a craint que par amour-propre je dissimule le plaisir que j'aurais et ainsi le ressente moins vivement ». Cependant en allant vers la porte pour sortir, elle avait rencontré Françoise qui entrait chez moi, la dépêche à la main. Dès qu'elle me

l'eut donnée, ma mère avait forcé Françoise à
rebrousser chemin et l'avait entraînée dehors,
effarouchée, offensée et surprise. Car Françoise
considérait que sa charge comportait le privilège
de pénétrer à toute heure dans ma chambre et
d'y rester s'il lui plaisait. Mais déjà, sur son visage,
l'étonnement et la colère avaient disparu sous le
sourire noirâtre et gluant d'une pitié transcen-
dante et d'une ironie philosophique, liqueur vis-
queuse que secrétait, pour guérir sa blessure, son
amour-propre lésé. Pour ne pas se sentir méprisée,
elle nous méprisait. Aussi bien pensait-elle que
nous étions des maîtres, c'est-à-dire des êtres
capricieux, qui ne brillent pas par l'intelligence
et qui trouvent leur plaisir à imposer par la peur
à des personnes spirituelles, à des domestiques,
pour bien montrer qu'ils sont les maîtres, des
devoirs absurdes comme de faire bouillir l'eau
en temps d'épidémie, de balayer ma chambre
avec un linge mouillé, et d'en sortir au moment
où on avait justement l'intention d'y rester.
Maman avait posé le courrier tout près de moi,
pour qu'il ne pût pas m'échapper. Mais je sentis
que ce n'étaient que des journaux. Sans doute y
avait-il quelque article d'un écrivain que j'aimais
et qui, écrivant rarement, serait pour moi une surprise. J'allai à la fenêtre, j'écartai les rideaux.
Au-dessus du jour blême et brumeux, le ciel
était tout rose comme à cette heure dans les
cuisines les fourneaux qu'on allume, et cette vue
me remplit d'espérance et du désir de passer la

22

nuit et de m'éveiller à la petite station campa-
gnarde où j'avais vu la laitière aux joues roses.

Pendant ce temps-là j'entendais Françoise qui,
indignée qu'on l'eût chassée de ma chambre où
elle considérait qu'elle avait ses grandes entrées,
grommelait : « Si c'est pas malheureux, un enfant
qu'on a vu naître. Je ne l'ai pas vu quand sa
mère le faisait bien sûr. Mais quand je l'ai connu,
pour bien dire, il n'y avait pas cinq ans qu'il
était naquis ! »

J'ouvris le *Figaro*. Quel ennui ! Justement le
premier article avait le même titre que celui que
j'avais envoyé et qui n'avait pas paru, mais pas
seulement le même titre,... voici quelques mots
absolument pareils. Cela, c'était trop fort. J'enverrais une protestation. Mais ce n'étaient pas que
quelques mots, c'était tout, c'était ma signature.
C'était mon article qui avait enfin paru ! Mais ma
pensée qui, déjà à cette époque, avait commencé
à vieillir et à se fatiguer un peu, continua un
instant encore à raisonner comme si elle n'avait
pas compris que c'était mon article, comme ces
vieillards qui sont obligés de terminer jusqu'au
bout un mouvement commencé même s'il est
devenu inutile, même si un obstacle imprévu,
devant lequel il faudrait se retirer immédiatement
le rend dangereux. Puis je considérai le pain
spirituel qu'est un journal encore chaud et humide
de la presse récente dans le brouillard du matin
où on le distribue, dès l'aurore, aux bonnes qui
l'apportent à leurs maîtres avec le café au lait,

23

pain miraculeux, multipliable, qui est à la fois un et dix mille, qui reste le même pour chacun tout en pénétrant innombrable à la fois dans toutes les maisons.

Ce que je tenais en main, ce n'est pas un certain exemplaire du journal, c'est l'un quelconque des dix mille, ce n'est pas seulement ce qui a été écrit pour moi, c'est ce qui a été écrit pour moi et pour tous. Pour apprécier exactement le phénomène qui se produit en ce moment dans les autres maisons, il faut que je lise cet article non en auteur, mais comme un des autres lecteurs du journal. Car ce que je tenais en main n'était pas seulement ce que j'avais écrit, mais était le symbole de l'incarnation dans tant d'esprits. Aussi pour le lire, fallait-il que je cessasse un moment d'en être l'auteur, que je fusse l'un quelconque des lecteurs du *Figaro*. Mais d'abord une première inquiétude. Le lecteur non prévenu verrait-il cet article ? Je déplie distraitement le journal comme ferait ce lecteur non prévenu, ayant même sur ma figure l'air d'ignorer ce qu'il y a ce matin dans mon journal et d'avoir hâte de regarder les nouvelles mondaines et la politique. Mais mon article est si long que mon regard qui l'évite (pour rester dans la vérité, et ne pas mettre la chance de mon côté comme quelqu'un qui attend compte très lentement exprès) en accroche un morceau au passage. Mais beaucoup de ceux qui aperçoivent le premier article et même qui le lisent ne regardent pas la signature ; moi-même je serais

24

bien incapable de dire de qui était le premier
article de la veille. Et je me promets maintenant
de les lire toujours et le nom de leur auteur, mais
comme un amant jaloux qui ne trompe pas sa
maîtresse pour croire à sa fidélité, je songe tristement que mon attention future ne forcera pas
en retour celle des autres. Et puis il y a ceux qui
vont partir pour la chasse, ceux qui sont sortis
brusquement de chez eux. Enfin quelques-uns
tout de même le liront. Je fais comme ceux-là, je
commence. J'ai beau savoir que bien des gens
qui liront cet article le trouveront détestable, au
moment où je lis, ce que je vois dans chaque mot
me semble être sur le papier, je ne peux pas
croire que chaque personne en ouvrant les yeux
ne verra pas directement les images que je vois,
croyant que la pensée de l'auteur est directement
perçue par le lecteur, tandis que c'est une autre
pensée qui se fabrique dans son esprit, avec la
même naïveté que ceux qui croient que c'est la
parole même qu'on a prononcée qui chemine telle
quelle le long des fils du téléphone ; au moment
même où je veux être un lecteur, mon esprit refait
en auteur le tour de ceux qui liront mon article.
Si M. de Guermantes ne comprenait pas telle
phrase que Bloch aimerait, en revanche, il pourrait s'amuser de telle réflexion que Bloch dédai-
gnerait. Ainsi pour chaque partie que le lecteur
précédent semblait délaisser, un nouvel amateur
se présentant, l'ensemble de l'article se trouvait
élevé aux nues par une foule et s'imposait ainsi à

ma propre défiance de moi-même qui n'avait
plus besoin de le détruire. C'est qu'en réalité, il
en est de la valeur d'un article, si remarquable
qu'il puisse être, comme de ces phrases des comptes
rendus de la Chambre où les mots « Nous verrons
bien » prononcés par le ministre ne prennent toute
leur importance qu'encadrés ainsi : LE PRÉSI-
DENT DU CONSEIL, MINISTRE DE L'INTÉRIEUR
ET DES CULTES : « Nous verrons bien » *(Vives
exclamations à l'extrême-gauche. Très bien ! sur
quelques bancs à gauche et au centre)* — la plus
grande partie de leur beauté réside dans l'esprit
des lecteurs. Et c'est la tare originelle de ce
genre de littérature dont ne sont pas exceptés
les célèbres *Lundis* que leur valeur réside dans
l'impression qu'elle produit sur les lecteurs. C'est
une Vénus collective, dont on n'a qu'un membre
mutilé si l'on s'en tient à la pensée de l'auteur,
car elle ne se réalise complète que dans l'esprit
de ses lecteurs. En eux elle s'achève. Et comme
une foule, fût-elle une élite, n'est pas artiste,
ce cachet dernier qu'elle lui donne garde toujours quelque chose d'un peu commun. Ainsi
Sainte-Beuve, le lundi, pouvait se représenter
Mme de Boigne dans son lit à huit colonnes lisant
son article du *Constitutionnel*, appréciant telle
jolie phrase dans laquelle il s'était longtemps
complu et qui ne serait peut-être jamais sortie
de lui s'il n'avait jugé à propos d'en bourrer son
feuilleton pour que le coup en portât plus loin.
Sans doute le chancelier le lisant de son côté en

26

parlerait à sa vieille amie dans la visite qu'il lui ferait un peu plus tard. Et en l'emmenant ce soir dans sa voiture, le duc de Noailles en pantalon gris lui dirait ce qu'on en avait pensé dans la société, si un mot de Mme d'Herbouville ne le lui avait déjà appris.

Je voyais ainsi à cette même heure, pour tant de gens, ma pensée, ou même à défaut de ma pensée pour ceux qui ne pouvaient la comprendre la répétition de mon nom et comme une évocation embellie de ma personne, briller sur eux, en une aurore qui me remplissait de plus de force et de joie triomphante que l'aurore innombrable qui en même temps se montrait rose à toutes les fenêtres.

Je voyais Bloch, M. de Guermantes, Legrandin, tirer chacun à son tour de chaque phrase les images qu'il y enferme ; au moment même où j'essaie d'être un lecteur quelconque, je lis en auteur, mais pas en auteur seulement. Pour que l'être impossible que j'essaie d'être, réunisse tous les contraires qui peuvent m'être le plus favorables, si je lis en auteur, je me juge en lecteur, sans aucune des exigences que peut avoir pour un écrit celui qui y confronte l'idéal qu'il a voulu y exprimer. Ces phrases de mon article, lorsque je les écrivis, étaient si pâles auprès de ma pensée, si compliquées et opaques auprès de ma vision harmonieuse et transparente, si pleines de lacunes que je n'étais pas arrivé à remplir, que leur lecture était pour moi une souffrance, elles n'avaient

27

fait qu'accentuer en moi le sentiment de mon
impuissance et de mon manque incurable de
talent. Mais maintenant, en m'efforçant d'être
lecteur, si je me déchargeais sur les autres du
devoir douloureux de me juger, je réussissais du
moins à faire table rase de ce que j'avais voulu
faire en lisant ce que j'avais fait. Je lisais l'article
en m'efforçant de me persuader qu'il était d'un
autre. Alors toutes mes images, toutes mes réflexions, toutes mes épithètes prises en elles-
mêmes et sans le souvenir de l'échec qu'elles
représentaient pour mes visées, me charmaient
par leur éclat, leur ampleur, leur profondeur. Et
quand je sentais une défaillance trop grande, me
réfugiant dans l'âme du lecteur quelconque émer-
veillé, je me disais : « Bah ! comment un lecteur
peut-il s'apercevoir de cela, il manque quelque
chose là, c'est possible. Mais, sapristi, s'ils ne
sont pas contents ! Il y a assez de jolies choses
comme cela, plus qu'ils n'en ont l'habitude. » Et
m'appuyant sur ces dix mille approbations qui
me soutenaient, je puisais autant de sentiment
de ma force et d'espoir de talent dans la lecture
que je faisais à ce moment que j'y avait puisé
de défiance quand ce que j'avais écrit ne s'adressait qu'à moi.

A peine eus-je fini cette lecture réconfortante,
que moi qui n'avais pas eu le courage de relire
mon manuscrit, je souhaitai de la recommencer
immédiatement, car il n'y a rien comme un vieil
article de soi dont on puisse mieux dire que

« quand on l'a lu on peut le relire ». Je me promis d'en faire acheter d'autres exemplaires par Françoise, pour donner à des amis, lui dirais-je, en réalité pour toucher du doigt le miracle de la multiplication de ma pensée et lire, comme si j'étais un autre Monsieur qui vient d'ouvrir le *Figaro*, dans un autre numéro les mêmes phrases. Il y avait justement un temps infini que je n'avais vu les Guermantes, je devais leur faire le lendemain, cette visite que j'avais projetée avec tant d'agitation afin de rencontrer Mlle d'Éporcheville, lorsque je télégraphiais à St-Loup. Je me rendrais compte par eux de l'opinion qu'on avait de mon article. Je pensais à telle lectrice dans la chambre de qui j'eusse tant aimé pénétrer et à qui le journal apporterait sinon ma pensée, qu'elle ne pourrait comprendre, du moins mon nom, comme une louange de moi. Mais les louanges décernées à ce qu'on n'aime pas n'enchantent pas plus le cœur, que les pensées d'un esprit qu'on ne peut pénétrer n'atteignent l'esprit. Pour d'autres amis, je me disais que si l'état de ma santé continuait à s'aggraver et si je ne pouvais plus les voir, il serait agréable de continuer à écrire pour avoir encore par là accès auprès d'eux, pour leur parler entre les lignes, les faire penser à mon gré, leur plaire, être reçu dans leur cœur. Je me disais cela parce que les relations mondaines ayant eu jusqu'ici une place dans ma vie quotidienne, un avenir où elles ne figureraient plus m'effrayait et que cet expédient qui me permettrait de retenir

29

sur moi l'attention de mes amis, peut-être d'exciter leur admiration, jusqu'au jour où je serais assez bien pour recommencer à les voir, me consolait. Je me disais cela, mais je sentais bien que ce n'était pas vrai, que si j'aimais à me figurer leur attention comme l'objet de mon plaisir, ce plaisir était un plaisir intérieur, spirituel, ultime, qu'eux ne pouvaient me donner, et que je pouvais trouver non en causant avec eux, mais en écrivant loin d'eux, et que, si je commençais à écrire pour les voir indirectement, pour qu'ils eussent une meilleure idée de moi, pour me préparer une meilleure situation dans le monde, peut-être écrire m'ôterait l'envie de les voir, et que la situation que la littérature m'aurait peut-être faite dans le monde, je n'aurais plus envie d'en jouir, car mon plaisir ne serait plus dans le monde, mais dans la littérature.

Après le déjeuner, quand j'allai chez Mme de Guermantes, ce fut moins pour Mlle d'Éporcheville qui avait perdu, du fait de la dépêche de Saint-Loup, le meilleur de sa personnalité que pour voir en la duchesse elle-même une de ces lectrices de mon article qui pourraient me permettre d'imaginer ce qu'avait pu penser le public, — abonnés et acheteurs, — du *Figaro*. Ce n'est pas du reste sans plaisir que j'allais chez Mme de Guermantes. J'avais beau me dire que ce qui différenciait pour moi ce salon des autres, c'était le long stage qu'il avait fait dans mon imagination, en connaissant les causes de cette différence, je

ne l'abolissais pas. Il existait d'ailleurs pour moi
plusieurs noms de Guermantes. Si celui que ma
mémoire n'avait inscrit que comme dans un livre
d'adresses ne s'accompagnait d'aucune poésie, de
plus anciens, ceux qui remontaient au temps où
je ne connaissais pas Mme de Guermantes, étaient
susceptibles de se reformer en moi, surtout quand
il y avait longtemps que je ne l'avais vue et que
la clarté crue de la personne au visage humain
n'éteignait pas les rayons mystérieux du nom.
Alors de nouveau je me remettais à penser à la
demeure de Mme de Guermantes comme à quelque
chose qui eût été au delà du réel, de la même façon
que je me remettais à penser au Balbec brumeux de
mes premiers rêves, et comme si depuis je n'avais
pas fait ce voyage, au train de une heure cinquante
comme si je ne l'avais pas pris. J'oubliais un instant la connaissance que j'avais que tout cela
n'existait pas, comme on pense quelquefois à un
être aimé en oubliant pendant un instant qu'il
est mort. Puis l'idée de la réalité revint en entrant
dans l'antichambre de la duchesse. Mais je me
consolai en me disant qu'elle était malgré tout
pour moi le véritable point d'intersection entre
la réalité et le rêve.

En entrant dans le salon, je vis la jeune fille
blonde que j'avais crue pendant vingt-quatre
heures être celle dont Saint-Loup m'avait parlé.
Ce fut elle-même qui demanda à la duchesse de
me « représenter » à elle. Et en effet, depuis que
j'étais entré, j'avais une impression de très bien

la connaître, mais que dissipa la duchesse en me disant : « Ah ! vous avez déjà rencontré Mlle de Forcheville. » Or, au contraire, j'étais certain de n'avoir jamais été présenté à aucune jeune fille de ce nom, lequel m'eût certainement frappé, tant il était familier à ma mémoire depuis qu'on m'avait fait un récit rétrospectif des amours d'Odette et de la jalousie de Swann. En soi ma double erreur de nom, de m'être rappelé de l'Orgeville comme étant d'Éporcheville et d'avoir reconstitué en Éporcheville ce qui était en réalité Forcheville n'avait rien d'extraordinaire. Notre tort est de croire que les choses se présentent habituellement telles qu'elles sont en réalité, les noms tels qu'ils sont écrits, les gens tels que la photographie et la psychologie donnent d'eux une notion immobile. En fait ce n'est pas du tout cela que nous percevons d'habitude. Nous voyons, nous entendons, nous concevons le monde tout de travers. Nous répétons un nom tel que nous l'avons entendu jusqu'à ce que l'expérience ait rectifié notre erreur, ce qui n'arrive pas toujours. Tout le monde à Combray parla pendant vingt-cinq ans à Françoise de Mme Sazerat et Françoise continua à dire Mme Sazerin, non par cette volontaire et orgueilleuse persévérance dans ses erreurs qui était habituelle chez elle, se renforçait de notre contradiction et était tout ce qu'elle avait ajouté chez elle à la France de Saint-André-des-Champs (des principes égalitaires de 1789, elle ne réclamait qu'un droit du citoyen, celui de ne

pas prononcer comme nous et de maintenir
qu'hôtel, été et air étaient du genre féminin),
mais parce qu'en réalité elle continua toujours
d'entendre Sazerin. Cette perpétuelle erreur qui
est précisément la « vie », ne donne pas ses
mille formes seulement à l'univers visible et à
l'univers audible, mais à l'univers social, à l'univers sentimental, à l'univers historique, etc. La
Princesse de Luxembourg n'a qu'une situation
de cocotte pour la femme du Premier Président,
ce qui du reste est de peu de conséquence ; ce
qui en a un peu plus, Odette est une femme
difficile pour Swann, d'où il bâtit tout un roman
qui ne devient que plus douloureux quand il
comprend son erreur ; ce qui en a encore davantage, les Français ne rêvent que la revanche aux
yeux des Allemands. Nous n'avons de l'univers
que des visions informes, fragmentées et que nous
complétons par des associations d'idées arbitraires, créatrices de dangereuses suggestions. Je
n'aurais donc pas eu lieu d'être étonné en enten-
dant le nom de Forcheville (et déjà je me demandais si c'était une parente du Forcheville dont
j'avais tant entendu parler) si la jeune fille blonde
ne m'avait dit aussitôt, désireuse sans doute de
prévenir avec tact des questions qui lui eussent
été désagréables : « Vous ne vous souvenez pas
que vous m'avez beaucoup connue autrefois,...
vous veniez à la maison,... votre amie Gilberte.
J'ai bien vu que vous ne me reconnaissiez pas.
Moi je vous ai bien reconnu tout de suite. » (Elle

33

dit cela comme si elle m'avait reconnu tout de
suite dans le salon, mais la vérité est qu'elle
m'avait reconnu dans la rue et m'avait dit bonjour, et plus tard Mme de Guermantes me dit
qu'elle lui avait raconté comme une chose très
drôle et extraordinaire que je l'avais suivie et
frôlée, la prenant pour une cocotte). Je ne sus
qu'après son départ pourquoi elle s'appelait
Mlle de Forcheville. Après la mort de Swann,
Odette qui étonna tout le monde par une douleur
profonde, prolongée et sincère, se trouvait être
une veuve très riche. Forcheville l'épousa, après
avoir entrepris une longue tournée de châteaux
et s'être assuré que sa famille recevrait sa femme.
(Cette famille fit quelques difficultés, mais céda
devant l'intérêt de ne plus avoir à subvenir aux
dépenses d'un parent besogneux qui allait passer
d'une quasi-misère à l'opulence.) Peu après un
oncle de Swann, sur la tête duquel la disparition
successive de nombreux parents avait accumulé
un énorme héritage, mourut, laissant toute cette
fortune à Gilberte qui devenait ainsi une des plus
riches héritières de France. Mais c'était le moment
où des suites de l'affaire Dreyfus était né un
mouvement antisémite parallèle à un mouvement
plus abondant de pénétration du monde par les
israélites. Les politiciens n'avaient pas eu tort
en pensant que la découverte de l'erreur judiciaire
porterait un coup à l'antisémitisme. Mais provi-
soirement au moins un antisémitisme mondain
s'en trouvait au contraire accru et exaspéré.

Forcheville qui, comme le moindre noble, avait puisé dans des conversations de famille la certitude que son nom était plus ancien que celui de La Rochefoucauld, considérait qu'en épousant la veuve d'un juif, il avait accompli le même acte de charité qu'un millionnaire qui ramasse une prostituée dans la rue et la tire de la misère et de la fange ; il était prêt à étendre sa bonté jusqu'à la personne de Gilberte dont tant de millions aideraient, mais dont cet absurde nom de Swann gênerait le mariage. Il déclara qu'il l'adoptait. On sait que Mme de Guermantes, à l'étonnement — qu'elle avait d'ailleurs le goût et l'habitude de provoquer — de sa société s'était, quand Swann s'était marié, refusée à recevoir sa fille aussi bien que sa femme. Ce refus avait été en apparence d'autant plus cruel que ce qu'avait pendant longtemps représenté à Swann son mariage possible avec Odette, c'était la présentation de sa fille à Mme de Guermantes. Et sans doute il eût dû savoir, lui qui avait déjà tant vécu, que ces tableaux qu'on se fait ne se réalisent jamais pour différentes raisons. Parmi celles-là il en est une qui fit qu'il pensa peu à regretter cette présentation. Cette raison est que, quelle que soit l'image, depuis la truite à manger au coucher du soleil qui décide un homme sédentaire à prendre le train, jusqu'au désir de pouvoir étonner un soir une orgueilleuse caissière en s'arrêtant devant elle en somptueux équipage qui décide un homme sans scrupules à commettre un assassinat, ou à

souhaiter la mort et l'héritage des siens, selon
qu'il est plus brave ou plus paresseux, qu'il va
plus loin dans la suite de ses idées ou reste à en
caresser le premier chaînon, l'acte qui est destiné
à nous permettre d'atteindre l'image, que cet
acte soit le voyage, le mariage, le crime,... cet
acte nous modifie assez profondément pour que
nous n'attachions plus d'importance à la raison
qui nous a fait l'accomplir. Il se peut même que
ne vienne plus une seule fois à son esprit l'image
que se formait celui qui n'était pas encore un
voyageur, ou un mari, ou un criminel, ou un isolé
(qui s'est mis au travail pour la gloire et s'est
du même coup détaché du désir de la gloire).
D'ailleurs missions-nous de l'obstination à ne pas
avoir voulu agir en vain, il est probable que l'effet
de soleil ne se retrouverait pas, qu'ayant froid
à ce moment-là, nous souhaiterions un potage au
coin du feu et non une truite en plein air, que notre
équipage laisserait indifférente la caissière qui
peut-être avait pour des raisons tout autres une
grande considération pour nous et dont cette
brusque richesse exciterait la méfiance. Bref nous
avons vu Swann marié attacher surtout de l'importance aux relations de sa femme et de sa fille
avec Mme Bontemps.

A toutes les raisons, tirées de la façon Guermantes de comprendre la vie mondaine, qui
avaient décidé la Duchesse à ne jamais se laisser
présenter Mme et Mlle Swann, on peut ajouter
aussi cette assurance heureuse avec laquelle les

gens qui n'aiment pas se tiennent à l'écart de ce qu'ils blâment chez les amoureux et que l'amour de ceux-ci explique. « Oh ! je ne me mêle pas à tout ça, si ça amuse le pauvre Swann de faire des bêtises et de ruiner son existence, c'est son affaire, mais on ne sait pas avec ces choses-là, tout ça peut très mal finir, je les laisse se débrouiller. » C'est le *Suave mari magno* que Swann lui-même me conseillait à l'égard des Verdurin, quand il avait depuis longtemps cessé d'être amoureux d'Odette et ne tenait plus au petit clan. C'est tout ce qui rend si sages les jugements des tiers sur les passions qu'ils n'éprouvent pas et les complications de conduite qu'elles entraînent.

Mme de Guermantes avait même mis à exclure Mme et Mlle Swann une persévérance qui avait étonné. Quand Mme Molé, Mme de Marsantes avaient commencé de se lier avec Mme Swann et de mener chez elle un grand nombre de femmes du monde, non seulement Mme de Guermantes était restée intraitable, mais elle s'était arrangée pour couper les ponts et que sa cousine la Princesse de Guermantes l'imitât. Un des jours les plus graves de la crise où pendant le ministère Rouvier on crut qu'il allait y avoir la guerre entre la France et l'Allemagne, comme je dînais seul chez Mme de Guermantes avec M. de Bréauté, j'avais trouvé à la Duchesse l'air soucieux. J'avais cru, comme elle se mêlait volontiers de politique, qu'elle voulait montrer par là sa crainte

37

de la guerre, comme un jour où elle était venue à table si soucieuse, répondant à peine par mono-syllabes, à quelqu'un qui l'interrogeait timide-ment sur l'objet de son souci, elle avait répondu d'un air grave : « La Chine m'inquiète ». Or au bout d'un moment, Mme de Guermantes, expli-quant elle-même l'air soucieux que j'avais attribué à la crainte d'une déclaration de guerre, avait dit à M. de Bréauté : « On dit que Mme Aynard veut faire une position aux Swann. Il faut abso-lument que j'aille demain matin voir Marie-Gilbert pour qu'elle m'aide à empêcher ça. Sans cela il n'y a plus de société. C'est très joli l'affaire Dreyfus. Mais alors l'épicière du coin n'a qu'à se dire nationaliste et à vouloir en échange être reçue chez nous. » Et j'avais eu de ce propos, si frivole auprès de celui que j'attendais, l'étonne-ment du lecteur qui, cherchant dans le *Figaro* à la place habituelle les dernières nouvelles de la guerre russo-japonaise, tombe au lieu de cela sur la liste des personnes qui ont fait des cadeaux de noce à Mlle de Mortemart, l'importance d'un mariage aristocratique ayant fait reculer à la fin du journal les batailles sur terre et sur mer. La Duchesse finissait d'ailleurs par éprouver de sa persévérance poursuivie au delà de toute mesure, une satisfaction d'orgueil qu'elle ne manquait pas une occasion d'exprimer. « Bébel, disait-elle, prétend que nous sommes les deux personnes les plus élégantes de Paris, parce qu'il n'y a que moi et lui qui ne nous laissions pas saluer par

ALBERTINE DISPARUE

Mme et Mlle Swann. Or il assure que l'élégance est de ne pas connaître Mme Swann. » Et la Duchesse riait de tout son cœur.

Cependant, quand Swann fut mort, il arriva que la décision de ne pas recevoir sa fille avait fini de donner à Mme de Guermantes toutes les satisfactions d'orgueil, d'indépendance, de self-government, de persécution qu'elle était susceptible d'en tirer et auxquelles avait mis fin la disparition de l'être qui lui donnait la sensation délicieuse qu'elle lui résistait, qu'il ne parvenait pas à lui faire rapporter ses décrets.

Alors la Duchesse avait passé à la promulgation d'autres décrets qui, s'appliquant à des vivants, pussent lui faire sentir qu'elle était maîtresse de faire ce qui bon lui semblait. Elle ne parlait pas à la petite Swann, mais quand on lui parlait d'elle, la Duchesse ressentait une curiosité, comme d'un endroit nouveau, que ne venait pas lui masquer à elle-même le désir de résister à la prétention de Swann. D'ailleurs tant de sentiments différents peuvent contribuer à en former un seul qu'on ne saurait pas dire s'il n'y avait pas quelque chose d'affectueux pour Swann dans cet intérêt. Sans doute — car à tous les étages de la société une vie mondaine et frivole paralyse la sensibilité et ôte le pouvoir de ressusciter les morts — la Duchesse était de celles qui ont besoin de la présence — de cette présence qu'en vraie Guermantes elle excellait à prolonger — pour aimer vraiment, mais aussi, chose plus rare, pour détester un peu,

39

De sorte que souvent ses bons sentiments pour les gens, suspendus de leur vivant par l'irritation que tels ou tels de leurs actes lui causaient, renaissaient après leur mort. Elle avait presque alors un désir de réparation, parce qu'elle ne les imaginait plus — très vaguement d'ailleurs — qu'avec leurs qualités, et dépourvus des petites satisfactions, des petites prétentions qui l'agaçaient en eux quand ils vivaient. Cela donnait parfois, malgré la frivolité de Mme de Guermantes, quelque chose d'assez noble — mêlé à beaucoup de bassesse — à sa conduite. Tandis que les trois quarts des humains flattent les vivants et ne tiennent plus aucun compte des morts, elle faisait souvent après leur mort ce qu'auraient désiré ceux qu'elle avait maltraités, vivants.

Quant à Gilberte, toutes les personnes qui l'aimaient et avaient un peu d'amour-propre pour elle, n'eussent pu se réjouir du changement de dispositions de la Duchesse à son égard qu'en pensant que Gilberte, en repoussant dédaigneusement des avances qui venaient après vingt-cinq ans d'outrages, dût enfin venger ceux-ci. Malheureusement les réflexes moraux ne sont pas toujours identiques à ce que le bon sens imagine. Tel qui par une injure mal à propos a cru perdre à tout jamais ses ambitions auprès d'une personne à qui il tient les sauve au contraire par là. Gilberte assez indifférente aux personnes qui étaient aimables pour elle, ne cessait de penser avec admiration à l'insolente Mme de Guermantes, à se demander les raisons de cette insolence ; même , une fois, ce qui eût fait mourir de honte pour elle tous les gens qui lui témoignaient un peu d'amitié, elle avait voulu écrire à la Duchesse pour lui demander ce qu'elle avait contre une jeune fille qui ne lui avait rien fait. Les Guermantes avaient pris à ses yeux des proportions que leur noblesse eût été impuissante à leur donner. Elle les mettait au-dessus non seulement de toute la noblesse, mais même de toutes les familles royales.

D'anciennes amies de Swann s'occupaient beaucoup de Gilberte. Quand on apprit dans l'aristocratie le dernier héritage qu'elle venait de faire, on commença à remarquer combien elle était bien élevée et quelle femme charmante elle ferait. On prétendait qu'une cousine de Mme de Guermantes, la princesse de Nièvre, pensait à Gilberte pour son fils. Mme de Guermantes détestait Mme de Nièvre. Elle dit qu'un tel mariage serait un scandale. Mme de Nièvre effrayée assura qu'elle n'y avait jamais pensé. Un jour, après déjeuner, comme il faisait beau, et que M. de Guermantes devait sortir avec sa femme, Mme de Guermantes arrangeait son chapeau dans la glace, ses yeux bleus se regardaient eux-mêmes, et regardaient ses cheveux encore blonds, la femme de chambre tenait à la main diverses ombrelles entre lesquelles sa maîtresse choisirait. Le soleil entrait à flots par la fenêtre et ils avaient décidé de profiter de la belle journée pour aller faire une visite à Saint-Cloud, et M. de Guermantes tout

41

prêt, en gants gris perle et le tube sur la tête se disait : « Oriane est vraiment encore étonnante. Je la trouve délicieuse », et voyant que sa femme avait l'air bien disposée : « A propos, dit-il, j'avais une commission à vous faire de Mme de Virelef. Elle voulait vous demander de venir lundi à l'Opéra, mais comme elle a la petite Swann, elle n'osait pas et m'a prié de tâter le terrain. Je n'émets aucun avis, je vous transmets tout simplement. Mon Dieu, il me semble que nous pourrions... » ajouta-t-il évasivement, car leur disposition à l'égard d'une personne étant une disposition collective et naissant identique en chacun d'eux, il savait par lui-même que l'hostilité de sa femme à l'égard de Mlle Swann était tombée et qu'elle était curieuse de la connaître. Mme de Guermantes acheva d'arranger son voile et choisit une ombrelle. « Mais comme vous voudrez, que voulez-vous que ça me fasse, je ne vois aucun inconvénient à ce que nous connaissions cette petite. Vous savez bien que je n'ai jamais rien eu *contre* elle. Simplement je ne voulais pas que nous ayons l'air de recevoir les faux-ménages de nos amis. Voilà tout. » « Et vous aviez parfaitement raison, répondit le Duc. Vous êtes la sagesse même, Madame, et vous êtes de plus ravissante avec ce chapeau. » « Vous êtes fort aimable », dit Mme de Guermantes en souriant à son mari et en se dirigeant vers la porte. Mais avant de monter en voiture, elle tint à lui donner encore quelques explications : « Maintenant il y

42

a beaucoup de gens qui voient la mère, d'ailleurs elle a le bon esprit d'être malade les trois quarts de l'année... Il paraît que la petite est très gentille. Tout le monde sait que nous aimions beaucoup Swann. On trouvera cela tout naturel » et ils partirent ensemble pour Saint-Cloud.

Un mois après, la petite Swann, qui ne s'appelait pas encore Forcheville, déjeunait chez les Guermantes. On parla de mille choses ; à la fin du déjeuner, Gilberte dit timidement : « Je crois que vous avez très bien connu mon père. » « Mais je crois bien, dit Mᵐᵉ de Guermantes sur un ton mélancolique qui prouvait qu'elle comprenait le chagrin de la fille et avec un excès d'intensité voulu qui lui donnait l'air de dissimuler qu'elle n'était pas sûre de se rappeler très exactement le père. Nous l'avons très bien connu, je me le rappelle *très bien*. » (Et elle pouvait se le rappeler en effet, il était venu la voir presque tous les jours pendant vingt-cinq ans.) « Je sais très bien qui c'était, je vais vous dire, ajouta-t-elle, comme si elle avait voulu expliquer à la fille qui elle avait eu pour père et donner à cette jeune fille des renseignements sur lui, c'était un grand ami à ma belle-mère et aussi il était très lié avec mon beau-frère Palamède. » « Il venait aussi ici, il déjeunait même ici, ajouta M. de Guermantes par ostentation de modestie et scrupule d'exactitude. Vous vous rappelez, Oriane. Quel brave homme que votre père. Comme on sentait qu'il devait être d'une famille honnête, du reste j'ai

43

aperçu autrefois son père et sa mère. Eux et lui, quelles bonnes gens ! »

On sentait que s'ils avaient été, les parents et le fils, encore en vie, le duc de Guermantes n'eût pas eu d'hésitation à les recommander pour une place de jardiniers ! Et voilà comment le faubourg Saint-Germain parle à tout bourgeois des autres bourgeois, soit pour le flatter de l'exception faite — le temps qu'on cause — en faveur de l'interlocuteur ou de l'interlocutrice, soit plutôt et en même temps pour l'humilier. C'est ainsi qu'un antisémite dit à un Juif, dans le moment même où il le couvre de son affabilité, du mal des juifs, d'une façon générale qui permette d'être blessant sans être grossier.

Mais sachant vraiment vous combler, quand elle vous voyait, ne pouvant alors se résoudre à vous laisser partir, Mme de Guermantes était aussi l'esclave de ce besoin de la présence. Swann avait pu parfois dans l'ivresse de la conversation donner à la Duchesse l'illusion qu'elle avait de l'amitié pour lui, il ne le pouvait plus. « Il était charmant », dit la Duchesse avec un sourire triste en posant sur Gilberte un regard très doux qui, à tout hasard, pour le cas où cette jeune fille serait sensible, lui montrerait qu'elle était comprise et que Mme de Guermantes, si elle se fût trouvée seule avec elle et si les circonstances l'eussent permis, eût aimé lui dévoiler toute la profondeur de sa sensibilité. Mais M. de Guermantes, soit qu'il pensât précisément que les

circonstances s'opposaient à de telles effusions,
soit qu'il considérât que toute exagération de
sentiment était l'affaire des femmes et que les
hommes n'avaient pas plus à y voir que dans leurs
autres attributions, sauf la cuisine et les vins
qu'il s'était réservés y ayant plus de lumières que
la Duchesse, crut bien faire de ne pas alimenter,
en s'y mêlant, cette conversation qu'il écoutait
avec une visible impatience.

Du reste Mme de Guermantes, cet accès de sensibilité passé, ajouta avec une frivolité mondaine
en s'adressant à Gilberte : « Tenez, c'était non
seulement un grand ami à mon beau-frère Charlus
mais aussi il était très ami avec Voisenon (le
château du prince de Guermantes) » comme si le
fait de connaître M. de Charlus et le Prince avait
été pour Swann un hasard, comme si le beau-
frère et le cousin de la Duchesse avaient été deux
hommes avec qui Swann se fût trouvé lié dans
une certaine circonstance, alors que Swann était
lié avec tous les gens de cette même société, et
comme si Mme de Guermantes avait voulu faire
comprendre à Gilberte qui était à peu près son
père, le lui « situer » par un de ces traits caracté-
ristiques à l'aide desquels, quand on veut expliquer comment on se trouve en relations avec
quelqu'un qu'on n'aurait pas à connaître, ou
pour singulariser son récit, on invoque le parrai-
nage particulier d'une certaine personne.

Quant à Gilberte, elle fut d'autant plus heureuse
de voir tomber la conversation qu'elle ne cherchait

précisément qu'à en changer, ayant hérité de
Swann son tact exquis avec un charme d'intelligence que reconnurent et goûtèrent le duc et la
duchesse qui demandèrent à Gilberte de revenir
bientôt. D'ailleurs avec la minutie des gens dont
la vie est sans but, tour à tour ils s'apercevaient,
chez les gens avec qui ils se liaient, des qualités
les plus simples, s'exclamant devant elles avec
l'émerveillement naïf d'un citadin qui fait à la
campagne la découverte d'un brin d'herbe, ou au
contraire grossissant comme avec un microscope,
commentant sans fin, prenant en grippe les
moindres défauts, et souvent tour à tour chez
une même personne. Pour Gilberte ce furent
d'abord ces agréments sur lesquels s'exerça la
perspicacité oisive de M. et de Mme de Guermantes : « Avez-vous remarqué la manière dont
elle dit certains mots, dit après son départ la
duchesse à son mari, c'était bien du Swann, je
croyais l'entendre. » « J'allais faire la même
remarque que vous, Oriane. » « Elle est spirituelle,
c'est tout à fait le tour de son père. » « Je trouve
qu'elle lui est même très supérieure. Rappelez-
vous comme elle a bien raconté cette histoire
de bains de mer, elle a un brio que Swann n'avait
pas. » « Oh ! il était pourtant bien spirituel. »
« Mais je ne dis pas qu'il n'était pas spirituel.
Je dis qu'il n'avait pas de brio », dit M. de Guermantes d'un ton gémissant, car sa goutte le rendait
nerveux et, quand il n'avait personne d'autre
à qui témoigner son agacement, c'est à la duchesse

qu'il le manifestait. Mais incapable d'en bien comprendre les causes, il préférait prendre un air incompris.

Ces bonnes dispositions du duc et de la duchesse firent que dorénavant on eût au besoin dit quelquefois à Gilberte un « votre pauvre père » qui ne put d'ailleurs servir, Forcheville ayant précisément vers cette époque adopté la jeune fille. Elle disait : « mon père » à Forcheville, charmait les douairières par sa politesse et sa distinction, et on reconnaissait que, si Forcheville s'était admirablement conduit avec elle, la petite avait beaucoup de cœur et savait l'en récompenser. Sans doute parce qu'elle pouvait parfois et désirait montrer beaucoup d'aisance, elle s'était fait reconnaître par moi et devant moi avait parlé de son véritable père. Mais c'était une exception et on n'osait plus devant elle prononcer le nom de Swann.

Justement je venais de remarquer dans le salon deux dessins d'Elstir qui autrefois étaient relégués dans un cabinet d'en haut où je ne les avais vus que par hasard. Elstir était maintenant à la mode. Mme de Guermantes ne se consolait pas d'avoir donné tant de tableaux de lui à sa cousine, non parce qu'ils étaient à la mode, mais parce qu'elle les goûtait maintenant. La mode est faite en effet de l'engouement d'un ensemble de gens dont les Guermantes sont représentatifs. Mais elle ne pouvait songer à acheter d'autres tableaux de lui, car ils étaient montés depuis quelque temps

47

à des prix follement élevés. Elle voulait au moins avoir quelque chose d'Elstir dans son salon et y avait fait descendre ces deux dessins qu'elle déclarait « préférer à sa peinture ».

Gilberte reconnut cette facture. « On dirait des Elstir, dit-elle. » « Mais oui, répondit étourdiment la duchesse, c'est précisément vot... ce sont de nos amis qui nous les ont fait acheter. C'est admirable. A mon avis, c'est supérieur à sa peinture. » Moi qui n'avais pas entendu ce dialogue, j'allai regarder les dessins. « Tiens, c'est l'Elstir que... » Je vis les signes désespérés de Mme de Guermantes. « Ah ! oui, l'Elstir que j'admirais en haut. Il est bien mieux que dans ce couloir. A propos d'Elstir je l'ai nommé hier dans un article du *Figaro*. Est-ce que vous l'avez lu ? » « Vous avez écrit un article dans le *Figaro ?* s'écria M. de Guermantes avec la même violence que s'il s'était écrié : « Mais c'est ma cousine. » « Oui, hier. » « Dans le *Figaro*, vous êtes sûr ? Cela m'étonnerait bien. Car nous avons chacun notre *Figaro* et, s'il avait échappé à l'un de nous, l'autre l'aurait vu. N'est-ce pas, Oriane, il n'y avait rien. » Le duc fit chercher le *Figaro* et se rendit à l'évidence, comme si, jusquelà, il y eût eu plutôt chance que j'eusse fait erreur sur le journal où j'avais écrit. « Quoi, je ne comprends pas, alors vous avez fait un article dans le *Figaro* ? » me dit la duchesse, faisant effort pour parler d'une chose qui ne l'intéressait pas. « Mais voyons, Basin, vous lirez cela plus tard. »

48

Mais non, le duc est très bien comme cela avec sa grande barbe sur le journal, dit Gilberte. Je vais lire cela tout de suite en rentrant. » « Oui, il porte la barbe maintenant que tout le monde est rasé, dit la duchesse, il ne fait jamais rien comme personne. Quand nous nous sommes mariés, il se rasait non seulement la barbe, mais la moustache. Les paysans qui ne le connaissaient pas ne croyaient pas qu'il était Français. Il s'appelait à ce moment le prince des Laumes. » « Est-ce qu'il y a encore un prince des Laumes ? » demanda Gilberte qui était intéressée par tout ce qui touchait des gens qui n'avaient pas voulu lui dire bonjour pendant si lontemps. « Mais non », répondit avec un regard mélancolique et caressant la duchesse. » « Un si joli titre ! Un des plus beaux titres français ! » dit Gilberte, un certain ordre de banalités venant inévitablement, comme l'heure sonne, dans la bouche de certaines personnes intelligentes. « Hé bien oui, je regrette aussi. Basin voudrait que le fils de sa sœur le relevât, mais ce n'est pas la même chose, au fond ça pourrait être parce que ce n'est pas forcément le fils aîné, cela peut passer de l'aîné au cadet. Je vous disais que Basin était alors tout rasé ; un jour à un pèlerinage, vous rappelez-vous mon petit, dit-elle à son mari, à ce pèlerinage à Paray-le-Monial, mon beau-frère Charlus qui aime assez causer avec les paysans, disait à l'un, à l'autre : « D'où es-tu, toi ? » et comme il est très généreux, il leur donnait quelque chose,

49

les emmenait boire. Car personne n'est à la fois plus simple et plus haut que Mémé. Vous le verrez ne pas vouloir saluer une duchesse qu'il ne trouve pas assez duchesse et combler un valet de chiens. Alors, je dis à Basin : « Voyons, Basin, parlez-leur un peu aussi. » Mon mari qui n'est pas toujours très inventif — « Merci, Oriane », dit le duc sans s'interrompre de la lecture de mon article où il était plongé — avisa un paysan et lui répéta textuellement la question de son frère : « Et toi, d'où es-tu ? » « Je suis des Laumes. » « Tu es des Laumes. Hé bien je suis ton prince. » Alors le paysan regarda la figure toute glabre de Basin et lui répondit : « Pas vrai. Vous, vous êtes un *english* [1]. » On voyait ainsi dans ces petits récits de la duchesse ces grands titres éminents, comme celui de prince des Laumes, surgir à leur place vraie, dans leur état ancien et leur couleur locale, comme dans certains livres d'heures, on reconnaît, au milieu de la foule de l'époque, la flèche de Bourges.

On apporta des cartes qu'un valet de pied venait de déposer. « Je ne sais pas ce qui lui prend, je ne la connais pas. C'est à vous que je dois ça, Basin. Ça ne vous a pourtant pas si bien réussi ce genre de relations, mon pauvre ami », et se tournant vers Gilberte : « Je ne saurais même pas vous expliquer qui c'est, vous ne la connaissez

1. Anecdote racontée avec une variante par Mme de Guermantes au sujet du prince de Léon. Cf. *La Prisonnière*, t. I, p. 47. (Note du Dr Robert Proust.

certainement pas, elle s'appelle Lady Rufus Israël. »

Gilberte rougit vivement : « Je ne la connais pas, dit-elle (ce qui était d'autant plus faux que Lady Israël s'était deux ans avant la mort de Swann réconciliée avec lui et qu'elle appelait Gilberte par son prénom), mais je sais très bien, par d'autres, qui est la personne que vous voulez dire. » C'est que Gilberte était devenue très snob. C'est ainsi qu'une jeune fille ayant un jour, soit méchamment, soit maladroitement, demandé quel était le nom de son père non pas adoptif, mais véritable, dans son trouble et pour dénaturer un peu ce qu'elle avait à dire, elle avait prononcé au lieu de Souann, Svann, changement qu'elle s'aperçut un peu après être péjoratif, puisque cela faisait de ce nom d'origine anglaise, un nom allemand. Et même elle avait ajouté, s'avilissant pour se rehausser : « on a raconté beaucoup de choses très différentes sur ma naissance, moi, je dois tout ignorer. »

Si honteuse que Gilberte dût être à certains instants en pensant à ses parents (car même Mᵐᵉ Swann représentait pour elle et était une bonne mère) d'une pareille façon d'envisager la vie, il faut malheureusement penser que les éléments en étaient sans doute empruntés à ses parents, car nous ne nous faisons pas de toutes pièces nous-même. Mais à une certaine somme d'égoïsme qui existe chez la mère, un égoïsme différent, inhérent à la famille du père, vient

s'ajouter, ce qui ne veut pas toujours dire s'addi-
tionner, ni même justement servir de multiple,
mais créer un égoïsme nouveau infiniment plus
puissant et redoutable. Et depuis le temps que
le monde dure, que des familles où existe tel
défaut sous une forme s'allient à des familles
où le même défaut existe sous une autre, ce qui
crée une variété particulièrement complexe et
détestable chez l'enfant, les égoïsmes accumulés
(pour ne parler ici que de l'égoïsme) prendraient
une puissance telle que l'humanité entière serait
détruite, si du mal même ne naissaient, capables
de le ramener à de justes proportions, des restrictions naturelles analogues à celles qui empêchent
la prolifération infinie des infusoires d'anéantir
notre planète, la fécondation unisexuée des plantes
d'amener l'extinction du règne végétal, etc. De
temps à autre une vertu vient composer avec cet
égoïsme une puissance nouvelle et désintéressée.

Les combinaisons par lesquelles, au cours des
générations, la chimie morale fixe ainsi et rend
inoffensifs les éléments qui devenaient trop redou-
tables, sont infinies et donneraient une passion-
nante variété à l'histoire des familles. D'ailleurs
avec ces égoïsmes accumulés comme il devait
y en avoir en Gilberte coexiste telle vertu charmante des parents ; elle vient un moment faire
toute seule un intermède, jouer son rôle touchant avec une sincérité complète.

Sans doute Gilberte n'allait pas toujours aussi
loin que quand elle insinuait qu'elle était peut-être

la fille naturelle de quelque grand personnage, mais elle dissimulait le plus souvent ses origines Peut-être lui était-il simplement trop désagréable de les confesser, et préférait-elle qu'on les apprît par d'autres. Peut-être croyait-elle vraiment les cacher, de cette croyance incertaine, qui n'est pourtant pas le doute, qui réserve une possibilité à ce qu'on souhaite et dont Musset donne un exemple quand il parle de l'Espoir en Dieu. « Je ne la connais pas personnellement », reprit Gilberte. Avait-elle pourtant en se faisant appeler Mlle de Forcheville l'espoir qu'on ignorât qu'elle était la fille de Swann. Peut-être pour certaines personnes qu'elle espérait devenir, avec le temps, presque tout le monde. Elle ne devait pas se faire de grandes illusions sur leur nombre actuel, et elle savait sans doute que bien des gens devaient chuchoter : « C'est la fille de Swann ? » Mais elle ne le savait que de cette même science qui nous parle de gens se tuant par misère pendant que nous allons au bal, c'est-à-dire une science lointaine et vague à laquelle nous ne tenons pas à substituer une connaissance plus précise, due à une impression directe. Gilberte appartenait ou du moins appartint pendant ces années-là, à la variété la plus répandue des autruches humaines, celles qui cachent leur tête dans l'espoir non de ne pas être vues, ce qu'elles croient peu vraisemblable, mais de ne pas voir qu'on les voit, ce qui leur paraît déjà beaucoup et leur permet de s'en remettre à la chance pour le reste. Comme l'éloignement rend les choses plus petites, plus incertaines, moins dangereuses, Gilberte préférait ne pas être près des personnes au moment où celles-ci faisaient la découverte qu'elle était née Swann.

Et comme on est près des personnes qu'on se représente, comme on peut se représenter les gens lisant leur journal, Gilberte préférait que les journaux l'appelassent Mlle de Forcheville. Il est vrai que pour les écrits dont elle avait elle-même la responsabilité, ses lettres, elle ménagea quelque temps la transition en signant G. S. Forcheville. La véritable hypocrisie dans cette signature était manifestée par la suppression bien moins des autres lettres du nom de Swann que de celles du nom de Gilberte. En effet, en réduisant le prénom innocent à un simple G, Mlle de Forcheville semblait insinuer à ses amis que la même amputation appliquée au nom de Swann n'était due aussi qu'à des motifs d'abréviation. Même elle donnait une importance particulière à l'S, et en faisait une sorte de longue queue qui venait barrer le G, mais qu'on sentait transitoire et destinée à disparaître comme celle qui, encore longue chez le singe, n'existe plus chez l'homme.

Malgré cela, dans son snobisme, il y avait de l'intelligente curiosité de Swann. Je me souviens que cet après-midi-là elle demanda à Mme de Guermantes si elle ne pouvait pas connaître M. du Lau et la duchesse ayant répondu qu'il était souffrant et ne sortait pas, Gilberte demanda comment il était, car, ajouta-t-elle en rougissant

légèrement, elle en avait beaucoup entendu parler.
(Le marquis du Lau avait été en effet un des
amis les plus intimes de Swann avant le mariage
de celui-ci, et peut-être même Gilberte l'avait-elle
entrevu, mais à un moment où elle ne s'intéressait
pas à cette société.) « Est-ce que M. de Bréauté
ou le prince d'Agrigente peuvent m'en donner
une idée ? demanda-t-elle. » « Oh ! pas du tout, »
s'écria Mme de Guermantes, qui avait un sentiment vif de ces différences provinciales et faisait
des portraits sobres, mais colorés par sa voix
dorée et rauque, sous le doux fleurissement de
ses yeux de violette. « Non, pas du tout. Du Lau
c'était le gentilhomme du Périgord [1], charmant,
avec toutes les belles manières et le sans-gêne
de sa province. A Guermantes, quand il y avait
le Roi d'Angleterre avec qui du Lau était très
ami, il y avait après la chasse un goûter... C'était
l'heure où du Lau avait l'habitude d'aller ôter
ses bottines et mettre de gros chaussons de laine.
Hé bien, la présence du Roi Édouard et de tous
les grands-ducs ne le gênait en rien, il descendait
dans le grand salon de Guermantes avec ses chaussons de laine, il trouvait qu'il était le marquis
du Lau d'Ollemans qui n'avait en rien à se con-
traindre pour le Roi d'Angleterre. Lui et ce
charmant Quasimodo de Breteuil, c'étaient les deux
que j'aimais le plus. C'étaient du reste de grands
amis à... (elle allait dire à votre père et s'arrêta

1. Cf. *la Prisonnnière*, t. I, p. 48. (Note du Dr Proust.)

net). Non, ça n'a aucun rapport, ni avec Gri-gri
ni avec Bréauté. C'est le vrai grand seigneur du
Périgord. Du reste Mémé cite une page de Saint-
Simon sur un marquis d'Ollemans, c'est tout à
fait ça. » Je citai les premiers mots du portrait :
« M. d'Ollemans qui était un homme fort distingué
parmi la noblesse du Périgord, par la sienne et
par son mérite et y était considéré par tout ce
qui y vivait comme un arbitre général à qui chacun
avait recours pour sa probité, sa capacité et la
douceur de ses manières, et comme un coq de
province. » « Oui, il y a de cela, dit Mme de
Guermantes, d'autant que du Lau a toujours
été rouge comme un coq. » « Oui, je me rappelle avoir entendu citer ce portrait », dit Gilberte, sans ajouter que c'était par son père,
lequel était en effet grand admirateur de Saint-
Simon.

Elle aimait aussi parler du prince d'Agrigente
et de M. de Bréauté, pour une autre raison. Le
prince d'Agrigente l'était par héritage de la maison
d'Aragon, mais sa seigneurie était poitevine. Quant
à son château, celui du moins où il résidait, ce
n'était pas un château de sa famille, mais de la
famille d'un premier mari de sa mère et il était
situé à peu près à égale distance de Martinville
et de Guermantes. Aussi Gilberte parlait-elle de
lui et de M. de Bréauté comme de voisins de campagne qui lui rappelaient sa vieille province.
Matériellement, il y avait une part de mensonge
dans ces paroles, puisque ce n'est qu'à Paris par

la comtesse Molé qu'elle avait connu M. de Bréauté
d'ailleurs vieil ami de son père. Quant au plaisir
de parler des environs de Tansonville il pouvait
être sincère. Le snobisme est pour certaines personnes analogue à ces breuvages agréables auxquels elles mêlent des substances utiles. Gilberte
s'intéressait à telle femme élégante parce qu'elle
avait de superbes livres et des Nattier que mon
ancienne amie n'eût sans doute pas été voir à la
Bibliothèque Nationale et au Louvre, et je me
figure que malgré la proximité plus grande encore,
l'influence attrayante de Tansonville se fût
moins exercée pour Gilberte sur Mme Sazerat ou
Mme Goupil que sur M. d'Agrigente.

« Oh ! pauvre Babel et pauvre Gri-Gri, dit
Mme de Guermantes, ils sont bien plus malades
que du Lau, je crains qu'ils n'en aient pas pour
longtemps, ni l'un ni l'autre. »

Quand M. de Guermantes eut terminé la lecture
de mon article, il m'adressa des compliments
d'ailleurs mitigés. Il regrettait la forme un peu
poncive de ce style où il y avait « de l'emphase,
des métaphores comme dans la prose démodée
de Chateaubriand » ; par contre il me félicita sans
réserve de « m'occuper » : « J'aime qu'on fasse
quelque chose de ses dix doigts. Je n'aime pas
les inutiles qui sont toujours des importants ou
des agités. Sotte engeance ! »

Gilberte, qui prenait avec une rapidité extrême
les manières du monde, déclara combien elle
allait être fière de dire qu'elle était l'amie d'un

57

auteur. « Vous pensez si je vais dire que j'ai le plaisir, l'honneur de vous connaître. »

« Vous ne voulez pas venir avec nous, demain, à l'Opéra-Comique ? » me dit la duchesse, et je pensai que c'était sans doute dans cette même baignoire où je l'avais vue la première fois et qui m'avait semblé alors inaccessible comme le royaume sous-marin des néréides. Mais je répondis d'une voix triste : « Non, je ne vais pas au théâtre, j'ai perdu une amie que j'aimais beaucoup. » J'avais presque les larmes aux yeux en le disant, mais pourtant, pour la première fois, cela me faisait un certain plaisir d'en parler. C'est à partir de ce moment-là que je commençai à écrire à tout le monde que je venais d'avoir un grand chagrin, et à cesser de le ressentir.

Quand Gilberte fut partie, Mme de Guermantes me dit : « Vous n'avez pas compris mes signes, c'était pour que vous ne parliez pas de Swann ». Et comme je m'excusais : « Mais je vous comprends très bien. Moi-même, j'ai failli le nommer, je n'ai eu que le temps de me rattraper, c'est épouvantable, heureusement que je me suis arrêtée à temps. Vous savez que c'est très gênant », dit-elle à son mari pour diminuer un peu ma faute en ayant l'air de croire que j'avais obéi à une propension commune à tous et à laquelle il était difficile de résister. » « Que voulez-vous que j'y fasse, répondit le duc. Vous n'avez qu'à dire qu'on remette ces dessins en haut, puisqu'ils vous font penser à Swann. Si vous ne pensez pas à Swann, vous ne parlerez pas de lui. »

Le lendemain je reçus deux lettres de félici-tation qui m'étonnèrent beaucoup, l'une de Mme Goupil que je n'avais pas revue depuis tant d'années et à qui, même à Combray, je n'avais pas trois fois adressé la parole. Un cabinet de lecture lui avait communiqué le *Figaro*. Ainsi, quand quelque chose vous arrive dans la vie qui retentit un peu, des nouvelles nous viennent de personnes situées si loin de nos relations et dont le souvenir est déjà si ancien que ces personnes semblent situées à une grande distance, surtout dans le sens de la profondeur. Une amitié de collège oubliée, et qui avait vingt occasions de se rappeler à vous, vous donne signe de vie, non sans compensation d'ailleurs. C'est ainsi que Bloch dont j'eusse tant aimé savoir ce qu'il pen-sait de mon article ne m'écrivit pas. Il est vrai qu'il avait lu cet article et devait me l'avouer plus tard, mais par un choc en retour. En effet, il écrivit lui-même quelques années après un article dans le *Figaro* et désira me signaler immé-diatement cet événement. Comme il cessait d'être jaloux de ce qu'il considérait comme un pri-vilège, puisqu'il lui était aussi échu, l'envie qui lui avait fait feindre d'ignorer mon article ces-sait, comme un compresseur se soulève ; il m'en parla, mais tout autrement qu'il ne désirait m'en-tendre parler du sien : « J'ai su que toi aussi, me dit-il, avais fait un article. Mais je n'avais pas

cru devoir t'en parler, craignant de t'être désagréable, car on ne doit pas parler à ses amis des
choses humiliantes qui leur arrivent. Et c'en est
une évidemment que d'écrire dans le journal du
sabre et du goupillon, des *five o'clock*, sans oublier
le bénitier. » Son caractère restait le même, mais
son style était devenu moins précieux, comme il
arrive à certains qui quittent le maniérisme,
quand ne faisant plus de poèmes symbolistes, ils
écrivent des romans-feuilletons.

Pour me consoler de son silence, je relus la
lettre de Mme Goupil ; mais elle était sans chaleur,
car si l'aristocratie a certaines formules qui font
palissades entre elles, entre le Monsieur du début
et les sentiments distingués de la fin, des cris
de joie, d'admiration, peuvent jaillir comme des
fleurs, et des gerbes pencher par-dessus la palis-
sade leur parfum odorant. Mais le conventiona-
lisme bourgeois enserre l'intérieur même des
lettres dans un réseau de « votre succès si légitime »,
au maximum « votre beau succès ». Des belles-
sœurs fidèles à l'éducation reçue et réservées dans
leur corsage comme il faut, croient s'être épan-
chées dans le malheur et l'enthousiasme si elles ont
écrit « mes meilleures pensées ». « Mère se joint à
moi » est un superlatif dont on est rarement gâte.

Je reçus une autre lettre que celle de Mme Goupil, mais le nom du signataire m'était inconnu.
C'était une écriture populaire, un langage charmant. Je fus navré de ne pouvoir découvrir qui
m'avait écrit.

60

ALBERTINE DISPARUE

Comme je me demandais si Bergotte eût aimé cet article, Mme de Forcheville m'avait répondu qu'il l'aurait infiniment admiré et n'aurait pu le lire sans envie. Mais elle me l'avait dit pendant que je dormais : c'était un rêve.

Presque tous nos rêves répondent ainsi aux questions que nous nous posons par des affirmations complexes, des mises en scène à plusieurs personnages, mais qui n'ont pas de lendemain.

Quant à Mlle de Forcheville, je ne pouvais m'empêcher de penser à elle avec désolation. Quoi ? fille de Swann qui eût tant aimé la voir chez les Guermantes, que ceux-ci avaient refusé à leur grand ami de recevoir, ils l'avaient ensuite spontanément recherchée, le temps ayant passé qui renouvelle tout pour nous, insuffle une autre personnalité, d'après ce qu'on dit d'eux, aux êtres que nous n'avons pas vus depuis longtemps, depuis que nous avons fait nous-même peau neuve et pris d'autres goûts. Je pensais qu'à cette fille, Swann disait parfois en la serrant contre lui et en l'embrassant : « C'est bon, ma chérie, d'avoir une fille comme toi, un jour quand je ne serai plus là, si on parle encore de ton pauvre papa, ce sera seulement avec toi et à cause de toi. » Swann en mettant ainsi pour après sa mort un craintif et anxieux espoir de survivance dans sa fille se trompait autant que le vieux banquier qui ayant fait un testament pour une petite danseuse qu'il entretient et qui a très bonne tenue, se dit qu'il n'est pour elle qu'un grand ami, mais qu'elle restera fidèle à son souvenir. Elle avait très bonne tenue tout en faisant du pied sous la table aux amis du vieux banquier qui lui plaisaient, mais tout cela très caché, avec d'excellents dehors. Elle portera le deuil de l'excellent homme, s'en sentira débarrassée, profitera non seulement de l'argent liquide, mais des propriétés, des automobiles qu'il lui a laissées, fera partout effacer le chiffre de l'ancien propriétaire qui lui cause un peu de honte et à la jouissance du don n'associera jamais le regret du donateur. Les illusions de l'amour paternel ne sont peut-être pas moindres que celles de l'autre ; bien des filles ne considèrent leur père que comme le vieillard qui leur laissera sa fortune. La présence de Gilberte dans un salon au lieu d'être une occasion qu'on parlât encore quelquefois de son père était un obstacle à ce qu'on saisît celles, de plus en plus rares, qu'on aurait pu avoir encore de le faire. Même à propos des mots qu'il avait dits, des objets qu'il avait donnés, on prit l'habitude de ne plus le nommer et celle qui aurait dû rajeunir, sinon perpétuer sa mémoire, se trouva hâter et consommer l'œuvre de la mort et de l'oubli.

Et ce n'est pas seulement à l'égard de Swann que Gilberte consommait peu à peu l'œuvre de l'oubli, elle avait hâté en moi cette œuvre de l'oubli à l'égard d'Albertine.

Sous l'action du désir, par conséquent du désir de bonheur que Gilberte avait excité en moi pendant les quelques heures où je l'avais crue une autre, un certain nombre de souffrances, de préoccupations douloureuses, lesquelles il y a peu de temps encore obsédaient ma pensée, s'étaient échappées de moi, entraînant avec elles tout un bloc de souvenirs, probablement effrités depuis longtemps et précaires, relatifs à Albertine. Car si bien des souvenirs, qui étaient reliés à elle, avaient d'abord contribué à maintenir en moi le regret de sa mort, en retour le regret lui-même avait fixé les souvenirs. De sorte que la modification de mon état sentimental, préparée sans doute obscurément jour par jour par les désagrégations continues de l'oubli, mais réalisée brusquement dans son ensemble me donna cette impression que je me rappelle avoir éprouvé ce jour-là pour la première fois, du vide, de la suppression en moi de toute une portion de mes associations d'idées, qu'éprouve un homme dont une artère cérébrale depuis longtemps usée s'est rompue et chez lequel toute une partie de la mémoire est abolie ou paralysée.

La disparition de ma souffrance et de tout ce qu'elle emmenait avec elle, me laissait diminué comme souvent la guérison d'une maladie qui tenait dans notre vie une grande place. Sans doute c'est parce que les souvenirs ne restent pas toujours vrais que l'amour n'est pas éternel, et parce que la vie est faite du perpétuel renouvellement des cellules. Mais ce renouvellement pour les souvenirs est tout de même retardé par l'attention qui arrête, et fixe un moment qui doit

changer. Et puisqu'il en est du chagrin comme
du désir des femmes qu'on grandit en y pensant,
avoir beaucoup à faire rendrait plus facile, aussi
bien que la chasteté, l'oubli.

Par une autre réaction (bien que ce fût la distraction — le désir de Mlle d'Éporcheville — qui
m'eût rendu tout d'un coup l'oubli apparent et
sensible) s'il reste que c'est le temps qui amène
progressivement l'oubli, l'oubli n'est pas sans
altérer profondément la notion du temps. Il y
a des erreurs optiques dans le temps comme il
y en a dans l'espace. La persistance en moi d'une
velléité ancienne de travailler, de réparer le temps
perdu, de changer de vie, ou plutôt de commencer
de vivre me donnait l'illusion que j'étais toujours
aussi jeune ; pourtant le souvenir de tous les événements qui s'étaient succédé dans ma vie (et
aussi de ceux qui s'étaient succédé dans mon cœur,
car, lorsqu'on a beaucoup changé, on est induit
à supposer qu'on a plus longtemps vécu) au
cours de ces derniers mois de l'existence d'Albertine, me les avait fait paraître beaucoup plus
longs qu'une année, et maintenant cet oubli de
tant de choses, me séparant, par des espaces vides,
d'événements tout récents qu'ils me faisaient
paraître anciens, puisque j'avais eu ce qu'on appelle
« le temps » de les oublier, par son interpolation
fragmentée, irrégulière, au milieu de ma mémoire
— comme une brume épaisse sur l'océan qui
supprime les points de repère des choses — détra-
quait, disloquait mon sentiment des distances

dans le temps, là rétrécies, ici distendues, et me faisait me croire tantôt beaucoup plus loin, tantôt beaucoup plus près des choses que je ne l'étais en réalité. Et comme dans les nouveaux espaces, encore non parcourus, qui s'étendaient devant moi, il n'y aurait pas plus de traces de mon amour pour Albertine qu'il n'y en avait eu, dans les temps perdus que je venais de traverser, de mon amour pour ma grand'mère, ma vie m'apparut — offrant une succession de périodes dans lesquelles, après un certain intervalle rien de ce qui soutenait la précédente ne subsistait plus dans celle qui la suivait, — comme quelque chose de si dépourvu du support d'un moi individuel identique et permanent, quelque chose de si inutile dans l'avenir et de si long dans le passé, que la mort pourrait aussi bien en terminer le cours ici ou là, sans nullement le conclure, que ces cours d'histoire de France qu'en rhétorique on arrête indifféremment, selon la fantaisie des programmes ou des professeurs, à la Révolution de 1830, à celle de 1848, ou à la fin du second Empire.

Peut-être alors la fatigue et la tristesse que je ressentais vinrent-elles moins d'avoir aimé inutilement ce que déjà j'oubliais, que de commencer à me plaire avec de nouveaux vivants, de purs gens du monde, de simples amis des Guermantes, si peu intéressants par eux-mêmes. Je me consolais peut-être plus aisément de constater que celle que j'avais aimée n'était plus au bout d'un cer-

65

tain temps qu'un pâle souvenir, que de retrouver en moi cette vaine activité qui nous fait perdre le temps à tapisser notre vie d'une végétation humaine vivace mais parasite, qui deviendra le néant aussi quand elle sera morte, qui déjà est étrangère à tout ce que nous avons connu et à laquelle pourtant cherche à plaire notre sénilité bavarde, mélancolique et coquette. L'être nouveau qui supporterait aisément de vivre sans Albertine avait fait son apparition en moi, puisque j'avais pu parler d'elle chez Mme de Guermantes en paroles affligées, sans souffrance profonde. Ces nouveaux moi qui devraient porter un autre nom que le précédent, leur venue possible, à cause de leur indifférence à ce que j'aimais, m'avait toujours épouvanté, jadis à propos de Gilberte quand son père me disait que si j'allais vivre en Océanie, je ne voudrais plus revenir, tout récemment quand j'avais lu avec un tel serrement de cœur le passage du roman de Bergotte ou il est question de ce personnage qui, séparé par la vie d'une femme qu'il avait adorée jeune homme, vieillard la rencontre sans plaisir, sans envie de la revoir. Or, au contraire, il m'apportait avec l'oubli une suppression presque complète de la souffrance, une possibilité de bien-être, cet être si redouté, si bienfaisant et qui n'était autre qu'un de ces moi de rechange que la destinée tient en réserve pour nous et que, sans plus écouter nos prières qu'un médecin clairvoyant et d'autant plus autoritaire, elle substitue malgré nous, par une intervention opportune, au moi vraiment trop blessé. Ce rechange au reste, elle l'accomplit de temps en temps, comme l'usure et la réfection des tissus, mais nous n'y prenons garde que si l'ancien moi contenait une grande douleur, un corps étranger et blessant, que nous nous étonnons de ne plus retrouver, dans notre émerveillement d'être devenu un autre pour qui la souffrance de son prédécesseur n'est plus que la souffrance d'autrui, celle dont on peut parler avec apitoiement parce qu'on ne la ressent pas. Même cela nous est égal d'avoir passé par tant de souffrances, car nous ne nous rappelons que confusément les avoir souffertes. Il est possible que de même nos cauchemars, la nuit, soient effroyables. Mais au réveil nous sommes une autre personne qui ne se soucie guère que celle à qui elle succède ait eu à fuir en dormant devant des assassins.

Sans doute ce moi avait gardé quelque contact avec l'ancien comme un ami, indifférent à un deuil, en parle pourtant aux personnes présentes avec la tristesse convenable, et retourne de temps en temps dans la chambre où le veuf qui l'a chargé de recevoir pour lui continue à faire entendre ses sanglots. J'en poussais encore quand je redevenais pour un moment l'ancien ami d'Albertine. Mais c'est dans un personnage nouveau que je tendais à passer tout entier. Ce n'est pas parce que les autres sont morts que notre affection pour eux s'affaiblit, c'est parce que

nous mourons nous-mêmes. Albertine n'avait rien
à reprocher à son ami. Celui qui en usurpait le
nom n'en était que l'héritier. On ne peut être
fidèle qu'à ce dont on se souvient, on ne se souvient que de ce qu'on a connu. Mon moi nouveau,
tandis qu'il grandissait à l'ombre de l'ancien,
l'avait souvent entendu parler d'Albertine ; à
travers lui, à travers les récits qu'il en recueillait,
il croyait la connaître, elle lui était sympathique,
il l'aimait, mais ce n'était qu'une tendresse de
seconde main.

Une autre personne chez qui l'œuvre de l'oubli,
en ce qui concernait Albertine, se fit probablement
plus rapide à cette époque, et me permit par
contre-coup de me rendre compte un peu plus
tard d'un nouveau progrès que cette œuvre avait
fait chez moi (et c'est là mon souvenir d'une
seconde étape avant l'oubli définitif), ce fut
Andrée. Je ne puis guère en effet ne pas donner
l'oubli d'Albertine comme cause sinon unique,
sinon même principale, au moins comme cause
conditionnante et nécessaire, d'une conversation
qu'Andrée eut avec moi à peu près six mois après
celle que j'ai rapportée et où ses paroles furent
si différentes de ce qu'elle m'avait dit la première
fois. Je me rappelle que c'était dans ma chambre
parce qu'à ce moment-là j'avais plaisir à avoir
des demi-relations charnelles avec elle, à cause
du côté collectif qu'avait eu au début et que reprenait maintenant mon amour pour les jeunes
filles de la petite bande, longtemps indivis entre

68

elles, et un moment uniquement associé à la personne d'Albertine pendant les derniers mois qui avaient précédé et suivi sa mort.

Nous étions dans ma chambre pour une autre raison encore qui me permet de situer très exactement cette conversation. C'est que j'étais expulsé du reste de l'appartement parce que c'était le jour de maman. Malgré que ce fût son jour, et après avoir hésité, maman était allée déjeuner chez Mme Sazerat pensant que comme Mme Sazerat savait toujours vous inviter avec des gens ennuyeux, elle pourrait sans manquer aucun plaisir rentrer tôt. Elle était en effet revenue à temps et sans regrets, Mme Sazerat n'ayant eu chez elle que des gens assommants que glaçait déjà la voix particulière qu'elle prenait quand elle avait du monde, ce que maman appelait sa voix du mercredi. Ma mère du reste l'aimait bien, la plaignait de son infortune — suite des fredaines de son père ruiné par la duchesse de X... — infortune qui la forçait à vivre presque toute l'année à Combray, avec quelques semaines chez sa cousine à Paris et un grand « voyage d'agrément » tous les dix ans.

Je me rappelle que la veille, sur ma prière répétée depuis des mois, et parce que la princesse la réclamait toujours, maman était allée voir la princesse de Parme qui, elle, ne faisait pas de visites et chez qui on se contentait d'habitude de s'inscrire, mais qui avait insisté pour que ma mère vînt la voir, puisque le protocole empêchait

qu'Elle vînt chez nous. Ma mère était revenue
très mécontente : « Tu m'as fait faire un pas de
clerc, me dit-elle, la princesse de Parme m'a à
peine dit bonjour, elle s'est retournée vers les
dames avec qui elle causait sans s'occuper de
moi, et au bout de dix minutes comme elle ne
m'avait pas adressé la parole, je suis partie sans
qu'elle me tendît même la main. J'étais très
ennuyée ; en revanche devant la porte, en m'en
allant, j'ai rencontré la duchesse de Guermantes
qui a été très aimable et qui m'a beaucoup parlé
de toi. Quelle singulière idée tu as eue de lui parler
d'Albertine. Elle m'a raconté que tu lui avais dit
que sa mort avait été un tel chagrin pour toi.
Je ne retournerai jamais chez la Princesse de
Parme. Tu m'as fait faire une bêtise. »

Or le lendemain, jour de ma mère, comme je
l'ai dit, Andrée vint me voir. Elle n'avait pas
grand temps, car elle devait aller chercher Gisèle
avec qui elle tenait beaucoup à dîner. « Je connais
ses défauts, mais c'est tout de même ma meilleure
amie et l'être pour qui j'ai le plus d'affection »
me dit-elle. Et elle parut même avoir quelque
effroi à l'idée que je pourrais lui demander de
dîner avec elles. Elle était avide des êtres, et un
tiers qui la connaissait trop bien, comme moi,
en l'empêchant de se livrer, l'empêchait du coup
de goûter auprès d'eux un plaisir complet.

Le souvenir d'Albertine était devenu chez moi
si fragmentaire qu'il ne me causait plus de tristesse et n'était plus qu'une transition à de nou-

70

veaux désirs, comme un accord qui prépare des
changements d'harmonie. Et même cette idée
de caprice sensuel, et passager étant écartée en
tant que j'étais encore fidèle au souvenir d'Albertine, j'étais plus heureux d'avoir auprès de moi
Andrée que je ne l'aurais été d'avoir Albertine
miraculeusement retrouvée. Car Andrée pouvait
me dire plus de choses sur Albertine que ne m'en
avait dit Albertine elle-même. Or les problèmes
relatifs à Albertine restèrent encore dans mon
esprit alors que ma tendresse pour elle, tant physique que morale, avait déjà disparu. Et mon
désir de connaître sa vie, parce qu'il avait moins
diminué, était maintenant comparativement plus
grand que le besoin de sa présence. D'autre part
l'idée qu'une femme avait peut-être eu des relations avec Albertine ne me causait plus que le
désir d'en avoir moi aussi avec cette femme. Je
le dis à Andrée tout en la caressant. Alors
sans chercher le moins du monde à mettre ses
paroles d'accord avec celles d'il y avait quelques
mois, Andrée me dit en souriant à demi : « Ah !
oui, mais vous êtes un homme. Aussi nous ne
pouvons par faire ensemble tout à fait les mêmes
choses que je faisais avec Albertine. » Et soit
qu'elle pensât que cela accroissait mon désir
(dans l'espoir de confidences, je lui avais dit
que j'aimerais avoir des relations avec une femme
en ayant eues avec Albertine) ou mon chagrin,
ou peut-être détruisait un sentiment de supériorité sur elle qu'elle pouvait croire que j'éprou-

71

vais d'avoir été le seul à entretenir des relations avec Albertine : « Ah ! nous avons passé
toutes les deux de bonnes heures, elle était si
caressante, si passionnée. Du reste ce n'était pas
seulement avec moi qu'elle aimait prendre du
plaisir. Elle avait rencontré chez Mme Verdurin
un joli garçon, Morel. Tout de suite ils s'étaient
compris. Il se chargeait, ayant d'elle la permission d'y prendre aussi son plaisir, car il aimait
les petites novices, de lui en procurer. Sitôt qu'il
les avait mises sur le mauvais chemin, il les laissait. Il se chargeait ainsi de plaire à de petites
pêcheuses d'une plage éloignée, à de petites
blanchisseuses, qui s'amourachaient d'un garçon,
mais n'eussent pas répondu aux avances d'une
jeune fille. Aussitôt que la petite était bien sous
sa domination, il la faisait venir dans un endroit
tout à fait sûr, où il la livrait à Albertine. Par
peur de perdre Morel qui s'y mêlait du reste,
la petite obéissait toujours, et d'ailleurs elle le
perdait tout de même, car, par peur des conséquences et aussi parce qu'une ou deux fois lui
suffisaient, il filait en laissant une fausse adresse.
Il eut une fois l'audace d'en mener une, ainsi
qu'Albertine, dans une maison de femmes à
Corliville, où quatre ou cinq la prirent ensemble
ou successivement. C'était sa passion, comme
c'était aussi celle d'Albertine. Mais Albertine avait
après d'affreux remords. Je crois que chez vous
elle avait dompté sa passion et remettait de jour
en jour de s'y livrer. Puis son amitié pour vous

72

était si grande, qu'elle avait des scrupules. Mais il était bien certain que, si jamais elle vous quittait, elle recommencerait. Elle espérait que vous la sauveriez, que vous l'épouseriez. Au fond elle sentait que c'était une espèce de folie criminelle, et je me suis souvent demandé si ce n'était pas après une chose comme cela, ayant amené un suicide dans une famille, qu'elle s'était elle-même tuée. Je dois avouer que tout à fait au début de son séjour chez vous, elle n'avait pas entièrement renoncé à ses jeux avec moi. Il y avait des jours où elle semblait en avoir besoin, tellement qu'une fois, alors que c'eût été si facile dehors, elle ne se résigna pas à me dire au revoir avant de m'avoir mise auprès d'elle, chez vous. Nous n'eûmes pas de chance, nous avons failli être prises. Elle avait profité de ce que Françoise était descendue faire une course, et que vous n'étiez pas rentré. Alors elle avait tout éteint pour que quand vous ouvririez avec votre clef vous perdiez un peu de temps avant de trouver le bouton, et elle n'avait pas fermé la porte de sa chambre. Nous vous avons entendu monter, je n'eus que le temps de m'arranger, de descendre. Précipitation bien inutile, car par un hasard incroyable vous aviez oublié votre clef et avez été obligé de sonner. Mais nous avons tout de même perdu la tête de sorte que pour cacher notre gêne toutes les deux, sans avoir pu nous consulter, nous avions eu la même idée : faire semblant de craindre l'odeur du seringa que nous adorions au contraire. Vous rapportiez

73

avec vous une longue branche de cet arbuste, ce
qui me permit de détourner la tête et de cacher
mon trouble. Cela ne m'empêcha pas de vous dire
avec une maladresse absurde que peut-être Françoise était remontée et pourrait vous ouvrir, alors
qu'une seconde avant, je venais de vous faire
le mensonge que nous venions seulement de rentrer de promenade et qu'à notre arrivée Françoise
n'était pas encore descendue et allait partir faire
une course. Mais le malheur fut — croyant que
vous aviez votre clef — d'éteindre la lumière, car
nous eûmes peur qu'en remontant vous ne la vis-
siez se rallumer, ou du moins nous hésitâmes trop.
Et pendant trois nuits Albertine ne put fermer
l'œil parce qu'elle avait tout le temps peur que
vous n'ayiez de la méfiance et ne demandiez à
Françoise pourquoi elle n'avait pas allumé avant
de partir. Car Albertine vous craignait beaucoup,
et par moments assurait que vous étiez fourbe,
méchant, la détestant au fond. Au bout de trois
jours elle comprit à votre calme que vous n'aviez
rien demandé à Françoise et elle put retrouver
le sommeil. Mais elle ne reprit plus ses relations
avec moi, soit par peur, soit par remords, car elle
prétendait vous aimer beaucoup, ou bien aimait-
elle quelqu'un d'autre. En tous cas on n'a plus
pu jamais parler de seringa devant elle sans qu'elle
devînt écarlate et passât la main sur sa figure en
pensant cacher sa rougeur. »

Comme certains bonheurs, il y a certains malheurs qui viennent trop tard, ils ne prennent pas

en nous toute la grandeur qu'ils auraient eue
quelque temps plus tôt. Tel le malheur qu'était
pour moi la terrible révélation d'Andrée. Sans
doute, même quand de mauvaises nouvelles doi-
vent nous attrister, il arrive que dans le diver-
tissement, le jeu équilibré de la conversation,
elles passent devant nous sans s'arrêter, et que
nous, préoccupés de mille choses à répondre,
transformés par le désir de plaire aux personnes
présentes en quelqu'un d'autre protégé pour
quelques instants dans ce cycle nouveau contre
les affections, les souffrances qu'il a quittées
pour y entrer et qu'il retrouvera quand le
court enchantement sera brisé, nous n'ayons
pas le temps de les accueillir. Pourtant si ces
affections, ces souffrances sont trop prédomi-
nantes, nous n'entrons que distraits dans la
zone d'un monde nouveau et momentané, où,
trop fidèles à la souffrance, nous ne pouvons
devenir autres, et alors les paroles se mettent
immédiatement en rapport avec notre cœur qui
n'est pas resté hors de jeu. Mais depuis quelque
temps les paroles concernant Albertine, comme
un poison évaporé, n'avaient plus leur pouvoir
toxique. Elle m'était déjà trop lointaine.

Comme un promeneur voyant l'après-midi un
croissant nuageux dans le ciel, se dit : « C'est cela,
l'immense lune », je me disais : « Comment cette
vérité que j'ai tant cherchée, tant redoutée, c'est
seulement ces quelques mots dits dans une conversation auxquels on ne peut même pas penser

complètement parce qu'on n'est pas seul! » Puis
elle me prenait vraiment au dépourvu, je m'étais
beaucoup fatigué avec Andrée. Vraiment une
pareille vérité, j'aurais voulu avoir plus de force
à lui consacrer ; elle me restait extérieure, mais
c'est que je ne lui avais pas encore trouvé une
place dans mon cœur. On voudrait que la vérité
nous fût révélée par des signes nouveaux, non
par une phrase pareille à celles qu'on s'était dit
tant de fois. L'habitude de penser empêche parfois
d'éprouver le réel, immunise contre lui, le fait
paraître de la pensée encore.

Il n'y a pas une idée qui ne porte en elle sa
réfutation possible, un mot, le mot contraire.
En tous cas, si tout cela était vrai, quelle inutile
vérité sur la vie d'une maîtresse qui n'est plus,
remontant des profondeurs et apparaissant, une
fois que nous ne pouvions plus rien en faire.
Alors pensant sans doute à quelque autre que
nous aimons maintenant et à l'égard de qui la
même chose pourrait arriver, (car de celle qu'on
a oubliée on ne se soucie plus) on se désole. On se
dit : « Si elle vivait ! » On se dit : « si celle qui vit,
pouvait comprendre tout cela et que quand elle
sera morte, je saurai tout ce qu'elle me cache. »
Mais c'est un cercle vicieux. Si j'avais pu faire
qu'Albertine vécût, du même coup j'eusse fait
qu'Andrée ne m'eût rien révélé. C'est la même
chose que l'éternel : « Vous verrez quand je ne
vous aimerai plus » qui est si vrai et si absurde,
puisque en effet on obtiendrait beaucoup si on

76

n'aimait plus, mais qu'on ne se soucierait pas
d'obtenir. C'est tout à fait la même chose. Car
la femme qu'on revoit quand on ne l'aime
plus, si elle nous dit tout, c'est qu'en effet, ce
n'est plus elle, ou que ce n'est plus vous : l'être
qui aimait n'existe plus. Là aussi il y a la mort
qui a passé, a rendu tout aisé et tout inutile.
Je faisais ces réflexions, me plaçant dans l'hypothèse où Andrée était véridique — ce qui était possible — et amenée à la sincérité envers moi, précisément parce qu'elle avait maintenant des relations avec moi, par ce côté Saint-André-des-
Champs qu'avait eu, au début, avec moi, Albertine. Elle y était aidée dans ce cas par le fait
qu'elle ne craignait plus Albertine, car la réalité
des êtres ne survit pour nous que peu de temps
après leur mort, et au bout de quelques années ils
sont comme ces dieux des religions abolies qu'on
offense sans crainte parce qu'on a cessé de croire
à leur existence. Mais qu'Andrée ne crût plus
à la réalité d'Albertine pouvait avoir pour effet
qu'elle ne redoutât plus (aussi bien que de trahir
une vérité qu'elle avait promis de ne pas révéler),
d'inventer un mensonge qui calomniait rétrospectivement sa prétendue complice. Cette absence
de crainte lui permettait-elle de révéler enfin,
en me disant cela, la vérité, ou bien d'inventer
un mensonge, si, pour quelque raison, elle me
croyait plein de bonheur et d'orgueil et voulait
me peiner. Peut-être avait-elle de l'irritation contre
moi (irritation suspendue tant qu'elle m'avait

vu malheureux, inconsolé) parce que j'avais eu
des relations avec Albertine et qu'elle m'enviait
peut-être — croyant que je me jugeais à cause de
cela plus favorisé qu'elle — un avantage qu'elle
n'avait peut-être pas obtenu, ni même souhaité.
C'est ainsi que je l'avais souvent vue dire qu'ils
avaient l'air très malades à des gens dont la bonne
mine, et surtout la conscience qu'ils avaient de
leur bonne mine l'exaspérait, et dire dans l'espoir
de les fâcher qu'elle-même allait très bien, ce
qu'elle ne cessa de proclamer quand elle était le
plus malade jusqu'au jour où, dans le détachement
de la mort, il ne lui soucia plus que les heureux
allassent bien et sussent qu'elle-même se mourait.
Mais ce jour-là était encore loin. Peut-être était-
elle contre moi, je ne savais pour quelle raison,
dans une de ces rages, comme jadis elle en avait
eu contre le jeune homme si savant dans les
choses de sport, si ignorant du reste, que nous
avions rencontré à Balbec et qui depuis vivait
avec Rachel et sur le compte de qui Andrée se
répandait en propos diffamatoires, souhaitant
être poursuivie en dénonciation calomnieuse pour
pouvoir articuler contre son père des faits désho-
norants dont il n'aurait pu prouver la fausseté.
Or peut-être cette rage contre moi la reprenait
seulement, ayant sans doute cessé quand elle me
voyait si triste. En effet, ceux-là mêmes qu'elle
avait, les yeux étincelants de rage, souhaité dés-
honorer, tuer, faire condamner, fût-ce sur faux
témoignages, si seulement elle les savait tristes,

78

humiliés, elle ne leur voulait plus aucun mal, elle était prête à les combler de bienfaits. Car elle n'était pas foncièrement mauvaise et si sa nature non apparente, un peu profonde, n'était pas la gentillesse qu'on croyait d'abord d'après ses délicates attentions, mais plutôt l'envie et l'orgueil, sa troisième nature plus profonde encore, la vraie, mais pas entièrement réalisée, tendait vers la bonté et l'amour du prochain. Seulement comme tous les êtres qui, dans un certain état, en désirent un meilleur, mais ne le connaissant que par le désir, ne comprennent pas que la première condition est de rompre avec le premier — comme les neurasthéniques ou les morphinomanes qui voudraient bien être guéris, mais pourtant qu'on ne les privât pas de leurs manies ou de leur morphine, comme les cœurs religieux ou les esprits artistes attachés au monde qui souhaitent la solitude mais veulent se la représenter pourtant comme n'impliquant pas un renoncement absolu à leur vie antérieure — Andrée était prête à aimer toutes les créatures, mais à condition d'avoir réussi d'abord à ne pas se les représenter comme triomphantes, et pour cela de les avoir humiliées préalablement. Elle ne comprenait pas qu'il fallait aimer même les orgueilleux et vaincre leur orgueil par l'amour et non par un plus puissant orgueil. Mais c'est qu'elle était comme les malades qui veulent la guérison par les moyens mêmes, qui entretiennent la maladie, qu'ils aiment et qu'ils cesseraient aussitôt d'aimer s'ils les renonçaient. Mais on veut apprendre à nager et pourtant garder un pied à terre. En ce qui concerne le jeune sportif, neveu des Verdurin, que j'avais rencontré dans mes deux séjours à Balbec, il faut dire, accessoirement et par anticipation, que quelque temps après la visite d'Andrée, visite dont le récit va être repris dans un instant, il arriva des faits qui causèrent une assez grande impression. D'abord ce jeune homme (peut-être par souvenir d'Albertine que je ne savais pas alors qu'il avait aimée) se fiança avec Andrée et l'épousa, malgré le désespoir de Rachel dont il ne tint aucun compte. Andrée ne dit plus alors (c'est-à-dire quelques mois après la visite dont je parle) qu'il était un misérable, et je m'aperçus plus tard qu'elle n'avait dit qu'il l'était que parce qu'elle était folle de lui et qu'elle croyait qu'il ne voulait pas d'elle. Mais un autre fait me frappa davantage. Ce jeune homme fit représenter des petits sketchs, dans des décors et avec des costumes de lui, qui ont amené dans l'art contemporain une révolution au moins égale à celle accomplie par les Ballets russes. Bref les juges les plus autorisés considérèrent ses œuvres comme quelque chose de capital, presque des œuvres de génie et je pense d'ailleurs comme eux, ratifiant ainsi, à mon propre étonnement, l'ancienne opinion de Rachel. Les personnes qui l'avaient connu à Balbec attentif seulement à savoir si la coupe des vêtements des gens qu'il avait à fréquenter était élégante ou non, qui l'avaient vu passer

80

tout son temps au baccara, aux courses, au golf ou au polo, qui savaient que dans ses classes il avait toujours été un cancre et s'était même fait renvoyer du lycée (pour ennuyer ses parents, il avait été habiter deux mois la grande maison de femmes où M. de Charlus avait cru surprendre Morel), pensèrent que peut-être ses œuvres étaient d'Andrée qui, par amour, voulait lui en laisser la gloire, ou que plus probablement il payait, avec sa grande fortune personnelle que ses folies avaient seulement ébréchée, quelque professionnel génial et besogneux pour les faire. Ce genre de société riche non décrassée par la fréquentation de l'aristocratie et n'ayant aucune idée de ce qu'est un artiste — lequel est seulement figuré pour eux soit par un acteur qu'ils font venir débiter des monologues pour les fiançailles de leur fille, en lui remettant tout de suite son cachet discrètement dans un salon voisin, soit par un peintre chez qui ils la font poser une fois qu'elle est mariée, avant les enfants et quand elle est encore à son avantage — croient volontiers que tous les gens du monde qui écrivent, composent ou peignent, font faire leurs œuvres et payent pour avoir une réputation d'auteur comme d'autres pour s'assurer un siège de député. Mais tout cela était faux et ce jeune homme était bien l'auteur de ces œuvres admirables. Quand je le sus, je fus obligé d'hésiter entre diverses suppositions. Ou bien il avait été en effet pendant de longues années la « brute épaisse » qu'il paraissait, et

quelque cataclysme physiologique avait éveillé
en lui le génie assoupi comme la belle au bois
dormant, ou bien à cette époque de sa rhétorique
orageuse, de ses recalages au bachot, de ses grosses
pertes de jeu de Balbec, de sa crainte de monter
dans le « tram » avec des fidèles de sa tante Verdurin à cause de leur vilain habillement, il était
déjà un homme de génie, peut-être distrait de
son génie, l'ayant laissé la clef sous la porte dans
l'effervescence de passions juvéniles ; ou bien
même homme de génie déjà conscient, et dernier
en classe, parce que, pendant que le professeur
disait des banalités sur Cicéron, lui lisait Rimbaud
ou Gœthe. Certes, rien ne laissait soupçonner
cette hypothèse quand je le rencontrai à Balbec
où ses préoccupations me parurent s'attacher
uniquement à la correction des attelages et à la
préparation des cocktails. Mais ce n'est pas
encore une objection irréfutable. Il pouvait être
très vaniteux, ce qui peut s'allier au génie, et
chercher à briller de la manière qu'il savait propre
à éblouir dans le monde où il vivait et qui n'était
nullement de prouver une connaissance appro-
fondie des affinités électives, mais bien plutôt de
conduire à quatre. D'ailleurs je ne suis pas sûr
que plus tard, quand il fut devenu l'auteur de
ces belles œuvres si originales, il eût beaucoup
aimé, hors des théâtres où il était connu, à dire
bonjour à quelqu'un qui n'aurait pas été en
smoking, comme les fidèles dans leur première
manière, ce qui prouverait chez lui non de la

82

bêtise, mais de la vanité, et même un certain
sens pratique, une certaine clairvoyance à adapter
sa vanité à la mentalité des imbéciles, à l'estime
de qui il tenait et pour lesquels le smoking brille
peut-être d'un plus vif éclat que le regard d'un
penseur. Qui sait si, vu du dehors, tel homme de
talent, ou même un homme sans talent, mais
aimant les choses de l'esprit, moi par exemple,
n'eût pas fait, à qui l'eût rencontré à Rivebelle,
à l'Hôtel de Balbec, ou sur la digue de Balbec,
l'effet du plus parfait et prétentieux imbécile.
Sans compter que pour Octave les **choses de l'art**
devaient être quelque chose de si intime, de vivant
tellement dans les plus secrets replis de lui-même
qu'il n'eût sans doute pas eu l'idée d'en parler,
comme eût fait Saint-Loup par exemple, pour
qui les arts avaient le prestige que les attelages
avaient pour Octave. Puis il pouvait avoir la
passion du jeu et on dit qu'il l'a gardée. Tout de
même si la piété qui fit revivre l'œuvre inconnue
de Vinteuil est sortie du milieu si trouble de
Montjouvain, je ne fus pas moins frappé de penser
que les chefs-d'œuvre peut-être les plus extra-
ordinaires de notre époque sont sortis non du
concours général, d'une éducation modèle, aca-
démique, à la de Broglie, mais de la fréquentation
des « pesages » et des grands bars. En tous cas à
cette époque à Balbec, les raisons qui faisaient
désirer à moi de le connaître, à Albertine et ses
amies que je ne le connusse pas, étaient également
étrangères à sa valeur, et auraient pu seulement

mettre en lumière l'éternel malentendu d'un
« intellectuel » (représenté en l'espèce par moi) et
des gens du monde (représentés par la petite
bande), au sujet d'une personne mondaine (le
jeune joueur de golf). Je ne pressentais nullement
son talent, et son prestige à mes yeux, du même
genre qu'autrefois celui de Mme Blatin, était
d'être — quoi qu'elles prétendissent — l'ami de
mes amies, et plus de leur bande que moi. D'autre
part Albertine et Andrée, symbolisant en cela
l'incapacité des gens du monde à porter un jugement valable sur les choses de l'esprit et leur
propension à s'attacher dans cet ordre à de
faux-semblants, non seulement n'étaient pas loin
de me trouver stupide parce que j'étais curieux
d'un tel imbécile, mais s'étonnaient surtout que,
joueur de golf pour joueur de golf, mon choix se
fût justement porté sur le plus insignifiant. Si
encore j'avais voulu me lier avec le jeune Gilbert
de Bellœuvre ; en dehors du golf c'était un garçon
qui avait de la conversation, qui avait eu un
accessit au concours général et faisait agréablement les vers (or il était en réalité plus bête
qu'aucun). Ou alors si mon but était de « faire
une étude pour un livre », Guy Saumoy qui était
complètement fou, avait enlevé deux jeunes
filles, était au moins un type curieux qui pouvait
« m'intéresser ». Ces deux-là, on me les eût « permis », mais l'autre, quel agrément pouvais-je lui
trouver, c'était le type de la « grande brute »,
de la « brute épaisse ». Pour revenir à la visite

d'Andrée, après la révélation qu'elle venait de me faire sur ses relations avec Albertine, elle ajouta que la principale raison pour laquelle Albertine m'avait quitté, c'était à cause de ce que pouvaient penser ses amies de la petite bande, et d'autres encore de la voir ainsi habiter chez un jeune homme avec qui elle n'était pas mariée : « Je sais bien que c'était chez votre mère. Mais cela ne fait rien. Vous ne savez pas ce que c'est que tout ce monde de jeunes filles, ce qu'elles se cachent les unes des autres, comme elles craignent l'opinion des autres. J'en ai vu d'une sévérité terrible avec des jeunes gens simplement parce qu'ils connaissaient leurs amies et qu'elles craignaient que certaines choses ne fussent répétées, et celles-là même, le hasard me les a montrées tout autres, bien contre leur gré. » Quelques mois plus tôt, ce savoir que paraissait posséder Andrée des mobiles auxquels obéissent les filles de la petite bande m'eût paru le plus précieux du monde. Peut-être ce qu'elle disait suffisait-il à expliquer qu'Albertine qui s'était donnée à moi ensuite à Paris, se fût refusée à Balbec où je voyais constamment ses amies, ce que j'avais l'absurdité de croire un tel avantage pour être au mieux avec elle. Peut-être même était-ce de voir quelques mouvements de confiance de moi avec Andrée ou que j'eusse imprudemment dit à celle-ci qu'Albertine allait coucher au Grand Hôtel qui faisait qu'Albertine qui peut-être, une heure avant, était prête à me laisser prendre certains plaisirs,

85

comme la chose la plus simple, avait eu un revirement et avait menacé de sonner. Mais alors, elle avait dû être facile avec bien d'autres. Cette idée réveilla ma jalousie et je dis à Andrée qu'il y avait une chose que je voulais lui demander. « Vous faisiez cela dans l'appartement inhabité de votre grand'mère ? » « Oh ! non jamais, nous aurions été dérangées. » « Tiens, je croyais, il me semblait... » « D'ailleurs Albertine aimait surtout faire cela à la campagne. » « Où ça ? » « Autrefois quand elle n'avait pas le temps d'aller très loin, nous allions aux Buttes-Chaumont. Elle connaissait là une maison. Ou bien sous les arbres, il n'y a personne ; dans la grotte du petit Trianon aussi. » « Vous voyez bien, comment vous croire ? Vous m'aviez juré, il n'y a pas un an n'avoir rien fait aux Buttes-Chaumont. » « J'avais peur de vous faire de la peine. » Comme je l'ai dit je pensai, beaucoup plus tard seulement, qu'au contraire, cette seconde fois, le jour des aveux, Andrée avait cherché à me faire de la peine. Et j'en aurais eu tout de suite, pendant qu'elle parlait, l'idée, parce que j'en aurais éprouvé le besoin, si j'avais encore autant aimé Albertine. Mais les paroles d'Andrée ne me faisaient pas assez mal pour qu'il me fût indispensable de les juger immédiatement mensongères. En somme si ce que disait Andrée était vrai, et je n'en doutai pas d'abord, l'Albertine réelle que je découvrais, après avoir connu tant d'apparences diverses d'Albertine, différait fort

peu de la fille orgiaque surgie et devinée, le premier jour, sur la digue de Balbec et qui m'avait
successivement offert tant d'aspects, comme modifie tour à tour la disposition de ses édifices
jusqu'à écraser, à effacer le monument capital
qu'on voyait seul dans le lointain, une ville dont
on approche, mais dont finalement quand on la
connaît bien et qu'on la juge exactement, les
proportions vraies étaient celles que la perspective du premier coup d'œil avait indiquées, le
reste, par où on a passé, n'étant que cette série
successive de lignes de défense que tout être élève
contre notre vision et qu'il faut franchir l'une
après l'autre, au prix de combien de souffrances,
avant d'arriver au cœur. D'ailleurs si je n'eus
pas besoin de croire absolument à l'innocence
d'Albertine parce que ma souffrance avait diminué, je peux dire que réciproquement si je ne
souffris pas trop de cette révélation, c'est que
depuis quelque temps, à la croyance que je m'étais
forgée de l'innocence d'Albertine, s'était substituée peu à peu et sans que je m'en rendisse
compte, la croyance toujours présente en moi, en sa
culpabilité. Or si je ne croyais plus à l'innocence
d'Albertine, c'est que je n'avais déjà plus le
besoin, le désir passionné d'y croire. C'est le désir
qui engendre la croyance et si nous ne nous en
rendons pas compte d'habitude, c'est que la
plupart des désirs créateurs de croyances, ne
finissent — contrairement à celui qui m'avait
persuadé qu'Albertine était innocente — qu'avec

87

nous-mêmes. A tant de preuves qui corroboraient ma version première, j'avais stupidement préféré de simples affirmations d'Albertine. Pourquoi l'avoir crue ? Le mensonge est essentiel à l'humanité. Il y joue peut-être un aussi grand rôle que la recherche du plaisir et d'ailleurs est commandé par cette recherche. On ment pour protéger son plaisir ou son honneur si la divulgation du plaisir est contraire à l'honneur. On ment toute sa vie, même surtout, peut-être seulement, à ceux qui nous aiment. Ceux-là seuls en effet nous font craindre pour notre plaisir et désirer leur estime. J'avais d'abord cru Albertine coupable, et seul mon désir employant à une œuvre de doute les forces de mon intelligence m'avait fait faire fausse route. Peut-être vivons-nous entourés d'indications électriques, sismiques, qu'il nous faut interpréter de bonne foi pour connaître la vérité des caractères. S'il faut le dire, si triste malgré tout que je fusse des paroles d'Andrée, je trouvais plus beau que la réalité se trouvât enfin concorder avec ce que mon instinct avait d'abord pressenti, plutôt qu'avec le misérable optimisme auquel j'avais lâchement cédé par la suite. J'aimais mieux que la vie fût à la hauteur de mes intuitions. Celles-ci du reste que j'avais eues le premier jour sur la plage, quand j'avais cru que ces jeunes filles incarnaient la frénésie du plaisir, le vice, et aussi le soir où j'avais vu l'institutrice d'Albertine faire rentrer cette fille passionnée dans la petite villa, comme on pousse

88

dans sa cage un fauve que rien plus tard, malgré
les apparences, ne pourra domestiquer, ne s'ac-
cordaient-elles pas à ce que m'avait dit Bloch
quand il m'avait rendu la terre si belle en m'y
montrant, me faisant frissonner dans toutes mes
promenades, à chaque rencontre, l'universalité du
désir. Peut-être malgré tout, ces intuitions premières, valait-il mieux que je ne les rencontrasse
à nouveau vérifiées que maintenant. Tandis que
durait tout mon amour pour Albertine, elles
m'eussent trop fait souffrir et il eût été mieux
qu'il n'eût subsisté d'elles qu'une trace, mon
perpétuel soupçon de choses que je ne voyais pas
et qui pourtant se passaient continuellement si
près de moi, et peut-être une autre trace encore,
antérieure, plus vaste, qui était *mon amour lui-
même*. N'était-ce pas en effet malgré toutes les
dénégations de ma raison, connaître dans toute
sa hideur Albertine, que la choisir, l'aimer ; et
même dans les moments où la méfiance s'assoupit,
l'amour n'en est-il pas la persistance et une
transformation, n'est-il pas une preuve de clairvoyance (preuve inintelligible à l'amant lui-
même) puisque le désir allant toujours vers ce
qui nous est le plus opposé nous force d'aimer ce
qui nous fera souffrir ? Il entre certainement dans
le charme d'un être, dans l'attrait de ses yeux, de
sa bouche, de sa taille, les éléments inconnus de
nous qui sont susceptibles de nous rendre le plus
malheureux, si bien que nous sentir attiré vers
cet être, commencer à l'aimer, c'est, si innocent

89

que nous le prétendions, lire déjà, dans une version différente, toutes ses trahisons et ses fautes. Et ces charmes qui, pour m'attirer, matérialisaient ainsi les parties nocives, dangereuses, mortelles, d'un être, peut-être étaient-ils avec ces secrets poisons dans un rapport de cause à effet plus direct que ne le sont la luxuriance séductrice et le suc empoisonné de certaines fleurs vénéneuses ? C'est peut-être, me disais-je, le vice lui-même d'Albertine, cause de mes souffrances futures, qui avait produit chez elle ces manières bonnes et franches donnant l'illusion qu'on avait avec elle la même camaraderie loyale et sans restriction qu'avec un homme, comme un vice parallèle avait produit chez M. de Charlus une finesse féminine de sensibilité et d'esprit. Au milieu du plus complet aveuglement, la perspicacité subsiste sous la forme même de la prédilection et de la tendresse. De sorte qu'on a tort de parler en amour de mauvais choix, puisque dès qu'il y a choix, il ne peut être que mauvais. « Est-ce que ces promenades aux Buttes-Chaumont eurent lieu quand vous veniez la chercher à la maison, dis-je à Andrée. » « Oh ! non, du jour où Albertine fut revenue de Balbec avec vous, sauf ce que je vous ai dit, elle ne fit plus jamais rien avec moi. Elle ne me permettait même plus de lui parler de ces choses. » « Mais ma petite Andrée pourquoi mentir encore ? Par le plus grand des hasards, car je ne cherche jamais à rien connaître, j'ai appris jusque dans les détails les plus précis, des choses de ce genre qu'Albertine faisait, je peux vous préciser, au bord de l'eau avec une blanchisseuse quelques jours à peine, avant sa mort. » « Ah ! peut-être après vous avoir quitté, cela je ne sais pas. Elle sentait qu'elle n'avait pu, ne pourrait plus jamais regagner votre confiance. » Ces derniers mots m'accablèrent. Puis je repensai au soir de la branche de seringa, je me rappelai qu'environ quinze jours après, comme ma jalousie changeait successivement d'objet, j'avais demandé à Albertine si elle n'avait jamais eu de relations avec Andrée, et qu'elle m'avait répondu : « Oh ! jamais, certes j'adore Andrée ; j'ai pour elle une affection profonde, mais comme pour une sœur et même si j'avais les goûts que vous semblez croire, c'est la dernière personne à qui j'aurais pensé pour cela. Je peux vous le jurer sur tout ce que vous voudrez, sur ma tante, sur la tombe de ma pauvre mère. » Je l'avais crue. Et pourtant même si je n'avais pas été mis en méfiance par la contradiction entre ses demi-aveux d'autrefois relativement à certaines choses et la netteté avec laquelle elle les avait niées ensuite dès qu'elle avait vu que cela ne m'était pas égal, j'aurais dû me rappeler Swann persuadé du platonisme des amitiés de M. de Charlus et me l'affirmant le soir même du jour où j'avais vu le giletier et le baron dans la cour. J'aurais dû penser qu'il y a l'un devant l'autre deux mondes, l'un constitué par les choses que les êtres les meilleurs, les plus sincères disent, et derrière lui le

91

monde composé par la succession de ce que ces mêmes êtres font ; si bien que quand une femme mariée vous dit d'un jeune homme : « Oh ! c'est parfaitement vrai que j'ai une immense amitié pour lui, mais c'est quelque chose de très innocent, de très pur, je pourrais le jurer sur le souvenir de mes parents », on devrait soi-même, au lieu d'avoir une hésitation, se jurer qu'elle sort probablement du cabinet de toilette où, après chaque rendez-vous qu'elle a eu avec ce jeune homme, elle se précipite, pour n'avoir pas d'enfants. La branche de seringa me rendait mortellement triste, et aussi qu'Albertine m'eût cru, m'eût dit fourbe et la détestant ; plus que tout peut-être, des mensonges si inattendus que j'avais peine à les assimiler à ma pensée. Un jour Albertine m'avait raconté qu'elle avait été à un camp d'aviation, qu'elle était amie de l'aviateur (sans doute pour détourner mon soupçon des femmes, pensant que j'étais moins jaloux des hommes), que c'était amusant de voir comme Andrée était émerveillée devant cet aviateur, devant tous les hommages qu'il rendait à Albertine, au point qu'Andrée avait voulu faire une promenade en avion avec lui. Or cela était inventé de toutes pièces, jamais Andrée n'était allée dans ce camp d'aviation.

Quand Andrée fut partie l'heure du dîner était arrivée. « Tu ne devineras jamais qui m'a fait une visite d'au moins trois heures, me dit ma mère. Je compte trois heures, c'est peut-être plus, elle

était arrivée presque en même temps que la première personne qui était Mme Cottard, a vu successivement sans bouger entrer et sortir mes
différentes visites — et j'en ai eu plus de trente
—, et ne m'a quittée qu'il y a un quart d'heure.
Si tu n'avais pas eu ton amie Andrée, je t'aurais fait appeler. » « Mais enfin qui était-ce ? »
« Une personne qui ne fait jamais de visites. »
« La princesse de Parme ? » « Décidément, j'ai
un fils plus intelligent que je ne croyais. Ce
n'est pas un plaisir de te faire chercher un nom,
car tu trouves tout de suite. » « Elle ne s'est
pas excusée de sa froideur d'hier ? » « Non,
ça aurait été stupide, sa visite était justement
cette excuse. Ta pauvre grand'mère aurait trouvé
cela très bien. Il paraît qu'elle avait fait demander
vers deux heures par un valet de pied si j'avais
un jour. On lui a répondu que c'était justement
aujourd'hui, et elle est montée. » Ma première idée
que je n'osais pas dire à maman fut que la princesse de Parme, entourée la veille de personnes
brillantes avec qui elle était très liée et avec qui
elle aimait à causer, avait ressenti de voir entrer
ma mère un dépit qu'elle n'avait pas cherché à
dissimuler. Et c'était tout à fait dans le genre
des grandes dames allemandes, qu'avaient du
reste beaucoup adopté les Guermantes, cette
morgue, qu'on croyait réparer par une scrupuleuse
amabilité. Mais ma mère crut, et j'ai cru ensuite
comme elle, que tout simplement la princesse de
Parme ne l'ayant pas reconnue, n'avait pas cru

devoir s'occuper d'elle, qu'elle avait appris après
le départ de ma mère qui elle était, soit par la
duchesse de Guermantes que ma mère avait rencontrée en bas, soit par la liste des visiteuses auxquelles les huissiers avant qu'elles entrassent
demandaient leur nom pour l'inscrire sur un
registre. Elle avait trouvé peu aimable de faire
dire ou de dire à ma mère : « Je ne vous ai pas
reconnue », mais ce qui n'était pas moins conforme
à la politesse des cours allemandes et aux façons
Guermantes que ma première version, avait pensé
qu'une visite, chose exceptionnelle de la part
de l'Altesse, et surtout une visite de plusieurs
heures, fournirait à ma mère, sous une forme
indirecte et tout aussi persuasive cette explication, ce qui arriva en effet. Mais je ne m'attardai
pas à demander à ma mère un récit de la visite
de la princesse, car je venais de me rappeler
plusieurs faits relatifs à Albertine sur lesquels je
voulais et j'avais oublié d'interroger Andrée.
Combien peu d'ailleurs je savais, je saurais jamais
de cette histoire d'Albertine, la seule histoire qui
m'eût particulièrement intéressé, du moins qui
recommençait à m'intéresser à certains moments.
Car l'homme est cet être sans âge fixe, cet être
qui a la faculté de redevenir en quelques secondes
de beaucoup d'années plus jeune, et qui, entouré
des parois du temps où il a vécu, y flotte, mais
comme dans un bassin dont le niveau changerait
constamment et le mettrait à portée tantôt d'une
époque, tantôt d'une autre. J'écrivis à Andrée

de revenir. Elle ne le put qu'une semaine plus
tard. Presque dès le début de sa visite, je lui dis :
« En somme puisque vous prétendez qu'Albertine
ne faisait plus ce genre de choses quand elle vivait
ici, d'après vous, c'est pour les faire plus librement
qu'elle m'a quitté, mais pour quelle amie ? »
« Sûrement pas, ce n'est pas du tout cela. »
« Alors parce que j'étais trop désagréable ? »
« Non, je ne crois pas. Je crois qu'elle a été forcée
de vous quitter par sa tante qui avait des vues
pour elle sur cette canaille, vous savez, ce jeune
homme que vous appeliez « *je suis dans les choux* »,
ce jeune homme qui aimait Albertine et l'avait
demandée. Voyant que vous ne l'épousiez pas,
ils ont eu peur que la prolongation choquante de
son séjour chez vous n'empêchât ce jeune homme
de l'épouser. Mme Bontemps sur qui le jeune
homme ne cessait de faire agir a rappelé Albertine.
Albertine au fond avait besoin de son oncle et
de sa tante et quand elle a su qu'on lui mettait
le marché en mains, elle vous a quitté. » Je n'avais
jamais dans ma jalousie pensé à cette explication,
mais seulement aux désirs d'Albertine pour les
femmes et à ma surveillance, j'avais oublié qu'il
y avait aussi Mme Bontemps qui pouvait trouver
étrange un peu plus tard ce qui avait choqué ma
mère dès le début. Du moins Mme Bontemps
craignait que cela ne choquât ce fiancé possible
qu'elle lui gardait comme une poire pour la soif,
si je ne l'épousais pas. Ce mariage était-il vraiment la raison du départ d'Albertine et par

95

amour-propre, pour ne pas avoir l'air de dépendre de sa tante, ou de me forcer à l'épouser
n'avait-elle pas voulu le dire ? Je commençais
à me rendre compte que le système des causes
nombreuses d'une seule action, dont Albertine
était adepte dans ses rapports avec ses amies
quand elle laissait croire à chacune que c'était
pour elle qu'elle était venue, n'était qu'une
sorte de symbole artificiel, voulu, des différents
aspects que prend une action selon le point de
vue où on se place. L'étonnement et l'espèce
de honte que je ressentais de ne pas m'être
une seule fois dit qu'Albertine était chez moi
dans une position fausse, qui pouvait ennuyer sa
tante, cet étonnement, ce n'était pas la première
fois, ce ne fut pas la dernière fois, que je l'éprouvai.
Que de fois il m'est arrivé, après avoir cherché
à comprendre les rapports de deux êtres et les
crises qu'ils amènent, d'entendre tout d'un coup
un troisième m'en parler à son point de vue à
lui, car il a des rapports plus grands encore avec
l'un des deux, point de vue qui a peut-être été
la cause de la crise. Et si les actes restent aussi
incertains, comment les personnes elles-mêmes
ne le seraient-elles pas ? A entendre les gens qui
prétendaient qu'Albertine était une roublarde
qui avait cherché à se faire épouser par tel ou
tel, il n'est pas difficile de supposer comment ils
eussent défini sa vie chez moi. Et pourtant à
mon avis elle avait été une victime, une victime
peut-être pas tout à fait pure, mais dans ce cas

coupable pour d'autres raisons, à cause de vices dont on ne parlait point. Mais il faut surtout se dire ceci : d'une part, le mensonge est souvent un trait de caractère ; d'autre part, chez des femmes qui ne seraient pas sans cela menteuses, il est une défense naturelle, improvisée, puis de mieux en mieux organisée, contre ce danger subit et qui serait capable de détruire toute vie : l'amour. D'autre part, ce n'est pas l'effet du hasard si les êtres intellectuels et sensibles se donnent toujours à des femmes insensibles et inférieures, et tiennent cependant à elles, au point que la preuve qu'ils ne sont pas aimés ne les guérit nullement de tout sacrifier à conserver près d'eux une telle femme. Si je dis que de tels hommes ont besoin de souffrir, je dis une chose exacte en supprimant les vérités préliminaires qui font de ce besoin — involontaire en un sens — de souffrir, une conséquence parfaitement compréhensible de ces vérités. Sans compter que les natures complètes étant rares, un être très sensible et très intellectuel aura généralement peu de volonté, sera le jouet de l'habitude et de cette peur de souffrir dans la minute qui vient, qui voue aux souffrances perpétuelles — et que dans ces conditions il ne voudra jamais répudier la femme qui ne l'aime pas. On s'étonnera qu'il se contente de si peu d'amour, mais il faudrait plutôt se représenter la douleur que peut lui causer l'amour qu'il ressent. Douleur qu'il ne faut pas trop plaindre, car il en est de ces terribles commotions que nous

donnent l'amour malheureux, le départ, la mort
d'une amante, comme de ces attaques de para-
lysie qui nous foudroient d'abord, mais après
lesquelles les muscles tendent peu à peu à reprendre leur élasticité, leur énergie vitales. De
plus cette douleur n'est pas sans compensation.
Ces êtres intellectuels et sensibles sont généralement peu enclins au mensonge. Celui-ci les prend
d'autant plus au dépourvu que même très intelligents, ils vivent dans le monde des possibles,
réagissent peu, vivent dans la douleur qu'une
femme vient de leur infliger, plutôt que dans la
claire perception de ce qu'elle voulait, de ce
qu'elle faisait, de celui qu'elle aimait, perception
donnée surtout aux natures volontaires et qui
ont besoin de cela pour parer à l'avenir au lieu
de pleurer le passé. Donc ces êtres se sentent
trompés sans trop savoir comment. Par là la
femme médiocre qu'on s'étonnait de les voir
aimer, leur enrichit bien plus l'univers que n'eût
fait une femme intelligente. Derrière chacune de
ses paroles, ils sentent un mensonge, derrière
chaque maison où elle dit être allée, une autre
maison, derrière chaque action, chaque être, une
autre action, un autre être. Sans doute ils ne
savent pas lesquels, n'ont pas l'énergie, n'auraient peut-être pas la possibilité d'arriver à le
savoir. Une femme menteuse, avec un truc extrêmement simple, peut leurrer sans se donner la
peine de le changer des quantités de personnes
et qui plus est, la même qui aurait dû le décou-

vrir. Tout cela crée, en face de l'intellectuel sensible un univers tout en profondeurs que sa jalousie voudrait sonder et qui n'est pas sans intéresser son intelligence.

Sans être précisément de ceux-là j'allais peut-être, maintenant qu'Albertine était morte, savoir le secret de sa vie. Mais cela, ces indiscrétions qui ne se produisent qu'après que la vie terrestre d'une personne est finie, ne prouvent-elles pas que personne ne croit, au fond, à une vie future. Si ces indiscrétions sont vraies, on devrait redouter le ressentiment de celle dont on dévoile les actions autant pour le jour où on la rencontrera au ciel, qu'on le redoutait tant qu'elle vivait, lorsqu'on se croyait tenu à cacher son secret. Et si ces indiscrétions sont fausses, inventées parce qu'elle n'est plus là pour démentir, on devrait craindre plus encore la colère de la morte si on croyait au ciel. Mais personne n'y croit. De sorte qu'il était possible qu'un long drame se fût joué dans le cœur d'Albertine entre rester et me quitter, mais que me quitter fût à cause de sa tante, ou de ce jeune homme, et pas à cause de femmes auxquelles peut-être elle n'avait jamais pensé. Le plus grave pour moi fut qu'Andrée qui n'avait pourtant plus rien à me cacher sur les mœurs d'Albertine, me jura qu'il n'y avait pourtant rien eu de ce genre entre Albertine d'une part, Mlle Vinteuil et son amie d'autre part (Albertine ignorait elle-même ses propres goûts quand elle les avait connues, et celles-ci, par cette peur de se tromper

99

dans le sens qu'on désire, qui engendre autant
d'erreurs que le désir lui-même, la considéraient
comme très hostile à ces choses. Peut-être bien
plus tard avaient-elles appris sa conformité de
goûts avec elle, mais alors elles connaissaient trop
Albertine et Albertine les connaissait trop pour
qu'elles pussent songer à faire cela ensemble). En
somme je ne comprenais toujours pas davantage
pourquoi Albertine m'avait quitté. Si la figure
d'une femme est difficilement saisissable aux yeux
qui ne peuvent s'appliquer à toute cette surface
mouvante, aux lèvres, plus encore à la mémoire,
si des nuages la modifient selon sa position sociale,
selon la hauteur où l'on est situé, quel rideau plus
épais encore est tiré entre les actions de celle
que nous voyons et ses mobiles. Les mobiles sont
dans un plan plus profond, que nous n'apercevons
pas, et engendrent d'ailleurs d'autres actions que
celles que nous connaissons et souvent en absolue
contradiction avec elles. A quelle époque n'y a-t-il
pas eu d'homme public, cru un saint par ses amis,
et qui soit découvert avoir fait des faux, volé
l'État, trahi sa patrie ? Que de fois un grand seigneur est volé par un intendant qu'il a élevé,
dont il eût juré qu'il était un brave homme et qui
l'était peut-être. Or ce rideau tiré sur les mobiles
d'autrui, combien devient-il plus impénétrable si
nous avons de l'amour pour cette personne, car il
obscurcit notre jugement et les actions aussi de
celle qui, se sentant aimée, cesse tout d'un coup
d'attacher du prix à ce qui en aurait eu sans

100

cela pour elle, comme la fortune par exemple.
Peut-être aussi est-elle poussée à feindre en partie
ce dédain de la fortune dans l'espoir d'obtenir
plus en faisant souffrir. Le marchandage peut
aussi se mêler au reste. De même des faits
positifs de sa vie, une intrigue qu'elle n'a con-
fiée à personne de peur qu'elle ne nous fût
révélée, que beaucoup malgré cela auraient peut-
être connue s'ils avaient eu de la connaître le
même désir passionné que nous, en gardant
plus de liberté d'esprit, en éveillant chez l'intéressée moins de suspicions, une intrigue que
certains n'ont pas ignorée — mais certains que
nous ne connaissons pas et que nous ne saurions
où trouver. Et parmi toutes les raisons d'avoir
avec nous une attitude inexplicable, il faut faire
entrer ces singularités du caractère qui poussent
un être, soit par négligence de son intérêt, soit
par haine, soit par amour de la liberté, soit par
de brusques impulsions de colère, ou par crainte de
ce que penseront certaines personnes, à faire le
contraire de ce que nous pensions. Et puis il y
a les différences de milieu, d'éducation, auxquelles
on ne veut pas croire parce que, quand on cause
tous les deux, on les efface par les paroles, mais
qui se retrouvent quand on est seul pour diriger
les actes de chacun d'un point de vue si opposé
qu'il n'y a pas de véritable rencontre possible.
— « Mais ma petite Andrée vous mentez encore.
Rappelez-vous, — vous-même me l'avez avoué,
— je vous ai téléphoné la veille, vous rappelez-

vous qu'Albertine avait tant voulu, et en me le cachant comme quelque chose que je ne devais pas savoir, aller à la matinée Verdurin où Mlle Vinteuil devait venir. » « Oui, mais Albertine ignorait absolument que Mlle Vinteuil dût y venir. » « Comment ? Vous-même m'avez dit que quelques jours avant elle avait rencontré Mme Verdurin. D'ailleurs, Andrée, inutile de nous tromper l'un l'autre. J'ai trouvé un papier un matin dans la chambre d'Albertine, un mot de Mme Verdurin la pressant de venir à la matinée. » Et je lui montrai le mot qu'en effet Françoise s'était arrangée pour me faire voir en le plaçant tout au-dessus des affaires d'Albertine quelques jours avant son départ, et, je le crains, en le laissant là pour faire croire à Albertine que j'avais fouillé dans ses affaires, pour lui faire savoir en tous cas que j'avais vu ce papier. Et je m'étais souvent demandé si cette ruse de Françoise n'avait pas été pour beaucoup dans le départ d'Albertine qui voyait qu'elle ne pouvait plus rien me cacher et se sentait découragée, vaincue. Je lui montrai le papier : Je n'ai aucun remords, tout excusée par ce sentiment si familial... « Vous savez bien Andrée qu'Albertine avait toujours dit que l'amie de Mlle Vinteuil était en effet pour elle une mère, une sœur. » « Mais vous avez mal compris ce billet. La personne que Mme Verdurin voulait ce jour-là faire rencontrer chez elle avec Albertine, ce n'était pas du tout l'amie de Mlle Vinteuil, c'était le fiancé « *je suis dans les choux* »

102

et le sentiment familial est celui que Mme Verdurin portait à cette crapule qui est en effet son neveu. Pourtant je crois qu'ensuite Albertine a su que Mlle Vinteuil devait venir, Mme Verdurin avait pu le lui faire savoir accessoirement. Certainement l'idée qu'elle reverrait son amie lui avait fait plaisir, lui rappelait un passé agréable, mais comme vous seriez content, si vous deviez aller dans un endroit, de savoir qu'Elstir y est, mais pas plus, pas même autant. Non, si Albertine ne voulait pas dire pourquoi elle voulait aller chez Mme Verdurin, c'est qu'il y avait une répétition où Mme Verdurin avait convoqué très peu de personnes, parmi lesquelles ce neveu à elle que vous aviez rencontré à Balbec, que Mme Bontemps voulait faire épouser à Albertine et avec qui Albertine voulait parler. C'est une jolie canaille ». Ainsi Albertine, contrairement à ce qu'avait cru autrefois la mère d'Andrée, avait eu somme toute un beau parti bourgeois. Et quand elle avait voulu voir Mme Verdurin, quand elle lui avait parlé en secret, quand elle avait été si fâchée que j'y fusse allé en soirée sans la prévenir, l'intrigue qu'il y avait entre elle et Mme Verdurin avait pour objet de lui faire rencontrer non Mlle Vinteuil, mais le neveu qui aimait Albertine et pour qui Mme Verdurin s'entremettait, avec cette satisfaction de travailler à la réalisation d'un de ces mariages qui surprennent de la part de certaines familles dans la mentalité de qui on n'entre pas complètement, croyant qu'elles

tiennent à un mariage riche. Or jamais je n'avais
repensé à ce neveu qui avait peut-être été le
déniaiseur grâce auquel j'avais été embrassé la
première fois par elle. Et à tout le plan des
mobiles d'Albertine que j'avais construit, il fallait en substituer un autre, ou le lui superposer,
car peut-être il ne l'excluait pas, le goût pour
les femmes n'empêchant pas de se marier. « Et
puis il n'y a pas besoin de chercher tant d'explications, ajouta Andrée. Dieu sait combien
j'aimais Albertine et quelle bonne créature c'était,
mais surtout depuis qu'elle avait eu la fièvre
typhoïde (une année avant que vous ayez fait
notre connaissance à toutes), c'était un vrai cerveau brûlé. Tout à coup elle se dégoûtait de ce
qu'elle faisait, il fallait changer à la minute même,
et elle ne savait sans doute pas elle-même pourquoi. Vous rappelez-vous la première année où
vous êtes venu à Balbec, l'année où vous nous
avez connues ? Un beau jour elle s'est fait envoyer
une dépêche qui la rappelait à Paris, c'est à peine
si on a eu le temps de faire ses malles. Or elle
n'avait aucune raison de partir. Tous les prétextes
qu'elle a donnés étaient faux. Paris était assommant pour elle à ce moment-là. Nous étions toutes
encore à Balbec. Le golf n'était pas fermé et
même les épreuves pour la grande coupe qu'elle
avait tant désirée n'étaient pas finies. Sûrement
c'est elle qui l'aurait eue. Il n'y avait que huit
jours à attendre. Eh bien, elle est partie au galop !
Souvent je lui en avais reparlé depuis. Elle disait

104

elle-même qu'elle ne savait pas pourquoi elle
était partie, que c'était le mal du pays (le pays,
c'est Paris, vous pensez si c'est probable), qu'elle
se déplaisait à Balbec, qu'elle croyait qu'il y avait
des gens qui se moquaient d'elle. » Et je me disais
qu'il y avait cela de vrai dans ce que disait
Andrée que, si des différences entre les esprits
expliquent les impressions différentes produites
sur telle ou telle personne par une même œuvre,
les différences de sentiments, l'impossibilité de
persuader une personne qui ne vous aime pas, il
y a aussi les différences entre les caractères, les
particularités d'un caractère qui sont aussi une
cause d'action. Puis je cessais de songer à cette
explication et je me disais combien il est difficile
de savoir la vérité dans la vie. J'avais bien
remarqué le désir et la dissimulation d'Albertine
pour aller chez Mme Verdurin et je ne m'étais
pas trompé. Mais alors même qu'on tient ainsi
un fait, des autres on ne perçoit que l'apparence ; car l'envers de la tapisserie, l'envers réel
de l'action, de l'intrigue, — aussi bien que celui
de l'intelligence, du cœur — se dérobe et nous
ne voyons passer que des silhouettes plates
dont nous nous disons : c'est ceci, c'est cela ;
c'est à cause d'elle, ou de telle autre. La révélation que Mlle Vinteuil devait venir m'avait
paru l'explication d'autant plus logique qu'Albertine allant au-devant m'en avait parlé. Et
plus tard n'avait-elle pas refusé de me jurer que
la présence de Mlle Vinteuil ne lui faisait aucun

plaisir. Et ici à propos de ce jeune homme, je me rappelai ceci que j'avais oublié : peu de temps auparavant, pendant qu'Albertine habitait chez moi je l'avais rencontré, et il avait été contrairement à son attitude à Balbec excessivement aimable, même affectueux avec moi, m'avait supplié de le laisser venir me voir, ce que j'avais refusé pour beaucoup de raisons. Or maintenant, je comprenais que tout bonnement, sachant qu'Albertine habitait la maison, il avait voulu se mettre bien avec moi pour avoir toutes facilités de la voir et de me l'enlever et je conclus que c'était un misérable. Quelque temps après, lorsque furent jouées devant moi les premières œuvres de ce jeune homme, sans doute je continuai à penser que s'il avait tant voulu venir chez moi, c'était à cause d'Albertine, et tout en trouvant cela coupable, je me rappelai que jadis si j'étais parti pour Doncières, voir Saint-Loup, c'était en réalité parce que j'aimais Mme de Guermantes. Il est vrai que le cas n'était pas le même, Saint-Loup n'aimant pas Mme de Guermantes, si bien qu'il y avait dans ma tendresse peut-être un peu de duplicité, mais nulle trahison. Mais je songeai ensuite que cette tendresse qu'on éprouve pour celui qui détient le bien que vous désirez, on l'éprouve aussi si ce bien, celui-là le détient même en l'aimant pour lui-même. Sans doute, il faut alors lutter contre une amitié qui conduira tout droit à la trahison. Et je crois que c'est ce que j'ai toujours fait. Mais pour ceux qui n'en ont

pas la force, on ne peut pas dire que chez eux
l'amitié qu'ils affectent pour le détenteur soit
une pure ruse ; ils l'éprouvent sincèrement et à
cause de cela la manifestent avec une ardeur
qui, une fois la trahison accomplie, fait que le
mari ou l'amant trompé peut dire avec une indignation stupéfiée : « Si vous aviez entendu les
protestations d'affection que me prodiguait ce
misérable ! Qu'on vienne voler un homme de son
trésor, je le comprends encore. Mais qu'on éprouve
le besoin diabolique de l'assurer d'abord de son
amitié, c'est un degré d'ignominie et de perversité
qu'on ne peut imaginer. » Or, il n'y a pas là
une telle perversité, ni même mensonge tout à
fait lucide. L'affection de ce genre que m'avait
manifestée ce jour-là le pseudo-fiancé d'Albertine avait encore une autre excuse, étant plus
complexe qu'un simple dérivé de l'amour pour
Albertine. Ce n'est que depuis peu qu'il se savait,
qu'il s'avouait, qu'il voulait être proclamé un
intellectuel. Pour la première fois les valeurs
autres que sportives ou noceuses existaient pour
lui. Le fait que j'eusse été estimé d'Elstir, de
Bergotte, qu'Albertine lui eût peut-être parlé de
la façon dont je jugeais les écrivains et dont elle
se figurait que j'aurais pu écrire moi-même, faisait
que tout d'un coup j'étais devenu pour lui (pour
l'homme nouveau qu'il s'apercevait enfin être)
quelqu'un d'intéressant avec qui il eût eu plaisir
à être lié, à qui il eût voulu confier ses projets,
peut-être demander de le présenter à Elstir. De

sorte qu'il était sincère en demandant à venir
chez moi, en m'exprimant une sympathie où des
raisons intellectuelles en même temps qu'un reflet
d'Albertine mettaient de la sincérité. Sans doute
ce n'était pas *pour cela* qu'il tenait tant à venir
chez moi et il eût tout lâché pour cela. Mais cette
raison dernière qui ne faisait guère qu'élever à
une sorte de paroxysme passionné les deux premières, il l'ignorait peut-être lui-même, et les
deux autres existaient réellement, comme avait
pu réellement exister chez Albertine quand elle
avait voulu aller, l'après-midi de la répétition,
chez Mᵐᵉ Verdurin, le plaisir parfaitement honnête qu'elle aurait eu à revoir des amies d'enfance,
qui pour elle n'étaient pas plus vicieuses qu'elle
n'était pour celles-ci, à causer avec elles, à leur
montrer, par sa seule présence chez les Verdurin,
que la pauvre petite fille qu'elles avaient connue
était maintenant invitée dans un salon marquant,
le plaisir aussi qu'elle aurait peut-être eu à entendre de la musique de Vinteuil. Si tout cela
était vrai, la rougeur qui était venue au visage
d'Albertine quand j'avais parlé de Mˡˡᵉ Vinteuil,
venait de ce que je l'avais fait à propos de cette
matinée qu'elle avait voulu me cacher, à cause
de ce projet de mariage que je ne devais pas savoir.
Le refus d'Albertine de me jurer qu'elle n'aurait
eu aucun plaisir à revoir à cette matinée Mˡˡᵉ Vinteuil, avait à ce moment-là augmenté mon tour-
ment, fortifié mes soupçons, mais me prouvait
rétrospectivement qu'elle avait tenu à être sin-

cère, et même pour une chose innocente, peut-
être justement parce que c'était une chose innocente. Il restait ce qu'Andrée m'avait dit sur
ses relations avec Albertine. Peut-être pourtant,
même sans aller jusqu'à croire qu'Andrée les
inventait entièrement pour que je ne fusse pas
heureux et ne pusse pas me croire supérieur à
elle, pouvais-je encore supposer qu'elle avait un
peu exagéré ce qu'elle faisait avec Albertine, et
qu'Albertine, par restriction mentale, diminuait
aussi un peu ce qu'elle avait fait avec Andrée, se
servant systématiquement de certaines défini-
tions que stupidement j'avais formulées sur ce
sujet, trouvant que ses relations avec Andrée ne
rentraient pas dans ce qu'elle devait m'avouer
et qu'elle pouvait les nier sans mentir. Mais
pourquoi croire que c'était plutôt elle qu'Andrée
qui mentait? La vérité et la vie sont bien ardues
et il me restait d'elles, sans qu'en somme je les
connusse, une impression où la tristesse était
peut-être encore dominée par la fatigue.

Quant à la troisième fois où je me souviens
d'avoir eu conscience que j'approchais de l'indifférence absolue à l'égard d'Albertine (et cette dernière fois jusqu'à sentir que j'y étais tout à fait
arrivé), ce fut un jour, à Venise, assez longtemps
après la dernière visite d'Andrée.

CHAPITRE III

Séjour à Venise

Ma mère m'avait emmené passer quelques semaines à Venise et — comme il peut y avoir de la beauté aussi bien que dans les choses les plus humbles, dans les plus précieuses — j'y goûtais des impressions analogues à celles que j'avais si souvent ressenties autrefois à Combray, mais transposées selon un mode entièrement différent et plus riche. Quand à dix heures du matin on venait ouvrir mes volets, je voyais flamboyer, au lieu du marbre noir que devenaient en resplendissant les ardoises de Saint-Hilaire, l'Ange d'Or du campanile de Saint-Marc. Rutilant d'un soleil qui le rendait presque impossible à fixer, il me faisait avec ses bras grands ouverts, pour quand je serais une demi-heure plus tard sur la piazzetta, une promesse de joie plus certaine que celle qu'il put être jadis chargé d'annoncer aux hommes de bonne volonté. Je ne pouvais apercevoir que lui, tant que j'étais couché, mais comme le monde n'est qu'un vaste cadran solaire où un seul segment ensoleillé nous permet de voir l'heure qu'il est, dès le premier matin je pensai aux boutiques de Combray sur la place de l'Église qui le dimanche étaient sur le point de fermer quand j'arrivais à la messe, tandis que la paille du marché sentait fort sous le soleil déjà chaud. Mais dès le second jour, ce que je vis, en m'éveillant, ce pourquoi je me levai (parce que cela s'était substitué dans ma mémoire et dans mon désir aux souvenirs de Combray), ce furent les impressions de ma première sortie du matin à Venise, à Venise où la vie quotidienne n'était pas moins réelle qu'à Combray, où comme à Combray le dimanche matin on avait bien le plaisir de descendre dans une rue en fête, mais où cette rue était toute en une eau de saphir, rafraîchie de souffles tièdes, et d'une couleur si résistante, que mes yeux fatigués pouvaient pour se détendre et sans craindre qu'elle fléchît y appuyer leurs regards. Comme à Combray les bonnes gens de la rue de l'Oiseau, dans cette nouvelle ville aussi, les habitants sortaient bien des maisons alignées l'une à côté de l'autre dans la grande rue, mais ce rôle de maisons projetant un peu d'ombre à leurs pieds était à Venise confié à des palais de porphyre et de jaspe, au-dessus de la porte cintrée desquels la tête d'un Dieu barbu (en dépassant l'alignement, comme le marteau d'une porte à Combray) avait pour résultat de rendre plus foncé par son reflet, non le brun du sol, mais le bleu splendide de l'eau. Sur la piazza l'ombre

111

qu'eussent développée à Combray la toile du magasin de nouveautés et l'enseigne du coiffeur, c'étaient les petites fleurs bleues que sème à ses pieds sur le désert du dallage ensoleillé le relief d'une façade Renaissance, non pas que quand le soleil tapait fort, on ne fût obligé, à Venise comme à Combray, de baisser au bord du canal, des stores, mais ils étaient tendus entre les quadrilobes et les rinceaux de fenêtres gothiques. J'en dirai autant de celle de notre hôtel devant les balustres de laquelle ma mère m'attendait en regardant le canal avec une patience qu'elle n'eût pas montrée autrefois à Combray, en ce temps où, mettant en moi des espérances qui depuis n'avaient pas été réalisées, elle ne voulait pas me laisser voir combien elle m'aimait. Maintenant elle sentait bien que sa froideur apparente n'eût plus rien changé, et la tendresse qu'elle me prodiguait était comme ces aliments défendus qu'on ne refuse plus aux malades, quand il est assuré qu'ils ne peuvent guérir. Certes les humbles particularités qui faisaient individuelle la fenêtre de la chambre de ma tante Léonie, sur la rue de l'Oiseau, son asymétrie à cause de la distance inégale entre les deux fenêtres voisines, la hauteur excessive de son appui de bois, et la barre coudée qui servait à ouvrir les volets, les deux pans de satin bleu et glacé qu'une embrasse divisait et retenait écartés, l'équivalent de tout cela existait à cet Hôtel de Venise où j'entendais aussi ces mots si particuliers, si éloquents qui nous font reconnaître de loin la demeure où nous rentrons déjeuner, et plus tard restent dans notre souvenir comme un témoignage que pendant un certain temps cette demeure fut la nôtre ; mais le soin de les dire était, à Venise, dévolu non comme il l'était à Combray, et comme il l'est un peu partout, aux choses les plus simples, voire les plus laides, mais à l'ogive encore à demi-arabe d'une façade qui est reproduite dans tous les musées de moulages et tous les livres d'art illustrés, comme un des chefs-d'œuvre de l'architecture domestique au Moyen Age ; de bien loin et quand j'avais à peine dépassé Saint-Georges Majeur, j'apercevais cette ogive qui m'avait vu, et l'élan de ses arcs brisés ajoutait à son sourire de bienvenue la distinction d'un regard plus élevé, presque incompris. Et parce que derrière ces balustres de marbre de diverses couleurs, maman lisait en m'attendant, le visage contenu dans une voilette de tulle d'un blanc aussi déchirant que celui de ses cheveux, pour moi qui sentais que ma mère l'avait en cachant ses larmes ajoutée à son chapeau de paille, un peu pour avoir l'air « habillée » devant les gens de l'hôtel, mais surtout pour me paraître moins en deuil, moins triste, presque consolée de la mort de ma grand'mère, parce que, ne m'ayant pas reconnu tout de suite, dès que de la gondole je l'appelais, elle envoyait vers moi, du fond de son cœur, son amour qui ne s'arrêtait que là où il n'y avait plus de matière pour le soutenir à la surface de son regard passionné qu'elle faisait

113

aussi proche de moi que possible, qu'elle cherchait à exhausser, à l'avancée de ses lèvres, en un sourire qui semblait m'embrasser, dans le cadre et sous le dais du sourire plus discret de l'ogive illuminée par le soleil de midi, à cause de cela, cette fenêtre a pris dans ma mémoire la douceur des choses qui eurent en même temps que nous, à côté de nous, leur part dans une certaine heure qui sonnait, la même pour nous et pour elles ; et si pleins de formes admirables que soient ses meneaux, cette fenêtre illustre garde pour moi l'aspect intime d'un homme de génie avec qui nous aurions passé un mois dans une même villégiature, qui y aurait contracté pour nous quelque amitié, et si depuis, chaque fois que je vois le moulage de cette fenêtre dans un musée, je suis obligé de retenir mes larmes, c'est tout simplement parce qu'elle me dit la chose qui peut le plus me toucher : « Je me rappelle très bien votre mère. »

Et pour aller chercher maman qui avait quitté la fenêtre, j'avais bien en laissant la chaleur du plein air cette sensation de fraîcheur, jadis éprouvée à Combray quand je montais dans ma chambre, mais à Venise c'était un courant d'air marin qui l'entretenait non plus dans un petit escalier de bois aux marches rapprochées, mais sur les nobles surfaces de degrés de marbre, éclaboussées à tout moment d'un éclair de soleil glauque, et qui à l'utile leçon de Chardin, reçue autrefois, ajoutaient celle de Véronèse. Et puisque

à Venise ce sont des œuvres d'art, des choses
magnifiques, qui sont chargées de nous donner
les impressions familières de la vie, c'est esquiver
le caractère de cette ville, sous prétexte que la
Venise de certains peintres est froidement esthétique dans sa partie la plus célèbre, qu'en représenter seulement (exceptons les superbes études
de Maxime Dethomas) les aspects misérables, là
où ce qui fait sa splendeur s'efface, et pour rendre
Venise plus intime et plus vraie lui donner de la
ressemblance avec Aubervilliers. Ce fut le tort
de très grands artistes, par une réaction bien
naturelle contre la Venise factice des mauvais
peintres, de s'être attachés uniquement à la
Venise, qu'ils trouvèrent plus réaliste, des humbles
campi, des petits rii abandonnés. C'était elle que
j'explorais souvent l'après-midi, si je ne sortais
pas avec ma mère. J'y trouvais plus facilement
en effet de ces femmes du peuple, les allumetières,
les enfileuses de perles, les travailleuses du verre
ou de la dentelle, les petites ouvrières aux grands
châles noirs à franges. Ma gondole suivait les
petits canaux ; comme la main mystérieuse d'un
génie qui m'aurait conduit dans les détours de
cette ville d'Orient, ils semblaient au fur et à
mesure que j'avançais, me pratiquer un chemin
creusé en plein cœur d'un quartier qu'ils divi-
saient en écartant à peine d'un mince sillon arbitrairement tracé les hautes maisons aux petites
fenêtres mauresques ; et, comme si le guide magique
avait tenu une bougie entre ses doigts et m'eût

éclairé au passage, ils faisaient briller devant eux un rayon de soleil à qui ils frayaient sa route.

On sentait qu'entre les pauvres demeures que le petit canal venait de séparer et qui eussent sans cela formé un tout compact, aucune place n'avait été réservée. De sorte que le Campanile de l'église ou les treilles des jardins surplombaient à pic le rio comme dans une ville inondée. Mais pour les églises comme pour les jardins, grâce à la même transposition que dans le Grand Canal, la mer se prêtait si bien à faire la fonction de voie de communication, de rue grande ou petite, que de chaque côté du canaletto les églises montaient de l'eau en ce vieux quartier populeux, devenues des paroisses humbles et fréquentées, portant sur elles le cachet de leur nécessité, de la fréquentation de nombreuses petites gens, que les jardins traversés par la percée du canal laissaient traîner dans l'eau leurs feuilles ou leurs fruits étonnés et que sur le rebord de la maison dont le grès grossièrement fendu était encore rugueux comme s'il venait d'être brusquement scié, des gamins surpris et gardant leur équilibre laissaient pendre leurs jambes bien d'aplomb, à la façon de matelots assis sur un pont mobile dont les deux moitiés viennent de s'écarter et ont permis à la mer de passer entre elles.

Parfois, apparaissait un monument plus beau qui se trouvait là, comme une surprise dans une boîte que nous viendrions d'ouvrir, un petit temple d'ivoire avec ses ordres corinthiens et sa

statue allégorique au fronton un peu dépaysé
parmi les choses usuelles au milieu desquelles il
traînait, et le péristyle que lui réservait le canal
gardait l'air d'un quai de débarquement pour
maraîchers.

Le soleil était encore haut dans le ciel quand
j'allais retrouver ma mère sur la Piazetta. Nous
remontions le grand canal en gondole, nous regar-
dions la file des palais, entre lesquels nous passions, refléter la lumière et l'heure sur leurs flancs
rosés et changer avec elles, moins à la façon d'ha-
bitations privées et de monuments célèbres que
comme une chaîne de falaises de marbre au pied
de laquelle on va se promener le soir en barque
pour voir se coucher le soleil. Telles, les demeures
disposées des deux côtés du chenal faisaient
penser à des sites de la nature, mais d'une nature
qui aurait créé ses œuvres avec une imagination
humaine. Mais en même temps (à cause du caractère des impressions toujours urbaines que Venise
donne presque en pleine mer, sur ces flots où le
flux et le reflux se font sentir deux fois par jour,
et qui tour à tour recouvrent à marée haute et
découvrent à marée basse les magnifiques esca-
liers extérieurs des palais), comme nous l'eussions
fait à Paris sur les boulevards, dans les Champs-
Élysées, au Bois, dans toute large avenue à la
mode, parmi la lumière poudroyante du soir,
nous croisions les femmes les plus élégantes,
presque toutes étrangères, et qui, mollement
appuyées sur les coussins de leur équipage flot-

117

tant, prenaient la file, s'arrêtaient devant un
palais où elles avaient une amie à aller voir,
faisaient demander si elle était là ; et, tandis
qu'en attendant la réponse elles préparaient à
tout hasard leur carte pour la laisser, comme elles
eussent fait à la porte de l'hôtel de Guermantes,
elles cherchaient dans leur guide de quelle époque,
de quel style était le palais, non sans être secouées
comme au sommet d'une vague bleue par le
remous de l'eau étincelante et cabrée, qui s'effa-
rait d'être resserrée entre la gondole dansante et
le marbre retentissant. Et ainsi les promenades,
même rien que pour aller faire des visites ou des
courses, étaient triples et uniques dans cette
Venise où les simples allées et venues mondaines
prennent en même temps la forme et le charme
d'une visite à un musée et d'une bordée en mer.

Plusieurs des palais du Grand Canal étaient
transformés en hôtels, et, par goût du changement
ou par amabilité pour Mme Sazerat que nous
avions retrouvée — la connaissance imprévue et
inopportune qu'on rencontre chaque fois qu'on
voyage — et que maman avait invitée, nous
voulûmes un soir essayer de dîner dans un hôtel
qui n'était pas le nôtre et où l'on prétendait que
la cuisine était meilleure. Tandis que ma mère
payait le gondolier et entrait avec Mme Sazerat
dans le salon qu'elle avait retenu, je voulus jeter
un coup d'œil sur la grande salle du restaurant
aux beaux piliers de marbre et jadis couverte
tout entière de fresques, depuis mal restaurées.

Deux garçons causaient en un italien que je traduis :

« Est-ce que les vieux mangent dans leur chambre ? Ils ne préviennent jamais. C'est assommant, je ne sais jamais si je dois garder leur table (« nonso se bisogna conservar loro la tavola »). Et puis, tant pis s'ils descendent et qu'ils la trouvent prise ! Je ne comprends pas qu'on reçoive des forestieri comme ça dans un hôtel aussi chic. C'est pas le monde d'ici. »

Malgré son dédain, le garçon aurait voulu savoir ce qu'il devait décider relativement à la table, et il allait faire demander au liftier de monter s'informer à l'étage, quand, avant qu'il en eût le temps, la réponse lui fut donnée : il venait d'apercevoir la vieille dame qui entrait. Je n'eus pas de peine, malgré l'air de tristesse et de fatigue que donne l'appesantissement des années et malgré une sorte d'eczéma, de lèpre rouge qui couvrait sa figure, à reconnaître sous son bonnet, dans sa cotte noire faite chez W..., mais, pour les profanes, pareille à celle d'une vieille concierge, la marquise de Villeparisis. Le hasard fit que l'endroit où j'étais, debout, en train d'examiner les vestiges d'une fresque, se trouvait, le long des belles parois de marbre, exactement derrière la table où venait de s'asseoir Mme de Villeparisis.

« Alors M. de Villeparisis ne va pas tarder à descendre. Depuis un mois qu'ils sont ici ils n'ont mangé qu'une fois l'un sans l'autre, dit le garçon. »

119

Je me demandais quel était celui de ses parents avec lequel elle voyageait, et qu'on appelait M. de Villeparisis, quand je vis, au bout de quelques instants, s'avancer vers la table et s'asseoir à côté d'elle, son vieil amant, M. de Norpois.

Son grand âge avait affaibli la sonorité de sa voix, mais donné en revanche à son langage, jadis si plein de réserve, une véritable intempérance. Peut-être fallait-il en chercher la cause dans des ambitions qu'il sentait ne plus avoir grand temps pour réaliser et qui le remplissaient d'autant plus de véhémence et de fougue, peut-être dans le fait que, laissé à l'écart d'une politique où il brûlait de rentrer, il croyait, dans la naïveté de son désir, faire mettre à la retraite par les sanglantes critiques qu'il dirigeait contre eux, ceux qu'il se faisait fort de remplacer. Ainsi voiton des politiciens assurés que le cabinet dont ils ne font pas partie n'en a pas pour trois jours. Il serait d'ailleurs exagéré de croire que M. de Norpois avait perdu entièrement les traditions du langage diplomatique. Dès qu'il était question de « grandes affaires » il se retrouvait, on va le voir, l'homme que nous avons connu, mais le reste du temps il s'épanchait sur l'un et sur l'autre avec cette violence sénile de certains octogénaires qui les jette sur des femmes à qui ils ne peuvent plus faire grand mal.

Mme de Villeparisis garda, pendant quelques minutes, le silence d'une vieille femme à qui la fatigue de la vieillesse a rendu difficile de remonter du ressouvenir du passé au présent. Puis, dans ces questions toutes pratiques où s'empreint le prolongement d'un mutuel amour :

« Etes-vous passé chez Salviati ?

— Oui.

— Enverront-ils demain ?

— J'ai rapporté moi-même la coupe. Je vous la montrerai après le dîner. Voyons le menu.

— Avez-vous donné l'ordre de bourse pour mes Suez ?

— Non, l'attention de la bourse est retenue en ce moment par les valeurs de pétrole. Mais il n'y a pas lieu de se presser étant donné les excellentes dispositions du marché. Voilà le menu. Il y a comme entrée des rougets. Voulez-vous que nous en prenions ?

— Moi, oui, mais vous cela vous est défendu. Demandez à la place du risotto. Mais ils ne savent pas le faire.

— Cela ne fait rien. Garçon,. apportez-nous d'abord des rougets pour Madame et un risotto pour moi. »

Un nouveau et long silence.

« Tenez, je vous apporte des journaux, le *Corriere della Sera*, la *Gazzetta del Popolo*, etc. Est-ce que vous savez qu'il est fortement question d'un mouvement diplomatique dont le premier bouc émissaire serait Paléologue, notoirement insuffisant en Serbie. Il serait peut-être remplacé par Lozé et il y aurait à pourvoir au poste de Constantinople. Mais, s'empressa d'ajouter

121

avec âcreté M. de Norpois, pour une ambassade d'une telle envergure et où il est de toute évidence que la Grande-Bretagne devra toujours, quoi qu'il arrive, avoir la première place à la table des délibérations, il serait prudent de s'adresser à des hommes d'expérience mieux outillés pour résister aux embûches des ennemis de notre alliée britannique que des diplomates de la jeune école qui donneraient tête baissée dans le panneau. » La volubilité irritée avec laquelle M. de Norpois prononça ces dernières paroles venait surtout de ce que les journaux, au lieu de prononcer son nom comme il leur avait recommandé de le faire, donnaient comme « grand favori » un jeune ministre des affaires étrangères. « Dieu sait si les hommes d'âge sont éloignés de se mettre, à la suite de je ne sais quelles manœuvres tortueuses, aux lieu et place de plus ou moins incapables recrues. J'en ai beaucoup connu de tous ces prétendus diplomates de la méthode empirique qui mettaient tout leur espoir dans un ballon d'essai que je ne tardais pas à dégonfler. Il est hors de doute, si le gouvernement a le manque de sagesse de remettre les rênes de l'Etat en des mains turbulentes, qu'à l'appel du devoir, un conscrit répondra toujours présent. Mais qui sait (et M. de Norpois avait l'air de très bien savoir de qui il parlait) s'il n'en serait pas de même le jour où l'on irait chercher quelque vétéran plein de savoir et d'adresse. A mon sens, chacun peut avoir sa manière de voir, le poste de Constantinople ne devrait être accepté qu'après un règlement de nos difficultés pendantes avec l'Allemagne. Nous ne devons rien à personne, et il est inadmissible que tous les six mois on vienne nous réclamer par des manœuvres dolosives et à notre corps défendant, je ne sais quel quitus, toujours mis en avant par une presse de sportulaires. Il faut que cela finisse, et naturellement un homme de haute valeur et qui a fait ses preuves, un homme qui aurait si je puis dire l'oreille de l'empereur, jouirait de plus d'autorité que quiconque pour mettre le point final au conflit. »

Un monsieur qui finissait de dîner salua M. de Norpois.

« Ah ! mais c'est le prince Foggi, dit le marquis.

— Ah ! je ne sais pas au juste qui vous voulez dire, soupira Mme de Villeparisis.

— Mais parfaitement si. C'est le prince Odon. C'est le propre beau-frère de votre cousine Doudeauville. Vous vous rappelez bien que j'ai chassé avec lui à Bonnétable ?

— Ah ! Odon, c'est celui qui faisait de la peinture ?

— Mais pas du tout, c'est celui qui a épousé la sœur du grand-duc N... »

M. de Norpois disait tout cela sur le ton assez désagréable d'un professeur mécontent de son élève et, de ses yeux bleus, regardait fixement Mme de Villeparisis.

Quand le prince eut fini son café et quitta sa

123

table, M. de Norpois se leva, marcha avec empressement vers lui et d'un geste majestueux, il s'écarta, et, s'effaçant lui-même, le présenta à Mme de Villeparisis. Et pendant les quelques minutes que le prince demeura debout auprès d'eux, M. de Norpois ne cessa un instant de surveiller Mme de Villeparisis de sa pupille bleue, par complaisance ou sévérité de vieil amant, et surtout dans la crainte qu'elle ne se livrât à un des écarts de langage qu'il avait goûtés, mais qu'il redoutait. Dès qu'elle disait au prince quelque chose d'inexact il rectifiait le propos et fixait les yeux de la marquise accablée et docile, avec l'intensité continue d'un magnétiseur.

Un garçon vint me dire que ma mère m'attendait, je la rejoignis et m'excusai auprès de Mme Sazerat en disant que cela m'avait amusé de voir Mme de Villeparisis. A ce nom, Mme Sazerat pâlit et sembla près de s'évanouir. Cherchant à se dominer :

« Mme de Villeparisis, Mlle de Bouillon ? me dit-elle.

— Oui.

— Est-ce que je ne pourrais pas l'apercevoir une seconde ? C'est le rêve de ma vie.

— Alors ne perdez pas trop de temps, Madame, car elle ne tardera pas à avoir fini de dîner. Mais comment peut-elle tant vous intéresser ?

— Mais Mme de Villeparisis, c'était en premières noces, la duchesse d'Havré, belle comme un ange, méchante comme un démon, qui a rendu

fou mon père, l'a ruiné et abandonné aussitôt
après. Eh bien ! elle a beau avoir agi avec lui
comme la dernière des filles, avoir été cause que
j'ai dû, moi et les miens, vivre petitement à
Combray, maintenant que mon père est mort,
ma consolation c'est qu'il ait aimé la plus belle
femme de son époque, et comme je ne l'ai jamais
vue, malgré tout, ce sera une douceur... »

Je menai Mme Sazerat, tremblante d'émotion,
jusqu'au restaurant et je lui montrai Mme de
Villeparisis.

Mais comme les aveugles qui dirigent leurs
yeux ailleurs qu'où il faut, Mme Sazerat n'arrêta
pas ses regards à la table où dînait Mme de Villeparisis, et, cherchant un autre point de la salle :

— Mais elle doit être partie, je ne la vois pas
où vous me dites.

Et elle cherchait toujours, poursuivant la vision
détestée, adorée, qui habitait son imagination
depuis si longtemps.

— Mais si, à la seconde table.

— C'est que nous ne comptons pas à partir
du même point. Moi, comme je compte, la seconde
table, c'est une table où il y a seulement, à côté
d'un vieux monsieur, une petite bossue, rou-
geaude, affreuse.

— C'est elle ! »

Cependant, Mme de Villeparisis ayant demandé
à M. de Norpois de faire asseoir le prince Foggi,
une aimable conversation suivit entre eux trois,
on parla politique, le prince déclara qu'il était

125

indifférent au sort du cabinet, et qu'il resterait
encore une bonne semaine à Venise. Il espérait
que d'ici là toute crise ministérielle serait évitée.
Le prince Foggi crut au premier instant que ces
questions de politique n'intéressaient pas M. de
Norpois, car celui-ci, qui jusque-là s'était exprimé
avec tant de véhémence, s'était mis soudain à
garder un silence presque angélique qui semblait
ne pouvoir s'épanouir, si la voix revenait, qu'en
un chant innocent et mélodieux de Mendelssohn
ou de César Franck. Le prince pensait aussi que
ce silence était dû à la réserve d'un Français qui
devant un Italien ne veut pas parler des affaires
de l'Italie. Or l'erreur du prince était complète.
Le silence, l'air d'indifférence étaient restés chez
M. de Norpois non la marque de la réserve mais
le prélude coutumier d'une immixtion dans des
affaires importantes. Le marquis n'ambitionnait
rien moins, comme nous l'avons vu, que Constantinople, avec un règlement préalable des
affaires allemandes, pour lequel il comptait forcer
la main au cabinet de Rome. Le marquis jugeait
en effet que de sa part un acte d'une portée
internationale pouvait être le digne couronnement
de sa carrière, peut-être même le commencement
de nouveaux honneurs, de fonctions difficiles auxquelles il n'avait pas renoncé. Car la vieillesse
nous rend d'abord incapables d'entreprendre mais
non de désirer. Ce n'est que dans une troisième
période que ceux qui vivent très vieux ont renoncé
au désir, comme ils ont dû abandonner l'action.

126

Ils ne se présentent même plus à des élections futiles où ils tentèrent si souvent de réussir, comme celle de président de la République. Ils se contentent de sortir, de manger, de lire les journaux, ils se survivent à eux-mêmes.

Le prince, pour mettre le marquis à l'aise et lui montrer qu'il le considérait comme un compatriote, se mit à parler des successeurs possibles du président du Conseil actuel. Successeur dont la tâche serait difficile. Quand le prince Foggi eut cité plus de vingt noms d'hommes politiques qui lui semblaient ministrables, noms que l'ancien ambassadeur écouta les paupières à demi abaissées sur ses yeux bleus et sans faire un mouvement, M. de Norpois rompit enfin le silence pour prononcer ces mots qui devaient pendant vingt ans alimenter la conversation des chancelleries, et ensuite, quand on les eut oubliés, être exhumés par quelque personnalité signant « un Renseigné » ou « Testis » ou « Machiavel » dans un journal où l'oubli même où ils étaient tombés leur vaut le bénéfice de faire à nouveau sensation. Donc le prince Foggi venait de citer plus de vingt noms devant le diplomate aussi immobile et muet qu'un homme sourd quand M. de Norpois leva légèrement la tête, et, dans la forme où avaient été rédigées ses interventions diplomatiques les plus grosses de conséquence, quoique cette fois-ci avec une audace accrue et une brièveté moindre demanda finement : « Et est-ce que personne n'a prononcé le nom de M. Giolitti? » A ces mots les

127

écailles du prince Foggi tombèrent ; il entendit
un murmure céleste. Puis aussitôt M. de Norpois
se mit à parler de choses et autres, ne craignit pas
de faire quelque bruit, comme, lorsque la dernière
note d'un sublime aria de Bach est terminée,
on ne craint plus de parler à haute voix, d'aller
chercher ses vêtements au vestiaire. Il rendit
même la cassure plus nette en priant le prince
de mettre ses hommages aux pieds de Leurs
Majestés le Roi et la Reine quand il aurait l'occasion de les voir, phrase de départ qui correspondait à ce qu'est à la fin d'un concert : ces
mots hurlés « Le cocher Auguste de la rue de
Belloy. » Nous ignorons quelles furent exactement les impressions du prince Foggi. Il était
assurément ravi d'avoir entendu ce chef-d'œuvre :
« Et M. Giolitti est-ce que personne n'a prononcé
son nom ? » Car M. de Norpois, chez qui l'âge
avait éteint ou désordonné les qualités les plus
belles, en revanche avait perfectionné en vieil-
lissant les « airs de bravoure », comme certains
musiciens âgés, en déclin pour tout le reste,
acquièrent jusqu'au dernier jour, pour la musique
de chambre, une virtuosité parfaite qu'ils ne
possédaient pas jusque-là.

Toujours est-il que le prince Foggi qui comptait
passer quinze jours à Venise rentra à Rome le
jour même et fut reçu quelques jours après en
audience par le Roi au sujet de propriétés que,
nous croyons l'avoir déjà dit, le prince possédait
en Sicile. Le cabinet végéta plus longtemps qu'on

n'aurait cru. A sa chute, le roi consulta divers hommes d'état sur le chef qu'il convenait de donner au nouveau cabinet. Puis il fit appeler M. Giolitti qui accepta. Trois mois après un journal raconta l'entrevue du prince Foggi avec M. de Norpois. La conversation était rapportée comme nous l'avons fait, avec la différence qu'au lieu de dire : « M. de Norpois demanda finement », on lisait « dit avec ce fin et charmant sourire qu'on lui connaît ». M. de Norpois jugea que « finement » avait déjà une force explosive suffisante pour un diplomate et que cette adjonction était pour le moins intempestive. Il avait bien demandé que le quai d'Orsay démentît officiellement, mais le quai d'Orsay ne savait où donner de la tête. En effet depuis que l'entrevue avait été dévoilée, M. Barrère télégraphiait plusieurs fois par heure avec Paris pour se plaindre qu'il y eût un ambassadeur officieux au Quirinal et pour rapporter le mécontentement que ce fait avait produit dans l'Europe entière. Ce mécontentement n'existait pas, mais les divers ambassadeurs étaient trop polis pour démentir M. Barrère leur assurant que sûrement tout le monde était révolté. M. Barrère n'écoutant que sa pensée prenait ce silence courtois pour une adhésion. Aussitôt il télégraphiait à Paris : « Je me suis entretenu une heure durant avec le marquis Visconti-Venosta, etc. » Ses secrétaires étaient sur les dents.

Pourtant M. de Norpois avait à sa dévotion un très ancien journal français et qui même en

1870, quand il était ministre de France dans un
pays allemand, lui avait rendu grand service.
Ce journal était (surtout le premier article, non
signé) admirablement rédigé. Mais il intéressait
mille fois davantage quand ce premier article
(dit premier-Paris dans ces temps lointains et
appelé aujourd'hui on ne sait pourquoi « éditorial ») était au contraire mal tourné, avec des
répétitions de mots infinies. Chacun sentait alors
avec émotion que l'article avait été « inspiré ».
Peut-être par M. de Norpois, peut-être par tel
autre grand maître de l'heure. Pour donner une
idée anticipée des événements d'Italie, montrons
comment M. de Norpois se servit de ce journal
en 1870, inutilement trouvera-t-on, puisque la
guerre eut lieu tout de même, très efficacement,
pensait M. de Norpois, dont l'axiome était qu'il
faut avant tout préparer l'opinion. Ses articles
où chaque mot était pesé, ressemblaient à ces
notes optimistes que suit immédiatement la mort
du malade. Par exemple, à la veille de la déclaration de guerre, en 1870, quand la mobilisation
était presque achevée, M. de Norpois (restant
dans l'ombre naturellement) avait cru devoir
envoyer à ce journal fameux, l'éditorial suivant:
« L'opinion semble prévaloir dans les cercles
autorisés, que depuis hier, dans le milieu de
l'après-midi, la situation, sans avoir bien entendu
un caractère alarmant, pourrait être envisagée
comme sérieuse et même, par certains côtés,
comme susceptible d'être considérée comme cri-

tique. M. le marquis de Norpois aurait eu plusieurs
entretiens avec le ministre de Prusse, afin d'examiner dans un esprit de fermeté et de conciliation,
et d'une façon tout à fait concrète, les différents
motifs de friction existants, si l'on peut parler ainsi.
La nouvelle n'a malheureusement pas été reçue
par nous à l'heure où nous mettons sous presse
que Leurs Excellences aient pu se mettre d'accord
sur une formule pouvant servir de base à un
instrument diplomatique. »

Dernière heure : « On a appris avec satisfaction
dans les cercles bien informés, qu'une légère
détente semble s'être produite dans les rapports
franco-prussiens. On attacherait une importance
toute particulière au fait que M. de Norpois
aurait rencontré « unter den Linden » le ministre
d'Angleterre avec qui il s'est entretenu une
vingtaine de minutes. Cette nouvelle est considérée comme satisfaisante.» (On avait ajouté entre
parenthèse après satisfaisante le mot allemand
équivalent : *befriedigend*). Et le lendemain on
lisait dans l'éditorial : « Il semblerait, malgré
toute la souplesse de M. de Norpois, à qui tout
le monde se plaît à rendre hommage pour l'habile
énergie avec laquelle il a su défendre les droits
imprescriptibles de la France, qu'une rupture n'a
plus pour ainsi dire presque aucune chance d'être
évitée. »

Le journal ne pouvait pas se dispenser de faire
suivre un pareil éditorial de quelques commentaires, envoyés bien entendu par M. de Norpois.

On a peut-être remarqué dans les pages précé-
dentes que le « conditionnel » était une des formes
grammaticales préférées de l'ambassadeur, dans
la littérature diplomatique. (« On attacherait une
importance particulière », pour « il paraît qu'on
attache une importance particulière ».) Mais le
présent de l'indicatif pris non pas dans son sens
habituel mais dans celui de l'ancien optatif,
n'était pas moins cher à M. de Norpois. Les commentaires qui suivaient l'éditorial étaient ceux-
ci :

« Jamais le public n'a fait preuve d'un calme
aussi admirable » (M. de Norpois aurait bien voulu
que ce fût vrai, mais craignait tout le contraire).
« Il est las des agitations stériles et a appris avec
satisfaction, que le gouvernement de Sa Majesté
prendrait ses responsabilités selon les éventualités
qui pourraient se produire. Le public n'en demande « (optatif) » pas davantage. A son beau sang-
froid qui est déjà un indice de succès, nous ajou-
terons encore une nouvelle bien faite pour ras-
surer l'opinion publique, s'il en était besoin. On
assure en effet que M. de Norpois qui pour raison
de santé devait depuis longtemps venir faire à
Paris une petite cure, aurait quitté Berlin où il
ne jugeait plus sa présence utile. *Dernière heure :*
Sa Majesté l'Empereur a quitté ce matin Com-
piègne pour Paris afin de conférer avec le marquis
de Norpois, le ministre de la guerre et le maréchal
Bazaine en qui l'opinion publique a une confiance
particulière. S. M. l'Empereur a décommandé le

ALBERTINE DISPARUE

dîner qu'il devait offrir à sa belle-sœur la duchesse
d'Albe. Cette mesure a produit partout, dès qu'elle
a été connue, une impression particulièrement
favorable. L'empereur a passé en revue les troupes
dont l'enthousiasme est indescriptible. Quelques
corps, sur un ordre de mobilisation lancé dès
l'arrivée des souverains à Paris, sont, à toute éven-
tualité, prêts à partir dans la direction du Rhin. »

*
* *

Parfois au crépuscule en rentrant à l'hôtel je
sentais que l'Albertine d'autrefois invisible à
moi-même était pourtant enfermée au fond de
moi comme aux plombs d'une Venise intérieure,
dont parfois un incident faisait glisser le cou-
vercle durci jusqu'à me donner une ouverture
sur ce passé.

Ainsi par exemple un soir une lettre de mon coulissier rouvrit un instant pour moi les portes de
la prison où Albertine était en moi vivante, mais
si loin, si profondément qu'elle me restait inaccessible. Depuis sa mort je ne m'étais plus occupé
des spéculations que j'avais faites afin d'avoir
plus d'argent pour elle. Or le temps avait passé ;
de grandes sagesses de l'époque précédente étaient
démenties par celle-ci, comme il était arrivé
autrefois de M. Thiers disant que les chemins
de fer ne pourraient jamais réussir. Les titres
dont M. de Norpois nous avait dit : « Leur revenu
n'est pas très élevé sans doute, mais du moins

133

le capital ne sera jamais déprécié », étaient le
plus souvent ceux qui avaient le plus baissé. Il
me fallait payer des différences considérables et
d'un coup de tête je me décidai à tout vendre et
me trouvai ne plus posséder que le cinquième à
peine de ce que j'avais du vivant d'Albertine.
On le sut à Combray dans ce qui restait de notre
famille et de nos relations, et, comme on savait
que je fréquentais le marquis de Saint-Loup et
les Guermantes on se dit : « Voilà où mènent les
idées de grandeur. » On y eût été bien étonné
d'apprendre que c'était pour une jeune fille de
condition aussi modeste qu'Albertine que j'avais
fait ces spéculations. D'ailleurs dans cette vie
de Combray où chacun est à jamais classé suivant
les revenus qu'on lui connaît, comme dans une
caste indienne, on n'eût pu se faire une idée de
cette grande liberté qui régnait dans le monde
des Guermantes où on n'attachait aucune importance à la fortune, et où la pauvreté était considérée comme aussi désagréable, mais nullement
plus diminuante et n'affectant pas plus la situation sociale qu'une maladie d'estomac. Sans doute
se figurait-on au contraire à Combray que Saint-
Loup et M. de Guermantes devaient être des
nobles ruinés, aux châteaux hypothéqués, à qui
je prêtais de l'argent, tandis que si j'avais été
ruiné ils eussent été les premiers à m'offrir vraiment de me venir en aide. Quant à ma ruine rela-
tive, j'en étais d'autant plus ennuyé que mes
curiosités vénitiennes s'étaient concentrées depuis

peu sur une jeune marchande de verrerie à la
carnation de fleur qui fournissait aux yeux ravis
toute une gamme de tons orangés et me donnait
un tel désir de la revoir chaque jour que, sentant
que nous quitterions bientôt Venise, ma mère
et moi, j'étais résolu à tâcher de lui faire à Paris
une situation quelconque qui me permît de ne pas
me séparer d'elle. La beauté de ses dix-sept ans
était si noble, si radieuse, que c'était un vrai
Titien à acquérir avant de s'en aller. Et le peu
qui me restait de fortune suffirait-il à la tenter
assez pour qu'elle quittât son pays et vînt vivre
à Paris pour moi seul? Mais comme je finissais
la lettre du coulissier, une phrase où il disait : « Je
soignerai vos reports » me rappela une expression
presque aussi hypocritement professionnelle que
la baigneuse de Balbec avait employée en parlant
à Aimé d'Albertine : « C'est moi qui la soignais »
avait-elle dit, et ces mots qui ne m'étaient jamais
revenus à l'esprit firent jouer comme un Sésame
les gonds du cachot. Mais au bout d'un instant
ils se refermèrent sur l'emmurée — que je n'étais
pas coupable de ne pas vouloir rejoindre, puisque
je ne parvenais plus à la voir, à me la rappeler,
et que les êtres n'existent pour nous que par
l'idée que nous avons d'eux — que m'avait
un instant rendue si touchante le délaissement
que pourtant elle ignorait, que j'avais l'espace
d'un éclair envié le temps déjà lointain où je
souffrais nuit et jour du compagnonnage de son
souvenir. Une autre fois à San Giorgio dei Schiavoni

un aigle auprès d'un des apôtres et stylisé de la
même façon réveilla le souvenir et presque la
souffrance causée par les deux bagues dont
Françoise m'avait découvert la similitude et dont
je n'avais jamais su qui les avait données à Albertine. Un soir enfin une circonstance telle se produisit qu'il sembla que mon amour aurait dû
renaître. Au moment où notre gondole s'arrêtait
aux marches de l'hôtel, le portier me remit une
dépêche que l'employé du télégraphe était déjà
venu trois fois pour m'apporter, car à cause de
l'inexactitude du nom du destinataire (que je
compris pourtant à travers les déformations des
employés italiens être le mien), on demandait un
accusé de réception certifiant que le télégramme
était bien pour moi. Je l'ouvris dès que je fus
dans ma chambre, et, jetant un coup d'œil sur ce
libellé rempli de mots mal transmis, je pus lire
néanmoins : « Mon ami, vous me croyez morte,
pardonnez-moi, je suis très vivante, je voudrais
vous voir, vous parler mariage, quand revenez-
vous ? Tendrement. Albertine. » Alors il se passa
d'une façon inverse la même chose que pour ma
grand'mère : quand j'avais appris en fait que ma
grand'mère était morte, je n'avais d'abord eu
aucun chagrin. Et je n'avais souffert effectivement
de sa mort que quand des souvenirs involontaires
l'avaient rendue vivante pour moi. Maintenant
qu'Albertine dans ma pensée ne vivait plus pour
moi, la nouvelle qu'elle était vivante ne me
causa pas la joie que j'aurais cru. Albertine

n'avait été pour moi qu'un faisceau de pensées, elle avait survécu à sa mort matérielle tant que ces pensées vivaient en moi ; en revanche maintenant que ces pensées étaient mortes, Albertine ne ressuscitait nullement pour moi, avec son corps. Et en m'apercevant que je n'avais pas de joie qu'elle fût vivante, que je ne l'aimais plus, j'aurais dû être plus bouleversé que quelqu'un qui se regardant dans une glace, après des mois de voyage, ou de maladie, s'aperçoit qu'il a les cheveux blancs et une figure nouvelle d'homme mûr ou de vieillard. Cela bouleverse parce que cela veut dire : l'homme que j'étais, le jeune homme blond n'existe plus, je suis un autre. Or l'impression que j'éprouvais ne prouvait-elle pas un changement aussi profond, une mort aussi totale du moi ancien et la substitution aussi complète d'un moi nouveau à ce moi ancien, que la vue d'un visage ridé surmonté d'une perruque blanche remplaçant le visage de jadis ? Mais on ne s'afflige pas plus d'être devenu un autre, les années ayant passé et dans l'ordre de la succession des temps, qu'on ne s'afflige à une même époque d'être tour à tour les êtres contradictoires, le méchant, le sensible, le délicat, le mufle, le désintéressé, l'ambitieux qu'on est tour à tour chaque journée. Et la raison pour laquelle on ne s'en afflige pas est la même, c'est que le moi éclipsé — momentanément dans le dernier cas et quand il s'agit du caractère, pour toujours dans le premier cas et quand il s'agit des passions — n'est pas là pour déplorer l'autre, l'autre qui est à ce moment-là, ou désormais, tout vous ; le mufle sourit de sa muflerie, car il est le mufle et l'oublieux ne s'attriste pas de son manque de mémoire, précisément parce qu'il a oublié.

J'aurais été incapable de ressusciter Albertine parce que je l'étais de me ressusciter moi-même, de ressusciter mon moi d'alors. La vie selon son habitude qui est, par des travaux incessants d'infiniment petits, de changer la face du monde ne m'avait pas dit au lendemain de la mort d'Albertine : « Sois un autre », mais, par des changements trop imperceptibles pour me permettre de me rendre compte du fait même du changement, avait presque tout renouvelé en moi, de sorte que ma pensée était déjà habituée à son nouveau maître — mon nouveau moi — quand elle s'aperçut qu'il était changé ; c'était à celui-ci qu'elle tenait. Ma tendresse pour Albertine, ma jalousie tenaient, on l'a vu, à l'irradiation par association d'idées de certaines impressions douces ou douloureuses, au souvenir de Mlle Vinteuil à Montjouvain, aux doux baisers du soir qu'Albertine me donnait dans le cou. Mais au fur et à mesure que ces impressions s'étaient affaiblies, l'immense champ d'impressions qu'elles coloraient d'une teinte angoissante ou douce avait repris des tons neutres. Une fois que l'oubli se fut emparé de quelques points dominants de souffrance et de plaisir, la résistance de mon amour était vaincue, je n'aimais plus Albertine.

ALBERTINE DISPARUE

J'essayais de me la rappeler. J'avais eu un juste pressentiment, quand, deux jours après le départ d'Albertine j'avais été épouvanté d'avoir pu vivre quarante-huit heures sans elle. Il en avait été de même lorsque j'avais écrit autrefois à Gilberte en me disant : si cela continue deux ans, je ne l'aimerai plus. Et si, quand Swann m'avait demandé de revoir Gilberte, cela m'avait paru l'incommodité d'accueillir une morte, pour Albertine la mort — ou ce que j'avais cru la mort — avait fait la même œuvre que pour Gilberte la rupture prolongée. La mort n'agit que comme l'absence. Le monstre à l'apparition duquel mon amour avait frissonné, l'oubli, avait bien, comme je l'avais cru, fini par le dévorer. Non seulement cette nouvelle qu'elle était vivante ne réveilla pas mon amour, non seulement elle me permit de constater combien était déjà avancé mon retour vers l'indifférence, mais elle lui fit instantanément subir une accélération si brusque que je me demandai rétrospectivement si jadis la nouvelle contraire, celle de la mort d'Albertine, n'avait pas inversement, en parachevant l'œuvre de son départ, exalté mon amour et retardé son déclin. Et maintenant que la savoir vivante et pouvoir être réuni à elle me la rendait tout d'un coup si peu précieuse, je me demandais si les insinuations de Françoise, la rupture elle-même, et jusqu'à la mort (imaginaire, mais crue réelle) n'avaient pas prolongé mon amour, tant les efforts des tiers et même du destin, nous séparant d'une femme, ne

139

font que nous attacher à elle. Maintenant c'était
le contraire qui se produisait. D'ailleurs j'essayai
de me la rappeler et peut-être parce que je n'avais
plus qu'un signe à faire pour l'avoir à moi, le
souvenir qui me vint fut celui d'une fille fort
grosse, hommasse, dans le visage fané de laquelle
saillait déjà, comme une graine, le profil de
Mme Bontemps. Ce qu'elle avait pu faire avec
Andrée ou d'autres ne m'intéressait plus. Je ne
souffrais plus du mal que j'avais cru si longtemps
inguérissable et au fond j'aurais pu le prévoir.
Certes le regret d'une maîtresse, la jalousie sur-
vivante sont des maladies physiques au même
titre que la tuberculose ou la leucémie. Pourtant
entre les maux physiques il y a lieu de distinguer
ceux qui sont causés par un agent purement
physique, et ceux qui n'agissent sur le corps que
par l'intermédiaire de l'intelligence. Si la partie
de l'intelligence qui sert de lien de transmission
est la mémoire, — c'est-à-dire si la cause est
anéantie ou éloignée —, si cruelle que soit la
souffrance, si profond que paraisse le trouble
apporté dans l'organisme, il est bien rare, la
pensée ayant un pouvoir de renouvellement ou
plutôt une impuissance de conservation que n'ont
pas les tissus, que le pronostic ne soit pas favorable. Au bout du même temps où un malade
atteint du cancer sera mort, il est bien rare qu'un
veuf, un père inconsolables ne soient pas guéris.
Je l'étais. Est-ce pour cette fille que je revoyais
en ce moment si bouffie et qui avait certainement

140

vieilli comme avaient vieilli les filles qu'elle avait aimées, est-ce pour elle qu'il fallait renoncer à l'éclatante fille qui était mon souvenir d'hier, mon espoir de demain (à qui je ne pourrais rien donner non plus qu'à aucune autre, si j'épousais Albertine), renoncer à cette Albertine nouvelle non point « telle que l'ont vue les enfers » mais fidèle, et « même un peu farouche » ? C'était elle qui était maintenant ce qu'Albertine avait été autrefois : mon amour pour Albertine n'avait été qu'une forme passagère de ma dévotion à la jeunesse. Nous croyons aimer une jeune fille, et nous n'aimons hélas ! en elle que cette aurore dont son visage reflète momentanément la rougeur. La nuit passa. Au matin je rendis la dépêche au portier de l'hôtel en disant qu'on me l'avait remise par erreur et qu'elle n'était pas pour moi. Il me dit que maintenant qu'elle avait été ouverte il aurait des difficultés, qu'il valait mieux que je la gardasse ; je la remis dans ma poche, mais je me promis de faire comme si je ne l'avais jamais reçue. J'avais définitivement cessé d'aimer Albertine. De sorte que cet amour après s'être tellement écarté de ce que j'avais prévu, d'après mon amour pour Gilberte, après m'avoir fait faire un détour si long et si douloureux, finissait lui aussi, après y avoir fait exception, par rentrer tout comme mon amour pour Gilberte, dans la loi générale de l'oubli.

Mais alors je songeai : je tenais à Albertine plus qu'à moi-même ; je ne tiens plus à elle maintenant parce que pendant un certain temps j'ai cessé de la voir. Mais mon désir de ne pas être séparé de moi-même par la mort, de ressusciter après la mort, ce désir-là n'était pas comme le désir de ne jamais être séparé d'Albertine, il durait toujours. Cela tenait-il à ce que je me croyais plus précieux qu'elle, à ce que quand je l'aimais je m'aimais davantage ? Non, cela tenait à ce que cessant de la voir j'avais cessé de l'aimer, et que je n'avais pas cessé de m'aimer parce que mes liens quotidiens avec moi-même n'avaient pas été rompus comme l'avaient été ceux avec Albertine. Mais si ceux avec mon corps, avec moi-même l'étaient aussi... ? Certes il en serait de même. Notre amour de la vie n'est qu'une vieille liaison dont nous ne savons pas nous débarrasser. Sa force est dans sa permanence. Mais la mort qui la rompt nous guérira du désir de l'immortalité.

Après le déjeuner, quand je n'allais pas errer seul dans Venise, je montais me préparer dans ma chambre pour sortir avec ma mère. Aux brusques à-coups des coudes du mur qui lui faisaient rentrer ses angles, je sentais les restrictions édictées par la mer, la parcimonie du sol. Et en descendant pour rejoindre maman qui m'attendait, à cette heure où à Combray il faisait si bon goûter le soleil tout proche, dans l'obscurité conservée par les volets clos, ici du haut en bas de l'escalier de marbre dont on ne savait pas plus que dans une peinture de la Renaissance, s'il était dressé dans un palais ou sur une galère, la même fraîcheur et le même sentiment de la splendeur du dehors étaient donnés grâce au velum qui se mouvait devant les fenêtres perpétuellement ouvertes et par lesquelles, dans un incessant courant d'air, l'ombre tiède et le soleil verdâtre filaient comme sur une surface flottante et évoquaient le voisinage mobile, l'illumination, la miroitante instabilité du flot.

Le soir, je sortais seul, au milieu de la ville enchantée où je me trouvais au milieu de quartiers nouveaux comme un personnage des Mille et une Nuits. Il était bien rare que je ne découvrisse pas au hasard de mes promenades quelque place inconnue et spacieuse dont aucun guide, aucun voyageur ne m'avait parlé.

Je m'étais engagé dans un réseau de petites ruelles, de calli divisant en tous sens, de leurs rainures, le morceau de Venise découpé entre un canal et la lagune, comme s'il avait cristallisé suivant ces formes innombrables, ténues et minutieuses. Tout à coup, au bout d'une de ces petites rues, il semblait que dans la matière cristallisée se fût produite une distension. Un vaste et somptueux campo à qui je n'eusse assurément pas, dans ce réseau de petites rues, pu deviner cette importance, ni même trouver une place, s'étendait devant moi entouré de charmants palais pâles de clair de lune. C'était un de ces ensembles architecturaux vers lesquels, dans une autre ville, les rues se dirigent, vous conduisent et le désignent. Ici, il semblait exprès caché dans un entrecroisement de ruelles, comme ces palais de contes orientaux où on mène la nuit un personnage qui, ramené chez lui avant le jour, ne doit pas pouvoir retrouver la demeure magique où il finit par croire qu'il n'est allé qu'en rêve.

Le lendemain je partais à la recherche de ma belle place nocturne, je suivais des calli qui se ressemblaient toutes et se refusaient à me donner le moindre renseignement, sauf pour m'égarer mieux. Parfois un vague indice que je croyais reconnaître me faisait supposer que j'allais voir apparaître, dans sa claustration, sa solitude et son silence, la belle place exilée. A ce moment, quelque mauvais génie qui avait pris l'apparence d'une nouvelle calle me faisait rebrousser chemin malgré moi, et je me trouvais brusquement ramené au Grand Canal. Et comme il n'y a pas, entre le souvenir d'un rêve et le souvenir d'une réalité de grandes différences, je finissais par me demander si ce n'était pas pendant mon sommeil que s'était produit dans un sombre morceau de cristallisation vénitienne cet étrange flottement qui offrait une vaste place, entourée de palais romantiques, à la méditation du clair de lune.

La veille de notre départ, nous voulûmes pousser jusqu'à Padoue où se trouvaient ces Vices et ces Vertus dont Swann m'avait donné les reproductions ; après avoir traversé en plein soleil le jardin de l'Arena, j'entrai dans la chapelle des Giotto où la voûte entière et les fonds des fresques sont si bleus qu'il semble que la radieuse

144

journée ait passé le seuil, elle aussi, avec le visiteur
et soit venue un instant mettre à l'ombre et au
frais son ciel pur, à peine un peu plus foncé
d'être débarrassé des dorures de la lumière, comme
en ces courts répits dont s'interrompent les plus
beaux jours, quand, sans qu'on ait vu aucun
nuage, le soleil ayant tourné son regard ailleurs
pour un moment, l'azur, plus doux encore,
s'assombrit. Dans ce ciel, sur la pierre bleuie, des
anges volaient avec une telle ardeur céleste, ou
au moins enfantine, qu'ils semblaient des volatiles
d'une espèce particulière ayant existé réellement,
ayant dû figurer dans l'histoire naturelle des
temps bibliques et évangéliques et qui ne manquent
pas de voler devant les saints quand ceux-ci se
promènent ; il y en a toujours quelques-uns de
lâchés au-dessus d'eux, et, comme ce sont des
créatures réelles et effectivement volantes, on les
voit s'élevant, décrivant des courbes, mettant la
plus grande aisance à exécuter des loopings,
fondant vers le sol la tête en bas à grand renfort
d'ailes qui leur permettent de se maintenir dans
des conditions contraires aux lois de la pesanteur,
et ils font beaucoup plutôt penser à une variété
d'oiseaux ou à de jeunes élèves de Garros s'exer-
çant au vol plané qu'aux anges de l'art de la
Renaissance et des époques suivantes, dont les
ailes ne sont plus que des emblèmes et dont le
maintien est habituellement le même que celui
de personnages célestes qui ne seraient pas ailés.

*
* *

Quand j'appris, le jour même où nous allions
rentrer à Paris, que Mme Putbus et par conséquent
sa femme de chambre, venaient d'arriver à Venise,
je demandai à ma mère de remettre notre départ
de quelques jours ; l'air qu'elle eut de ne pas
prendre ma prière en considération ni même au
sérieux, réveilla dans mes nerfs excités par le
printemps vénitien ce vieux désir de résistance
à un complot imaginaire tramé contre moi par
mes parents (qui se figuraient que je serais bien
forcé a'obéir), cette volonté de lutte, ce désir
qui me poussait jadis à imposer brusquement
ma volonté à ceux que j'aimais le plus, quitte à
me conformer à la leur, après que j'avais réussi
à les faire céder. Je dis à ma mère que je ne par-
tirais pas, mais elle, croyant plus habile de ne
pas avoir l'air de penser que je disais cela sérieusement ne me répondit même pas. Je repris
qu'elle verrait bien si c'était sérieux ou non. Et
quand fut venue l'heure où, suivie de toutes mes
affaires, elle partit pour la gare, je me fis apporter
une consommation sur la terrasse, devant le canal
et m'y installai, regardant se coucher le soleil
tandis que sur une barque arrêtée en face de
l'hôtel un musicien chantait « sole mio ».

Le soleil continuait de descendre. Ma mère ne
devait pas être loin de la gare. Bientôt, elle serait
partie, je resterais seul à Venise, seul avec la

146

tristesse de la savoir peinée par moi, et sans sa présence pour me consoler. L'heure du train approchait. Ma solitude irrévocable était si prochaine qu'elle me semblait déjà commencée et totale. Car je me sentais seul. Les choses m'étaient devenues étrangères. Je n'avais plus assez de calme pour sortir de mon cœur palpitant et introduire en elles quelque stabilité. La ville que j'avais devant moi avait cessé d'être Venise. Sa personnalité, son nom, me semblaient comme des fictions menteuses que je n'avais plus le courage d'inculquer aux pierres. Les palais m'apparaissaient réduits à leurs simples parties, quantités de marbres pareilles à toutes les autres, et l'eau comme une combinaison d'hydrogène et d'oxygène, éternelle, aveugle, antérieure et extérieure à Venise, ignorante des Doges et de Turner. Et cependant ce lieu quelconque était étrange comme un lieu où on vient d'arriver, qui ne vous connaît pas encore — comme un lieu d'où l'on est parti et qui vous a déjà oublié. Je ne pouvais plus rien lui dire de moi, je ne pouvais rien laisser de moi poser sur lui, il me laissait contracté, je n'étais plus qu'un cœur qui battait, et qu'une attention suivant anxieusement le développement de « sole mio ». J'avais beau raccrocher désespérément ma pensée à la belle coudée caractéristique du Rialto, il m'apparaissait avec la médiocrité de l'évidence comme un pont non seulement inférieur, mais aussi étranger à l'idée que j'avais de lui, qu'un acteur dont, malgré sa perruque blonde et son

vêtement noir, nous savons bien qu'en son essence il
n'est pas Hamlet. Tels les palais, le canal, le
Rialto, se trouvaient dévêtus de l'idée qui faisait
leur individualité et dissous en leurs vulgaires
éléments matériels. Mais en même temps ce lieu
médiocre me semblait lointain. Dans le bassin de
l'arsenal, à cause d'un élément scientifique lui
aussi, la latitude, il y avait cette singularité des
choses, qui, même semblables en apparence à
celles de notre pays, se révèlent étrangères, en
exil sous d'autres cieux ; je sentais que cet
horizon si voisin que j'aurais pu atteindre en une
heure, c'était une courbure de la terre tout autre
que celle des mers de France, une courbure lointaine qui se trouvait, par l'artifice du voyage,
amarrée près de moi ; si bien que ce bassin de
l'arsenal à la fois insignifiant et lointain me
remplissait de ce mélange de dégoût et d'effroi
que j'avais éprouvé tout enfant la première fois
que j'accompagnai ma mère aux bains Deligny ;
en effet dans le site fantastique composé par une
eau sombre que ne couvrait pas le ciel, ni le
soleil et que cependant borné par des cabines on
sentait communiquer avec d'invisibles profondeurs couvertes de corps humains en caleçon, je
m'étais demandé si ces profondeurs, cachées aux
mortels par des baraquements qui ne les laissaient
pas soupçonner de la rue, n'étaient pas l'entrée
des mers glaciales qui commençaient là, si les
pôles n'y étaient pas compris et si cet étroit espace
n'était pas précisément la mer libre du pôle.

ALBERTINE DISPARUE

Cette Venise sans sympathie pour moi où j'allais
rester seul, ne me semblait pas moins isolée, moins
irréelle, et c'était ma détresse que le chant de « sole
mio », s'élevant comme une déploration de la
Venise que j'avais connue, semblait prendre à
témoin. Sans doute il aurait fallu cesser de l'écouter si j'avais voulu pouvoir rejoindre encore ma
mère et prendre le train avec elle, il aurait fallu
décider sans perdre une seconde que je partais,
mais c'est justement ce que je ne pouvais pas ;
je restais immobile, sans être capable non seulement de me lever, mais même de décider que je
me lèverais.

Ma pensée, sans doute pour ne pas envisager
une résolution à prendre, s'occupait tout entière
à suivre le déroulement des phrases successives
de « sole mio » en chantant mentalement avec
le chanteur, à prévoir pour chacune d'elles l'élan
qui allait l'emporter, à m'y laisser aller avec elle,
avec elle aussi à retomber ensuite.

Sans doute ce chant insignifiant entendu cent
fois ne m'intéressait nullement. Je ne pouvais
faire plaisir à personne ni à moi-même en l'écoutant aussi religieusement jusqu'au bout. Enfin
aucun des motifs, connus d'avance par moi, de
cette vulgaire romance ne pouvait me fournir la
résolution dont j'avais besoin ; bien plus, chacune
de ces phrases, quand elle passait à son tour,
devenait un obstacle à prendre efficacement cette
résolution, ou plutôt elle m'obligeait à la résolution contraire de ne pas partir, car elle me faisait

149

passer l'heure. Par là cette occupation sans plaisir
en elle-même d'écouter « sole mio » se chargeait
d'une tristesse profonde, presque désespérée. Je
sentais bien qu'en réalité, c'était la résolution de
ne pas partir que je prenais par le fait de rester
là sans bouger ; mais me dire « Je ne pars pas »,
qui ne m'était pas possible sous cette forme
directe, me le devenait sous cette autre : « Je vais
entendre encore une phrase de « sole mio » ; mais
la signification pratique de ce langage figuré ne
m'échappait pas et, tout en me disant : « Je ne
fais en somme qu'écouter une phrase de plus »,
je savais que cela voulait dire : « Je resterai seul
à Venise. » Et c'est peut-être cette tristesse comme
une sorte de froid engourdissant qui faisait le
charme désespéré mais fascinateur de ce chant.
Chaque note que lançait la voix du chanteur
avec une force et une ostentation presque muscu-
laires venait me frapper en plein cœur ; quand
la phrase était consommée et que le morceau
semblait fini, le chanteur n'en avait pas assez et
reprenait plus haut comme s'il avait besoin de
proclamer une fois de plus ma solitude et mon
désespoir.

Ma mère devait être arrivée à la gare. Bientôt
elle serait partie. J'étais étreint par l'angoisse
que me causait, avec la vue du canal devenu tout
petit depuis que l'âme de Venise s'en était échappée, de ce Rialto banal qui n'était plus le Rialto,
ce chant de désespoir que devenait « sole mio »
et qui, ainsi clamé devant les palais inconsistants,

achevait de les mettre en miettes et consommait
la ruine de Venise ; j'assistais à la lente réalisation
de mon malheur construit artistement, sans hâte,
note par note, par le chanteur que regardait avec
étonnement le soleil arrêté derrière Saint-Georges-
le-Majeur, si bien que cette lumière crépusculaire
devait faire à jamais dans ma mémoire avec le
frisson de mon émotion et la voix de bronze du chanteur, un alliage équivoque, immuable et poignant.

Ainsi restais-je immobile avec une volonté dis-
soute, sans décision apparente ; sans doute à ces
moments-là elle est déjà prise : nos amis eux-
mêmes peuvent souvent la prévoir. Mais nous,
nous ne le pouvons pas, sans quoi tant de souffrances nous seraient épargnées.

Mais enfin, d'antres plus obscurs que ceux d'où
s'élance la comète qu'on peut prédire, — grâce
à l'insoupçonnable puissance défensive de l'habitude invétérée, grâce aux réserves cachées que
par une impulsion subite elle jette au dernier
moment dans la mêlée, — mon action surgit enfin :
je pris mes jambes à mon cou et j'arrivai, les por-
tières déjà fermées, mais à temps pour retrouver
ma mère rouge d'émotion, se retenant pour ne
pas pleurer, car elle croyait que je ne viendrais
plus. Puis le train partit et nous vîmes Padoue et
Vérone venir au-devant de nous, nous dire adieu
presque jusqu'à la gare et, quand nous nous
fûmes éloignés, regagner, — elles qui ne partaient
pas et allaient reprendre leur vie, — l'une sa plaine,
l'autre sa colline.

Les heures passaient. Ma mère ne se pressait pas de lire deux lettres qu'elle tenait à la main et avait seulement ouvertes et tâchait que moi-même je ne tirasse pas tout de suite mon portefeuille pour y prendre celle que le concierge de l'hôtel m'avait remise. Ma mère craignait toujours que je ne trouvasse les voyages trop longs, trop fatigants, et reculait le plus tard possible, pour m'occuper pendant les dernières heures, le moment où elle chercherait pour moi de nouvelles distractions, déballerait les œufs durs, me passerait les journaux, déferait le paquet de livres qu'elle avait achetés sans me le dire. Nous avions traversé Milan depuis longtemps lorsqu'elle se décida à lire la première des deux lettres. Je regardai d'abord ma mère qui la lisait avec étonnement, puis levait la tête, et ses yeux semblaient se poser tour à tour sur des souvenirs distincts, incompatibles, et qu'elle ne pouvait parvenir à rapprocher. Cependant j'avais reconnu l'écriture de Gilberte sur l'enveloppe que je venais de prendre dans mon portefeuille. Je l'ouvris. Gilberte m'annonçait son mariage avec Robert de Saint-Loup. Elle me disait qu'elle m'avait télégraphié à ce sujet à Venise et n'avait pas eu de réponse. Je me rappelai comme on m'avait dit que le service des télégraphes y était mal fait. Je n'avais jamais eu sa dépêche. Peut-être, ne voudrait-elle pas le croire. Tout d'un coup, je sentis dans mon cerveau un fait qui y était installé à l'état de souvenir, quitter sa place et la céder à un autre. La

152

dépêche que j'avais reçue dernièrement et que
j'avais cru d'Albertine était de Gilberte. Comme
l'originalité assez factice de l'écriture de Gilberte
consistait principalement, quand elle écrivait une
ligne, à faire figurer dans la ligne supérieure les
barres de T qui avaient l'air de souligner les mots,
ou les points sur les I qui avaient l'air d'interrompre les phrases de la ligne d'au-dessus, et en
revanche à intercaler dans la ligne d'au-dessous
les queues et arabesques des mots qui leur étaient
superposés, il était tout naturel que l'employé
du télégraphe eût lu les boucles d'*s* ou de *z* de la
ligne supérieure comme un « ine » finissant le
mot de Gilberte. Le point sur l'*i* de Gilberte était
monté au-dessus faire point de suspension. Quant
à son *G*, il avait l'air d'un *A* gothique. Qu'en
dehors de cela deux ou trois mots eussent été mal
lus, pris les uns dans les autres (certains d'ailleurs m'avaient paru incompréhensibles) cela
était suffisant pour expliquer les détails de mon
erreur et n'était même pas nécessaire. Combien
de lettres lit dans un mot une personne dis-
traite et surtout prévenue, qui part de l'idée
que la lettre est d'une certaine personne, combien de mots dans la phrase ? On devine en
lisant, on crée ; tout part d'une erreur initiale ;
celles qui suivent (et ce n'est pas seulement
dans la lecture des lettres et des télégrammes,
pas seulement dans toute lecture) si extra-
ordinaires qu'elles puissent paraître à celui qui
n'a pas le même point de départ, sont toutes

naturelles. Une bonne partie de ce que nous croyons (et jusque dans les conclusions dernières c'est ainsi) avec un entêtement et une bonne foi égales, vient d'une première méprise sur les prémisses.

CHAPITRE IV

Nouvel aspect de Robert de Saint-Loup

« Oh ! c'est inouï, me dit ma mère. Écoute, on ne s'étonne plus de rien à mon âge, mais je t'assure qu'il n'y a rien de plus inattendu que la nouvelle que m'annonce cette lettre. » « Écoute bien, répondis-je, je ne sais pas ce que c'est, mais, si étonnant que cela puisse être, cela ne peut pas l'être autant que ce que m'apprend celle-ci. C'est un mariage. C'est Robert de Saint-Loup qui épouse Gilberte Swann. » « Ah ! me dit ma mère, alors c'est sans doute ce que m'annonce l'autre lettre, celle que je n'ai pas encore ouverte, car j'ai reconnu l'écriture de ton ami. » Et ma mère me sourit avec cette légère émotion dont, depuis qu'elle avait perdu sa mère, se revêtait pour elle tout événement, si mince qu'il fût, qui intéressait des créatures humaines capables de douleur, de souvenir, et ayant, elles aussi, leurs morts. Ainsi ma mère me sourit et me parla d'une voix douce, comme si elle eût craint, en traitant légèrement

155

ce mariage, de méconnaître ce qu'il pouvait
éveiller d'impressions mélancoliques chez la fille
et la veuve de Swann, chez la mère de Robert
prête à se séparer de son fils et auxquelles ma mère
par bonté, par sympathie à cause de leur bonté
pour moi, prêtait sa propre émotivité filiale,
conjugale, et maternelle. « Avais-je raison de
te dire que tu ne trouverais rien de plus étonnant ? » lui dis-je. « Hé bien si ! répondit-elle d'une
voix douce, c'est moi qui détiens la nouvelle la
plus extraordinaire, je ne te dirai pas la plus
grande, la plus petite, car cette citation de Sévigné
faite par tous les gens qui ne savent que cela
d'elle écœurait ta grand'mère autant que « la
jolie chose que c'est de fumer. » Nous ne daignons
pas ramasser ce Sévigné de tout le monde. Cette
lettre-ci m'annonce le mariage du petit Cambremer. » « Tiens ! » dis-je avec indifférence « avec
qui ? Mais en tous cas la personnalité du fiancé
ôte déjà à ce mariage tout caractère sensationnel. »
« A moins que celle de la fiancée ne le lui donne. »
« Et qui est cette fiancée ? » « Ah ! si je te le dis
tout de suite il n'y a pas de mérite, voyons
cherche un peu », me dit ma mère, qui, voyant
qu'on n'était pas encore à Turin, voulait me
laisser un peu de pain sur la planche et une poire
pour la soif. « Mais comment veux-tu que je sache ?
Est-ce avec quelqu'un de brillant ? Si Legrandin
et sa sœur sont contents, nous pouvons être sûrs
que c'est un mariage brillant. » « Legrandin, je
ne sais pas, mais la personne qui m'annonce le

156

mariage dit que Mme de Cambremer est ravie.
Je ne sais pas si tu appelleras cela un mariage
brillant. Moi, cela me fait l'effet d'un mariage du
temps où les rois épousaient les bergères, et
encore la bergère est-elle moins qu'une bergère,
mais d'ailleurs charmante. Cela eût stupéfié ta
grand'mère et ne lui eût pas déplu. » « Mais enfin
qui est-ce cette fiancée? » « C'est Mlle d'Oloron.»
« Cela m'a l'air immense et pas bergère du tout
mais je ne vois pas qui cela peut être. C'est un
titre qui était dans la famille des Guermantes. »
« Justement, et M. de Charlus l'a donné en l'adop-
tant à la nièce de Jupien. C'est elle qui épouse
le petit Cambremer. » « La nièce de Jupien ! Ce
n'est pas possible ! » « C'est la récompense de la
vertu. C'est un mariage à la fin d'un roman de
Mme Sand, dit ma mère. » « C'est le prix du vice,
c'est un mariage à la fin d'un roman de Balzac »,
pensai-je. « Après tout », dis-je à ma mère, « en
y réfléchissant, c'est assez naturel. Voilà les Cambremer ancrés dans ce clan des Guermantes où ils
n'espéraient pas pouvoir jamais planter leur
tente ; de plus la petite, adoptée par M. de Charlus, aura beaucoup d'argent, ce qui était indispensable depuis que les Cambremer ont perdu
le leur ; et en somme elle est la fille adoptive, et
selon les Cambremer, probablement la fille véritable — la fille naturelle — de quelqu'un qu'ils
considèrent comme un prince du sang. Un bâtard
de maison presque royale, cela a toujours été
considéré comme une alliance flatteuse par la

noblesse française et étrangère. Sans remonter
même si loin, tout près de nous, pas plus tard
qu'il y a six mois, tu te rappelles, le mariage de
l'ami de Robert avec cette jeune fille dont la
seule raison sociale était qu'on la supposait à
tort ou à raison fille naturelle d'un prince souve-
rain. » Ma mère, tout en maintenant le côté castes
de Combray qui eût fait que ma grand'mère eût
dû être scandalisée de ce mariage, voulant avant
tout montrer le jugement de sa mère, ajouta :
« D'ailleurs la petite est parfaite, et ta chère
grand'mère n'aurait pas eu besoin de son immense
bonté, de son indulgence infinie pour ne pas être
sévère au choix du jeune Cambremer. Te souviens-
tu combien elle avait trouvé cette petite distin-
guée, il y a bien longtemps, un jour qu'elle était
entrée se faire recoudre sa jupe ? Ce n'était qu'une
enfant alors. Et maintenant, bien que très montée
en graine et vieille fille, elle est une autre femme,
mille fois plus parfaite. Mais ta grand'mère d'un
coup d'œil avait discerné tout cela. Elle avait
trouvé la petite nièce d'un giletier plus « noble »
que le duc de Guermantes. » Mais plus encore que
louer grand'mère, il fallait à ma mère trouver
« mieux » pour elle qu'elle ne fût plus là. C'était
la suprême finalité de sa tendresse et comme si
cela lui épargnait un dernier chagrin. « Et pourtant crois-tu tout de même, me dit ma mère, si
le père Swann — que tu n'as pas connu il est
vrai — avait pu penser qu'il aurait un jour un
arrière-petit-fils ou une arrière-petite-fille où cou-

leraient confondus le sang de la mère Moser qui disait : « Ponchour Mezieurs » et le sang du duc de Guise ! » « Mais remarque, maman, que c'est beaucoup plus étonnant que tu ne dis. Car les Swann étaient des gens très bien, et avec la situation qu'avait leur fils, sa fille, s'il avait fait un bon mariage, aurait pu en faire un très bien. Mais tout était retombé à pied d'œuvre puisqu'il avait épousé une cocotte. » « Oh ! une cocotte, tu sais, on était peut-être méchant, je n'ai jamais tout cru. » « Si, une cocotte, je te ferai même des révélations sensationnelles un autre jour. » Perdue dans sa rêverie, ma mère me disait : « La fille d'une femme que ton père n'aurait jamais permis que je salue épousant le neveu de Mme de Villeparisis, que ton père ne me permettait pas au commencement d'aller voir parce qu'il la trouvait d'un monde trop brillant pour moi ! » Puis : « Le fils de Mme de Cambremer pour qui Legrandin craignait tant d'avoir à nous donner une recommandation parce qu'il ne nous trouvait pas assez chic, épousant la nièce d'un homme qui n'aurait jamais osé monter chez nous que par l'escalier de service !... Tout de même ta pauvre grand'mère avait raison — tu te rappelles — quand elle disait que la grande aristocratie faisait des choses qui choqueraient de petits bourgeois et que la reine Marie-Amélie lui était gâtée par les avances qu'elle avait faites à la maîtresse du prince de Condé pour qu'elle le fît tester en faveur du duc d'Aumale. Tu te souviens, elle était choquée aussi que

depuis des siècles des filles de la maison de Gra-
mont qui furent de véritables saintes aient porté
le nom de Corisande en mémoire de la liaison
d'une aïeule avec Henri IV. Ce sont des choses
qui se font peut-être aussi dans la bourgeoisie,
mais on les cache davantage. Crois-tu que cela
l'eût amusée, ta pauvre grand'mère ! » disait
maman avec tristesse, car les joies dont nous
souffrions que ma grand'mère fût écartée, c'était
les joies les plus simples de la vie, une nouvelle,
une pièce, moins que cela une « imitation », qui
l'eussent amusée, « crois-tu qu'elle eût été étonnée ! Je suis sûre pourtant que cela eût choqué
ta grand'mère ces mariages, que cela lui eût été
pénible, je crois qu'il vaut mieux qu'elle ne les
ait pas sus », reprit ma mère, car en présence de
tout événement, elle aimait à penser que ma
grand'mère en eût reçu une impression toute
particulière qui eût tenu à la merveilleuse singularité de sa nature et qui avait une importance
extraordinaire. Devant tout événement triste
qu'on n'eût pu prévoir autrefois, la disgrâce ou
la ruine d'un de nos vieux amis, quelque cala-
mité publique, une épidémie, une guerre, une révolution, ma mère se disait que peut-être valait-il
mieux que grand'mère n'eût rien vu de tout cela,
que cela lui eût fait trop de peine, que peut-être
elle n'eût pu le supporter. Et quand il s'agissait
d'une chose choquante comme celle-ci, ma mère,
qui, par le mouvement du cœur inverse de celui
des méchants qui se plaisent à supposer que ceux

qu'ils n'aiment pas ont plus souffert qu'on ne
croit, ne voulait pas dans sa tendresse pour ma
grand'mère admettre que rien de triste, de dimi-
nuant eût pu lui arriver. Elle se figurait toujours
ma grand'mère comme au-dessus des atteintes
même de tout mal qui n'eût pas dû se produire,
et se disait que la mort de ma grand'mère avait
peut-être été en somme un bien en épargnant le
spectacle trop laid du temps présent à cette nature
si noble qui n'aurait pas su s'y résigner. Car
l'optimisme est la philosophie du passé. Les événements qui ont eu lieu étant, entre tous ceux
qui étaient possibles, les seuls que nous connaissions, le mal qu'ils ont causé nous semble inévi-
table, et le peu de bien qu'ils n'ont pas pu ne pas
amener avec eux, c'est à eux que nous en faisons
honneur, et nous nous imaginons que sans eux
il ne se fût pas produit. Mais elle cherchait en
même temps à mieux deviner ce que ma grand'
mère eût éprouvé en apprenant ces nouvelles et
à croire en même temps que c'était impossible à
deviner pour nos esprits moins élevés que le
sien. « Crois-tu ! me dit d'abord ma mère, combien
ta pauvre grand'mère eût été étonnée ! » Et je
sentais que ma mère souffrait de ne pas pouvoir
le lui apprendre, regrettait que ma grand'mère
ne pût le savoir, et trouvait quelque chose d'in-
juste à ce que la vie amenât au jour des faits que
ma grand'mère n'aurait pu croire, rendant ainsi
rétrospectivement la connaissance, que celle-ci
avait emportée des êtres et de la société fausse,

161

et incomplète, le mariage de la petite Jupien avec
le neveu de Legrandin ayant été de nature à
modifier les notions générales de ma grand'mère,
autant que la nouvelle — si ma mère avait pu
la lui faire parvenir — qu'on était arrivé à résoudre le problème, cru par ma grand'mère
insoluble, de la navigation aérienne et de la télé-
graphie sans fil.

Le train entrait en gare de Paris que nous
parlions encore avec ma mère de ces deux nouvelles que, pour que la route ne me parût pas
trop longue, elle eût voulu réserver pour la seconde
partie du voyage et ne m'avait laissé apprendre
qu'après Milan. Et ma mère continuait quand
nous fûmes rentrés à la maison : « Crois-tu, ce
pauvre Swann qui désirait tant que sa Gilberte
fût reçue chez les Guermantes, serait-il assez
heureux s'il pouvait voir sa fille devenir une
Guermantes ! » « Sous un autre nom que le sien,
conduite à l'autel comme Mlle de Forcheville,
crois-tu qu'il en serait si heureux ? » « Ah ! c'est
vrai, je n'y pensais pas. C'est ce qui fait que
je ne peux pas me réjouir pour cette petite « rosse »,
cette pensée qu'elle a eu le cœur de quitter le
nom de son père qui était si bon pour elle. — Oui,
tu as raison, tout compte fait, il est peut-être
mieux qu'il ne l'ait pas su. » Tant pour les
morts que pour les vivants, on ne peut savoir si
une chose leur ferait plus de joie ou plus de peine.
« Il paraît que les Saint-Loup vivront à Tansonville. Le père Swann qui désirait tant montrer

162

son étang à ton pauvre grand-père aurait-il
jamais pu supposer que le duc de Guermantes le
verrait souvent, surtout s'il avait su le mariage
de son fils ? Enfin toi qui as tant parlé à Saint-
Loup des épines roses, des lilas et des iris de
Tansonville, il te comprendra mieux. C'est lui
qui les possèdera. » Ainsi se déroulait dans notre
salle à manger, sous la lumière de la lampe dont
elles sont amies, une de ces causeries où la sagesse
non des nations mais des familles, s'emparant de
quelque événement, mort, fiançailles, héritage,
ruine, et le glissant sous le verre grossissant de la
mémoire, lui donne tout son relief, dissocie, recule
une surface, et situe en perspective à différents
points de l'espace et du temps ce qui, pour ceux
qui n'ont pas vécu cette époque, semble amalgamé
sur une même surface, les noms des décédés, les
adresses successives, les origines de la fortune
et ses changements, les mutations de propriété.
Cette sagesse-là n'est-elle pas inspirée par la Muse
qu'il convient de méconnaître le plus longtemps
possible, si l'on veut garder quelque fraîcheur
d'impressions et quelque vertu créatrice, mais
que ceux-là même qui l'ont ignorée rencontrent
au soir de leur vie dans la nef de la vieille église
provinciale, à l'heure où tout à coup ils se sentent
moins sensibles à la beauté éternelle exprimée
par les sculptures de l'autel qu'à la conception
des fortunes diverses qu'elles subirent, passant
dans une illustre collection particulière, dans une
chapelle, de là dans un musée, puis ayant fait

retour à l'église, ou qu'à sentir, quand ils y foulent un pavé presque pensant, qu'il recouvre la dernière poussière d'Arnault ou de Pascal, ou tout simplement qu'à déchiffrer, imaginant peut-être l'image d'une fraîche paroissienne, sur la plaque de cuivre du prie-Dieu de bois, les noms des filles du hobereau ou du notable. La Muse qui a recueilli tout ce que les muses plus hautes de la philosophie et de l'art ont rejeté, tout ce qui n'est pas fondé en vérité, tout ce qui n'est que contingent, mais révèle aussi d'autres lois, c'est l'Histoire.

Ce que je devais apprendre par la suite — car je n'avais pu assister à tout cela de Venise — c'est que Mlle de Forcheville avait été demandée d'abord par le prince de Silistrie, cependant que Saint-Loup cherchait à épouser Mlle d'Entragues, fille du duc de Luxembourg. Voici ce qui s'était passé. Mlle de Forcheville ayant cent millions, Mme de Marsantes avait pensé que c'était un excellent mariage pour son fils. Elle eut le tort de dire que cette jeune fille était charmante, qu'elle ignorait absolument si elle était riche ou pauvre, qu'elle ne voulait pas le savoir mais que même sans dot ce serait une chance pour le jeune homme le plus difficile d'avoir une femme pareille. C'était beaucoup d'audace pour une femme, tentée seulement par les cent millions qui lui fermaient les yeux sur le reste. Aussitôt on comprit qu'elle y pensait pour son fils. La princesse de Silistrie jeta partout les hauts cris, se répandit sur les grandeurs de Saint-Loup, et clama que si

ALBERTINE DISPARUS

Saint-Loup épousait la fille d'Odette et d'un juif, il n'y avait plus de faubourg Saint-Germain. Mme de Marsantes, si sûre d'elle-même qu'elle fût, n'osa pas pousser alors plus loin et se retira devant les cris de la princesse de Silistrie, qui fit aussitôt faire la demande pour son propre fils. Elle n'avait crié qu'afin de se réserver Gilberte. Cependant Mme de Marsantes ne voulant pas rester sur un échec s'était aussitôt tournée vers Mlle d'Entragues, fille du duc de Luxembourg. N'ayant que vingt millions, celle-ci lui convenait moins, mais elle dit à tout le monde qu'un Saint-Loup ne pouvait épouser une Mlle Swann (il n'était même plus question de Forcheville). Quelque temps après, quelqu'un disant étourdiment que le duc de Châtellerault pensait à épouser Mlle d'Entragues, Mme de Marsantes qui était pointilleuse plus que personne le prit de haut, changea ses batteries, revint à Gilberte, fit faire la demande pour Saint-Loup, et les fiançailles eurent lieu immédiatement. Ces fiançailles excitèrent de vifs commentaires dans les mondes les plus différents. D'anciennes amies de ma mère, plus ou moins de Combray, vinrent la voir pour lui parler du mariage de Gilberte, lequel ne les éblouissait nullement. « Vous savez ce que c'est que Mlle de Forcheville, c'est tout simplement Mlle Swann. Et le témoin de son mariage, le « Baron » de Charlus, comme il se fait appeler, c'est ce vieux qui entretenait déjà la mère autrefois au vu et au su de Swann qui y trouvait son intérêt. » « Mais qu'est-ce que vous dites ? » protestait ma mère, « Swann d'abord était extrêmement riche. » « Il faut croire qu'il ne l'était pas tant que ça pour avoir besoin de l'argent des autres. Mais qu'est-ce qu'elle a donc, cette femme-là, pour tenir ainsi ses anciens amants ? Elle a trouvé le moyen de se faire épouser par le troisième et elle retire à moitié de la tombe le deuxième pour qu'il serve de témoin à la fille qu'elle a eue du premier ou d'un autre, car comment se reconnaître dans la quantité ? elle n'en sait plus rien elle-même ! Je dis le troisième, c'est le trois centième qu'il faudrait dire. Du reste vous savez que si elle n'est pas plus Forcheville que vous et moi, cela va bien avec le mari qui naturellement n'est pas noble. Vous pensez bien qu'il n'y a qu'un aventurier pour épouser cette fille-là. Il paraît que c'est un Monsieur Dupont ou Durand quelconque. S'il n'y avait pas maintenant un maire radical à Combray, qui ne salue même pas le curé, j'aurais su le fin de la chose. Parce que, vous comprenez bien, quand on a publié les bans, il a bien fallu dire le vrai nom. C'est très joli pour les journaux ou pour le papetier qui envoie les lettres de faire-part de se faire appeler le marquis de Saint-Loup. Ça ne fait mal à personne, et si ça peut leur faire plaisir à ces bonnes gens, ce n'est pas moi qui y trouverai à redire ! en quoi ça peut-il me gêner ? Comme je ne fréquenterai jamais la fille d'une femme qui a fait parler d'elle, elle peut bien être marquise long comme le bras pour ses domestiques. Mais dans les actes de l'état civil ce n'est pas la même chose. Ah ! si mon cousin Sazerat était encore premier adjoint, je lui aurais écrit, à moi il m'aurait dit sous quel nom il avait fait faire les publications. »

D'autres amies de ma mère qui avaient vu Saint-Loup à la maison vinrent à son « jour » et s'informèrent si le fiancé était bien celui qui était mon ami. Certaines personnes allaient jusqu'à prétendre, en ce qui concernait l'autre mariage, qu'il ne s'agissait pas des Cambremer Legrandin. On le tenait de bonne source, car la marquise, née Legrandin, l'avait démenti la veille même du jour où les fiançailles furent publiées. Je me demandais de mon côté pourquoi M. de Charlus d'une part, Saint-Loup de l'autre, lesquels avaient eu l'occasion de m'écrire peu auparavant, m'avaient parlé de projets amicaux et de voyages, dont la réalisation eût dû exclure la possibilité de ces cérémonies, et ne m'avaient rien dit. J'en concluais, sans songer au secret que l'on garde jusqu'à la fin sur ces sortes de choses, que j'étais moins leur ami que je n'avais cru, ce qui, pour ce qui concernait Saint-Loup, me peinait. Aussi pourquoi, ayant remarqué que l'amabilité, le côté plain-pied, « pair à compagnon » de l'aristocratie était une comédie, m'étonnais-je d'en être excepté ? Dans la maison de femmes — où on procurait de plus en plus des hommes — où M. de Charlus avait surpris Morel, et où la « sous-maîtresse », grande lectrice du *Gaulois*, commen-

tait les nouvelles mondaines, cette patronne parlant d'un gros Monsieur qui venait chez elle, sans
arrêter, boire du champagne avec des jeunes gens,
parce que déjà très gros il voulait devenir assez
obèse pour être certain de ne pas être « pris »
si jamais il y avait une guerre, déclara : « Il paraît
que le petit Saint-Loup est « comme ça » et le
petit Cambremer aussi. Pauvres épouses ! — En
tous cas si vous connaissez ces fiancés, il faut
nous les envoyer, ils trouveront ici tout ce qu'ils
voudront, et il y a beaucoup d'argent à gagner
avec eux. » Sur quoi le gros Monsieur, bien qu'il
fût lui-même comme « ça » se récria, répliqua,
étant un peu snob, qu'il rencontrait souvent
Cambremer et Saint-Loup chez ses cousins d'Ar-
douvillers, et qu'ils étaient grands amateurs de
femmes et tout le contraire de « ça ». « Ah ! »
conclut la sous-maîtresse d'un ton sceptique, mais
ne possédant aucune preuve, et persuadée qu'en
notre siècle la perversité des mœurs le disputait
à l'absurdité calomniatrice des cancans. Certaines personnes que je ne vis pas m'écrivirent et
me demandèrent « ce que je pensais » de ces deux
mariages, absolument comme si elles eussent
ouvert une enquête sur la hauteur des chapeaux
des femmes au théâtre ou sur le roman psychologique. Je n'eus pas le courage de répondre à
ces lettres. De ces deux mariages, je ne pensais
rien, mais j'éprouvais une immense tristesse,
comme quand deux parties de votre existence
passée, amarrées auprès de vous, et sur lesquelles

on fonde peut-être paresseusement au jour le jour, quelque espoir inavoué, s'éloignent définitivement, avec un claquement joyeux de flammes, pour des destinations étrangères comme deux vaisseaux. Pour les intéressés eux-mêmes, ils eurent à l'égard de leur propre mariage une opinion bien naturelle, puisqu'il s'agissait non des autres mais d'eux. Ils n'avaient jamais eu assez de railleries pour ces « grands mariages » fondés sur une tare secrète. Et même les Cambremer, de maison si ancienne et de prétentions si modestes, eussent été les premiers à oublier Jupien et à se souvenir seulement des grandeurs inouies de la maison d'Oloron, si une exception ne s'était produite en la personne qui eût dû être le plus flattée de ce mariage, la marquise de Cambremer-Legrandin. Mais, méchante de nature, elle faisait passer le plaisir d'humilier les siens avant celui de se glorifier elle-même. Aussi, n'aimant pas son fils, et ayant tôt fait de prendre en grippe sa future belle-fille, déclara-t-elle qu'il était malheureux pour un Cambremer d'épouser une personne qui sortait on ne savait d'où, en somme, et avait des dents si mal rangées. Quant au jeune Cambremer qui avait déjà une certaine propension à fréquenter des gens de lettres, on pense bien qu'une si brillante alliance n'eut pas pour effet de le rendre plus snob, mais que se sentant maintenant le successeur des ducs d'Oloron — « princes souverains » comme disaient les journaux — il était suffisamment persuadé de sa grandeur, pour pouvoir frayer avec n'importe qui. Et il délaissa la petite noblesse pour la bourgeoisie intelligente les jours où il ne se consacrait pas aux altesses. Les notes des journaux, surtout en ce qui concernait Saint-Loup, donnèrent à mon ami, dont les ancêtres royaux étaient énumérés, une grandeur nouvelle mais qui ne fit que m'attrister — comme s'il était devenu quelqu'un d'autre, le descendant de Robert le Fort, plutôt que l'ami qui s'était mis si peu de temps auparavant sur le strapontin de la voiture afin que je fusse mieux au fond ; le fait de n'avoir pas soupçonné d'avance son mariage avec Gilberte dont la réalité m'était apparue soudain dans une lettre, si différente de ce que je pouvais penser de chacun d'eux la veille, et qu'il ne m'eût pas averti me faisait souffrir, alors que j'eusse dû penser qu'il avait eu beaucoup à faire et que d'ailleurs dans le monde les mariages se font souvent ainsi tout d'un coup, fréquemment pour se substituer à une combinaison différente qui a échoué — inopinément — comme un précipité chimique. Et la tristesse, morne comme un déménagement, amère comme une jalousie, que me causèrent par la brusquerie, par l'accident de leur choc, ces deux mariages, fut si profonde, que plus tard on me la rappela, en m'en faisant absurdement gloire, comme ayant été tout le contraire de ce qu'elle fut au moment même, un double et même triple et quadruple pressentiment.

Les gens du monde qui n'avaient fait aucune

attention à Gilberte me dirent d'un air gravement
intéressé : « Ah ! c'est elle qui épouse le marquis
de Saint-Loup » et jetaient sur elle le regard
attentif des gens non seulement friands des événements de la vie parisienne, mais aussi qui
cherchent à s'instruire et croient à la profondeur
de leur regard. Ceux qui n'avaient au contraire
connu que Gilberte regardèrent Saint-Loup avec
une extrême attention, me demandèrent (souvent
des gens qui me connaissaient à peine) de les
présenter et revenaient de la présentation au
fiancé parés des joies de la fatuité en me disant :
« Il est très bien de sa personne ». Gilberte était
convaincue que le nom de marquis de Saint-Loup
était plus grand mille fois que celui de duc d'Orléans.

« Il paraît que c'est la princesse de Parme qui
a fait le mariage du petit Cambremer », me dit
maman. Et c'était vrai. La princesse de Parme
connaissait depuis longtemps par les œuvres d'une
part Legrandin qu'elle trouvait un homme distingué, de l'autre Mme de Cambremer qui changeait la conversation quand la princesse lui
demandait si elle était bien la sœur de Legrandin.
La princesse savait le regret qu'avait Mme de
Cambremer d'être restée à la porte de la haute
société aristocratique où personne ne la recevait.
Quand la princesse de Parme, qui s'était chargée
de trouver un parti pour Mlle d'Oloron, demanda
à M. de Charlus s'il savait qui était un homme
aimable et instruit qui s'appelait Legrandin de

Méséglise (c'était ainsi que se faisait appeler
maintenant Legrandin), le baron répondit d'abord
que non, puis tout d'un coup un souvenir lui
revint d'un voyageur avec qui il avait fait connaissance en wagon, une nuit, et qui lui avait
laissé sa carte. Il eut un vague sourire. « C'est
peut-être le même », se dit-il. Quand il apprit
qu'il s'agissait du fils de la sœur de Legrandin,
il dit : « Tiens, ce serait vraiment extraordinaire !
S'il tenait de son oncle, après tout, ce ne serait
pas pour m'effrayer, j'ai toujours dit qu'ils faisaient les meilleurs maris. » « Qui ils ? » demanda
la princesse. « Oh ! Madame, je vous expliquerais
bien si nous nous voyions plus souvent. Avec vous
on peut causer. Votre Altesse est si intelligente »,
dit Charlus pris d'un besoin de confidence qui
pourtant n'alla pas plus loin. Le nom de Cambremer lui plut, bien qu'il n'aimât pas les parents,
mais il savait que c'était une des quatre baronnies
de Bretagne et tout ce qu'il pouvait espérer de
mieux pour sa fille adoptive ; c'était un nom
vieux, respecté, avec de solides alliances dans sa
province. Un prince eût été impossible et d'ailleurs
peu désirable. C'était ce qu'il fallait. La princesse
fit ensuite venir Legrandin. Il avait physiquement
passablement changé, et assez à son avantage
depuis quelque temps. Comme les femmes qui
sacrifient résolument leur visage à la sveltesse
de leur taille et ne quittent plus Marienbad,
Legrandin avait pris l'aspect désinvolte d'un
officier de cavalerie. Au fur et à mesure que M. de

Charlus s'était alourdi et abruti, Legrandin était
devenu plus élancé et rapide, effet contraire d'une
même cause. Cette vélocité avait d'ailleurs des
raisons psychologiques. Il avait l'habitude d'aller
dans certains mauvais lieux où il aimait qu'on
ne le vît ni entrer, ni sortir : il s'y engouffrait.
Legrandin s'était mis au tennis à cinquante-cinq
ans. Quand la princesse de Parme lui parla des
Guermantes, de Saint-Loup, il déclara qu'il les
avait toujours connus, faisant une espèce de
mélange entre le fait d'avoir toujours connu de
nom les châtelains de Guermantes et d'avoir
rencontré, chez ma tante, Swann, le père de la
future Mme de Saint-Loup, Swann dont Legrandin
d'ailleurs ne voulait à Combray fréquenter ni la
femme ni la fille. « J'ai même voyagé dernièrement avec le frère du duc de Guermantes, M. de
Charlus. Il a spontanément engagé la conversation,
ce qui est toujours bon signe, car cela prouve que
ce n'est ni un sot gourmé, ni un prétentieux. Oh !
je sais tout ce qu'on dit de lui. Mais je ne crois
jamais ces choses-là. D'ailleurs la vie privée des
autres ne me regarde pas. Il m'a fait l'effet d'un
cœur sensible, d'un homme bien cultivé. » Alors la
princesse de Parme parla de Mlle d'Oloron. Dans
le milieu des Guermantes on s'attendrissait sur la
noblesse de cœur de M. de Charlus qui, bon comme
il avait toujours été, faisait le bonheur d'une
jeune fille pauvre et charmante. Et le duc de
Guermantes souffrant de la réputation de son
frère laissait entendre que si beau que cela fût,

c'était fort naturel. « Je ne sais si je me fais bien entendre, tout est naturel dans l'affaire », disait-il maladroitement à force d'habileté. Mais son but était d'indiquer que la jeune fille était une enfant de son frère qu'il reconnaissait. Du même coup cela expliquait Jupien. La princesse de Parme insinua cette version pour montrer à Legrandin qu'en somme le jeune Cambremer épouserait quelque chose comme Mlle de Nantes, une de ces bâtardes de Louis XIV qui ne furent dédaignées ni par le duc d'Orléans, ni par le prince de Conti.

Ces deux mariages dont nous parlions déjà avec ma mère dans le train qui nous ramenait à Paris eurent sur certains des personnages qui ont figuré jusqu'ici dans ce récit des effets assez remarquables. D'abord sur Legrandin ; inutile de dire qu'il entra en ouragan dans l'hôtel de M. de Charlus absolument comme dans une maison mal famée où il ne faut pas être vu, et aussi tout à la fois pour montrer sa bravoure et cacher son âge, — car nos habitudes nous suivent même là où elles ne nous servent plus à rien — et presque personne ne remarqua qu'en lui disant bonjour M. de Charlus lui adressa un sourire difficile à percevoir, plus encore à interpréter ; ce sourire était pareil en apparence, et au fond était exactement l'inverse, de celui que deux hommes, qui ont l'habitude de se voir dans la bonne société, échangent si par hasard ils se rencontrent dans ce qu'ils trouvent un mauvais lieu (par exemple l'Élysée

174

où le général de Froberville quand il y rencontrait jadis Swann, avait en l'apercevant le regard d'ironique et mystérieuse complicité de deux habitués de la princesse des Laumes qui se commettaient chez M. Grévy). Legrandin cultivait obscurément depuis bien longtemps — et dès le temps où j'allais tout enfant passer à Combray mes vacances — des relations aristocratiques, productives tout au plus d'une invitation isolée à une villégiature inféconde. Tout à coup le mariage de son neveu étant venu rejoindre entre eux ces tronçons lointains, Legrandin eut une situation mondaine à laquelle rétroactivement ses relations anciennes avec des gens qui ne l'avaient fréquenté que dans le particulier, mais intimement, donnèrent une sorte de solidité. Des dames à qui on croyait le présenter racontaient que depuis vingt ans il passait quinze jours à la campagne chez elles, et que c'était lui qui leur avait donné le beau baromètre ancien du petit salon. Il avait par hasard été pris dans des « groupes » où figuraient des ducs qui lui étaient apparentés. Or dès qu'il eut cette situation mondaine, il cessa d'en profiter. Ce n'est pas seulement parce que, maintenant qu'on le savait reçu, il n'éprouvait plus de plaisir à être invité, c'est que des deux vices qui se l'étaient longtemps disputé, le moins naturel, le snobisme, cédait la place à un autre moins factice, puisque il marquait du moins une sorte de retour, même détourné, vers la nature. Sans doute ils ne sont pas incompatibles, et

175

l'exploration d'un faubourg peut se pratiquer en quittant le raout d'une duchesse. Mais le refroidissement de l'âge détournait Legrandin de cumuler tant de plaisirs, de sortir autrement qu'à bon escient, et aussi rendait pour lui ceux de la nature assez platoniques, consistant surtout en amitiés, en causeries qui prennent du temps, et lui faisait passer presque tout le sien dans le peuple, lui en laissant peu pour la vie de société. Mme de Cambremer elle-même devint assez indifférente à l'amabilité de la duchesse de Guermantes. Celle-ci obligée de fréquenter la marquise s'était aperçue, comme il arrive chaque fois qu'on vit davantage avec des êtres humains, c'est-à-dire mêlés de qualités qu'on finit par découvrir et de défauts auxquels on finit par s'habituer, que Mme de Cambremer était une femme douée d'une intelligence et pourvue d'une culture que pour ma part j'appréciais peu, mais qui parurent remarquables à la duchesse. Elle vint donc souvent, à la tombée du jour, voir Mme de Cambremer et lui faire de longues visites. Mais le charme merveilleux que celle-ci se figurait exister chez la duchesse de Guermantes s'évanouit dès qu'elle s'en vit recherchée, et elle la recevait plutôt par politesse que par plaisir. Un changement plus frappant se manifesta chez Gilberte, à la fois symétrique et différent de celui qui s'était produit chez Swann marié. Certes, les premiers mois Gilberte avait été heureuse de recevoir chez elle la société la plus choisie. Ce n'est sans doute qu'à

176

cause de l'héritage qu'on invitait les amies intimes
auxquelles tenait sa mère, mais à certains jours
seulement où il n'y avait qu'elles, enfermées à
part, loin des gens chics, et comme si le contact
de Mme Bontemps ou de Mme Cottard avec la
princesse de Guermantes ou la princesse de Parme
eût pu, comme celui de deux poudres instables,
produire des catastrophes irréparables. Néanmoins les Bontemps, les Cottard et autres, quoique
déçus de dîner entre eux, étaient fiers de pouvoir
dire : « Nous avons dîné chez la marquise de Saint-
Loup », d'autant plus qu'on poussait quelquefois
l'audace jusqu'à inviter avec eux Mme de Marsantes qui se montrait véritable grande dame,
avec un éventail d'écaille et de plumes, toujours
dans l'intérêt de l'héritage. Elle avait seulement
soin de faire de temps en temps l'éloge des gens
discrets qu'on ne voit jamais que quand on leur
fait signe, avertissement moyennant lequel elle
adressait aux bons entendeurs du genre Cottard,
Bontemps, etc. son plus gracieux et hautain
salut. Peut-être j'eusse préféré être de ces séries-
là. Mais Gilberte, pour qui j'étais maintenant
surtout un ami de son mari et des Guermantes
(et qui — peut-être bien dès Combray, où mes
parents ne fréquentaient pas sa mère — m'avait,
à l'âge où nous n'ajoutons pas seulement tel ou
tel avantage aux choses mais où nous les classons
par espèces, doué de ce prestige qu'on ne perd
plus ensuite) considérait ces soirées-là comme
indignes de moi et quand je partais me disait :

177

« J'ai été très contente de vous voir, mais venez plutôt après-demain, vous verrez ma tante Guermantes, Mme de Poix ; aujourd'hui c'était des amies de maman, pour faire plaisir à maman. » Mais ceci ne dura que quelques mois, et très vite tout fut changé de fond en comble. Était-ce parce que la vie sociale de Gilberte devait présenter les mêmes contrastes que celle de Swann ? En tous cas, Gilberte n'était que depuis peu de temps marquise de Saint-Loup (et bientôt après, comme on le verra, duchesse de Guermantes) que, ayant atteint ce qu'il y avait de plus éclatant et de plus difficile, elle pensait que le nom de Saint-Loup s'était maintenant incorporé à elle comme un émail mordoré et que, qui qu'elle fréquentât, désormais elle resterait pour tout le monde marquise de Saint-Loup, ce qui était une erreur car la valeur d'un titre de noblesse, aussi bien que de bourse, monte quand on le demande et baisse quand on l'offre. Tout ce qui nous semble impérissable tend à la destruction ; une situation mondaine, tout comme autre chose, n'est pas créée une fois pour toutes, mais, aussi bien que la puissance d'un empire, se reconstruit à chaque instant par une sorte de création perpétuellement continue, ce qui explique les anomalies apparentes de l'histoire mondaine ou politique au cours d'un demi-siècle. La création du monde n'a pas eu lieu au début, elle a lieu tous les jours. La marquise de Saint-Loup se disait, « je suis la marquise de Saint-Loup », elle savait qu'elle avait

178

refusé la veille trois dîners chez des duchesses.
Mais si, dans une certaine mesure, son nom relevait
le milieu aussi peu aristocratique que possible
qu'elle recevait, par un mouvement inverse, le
milieu que recevait la marquise dépréciait le nom
qu'elle portait. Rien ne résiste à de tels mouvements, les plus grands noms finissent par suc-
comber. Swann n'avait-il pas connu une duchesse
de la maison de France dont le salon, parce que
n'importe qui y était reçu, était tombé au dernier
rang ? Un jour que la princesse des Laumes était
allée par devoir passer un instant chez cette Altesse,
où elle n'avait trouvé que des gens de rien, en
entrant ensuite chez Mme Leroi, elle avait dit à
Swann et au marquis de Modène : « Enfin je me
retrouve en pays ami. Je viens de chez Mme la
duchesse de X..., il n'y avait pas trois figures de
connaissance ». Partageant en un mot l'opinion de
ce personnage d'opérette qui déclare : « Mon nom
me dispense, je pense, d'en dire plus long », Gilberte se mit à afficher son mépris pour ce qu'elle
avait tant désiré, à déclarer que tous les gens du
faubourg Saint-Germain étaient idiots, infréquen-
tables, et, passant de la parole à l'action, cessa de
les fréquenter. Des gens qui n'ont fait sa connaissance qu'après cette époque, et pour leurs débuts
auprès d'elle, l'ont entendue, devenue duchesse
de Guermantes, se moquer drôlement du monde
qu'elle eût pu si aisément voir, la voyant ne pas
recevoir une seule personne de cette société, et
si l'une, voire la plus brillante, s'aventurait chez

elle, lui bâiller ouvertement au nez, rougissent
rétrospectivement d'avoir pu, eux, trouver quelque
prestige au grand monde, et n'oseraient jamais
confier ce secret humiliant de leurs faiblesses
passées, à une femme qu'ils croient, par une élé-
vation essentielle de sa nature, avoir été de tout
temps incapable de comprendre celles-ci. Ils
l'entendent railler avec tant de verve les ducs,
et la voient, chose plus significative, mettre si
complètement sa conduite en accord avec ses
railleries ! Sans doute ne songent-ils pas à rechercher les causes de l'accident qui fit de Mlle Swann,
Mlle de Forcheville, et de Mlle de Forcheville,
la marquise de Saint-Loup, puis la duchesse de
Guermantes. Peut-être ne songent-ils pas non plus
que cet accident ne servirait pas moins par ses
effets que par ses causes à expliquer l'attitude
ultérieure de Gilberte, la fréquentation des rotu-
riers n'étant pas tout à fait conçue de la même
façon qu'elle l'eût été par Mlle Swann, par une
dame à qui tout le monde dit « Madame la Duchesse » et ces duchesses qui l'ennuient « ma cousine ». On dédaigne volontiers un but qu'on n'a
pas réussi à atteindre, ou qu'on a atteint définitivement. Et ce dédain nous paraît faire partie
des gens que nous ne connaissions pas encore.
Peut-être si nous pouvions remonter le cours des
années, les trouverions-nous déchirés, plus fréné-
tiquement que personne, par ces mêmes défauts
qu'ils ont réussi si complètement à masquer ou
à vaincre que nous les estimons incapables non

180

seulement d'en avoir jamais été atteints eux-
mêmes, mais même de les excuser jamais chez les
autres, faute d'être capables de les concevoir.
D'ailleurs, bientôt le salon de la nouvelle marquise de Saint-Loup prit son aspect définitif, au
moins au point de vue mondain, car on verra
quels troubles devaient y sévir par ailleurs ;
or cet aspect était surprenant en ceci : on se rappelait encore que les plus pompeuses, les plus
raffinées des réceptions de Paris, aussi brillantes
que celles de la princesse de Guermantes, étaient
celles de Mme de Marsantes, la mère de Saint-
Loup. D'autre part, dans les derniers temps, le
salon d'Odette, infiniment moins bien classé, n'en
avait pas moins été éblouissant de luxe et d'élégance. Or Saint-Loup, heureux d'avoir, grâce à
la grande fortune de sa femme, tout ce qu'il
pouvait désirer de bien-être, ne songeait qu'à
être tranquille après un bon dîner où des artistes
venaient lui faire de la bonne musique. Et ce
jeune homme qui avait paru à une époque si fier,
si ambitieux, invitait à partager son luxe des
camarades que sa mère n'aurait pas reçus. Gilberte de son côté mettait en pratique la parole
de Swann : « La qualité m'importe peu, mais je
crains la quantité ». Et Saint-Loup fort à genoux
devant sa femme, et parce qu'il l'aimait, et parce
qu'il lui devait précisément ce luxe extrême,
n'avait garde de contrarier ces goûts si pareils
aux siens. De sorte que les grandes réceptions de
Mme de Marsantes et de Mme de Forcheville,

données pendant des années surtout en vue de l'établissement éclatant de leurs enfants, ne donnèrent lieu à aucune réception de M. et de Mme de Saint-Loup. Ils avaient les plus beaux chevaux pour monter ensemble à cheval, le plus beau yacht pour faire des croisières — mais où on n'emmenait que deux invités. A Paris on avait tous les soirs trois ou quatre amis à dîner, jamais plus ; de sorte que par une régression imprévue mais pourtant naturelle, chacune des deux immenses volières maternelles avait été remplacée par un nid silencieux.

La personne qui profita le moins de ces deux unions fut la jeune Mademoiselle d'Oloron qui, déjà atteinte de la fièvre typhoïde le jour du mariage religieux, se traîna péniblement à l'église et mourut quelques semaines après. La lettre de faire-part qui fut envoyée quelque temps après sa mort, mêlait à des noms comme celui de Jupien, presque tous les plus grands de l'Europe, comme ceux du vicomte et de la vicomtesse de Montmorency, de S. A. R. la comtesse de Bourbon-Soissons, du prince de Modène-Este, de la vicomtesse d'Edumea, de lady Essex, etc. etc. Sans doute, même pour qui savait que la défunte était la nièce de Jupien, le nombre de toutes ces grandes alliances ne pouvait surprendre. Le tout en effet est d'avoir une grande alliance. Alors le « casus fœderis » venant à jouer, la mort de la petite roturière met en deuil toutes les familles princières de l'Europe. Mais bien des jeunes gens des

ALBERTINE DISPARUE

nouvelles générations et qui ne connaissaient pas
les situations réelles, outre qu'ils pouvaient prendre
Marie-Antoinette d'Oloron, marquise de Cambremer, pour une dame de la plus haute naissance,
auraient pu commettre bien d'autres erreurs, en
lisant cette lettre de faire-part. Ainsi, pour peu
que leurs randonnées à travers la France leur
eussent fait connaître un peu le pays de Combray,
en voyant que le comte de Méséglise faisait part
dans les premiers, et tout près du duc de Guermantes, ils auraient pu n'éprouver aucun étonnement. Le côté de Méséglise et le côté de Guermantes se touchent, vieille noblesse de la même
région peut-être alliée depuis des générations,
eussent-ils pu se dire. « Qui sait ? c'est peut-être
une branche des Guermantes qui porte le nom
de comtes de Méséglise. » Or le comte de Méséglise n'avait rien à voir avec les Guermantes et
ne faisait même pas part du côté Guermantes,
mais du côté Cambremer, puisque le comte de
Méséglise, qui par un avancement rapide n'était
resté que deux ans Legrandin de Méséglise, c'était
notre vieil ami Legrandin. Sans doute faux titre
pour faux titre, il en était peu qui eussent pu
être aussi désagréables aux Guermantes que
celui-là. Ils avaient été alliés autrefois avec les
vrais comtes de Méséglise desquels il ne restait
plus qu'une femme, fille de gens obscurs et dégra-
dés, mariée elle-même à un gros fermier enrichi
de ma tante nommé Ménager, qui lui avait acheté
Mirougrain et se faisait appeler maintenant

183

Ménager de Mirougrain, de sorte que quand on disait que sa femme était née de Méséglise, on pensait qu'elle devait être plutôt née à Méséglise et qu'elle était de Méséglise comme son mari de Mirougrain.

Tout autre titre faux eut donné moins d'ennuis aux Guermantes. Mais l'aristocratie sait les assumer, et bien d'autres encore, du moment qu'un mariage jugé utile, à quelque point de vue que ce soit, est en jeu. Couvert par le duc de Guermantes, Legrandin fut pour une partie de cette génération-là, et sera pour la totalité de celle qui la suivra, le véritable comte de Méséglise.

Une autre erreur encore que tout jeune lecteur peu au courant eût été porté à faire eût été de croire que le baron et la baronne de Forcheville faisaient part en tant que parents et beaux-parents du marquis de Saint-Loup, c'est-à-dire du côté Guermantes. Or de ce côté, ils n'avaient pas à figurer puisque c'était Robert qui était parent des Guermantes et non Gilberte. Non, le baron et la baronne de Forcheville, malgré cette fausse apparence, figuraient du côté de la mariée, il est vrai, et non du côté Cambremer, à cause non pas des Guermantes, mais de Jupien dont notre lecteur doit savoir qu'Odette était la cousine.

Toute la faveur de M. de Charlus s'était porté dès le mariage de sa fille adoptive sur le jeune marquis de Cambremer ; les goûts de celui-ci qui étaient pareils à ceux du baron, du moment qu'ils n'avaient

184

pas empêché qu'il le choisît pour mari de Mlle d'O-
loron, ne firent naturellement que le lui faire
apprécier davantage, quand il fut veuf. Ce n'est
pas que le marquis n'eût d'autres qualités qui en
faisaient un charmant compagnon pour M. de
Charlus. Mais même quand il s'agit d'un homme
de haute valeur, c'est une qualité que ne dédaigne
pas celui qui l'admet dans son intimité et qui le
lui rend particulièrement commode s'il sait jouer
aussi le whist. L'intelligence du jeune marquis
était remarquable et comme on disait déjà à
Féterne où il n'était encore qu'enfant, il était
tout à fait « du côté de sa grand'mère » aussi
enthousiaste, aussi musicien. Il en reproduisait
aussi certaines particularités, mais celles-là plus
par imitation, comme toute la famille, que par
atavisme. C'est ainsi que quelque temps après la
mort de sa femme, ayant reçu une lettre signée
Léonor, prénom que je ne me rappelais pas être
le sien, je compris seulement qui m'écrivait quand
j'eus lu la formule finale : « Croyez à ma sympathie
vraie », le « vraie », mis à sa place ajoutait,
au prénom Léonor le nom de Cambremer.

Je vis pas mal à cette époque Gilberte avec
laquelle je m'étais de nouveau lié : car notre
vie, dans sa longueur, n'est pas calculée sur la
vie de nos amitiés. Qu'une certaine période de
temps s'écoule et l'on voit reparaître (de même
qu'en politique d'anciens ministères, au théâtre
des pièces oubliées qu'on reprend) des relations
d'amitié renouées entre les mêmes personnes

qu'autrefois après de longues années d'interruption, et renouées avec plaisir. Au bout de dix ans les raisons que l'un avait de trop aimer, l'autre de ne pouvoir supporter un trop exigeant despotisme, ces raisons n'existent plus. La convenance seule subsiste, et tout ce que Gilberte m'eût refusé autrefois, ce qui lui avait semblé intolérable, impossible, elle me l'accordait aisément — sans doute parce que je ne le désirais plus. Sans que nous nous fussions jamais dit la raison du changement, si elle était toujours prête à venir à moi, jamais pressée de me quitter, c'est que l'obstacle avait disparu : mon amour.

J'allai d'ailleurs passer un peu plus tard quelques jours à Tansonville. Le déplacement me gênait assez, car j'avais à Paris une jeune fille qui couchait dans le pied-à-terre que j'avais loué. Comme d'autres de l'arôme des forêts ou du murmure d'un lac, j'avais besoin de son sommeil près de moi la nuit, et le jour de l'avoir toujours à mon côté dans la voiture. Car un amour a beau s'oublier, il peut déterminer la forme de l'amour qui le suivra. Déjà au sein même de l'amour précédent des habitudes quotidiennes existaient, et dont nous ne nous rappelions pas nous-même l'origine. C'est une angoisse d'un premier jour qui nous avait fait souhaiter passionnément, puis adopter d'une manière fixe, comme les coutumes dont on a oublié le sens, ces retours en voiture jusqu'à la demeure même de l'aimée, ou sa résidence dans notre demeure, notre présence ou

186

celle de quelqu'un en qui nous avons confiance
dans toutes ses sorties, toutes ces habitudes, sorte
de grandes voies uniformes par où passe chaque
jour notre amour et qui furent fondues jadis dans
le feu volcanique d'une émotion ardente. Mais ces
habitudes survivent à la femme, même au souvenir de la femme. Elles deviennent la forme
sinon de tous nos amours, du moins de certains
de nos amours qui alternent entre eux. Et ainsi
ma demeure avait exigé, en souvenir d'Albertine
oubliée, la présence de ma maîtresse actuelle que
je cachais aux visiteurs et qui remplissait ma vie
comme jadis Albertine. Et pour aller à Tansonville, je dus obtenir d'elle qu'elle se laissât garder
par un de mes amis qui n'aimait pas les femmes,
pendant quelques jours.

J'avais appris que Gilberte était malheureuse,
trompée par Robert, mais pas de la manière que
tout le monde croyait, que peut-être elle-même
croyait encore, qu'en tous cas elle disait. Opinion
que justifiait l'amour-propre, le désir de tromper
les autres, de se tromper soi-même, la connaissance d'ailleurs imparfaite des trahisons qui est
celle de tous les êtres trompés, d'autant plus que
Robert, en vrai neveu de M. de Charlus, s'affichait
avec des femmes qu'il compromettait, que le
monde croyait et qu'en somme Gilberte supposait
être ses maîtresses. On trouvait même dans le
monde qu'il ne se gênait pas assez, ne lâchant pas
d'une semelle, dans les soirées, telle femme qu'il
ramenait ensuite, laissant Mme de Saint-Loup ren-

187

trer comme elle pouvait. Qui eût dit que l'autre femme qu'il compromettait ainsi, n'était pas en réalité sa maîtresse eût passé pour un naïf, aveugle devant l'évidence, mais j'avais été malheureusement aiguillé vers la vérité, vers la vérité qui me fit une peine infinie, par quelques mots échappés à Jupien. Quelle n'avait pas été ma stupéfaction quand, étant allé quelques mois avant mon départ pour Tansonville prendre des nouvelles de M. de Charlus, chez lequel certains troubles cardiaques s'étaient manifestés non sans causer de grandes inquiétudes, et parlant à Jupien que j'avais trouvé seul d'une correspondance amoureuse adressée à Robert et signée Bobette que Mme de Saint-Loup avait surprise, j'avais appris par l'ancien factotum du baron, que la personne qui signait Bobette n'était autre que le violoniste qui avait joué un si grand rôle dans la vie de M. de Charlus. Jupien n'en parlait pas sans indignation : « Ce garçon pouvait agir comme bon lui semblait, il était libre. Mais s'il y a un côté où il n'aurait pas dû regarder, c'est le côté du neveu du baron. D'autant plus que le baron aimait son neveu comme son fils. Il a cherché à désunir le ménage, c'est honteux. Et il a fallu qu'il y mette des ruses diaboliques, car personne n'était plus opposé de nature à ces choses-là que le marquis de Saint-Loup. A-t-il fait assez de folies pour ses maîtresses ! Non, que ce misérable musicien ait quitté le baron comme il l'a quitté, salement, on peut bien le dire, c'était son affaire.

188

Mais se tourner vers le neveu, il y a des choses qui ne se font pas. » Jupien était sincère dans son indignation ; chez les personnes dites immorales, les indignations morales sont tout aussi fortes que chez les autres et changent seulement un peu d'objet. De plus les gens dont le cœur n'est pas directement en cause, jugeant toujours les liaisons à éviter, les mauvais mariages, comme si on était libre de choisir ce qu'on aime, ne tiennent pas compte du mirage délicieux que l'amour projette et qui enveloppe si entièrement et si uniquement la personne dont on est amoureux que la « sottise » que fait un homme en épousant une cuisinière ou la maîtresse de son meilleur ami est en général le seul acte poétique qu'il accomplisse au cours de son existence.

Je compris qu'une séparation avait failli se produire entre Robert et sa femme (sans que Gilberte se rendît bien compte encore de quoi il s'agissait) et que c'était Mme de Marsantes, mère aimante, ambitieuse et philosophe qui avait arrangé, imposé la réconciliation. Elle faisait partie de ces milieux où le mélange des sangs qui vont se recroisant sans cesse et l'appauvrissement des patrimoines font refleurir à tout moment dans le domaine des passions, comme dans celui des intérêts, les vices et les compromissions héréditaires. Avec la même énergie qu'elle avait autrefois protégé Mme Swann, elle avait aidé le mariage de la fille de Jupien, et fait celui de son propre fils avec Gilberte, usant

ainsi pour elle-même, avec une résignation douloureuse, de cette même sagesse atavique dont
elle faisait profiter tout le faubourg. Et peut-être
n'avait-elle à un certain moment bâclé le mariage
de Robert avec Gilberte — ce qui lui avait certainement donné moins de mal et coûté moins
de pleurs que de le faire rompre avec Rachel —
que dans la peur qu'il ne commençât avec une
autre cocotte — ou peut-être avec la même, car
Robert fut long à oublier Rachel — un nouveau
collage qui eût peut-être été son salut. Maintenant
je comprenais ce que Robert avait voulu me dire
chez la princesse de Guermantes : « C'est malheureux que ta petite amie de Balbec n'ait pas la
fortune exigée par ma mère, je crois que nous
nous serions bien entendus tous les deux. » Il
avait voulu dire qu'elle était de Gomorrhe comme
lui de Sodome, ou peut-être, s'il n'en était pas
encore, ne goûtait-il plus que les femmes qu'il pouvait aimer d'une certaine manière et avec d'autres
femmes. Gilberte aussi eût pu me renseigner sur
Albertine. Si donc sauf de rares retours en arrière,
je n'avais perdu la curiosité de rien savoir sur
mon amie, j'aurais pu interroger sur elle non
seulement Gilberte, mais son mari. Et en somme
c'était le même fait qui nous avait donné à Robert
et à moi le désir d'épouser Albertine (à savoir
qu'elle aimait les femmes). Mais les causes de
notre désir, comme ses buts aussi étaient opposés.
Moi, c'était par le désespoir où j'avais été de l'apprendre, Robert par la satisfaction ; moi pour

190

l'empêcher, grâce à une surveillance perpétuelle,
de s'adonner à son goût ; Robert pour le cultiver,
et par la liberté qu'il lui laisserait afin qu'elle lui
amenât des amies. Si Jupien faisait ainsi remonter
à très peu de temps la nouvelle orientation, si
divergente de la primitive, qu'avaient prise les
goûts charnels de Robert, une conversation que
j'eus avec Aimé et qui me rendit fort malheureux me montra que l'ancien maître d'hôtel de
Balbec, faisait remonter cette divergence, cette
inversion, beaucoup plus haut. L'occasion de
cette conversation avait été quelques jours que
j'avais été passer à Balbec, où Saint-Loup lui-
même était venu avec sa femme, que dans
cette première phase il ne quittait d'un seul
pas. J'avais admiré comme l'influence de Rachel
se faisait encore sentir sur Robert. Un jeune
marié qui a eu longtemps une maîtresse sait
seul ôter aussi bien le manteau de sa femme
avant d'entrer dans un restaurant, avoir avec
elle les égards qu'il convient. Il a reçu pendant
sa liaison l'instruction que doit avoir un bon
mari. Non loin de lui, à une table voisine de la
mienne, Bloch, au milieu de prétentieux jeunes
universitaires, prenait des airs faussement à l'aise,
et criait très fort à un de ses amis, en lui passant
avec ostentation la carte avec un geste qui ren-
versa deux carafes d'eau : « Non, non, mon cher,
commandez ! De ma vie je n'ai jamais su faire
un menu. Je n'ai jamais su commander ! » répétait
il avec un orgueil peu sincère et, mêlant la litté-

rature à la gourmandise, il opina tout de suite
pour une bouteille de champagne qu'il aimait à
voir « d'une façon tout à fait symbolique » orner
une causerie. Saint-Loup, lui, savait commander.
Il était assis à côté de Gilberte — déjà grosse —
(il ne devait pas cesser par la suite de lui faire
des enfants) comme il couchait à côté d'elle dans
leur lit commun à l'hôtel. Il ne parlait qu'à sa
femme, le reste de l'hôtel n'avait pas l'air d'exister
pour lui, mais au moment où un garçon prenait
une commande, était tout près, il levait rapidement ses yeux clairs et jetait sur lui un regard qui
ne durait pas plus de deux secondes, mais dans sa
limpide clairvoyance semblait témoigner d'un
ordre de curiosités et de recherches entièrement
différent de celui qui aurait pu animer n'importe
quel client regardant même longtemps un chasseur
ou un commis pour faire sur lui des remarques
humoristiques ou autres qu'il communiquerait à
ses amis. Ce petit regard court, en apparence
désintéressé, montrant que le garçon l'intéressait
en lui-même, révélait à ceux qui l'eussent observé
que cet excellent mari, cet amant jadis passionné
de Rachel, avait dans sa vie un autre plan et
qui lui paraissait infiniment plus intéressant que
celui sur lequel il se mouvait par devoir. Mais on
ne le voyait que dans celui-là. Déjà ses yeux
étaient revenus sur Gilberte qui n'avait rien vu,
il lui présentait un ami au passage et partait se
promener avec elle. Or Aimé me parla à ce moment
d'un temps bien plus ancien, celui où j'avais fait

192

la connaissance de Saint-Loup par Mme de Ville-parisis en ce même Balbec. « Mais oui, Monsieur, me dit-il, c'est archiconnu, il y a bien longtemps que je le sais. La première année que Monsieur était à Balbec, M. le marquis s'enferma avec mon liftier, sous prétexte de développer des pho-tographies de Madame la grand'mère de Monsieur. Le petit voulait se plaindre, nous avons eu toutes les peines du monde à étouffer la chose. Et tenez Monsieur, Monsieur se rappelle sans doute ce jour où il est venu déjeuner au restaurant avec M. le marquis de Saint-Loup et sa maîtresse, dont M. le marquis se faisait un paravent. Monsieur se rappelle sans doute que M. le marquis s'en alla en prétextant une crise de colère. Sans doute je ne veux pas dire que Madame avait raison. Elle lui en faisait voir de cruelles. Mais ce jour-là on ne m'ôtera pas de l'idée que la colère de M. le marquis était feinte et qu'il avait besoin d'éloi-gner Monsieur et Madame. » Pour ce jour-là du moins, je sais bien que, si Aimé ne mentait pas sciemment, il se trompait du tout au tout. Je me rappelais trop l'état dans lequel était Robert, la gifle qu'il avait donnée au journaliste. Et d'ailleurs, pour Balbec, c'était de même : ou le liftier avait menti, ou c'était Aimé qui mentait. Du moins je le crus ; une certitude, je ne pouvais l'avoir, car on ne voit jamais qu'un côté des choses. Si cela ne m'eût pas fait de peine, j'eusse trouvé une certaine ironie à ce que, tandis que pour moi la course du lift chez Saint-Loup avait été le

193

moyen commode de lui faire porter une lettre
et d'avoir sa réponse, pour lui cela avait été faire
la connaissance de quelqu'un qui lui avait plu.
Les choses, en effet, sont pour le moins doubles.
Sur l'acte le plus insignifiant que nous accom-
plissons, un autre homme embranche une série
d'actes entièrement différents ; il est certain que
l'aventure de Saint-Loup et du liftier, si elle eut
lieu, ne me semblait pas plus contenue dans le
banal envoi de ma lettre que quelqu'un qui ne
connaîtrait de Wagner que le duo de Lohengrin
ne pourrait prévoir le prélude de Tristan. Certes,
pour les hommes, les choses n'offrent qu'un
nombre restreint de leurs innombrables attributs,
à cause de la pauvreté de leurs sens. Elles sont
colorées parce que nous avons des yeux, combien
d'autres épithètes ne mériteraient-elles pas si
nous avions des centaines de sens ? Mais cet
aspect différent qu'elles pourraient avoir nous est
rendu plus facile à comprendre par ce qu'est dans
la vie un événement même minime dont nous
connaissons une partie que nous croyons le tout,
et qu'un autre regarde comme par une fenêtre
percée de l'autre côté de la maison et qui donne
sur une autre vue. Dans le cas où Aimé ne se
fût pas trompé, la rougeur de Saint-Loup quand
Bloch lui avait parlé du lift, ne venait peut-être
pas de ce que celui-ci prononçait laift. Mais j'étais
persuadé que l'évolution physiologique de Saint-
Loup n'était pas commencée à cette époque et
qu'alors il aimait encore uniquement les femmes.

Plus qu'à un autre signe, je pus le discerner rétrospectivement à l'amitié que Saint-Loup m'avait
témoignée à Balbec. Ce n'est que tant qu'il aima
les femmes qu'il fut vraiment capable d'amitié.
Après cela, au moins pendant quelque temps, les
hommes qui ne l'intéressaient pas directement, il
leur manifestait une indifférence, sincère, je le
crois, en partie — car il était devenu très sec, —
et qu'il exagérait aussi pour faire croire qu'il ne
faisait attention qu'aux femmes. Mais je me rappelle tout de même qu'un jour à Doncières, comme
j'allais dîner chez les Verdurin et comme il venait
de regarder d'une façon un peu prolongée Morel,
il m'avait dit : « C'est curieux ce petit, il a des
choses de Rachel. Cela ne te frappe pas ? Je
trouve qu'ils ont des choses identiques. En tout
cas cela ne peut pas m'intéresser. » Et tout de
même ses yeux étaient ensuite restés longtemps
perdus à l'horizon, comme quand on pense, avant
de se remettre à une partie de cartes ou de partir
dîner en ville, à un de ces lointains voyages qu'on
ne fera jamais, mais dont on éprouve un instant
la nostalgie. Mais si Robert trouvait quelque
chose de Rachel à Charlie, Gilberte, elle, cherchait à avoir quelque chose de Rachel, afin de
plaire à son mari, mettait comme elle des nœuds
de soie ponceau, ou rose, ou jaune, dans ses cheveux, se coiffait de même, car elle croyait que son
mari l'aimait encore et elle en était jalouse. Que
l'amour de Robert eût été par moments sur les
confins qui séparent l'amour d'un homme pour

195

une femme et l'amour d'un homme pour un homme, c'était possible. En tous cas, le souvenir de Rachel ne jouait plus à cet égard qu'un rôle esthétique. Il n'est même pas probable qu'il eût pu en jouer d'autres. Un jour Robert était allé lui demander de s'habiller en homme, de laisser pendre une longue mèche de ses cheveux, et pourtant il s'était contenté de la regarder insatisfait. Il ne lui restait pas moins attaché et lui faisait scrupuleusement mais sans plaisir la rente énorme qu'il lui avait promise et qui ne l'empêcha pas d'avoir pour lui par la suite les plus vilains procédés. De cette générosité envers Rachel, Gilberte n'eût pas souffert si elle avait su qu'elle était seulement l'accomplissement résigné d'une promesse à laquelle ne correspondait plus aucun amour. Mais de l'amour, c'est au contraire ce qu'il feignait de ressentir pour Rachel. Les homosexuels seraient les meilleurs maris du monde s'ils ne jouaient pas la comédie d'aimer les femmes. Gilberte ne se plaignait d'ailleurs pas. C'est d'avoir cru Robert aimé, si longtemps aimé, par Rachel, qui le lui avait fait désirer, l'avait fait renoncer pour lui à des partis plus beaux ; il semblait qu'il lui fît une sorte de concession en l'épousant. Et de fait, les premiers temps, des comparaisons entre les deux femmes (pourtant si inégales comme charme et comme beauté) ne furent pas en faveur de la délicieuse Gilberte. Mais celle-ci grandit ensuite dans l'estime de son mari pendant que Rachel diminuait à vue d'œil.

ALBERTINE DISPARUE

Une autre personne se démentit : ce fut Mme Swann.
Si pour Gilberte, Robert avant le mariage était
déjà entouré de la double auréole que lui créait
d'une part sa vie avec Rachel perpétuellement
dénoncée par les lamentations de Mme de Marsantes, d'autre part le prestige que les Guermantes avaient toujours eu pour son père et
qu'elle avait hérité de lui, Mme de Forcheville
en revanche eût préféré un mariage plus éclatant,
peut-être princier (il y avait des familles royales
pauvres et qui eussent accepté l'argent, — qui
se trouva d'ailleurs être fort inférieur aux millions
promis, — décrassé qu'il était par le nom de
Forcheville) et un gendre moins démonétisé par
une vie passée loin du monde. Elle n'avait pu
triompher de la volonté de Gilberte, s'était plainte
amèrement à tout le monde, flétrissant son gendre.
Un beau jour tout avait été changé, le gendre
était devenu un ange, on ne se moquait plus de
lui qu'à la dérobée. C'est que l'âge avait laissé
à Mme Swann (devenue Mme de Forcheville) le
goût qu'elle avait toujours eu d'être entretenue,
mais, par la désertion des admirateurs, lui en
avait retiré les moyens. Elle souhaitait chaque
jour un nouveau collier, une nouvelle robe bro-
chée de brillants, une plus luxueuse automobile,
mais elle avait peu de fortune, Forcheville ayant
presque tout mangé, et — quel ascendant israélite
gouvernait en cela Gilberte ? — elle avait une
fille adorable, mais affreusement avare, comptant
l'argent à son mari et naturellement bien plus à

197

sa mère. Or tout à coup le protecteur, elle l'avait flairé, puis trouvé en Robert. Qu'elle ne fût plus de la première jeunesse était de peu d'importance aux yeux d'un gendre qui n'aimait pas les femmes. Tout ce qu'il demandait à sa belle-mère, c'était d'aplanir telle ou telle difficulté entre lui et Gilberte, d'obtenir d'elle le consentement qu'il fît un voyage avec Morel. Odette s'y était-elle employée, qu'aussitôt un magnifique rubis l'en récompensait. Pour cela il fallait que Gilberte fût plus généreuse envers son mari. Odette le lui prêchait avec d'autant plus de chaleur que c'était elle qui devait bénéficier de la générosité. Ainsi, grâce à Robert, pouvait-elle au seuil de la cinquantaine (d'aucuns disaient de la soixantaine) éblouir chaque table où elle allait dîner, chaque soirée où elle paraissait, d'un luxe inouï sans avoir besoin d'avoir comme autrefois un « ami » qui maintenant n'eût plus casqué — voire marché. Aussi était-elle entrée pour toujours, semblait-il, dans la période de la chasteté finale, et elle n'avait jamais été aussi élégante.

Ce n'était pas seulement la méchanceté, la rancune de l'ancien pauvre contre le maître qui l'a enrichi et lui a d'ailleurs (c'était dans le caractère, et plus encore dans le vocabulaire de M. de Charlus) fait sentir la différence de leurs conditions, qui avait poussé Charlie vers Saint-Loup afin de faire souffrir davantage le baron. C'était peut-être aussi l'intérêt. J'eus l'impression que Robert devait lui donner beaucoup d'argent.

ALBERTINE DISPARUE

Dans une soirée où j'avais rencontré Robert avant
que je ne partisse pour Combray, et où la façon
dont il s'exhibait à côté d'une femme élégante
qui passait pour être sa maîtresse, où il s'attachait
à elle, ne faisant qu'un avec elle, enveloppé en
public dans sa jupe, me faisait penser avec quelque
chose de plus nerveux, de plus tressautant, à une
sorte de répétition involontaire d'un geste ances-
tral que j'avais pu observer chez M. de Charlus,
comme enrobé dans les atours de Mme Molé, ou
d'une autre, bannière d'une cause gynophile qui
n'était pas la sienne, mais qu'il aimait, bien que
sans droit à l'arborer ainsi, soit qu'il la trouvât pro-
tectrice, ou esthétique, j'avais été frappé au retour
de voir combien ce garçon, si généreux quand
il était bien moins riche, était devenu économe.
Qu'on ne tienne qu'à ce qu'on possède, et que
tel qui semait l'or qu'il avait si rarement jadis,
thésaurise maintenant celui dont il est pourvu,
c'est sans doute un phénomène assez général,
mais qui pourtant me parut prendre là une forme
plus particulière. Saint-Loup refusa de prendre
un fiacre, et je vis qu'il avait gardé une correspondance de tramway. Sans doute en ceci Saint-
Loup déployait-il, pour des fins différentes, des
talents qu'il avait acquis au cours de sa liaison
avec Rachel. Un jeune homme qui a longtemps
vécu avec une femme n'est pas aussi inexpéri-
menté que le puceau pour qui celle qu'il épouse
est la première. Pareillement ayant eu à s'occuper
dans les plus minutieux détails du ménage de

199

Rachel, d'une part parce que celle-ci n'y entendait rien, ensuite parce qu'à cause de sa jalousie, il voulait garder la haute main sur la domesticité, il put dans l'administration des biens de sa femme et l'entretien du ménage, continuer ce rôle habile et entendu que peut-être Gilberte n'eût pas su tenir et qu'elle lui abandonnait volontiers. Mais sans doute le faisait-il surtout pour faire bénéficier Charlie des moindres économies de bouts de chandelle, l'entretenant en somme richement sans que Gilberte s'en aperçût ni en souffrît. Je pleurais en pensant que j'avais eu autrefois pour un Saint-Loup différent une affection si grande et que je sentais bien, à ses nouvelles manières froides et évasives, qu'il ne me rendait plus, les hommes dès qu'ils étaient devenus susceptibles de lui donner des désirs, ne pouvant plus lui inspirer d'amitié. Comment cela avait-il pu naître chez un garçon qui avait tellement aimé les femmes que je l'avais vu désespéré jusqu'à craindre qu'il se tuât parce que « Rachel quand du Seigneur » avait voulu le quitter ? La ressemblance entre Charlie et Rachel — invisible pour moi — avait-elle été la planche qui avait permis à Robert de passer des goûts de son père à ceux de son oncle, afin d'accomplir l'évolution physiologique qui même chez ce dernier s'était produite assez tard? Parfois pourtant les paroles d'Aimé revenaient m'inquiéter ; je me rappelais Robert cette année-là à Balbec ; il avait en parlant au liftier une façon de ne pas faire attention à lui qui rappelait beaucoup celle de M. de Charlus quand il adressait la parole à certains hommes. Mais Robert pouvait très bien tenir cela de M. de Charlus, d'une certaine hauteur et d'une certaine attitude physique des Guermantes et nullement des goûts spéciaux au baron. C'est ainsi que le duc de Guermantes qui n'avait aucunement ces goûts avait la même manière nerveuse que M. de Charlus de tourner son poignet, comme s'il crispait autour de celui-ci une manchette de dentelles, et aussi dans la voix des intonations pointues et affectées, toutes manières auxquelles chez M. de Charlus on eût été tenté de donner une autre signification, auxquelles il en avait donné une autre lui-même, l'individu exprimant ses particularités à l'aide de traits impersonnels et ataviques qui ne sont peut-être d'ailleurs que des particularités anciennes fixées dans le geste et dans la voix. Dans cette dernière hypothèse, qui confine à l'histoire naturelle, ce ne serait pas M. de Charlus qu'on pourrait appeler un Guermantes affecté d'une tare et l'exprimant en partie à l'aide des traits de la race des Guermantes, mais le duc de Guermantes qui serait dans une famille pervertie l'être d'exception, que le mal héréditaire a si bien épargné que les stigmates extérieurs qu'il a laissés sur lui y perdent tout sens. Je me rappelai que le premier jour où j'avais aperçu Saint-Loup à Balbec, si blond, d'une matière si précieuse et si rare, contourner les tables, faisant voler son monocle devant lui, je lui avais trouvé l'air efféminé qui n'était certes

pas un effet de ce que j'apprenais de lui maintenant, mais de la grâce particulière aux Guermantes, de la finesse de cette porcelaine de Saxe
en laquelle la duchesse était modelée aussi. Je
me rappelais son affection pour moi, sa manière
tendre, sentimentale de l'exprimer et je me disais
que cela non plus, qui eût pu tromper quelque
autre, signifiait alors tout autre chose, même
tout le contraire de ce que j'apprenais aujour-
d'hui. Mais de quand cela datait-il ? Si c'était
de l'année où j'étais retourné à Balbec, comment
n'était-il pas venu une seule fois voir le lift, ne
m'avait-il jamais parlé de lui ? Et quant à la
première année, comment eût-il pu faire attention
à lui, passionnément amoureux de Rachel comme
il était alors ? Cette première année-là, j'avais
trouvé Saint-Loup particulier, comme étaient les
vrais Guermantes. Or il était encore plus spécial
que je ne l'avais cru. Mais ce dont nous n'avons
pas eu l'intuition directe, ce que nous avons appris
seulement par d'autres, nous n'avons plus aucun
moyen, l'heure est passée de le faire savoir à notre
âme ; ses communications avec le réel sont fermées ; aussi ne pouvons-nous jouir de la découverte, il est trop tard. Du reste de toutes façons,
pour que j'en pusse jouir spirituellement, celle-là
me faisait trop de peine. Sans doute depuis ce
que m'avait dit M. de Charlus chez Mme Verdurin
à Paris, je ne doutais plus que le cas de Robert
ne fût celui d'une foule d'honnêtes gens, et même
pris parmi les plus intelligents et les meilleurs.

L'apprendre de n'importe qui m'eût été indifférent, de n'importe qui excepté de Robert. Le doute que me laissaient les paroles d'Aimé ternissait toute notre amitié de Balbec et de Doncières, et bien que je ne crusse pas à l'amitié, ni en avoir jamais véritablement éprouvé pour Robert, en repensant à ces histoires du lift et du restaurant où j'avais déjeuné avec Saint-Loup et Rachel, j'étais obligé de faire un effort pour ne pas pleurer.

Je n'aurais d'ailleurs pas à m'arrêter sur ce séjour que je fis à côté de Combray, et qui fut peut-être le moment de ma vie où je pensai le moins à Combray, si, justement par là, il n'avait apporté une vérification au moins provisoire à certaines idées que j'avais eues d'abord du côté de Guermantes, et une vérification aussi à d'autres idées que j'avais eues du côté de Méséglise. Je recommençais chaque soir, dans un autre sens, les promenades que nous faisions à Combray, l'après-midi, quand nous allions du côté de Méséglise. On dînait maintenant à Tansonville à une heure où jadis on dormait depuis longtemps à Combray. Et cela à cause de la saison chaude. Et puis, parce que, l'après-midi Gilberte peignait dans la chapelle du château, on n'allait se promener qu'environ deux heures avant le dîner. Au plaisir de jadis qui était de voir en rentrant le ciel pourpre encadrer le calvaire ou se baigner dans la Vivonne, succédait celui de partir à la nuit venue, quand on ne rencontrait plus dans

le village que le triangle bleuâtre irrégulier et
mouvant des moutons qui rentraient. Sur une
moitié des champs le coucher s'éteignait ; au-
dessus de l'astre était déjà allumée la lune qui
bientôt les baignerait tout entiers. Il arrivait que
Gilberte me laissât aller sans elle et je m'avançais,
laissant mon ombre derrière moi, comme une
barque qui poursuit sa navigation à travers des
étendues enchantées. Mais le plus souvent Gilberte
m'accompagnait. Les promenades que nous faisions ainsi, c'était bien souvent celles que je
faisais jadis enfant : or comment n'eussé-je pas
éprouvé bien plus vivement encore que jadis du
côté de Guermantes le sentiment que jamais je
ne serais capable d'écrire, auquel s'ajoutait celui
que mon imagination et ma sensibilité s'étaient
affaiblies, quand je vis combien peu j'étais curieux
de Combray ? Et j'étais désolé de voir combien
peu je revivais mes années d'autrefois. Je trouvais
la Vivonne mince et laide au bord du chemin de
hâlage. Non pas que je relevasse des inexactitudes
matérielles bien grandes dans ce que je me rappelais. Mais, séparé des lieux qu'il m'arrivait de
retraverser par toute une vie différente, il n'y
avait pas entre eux et moi cette contiguïté d'où
naît avant même qu'on s'en soit aperçu, l'immédiate, délicieuse et totale déflagration du souvenir.
Ne comprenant pas bien sans doute quelle était
sa nature, je m'attristais de penser que ma faculté
de sentir et d'imaginer avait dû diminuer pour
que je n'éprouvasse pas plus de plaisir dans ces

promenades. Gilberte elle-même, qui me comprenait encore moins bien que je ne faisais moi-même, augmentait ma tristesse en partageant mon étonnement. « Comment, cela ne vous fait rien éprouver, me disait-elle, de prendre ce petit raidillon que vous montiez autrefois ? » Et elle-même avait tant changé que je ne la trouvais plus belle, qu'elle ne l'était plus du tout. Tandis que nous marchions, je voyais le pays changer, il fallait gravir des coteaux, puis des pentes s'abaissaient. Nous causions, très agréablement pour moi, — non sans difficulté pourtant. En tant d'êtres il y a différentes couches qui ne sont pas pareilles ; (c'étaient chez elle le caractère de son père, le caractère de sa mère) on traverse l'une, puis l'autre. Mais le lendemain l'ordre de superposition est renversé. Et finalement on ne sait pas qui départagera les parties, à qui on peut se fier pour la sentence. Gilberte était comme ces pays avec qui on n'ose pas faire d'alliance parce qu'ils changent trop souvent de gouvernement. Mais au fond c'est un tort. La mémoire de l'être le plus successif établit chez lui une sorte d'identité et fait qu'il ne voudrait pas manquer à des promesses qu'il se rappelle même s'il ne les eût pas contresignées. Quant à l'intelligence elle était chez Gilberte, avec quelques absurdités de sa mère, très vive. Je me rappelle que dans ces conversations que nous avions en nous promenant, elle me dit des choses qui plusieurs fois m'étonnèrent beaucoup. La première fut : « Si vous n'aviez pas trop faim et s'il n'était pas si tard, en prenant ce chemin à gauche et en tournant ensuite à droite en moins d'un quart d'heure nous serions à Guermantes ». C'est comme si elle m'avait dit : « Tournez à gauche, prenez ensuite à votre main droite et vous toucherez l'intangible, vous atteindrez les inaccessibles lointains dont on ne connaît jamais sur terre que la direction, que (ce que j'avais cru jadis que je pourrais connaître seulement de Guermantes et peut-être en un sens je ne me trompais pas) le « côté ». Un de mes autres étonnements fut de voir les « Sources de la Vivonne » que je me représentais comme quelque chose d'aussi extra-terrestre que l'Entrée des Enfers, et qui n'étaient qu'une espèce de lavoir carré où montaient des bulles. Et la troisième fois fut quand Gilberte me dit : « Si vous voulez, nous pourrons tout de même sortir un après-midi et nous pourrons alors aller à Guermantes, en prenant par Méséglise, c'est la plus jolie façon », — phrase qui en bouleversant toutes les idées de mon enfance m'apprit que les deux côtés n'étaient pas aussi inconciliables que j'avais cru. Mais ce qui me frappa le plus, ce fut combien peu, pendant ce séjour, je revécus mes années d'autrefois, désirai peu revoir Combray, trouvai mince et laide la Vivonne. Mais où Gilberte vérifia pour moi des imaginations que j'avais eues du côté de Méséglise, ce fut pendant une de ces promenades en somme nocturnes bien qu'elles eussent lieu avant le dîner — mais elle dînait si tard ! Au

206

moment de descendre dans le mystère d'une vallée
parfaite et profonde que tapissait le clair de lune,
nous nous arrêtâmes un instant, comme deux
insectes qui vont s'enfoncer au cœur d'un calice
bleuâtre. Gilberte eut alors, peut-être simplement
par bonne grâce de maîtresse de maison qui
regrette que vous partiez bientôt et qui aurait
voulu mieux vous faire les honneurs de ce pays
que vous semblez apprécier, de ces paroles où son
habileté de femme du monde sachant tirer parti
du silence, de la simplicité, de la sobriété dans
l'expression des sentiments, vous fait croire que
vous tenez dans sa vie une place que personne
ne pourrait occuper. Épanchant brusquement sur
elle la tendresse dont j'étais rempli par l'air
délicieux, la brise qu'on respirait, je lui dis :
« Vous parliez l'autre jour du raidillon, comme je
vous aimais alors ! » Elle me répondit : « Pourquoi
ne me le disiez-vous pas ? je ne m'en étais pas
doutée. Moi je vous aimais. Et même deux fois je
me suis jetée à votre tête. » « Quand donc ? »
« La première fois à Tansonville, vous vous pro-
meniez avec votre famille, je rentrais, je n'avais
jamais vu un aussi joli petit garçon. J'avais l'habitude, ajouta-t-elle d'un air vague et pudique,
d'aller jouer avec de petits amis, dans les ruines
du donjon de Roussainville. Et vous me direz
que j'étais bien mal élevée, car il y avait là-
dedans des filles et des garçons de tout genre qui
profitaient de l'obscurité. L'enfant de chœur de
l'église de Combray, Théodore qui, il faut l'avouer,

207

était bien gentil (Dieu qu'il était bien !) et qui est devenu très laid (il est maintenant pharmacien à Méséglise), s'y amusait avec toutes les petites paysannes du voisinage. Comme on me laissait sortir seule, dès que je pouvais m'échapper, j'y courais. Je ne peux pas vous dire comme j'aurais voulu vous y voir venir ; je me rappelle très bien que, n'ayant qu'une minute pour vous faire comprendre ce que je désirais, au risque d'être vue par vos parents et les miens, je vous l'ai indiqué d'une façon tellement crue que j'en ai honte maintenant. Mais vous m'avez regardé d'une façon si méchante que j'ai compris que vous ne vouliez pas. » Et tout d'un coup, je me dis que la vraie Gilberte — la vraie Albertine —, c'était peut-être celles qui s'étaient au premier instant livrées dans leur regard, l'une devant la haie d'épines roses, l'autre sur la plage. Et c'était moi qui, n'ayant pas su le comprendre, ne l'ayant repris que plus tard dans ma mémoire après un intervalle où par mes conversations tout un entre-deux de sentiment leur avait fait craindre d'être aussi franches que dans les premières minutes — avais tout gâté par ma maladresse. Je les avais « ratées » plus complètement, — bien qu'à vrai dire l'échec relatif avec elles fût moins absurde — pour les mêmes raisons que Saint-Loup Rachel.

« Et la seconde fois, reprit Gilberte, c'est bien des années après quand je vous ai rencontré sous votre porte, l'avant-veille du jour où je vous ai retrouvé chez ma tante Oriane, je ne vous ai pas

reconnu tout de suite ou plutôt je vous reconnaissais sans le savoir puisque j'avais la même
envie qu'à Tansonville. » « Dans l'intervalle il y
avait eu pourtant les Champs-Élysées. » « Oui,
mais là vous m'aimiez trop, je sentais une inqui-
sition sur tout ce que je faisais. » Je ne lui
demandai pas alors quel était ce jeune homme
avec lequel elle descendait l'avenue des Champs-
Élysées, le jour où j'étais parti pour la revoir,
où je me fusse réconcilié avec elle pendant qu'il
en était temps encore, ce jour qui aurait peut-
être changé toute ma vie, si je n'avais rencontré
les deux ombres s'avançant côte à côte dans le
crépuscule. Si je le lui avais demandé, me dis-je,
elle m'eût peut-être avoué la vérité, comme
Albertine si elle eût ressuscité. Et en effet, les
femmes qu'on n'aime plus et qu'on rencontre
après des années, n'y a-t-il pas entre elles et
vous la mort, tout aussi bien que si elles
n'étaient plus de ce monde, puisque le fait que
notre amour n'existe plus fait de celles qu'elles
étaient alors, ou de celui que nous étions des morts?
Je pensai que peut-être aussi elle ne se fût pas
rappelé, ou eût menti. En tout cas cela n'offrait plus d'intérêt pour moi de le savoir, parce
que mon cœur avait encore plus changé que le
visage de Gilberte. Celui-ci ne me plaisait plus
guère, mais surtout je n'étais plus malheureux,
je n'aurais pas pu concevoir, si j'y eusse repensé,
que j'eusse pu l'être autant de rencontrer Gilberte
marchant à petit pas à côté d'un jeune homme,

209

et de me dire : « C'est fini, je renonce à jamais la
voir. » De l'état d'âme qui, cette lointaine année-
là, n'avait été pour moi qu'une longue torture,
rien ne subsistait. Car il y a dans ce monde où
tout s'use, où tout périt, une chose qui tombe en
ruines, qui se détruit encore plus complètement,
en laissant encore moins de vestiges que la Beauté :
c'est le Chagrin.

Je ne suis donc pas surpris de ne pas lui avoir demandé alors avec qui elle descendait les Champs-
Élysées, car j'ai déjà vu trop d'exemples de cette
incuriosité amenée par le temps, mais je le suis
un peu de ne pas avoir raconté à Gilberte qu'avant
de la rencontrer ce jour-là, j'avais vendu une
potiche de vieux Chine pour lui acheter des
fleurs. Ç'avait été en effet, pendant les temps si
tristes qui avaient suivi, ma seule consolation de
penser qu'un jour, je pourrais sans danger lui
conter cette intention si tendre. Plus d'une année
après, si je voyais qu'une voiture allait heurter
la mienne, ma seule envie de ne pas mourir était
pour pouvoir raconter cela à Gilberte. Je me consolais en me disant : « Ne nous pressons pas, j'ai
toute la vie devant moi pour cela. » Et à cause
de cela je désirais ne pas perdre la vie. Maintenant
cela m'aurait paru peu agréable à dire, presque
ridicule, et « entraînant ». « D'ailleurs, continua
Gilberte, même le jour où je vous ai rencontré
sous votre porte, vous étiez resté tellement le
même qu'à Combray, si vous saviez comme vous
aviez peu changé ! » Je revis Gilberte dans ma

mémoire. J'aurais pu dessiner le quadrilatère de lumière que le soleil faisait sous les aubépines, la bêche que la petite fille tenait à la main, le long regard qui s'attacha à moi. Seulement j'avais cru à cause du geste grossier dont il était accompagné que c'était un regard de mépris parce que ce que je souhaitais me paraissait quelque chose que les petites filles ne connaissaient pas et ne faisaient que dans mon imagination, pendant mes heures de désir solitaire. Encore moins aurais-je cru que si aisément, si rapidement, presque sous les yeux de mon grand-père, l'une d'entre elles eût eu l'audace de le figurer.

Bien longtemps après cette conversation, je demandai à Gilberte avec qui elle se promenait avenue des Champs-Élysées le soir où j'avais vendu les potiches : c'était Léa habillée en homme. Gilberte savait qu'elle connaissait Albertine, mais ne pouvait dire plus. Ainsi certaines personnes se retrouvent toujours dans notre vie pour préparer nos plaisirs ou nos douleurs.

Ce qu'il y avait eu de réel sous l'apparence d'alors m'était devenu tout à fait égal. Et pourtant combien de jours et de nuits n'avais-je pas souffert à me demander qui c'était, n'avais-je pas dû en y pensant réprimer les battements de mon cœur plus encore peut-être que pour ne pas retourner dire bonsoir jadis à maman dans ce même Combray. On dit et c'est ce qui explique l'affaiblissement progressif de certaines affections nerveuses, que notre système nerveux vieillit. Cela n'est pas

211

vrai seulement pour notre moi permanent qui se
prolonge pendant toute la durée de notre vie mais
pour tous nos moi successifs qui en somme le
composent en partie.

Aussi me fallait-il, à tant d'années de distance,
faire subir une retouche à une image que je me
rappelais si bien, opération qui me rendit assez
heureux en me montrant que l'abîme infranchis-
sable que j'avais cru alors exister entre moi et
un certain genre de petites filles aux cheveux
dorés était aussi imaginaire que l'abîme de Pascal,
et que je trouvai poétique à cause de la longue
série d'années au fond de laquelle il me fallut l'accomplir. J'eus un sursaut de désir et de regret en
pensant aux souterrains de Roussainville. Pourtant j'étais heureux de me dire que ce bonheur
vers lequel se tendaient toutes mes forces alors,
et que rien ne pouvait plus me rendre eût existé
ailleurs que dans ma pensée, en réalité si près de
moi, dans ce Roussainville dont je parlais si
souvent, que j'apercevais du cabinet sentant l'iris.
Et je n'avais rien su ! En somme Gilberte résu-
mait tout ce que j'avais désiré dans mes promenades, jusqu'à ne pas pouvoir me décider à rentrer, croyant voir s'entr'ouvrir, s'animer les
arbres. Ce que je souhaitais si fiévreusement alors,
elle avait failli, si j'eusse seulement su le comprendre et la retrouver, me le faire goûter dès
mon adolescence. Plus complètement encore que
je n'avais cru, Gilberte était à cette époque-là
vraiment du côté de Méséglise.

ALBERTINE DISPARUE

Et même ce jour où je l'avais rencontrée sous une porte, bien qu'elle ne fut pas Mlle de l'Orgeville, celle que Robert avait connue dans les maisons de passe (et quelle drôle de chose que ce fût précisément à son futur mari que j'en eusse demandé l'éclaircissement !) je ne m'étais pas tout à fait trompé sur la signification de son regard, ni sur l'espèce de femme qu'elle était et m'avouait maintenant avoir été. « Tout cela est bien loin, me dit-elle, je n'ai jamais plus songé qu'à Robert depuis le jour où je lui ai été fiancée. Et, voyez-vous, ce n'est même pas ce caprice d'enfant que je me reproche le plus. »

ACHEVÉ D'IMPRIMER
LE 2 FÉVRIER 1926
PAR F. PAILLART A
ABBEVILLE (SOMME).

www.ingramcontent.com/pod-product-compliance
Lightning Source LLC
Chambersburg PA
CBHW070758030726
47504CB00003B/602